יהלה

Julia Kemps . August 896

AHARON MEGGED
FOJGLMAN

Roman

Aus dem Hebräischen
von Mirjam Pressler

**Bleicher
Verlag**

Die Deutsche Bibliothek – CIP-Einheitsaufnahme
Megged, Aharon:
Fojglman – 1. Auflage – Gerlingen: Bleicher, 1992
ISBN 3-88350-720-2

Umschlagmotiv:
Oskar Schlemmer, „Drei Köpfe im Durchblick", Aquarell, um 1924.
Kunstmuseum Düsseldorf im Ehrenhof.

Dieser Roman erschien 1988 unter dem Titel „Fojglman" auf Hebräisch
im Verlag *Am Oved,* Tel Aviv.
© Alle internationalen Übersetzungsrechte liegen bei: The Institute for
the Translation of Hebrew Literature, Ramat Gan, Israel.

© für die deutschsprachige Ausgabe bei Bleicher Verlag,
D-7016 Gerlingen, 1992
1. Auflage
Alle Rechte vorbehalten
Herstellung: Memminger Zeitung, D-8940 Memmingen
Umschlaggestaltung: Buchgestaltung Reichert, D-7000 Stuttgart
ISBN 3-88350-720-2

Un ß'is der fojgl flater-fli
awek fun mir farschemt,
un ß'hot doß harz mir, Malkele,
a ganzn tog geklemt.

(Aus: *A fojgl hot haint Malkele* von Itzig Manger)

*I*ch bin kein junger Mann. Im August werde ich einundsechzig. Neun Monate sind seit dem Tod meiner Frau Nora vergangen, und fünf seit dem Tod des Dichters Schmuel Fojglman. Der Schmerz frißt mich auf. Ein langsames, unaufhörliches Brennen. Ich arbeite immer nachlässiger. Drei Vorlesungen in der Woche, donnerstags, und die Forschungsarbeit über die Pogrome Petljuras mache ich ohne jede Begeisterung. Ich bin nicht sicher, ob ich sie beenden werde. Ich zweifle auch an ihrem Nutzen.

An Fojglmans Beerdigung erinnere ich mich wie an einen bösen Traum.

Als ich die Nachricht von seinem Tod erhielt, sagte ich mir: Ich gehe nicht zur Beerdigung. Nein, ich kann es nicht.

Und eine halbe Stunde vor dem festgelegten Zeitpunkt verließ ich das Haus und machte mich auf den Weg.

Dreißig, vierzig Leute hatten sich auf dem Platz vor der Leichenhalle versammelt. Sein Sohn und seine Tochter, sein Bruder und dessen Familie, eine große Gruppe jiddischer Schriftsteller, dazu einige Männer und Frauen, vermutlich aus seiner Heimatstadt. Viele kamen zu mir und drückten mir die Hand, als wäre ich ein leiblicher Verwandter von ihm oder sein bester Freund. Als handle es sich vor allem um meine persönliche Trauer. Und ich, eine Art Brennen im Herzen, bekam kein Wort heraus.

Noras Selbstmord schreit in mir; die Zeit bringt ihn nicht zum Schweigen.

Ich ging zur Seite, stand neben der Mauer des Hofes, lehnte mich an sie, um nicht zusammenzubrechen. In einer kleinen Gruppe der jiddischen Schriftsteller entstand eine zögernde

7

Bewegung, als hätten sie etwas Geheimes zu organisieren, etwa letzte Vorbereitungen für eine Reise auf irgendeinem polnischen Bahnhof vor dem Krieg zu treffen. Dann trat einer auf das Podest vor dem Sarg, ein Dichter, dessen Name mir entfallen ist, ein Mann mit eingesunkenen Wangen, einer scharfen Nase, über der sich die Haut spannte, und mit blauen Adern an den Schläfen, und hielt in Jiddisch einen Nachruf auf den Sohn dieser hier versammelten und zerstrittenen Familie, die immer mehr zusammenschrumpfte. Er sprach mit Wärme, mit einer Erregung, die fast wie Ärger klang, und plötzlich brach ein lauter Schrei aus seinem Herzen, halb jiddisch, halb hebräisch: „Gestorben? Nein! Ermordet! Denn um deinetwillen werden wir täglich getötet!" Eine Art Protest, eine Anklage, geschleudert in alle vier Himmelsrichtungen der Stadt, des Landes, und sie flatterte wie ein verwundeter Vogel durch die heiße, nachmittägliche Luft, und mir schien, als richte der Mann, der noch vor wenigen Minuten meine Hand in brüderlicher Trauer gedrückt hatte, schweigend, mit gesenktem Kopf, seinen Schrei gegen mich, gegen mich!

Danach sagte Irving, der Sohn, der zur Beerdigung aus England gekommen war, den *Kaddisch*. Er las aus dem *Siddur*, langsam, hatte Schwierigkeiten bei der Aussprache der Wörter, hielt die Taschenausgabe näher an seine Brille, dann wieder weiter weg, um die kleinen Buchstaben besser entziffern zu können, las die Abschnitte in einem fremdartig klingenden Tonfall, und seine Schwester, die aus Frankreich gekommen war, stand neben ihm und drückte sich ihr Taschentuch an die Nase. Sie standen nebeneinander, er groß, mager, in makellosem Anzug und Krawatte, sie hingegen mit schwerem Körper und breitem Gesicht; die blonden, ungekämmten Haare ließen sie erschreckt aussehen. Von ihrem Vater hatte sie die Statur, die hellblauen Augen.

Als sich die Trauergäste zum Autobus begaben, der sie zum Friedhof bringen sollte, hätte ich zur Straße verschwinden und ungesehen meiner Wege gehen können. Das taten viele. Aber meine Beine gehorchten der Neigung meines Herzens nicht. Als ich auf dem Trittbrett stand, waren die meisten Plätze schon besetzt, und für einen Moment fühlte ich wieder den Drang, mich umzudrehen und zu verschwinden. Mir war, als hätte es mich plötzlich in eine andere Gegend verschlagen, in ein *Schtedl* aus den Tagen der Diaspora, und der Atem, die Gerüche und das Geflüster stießen mich ab. Ein ungehöriges Gefühl, ich weiß. Und diese Verwirrung, während ich noch immer auf dem Trittbrett stand: Du mußt dich entscheiden, indem du die Blicke wandern läßt, wo du dich hinsetzt, neben wen, wer wird dein Sitznachbar für eine halbe Stunde, während du doch, wenn du schon zu dieser Art Gefangenschaft verurteilt bist, am liebsten allein wärest, getrennt von den anderen, damit dich niemand stört ...

Ich hätte nicht zu dieser Beerdigung gehen sollen. Es war, als hätte ich Noras Andenken beschmutzt.

Morris Goldman, auf einer der hinteren Bänke, hob die Hand zum Zeichen, ich solle mich neben ihn setzen. Er klopfte auf den leeren Platz zu seiner Rechten, und als der Autobus losfuhr, sagte er leise zu mir: „Wie erklären Sie sich das, Professor" – so hatte er mich die wenigen Male, die wir uns getroffen hatten, immer angesprochen, „Professor", mit einem, wie es mir vorkam, ironischen Unterton, als wolle er sagen: Sie, der Sie die Wurzeln unseres Volkes erforschen, der Sie unsere Geschichte so gut kennen, liegt nicht die Bedeutung aller Phänomene offen vor Ihnen? – „wie erklären Sie sich das, Professor, daß kein einziger Vertreter des hebräischen Schriftstellerverbandes zur Beerdigung gekommen ist, kein Vertreter des Journalistenverbandes, niemand vom städtischen Kulturamt, noch nicht einmal von dem Verlag, der sein Buch herausbrachte?"

Ich schwieg. Ich suchte Zelniker unter den Fahrgästen, den Übersetzer, auch er war nicht da. Ich antwortete kurz, um nicht in eine Diskussion zu geraten: „Ich habe keine Erklärung."

Morris Goldman, der in dem hellen Anzug mit seinem teigigen Gesicht und den dünnen weißen Haaren, die sorgfältig nach hinten gekämmt waren, wie ein angesehener Ge-

schäftsmann aussah, hatte in Uruguay einen jüdischen Buch-
verlag besessen und war in den sechziger Jahren nach Israel
eingewandert. Hier hatte er dann ein Reisebüro eröffnet, und
aus einer nie erlöschenden Liebe zur jiddischen Literatur
unterstützte er die Aktivitäten ihres Schriftstellerverbandes,
und, wie man hörte, durch anonyme Spenden auch einzelne,
in Not geratene Mitglieder.

„Sie haben keine Erklärung", sagte er und betrachtete mich
mit einem bitteren Lächeln auf den schmalen, blassen Lippen.
Für einen Moment stieg Ärger in mir auf: Ich bin doch nicht
für das ganze „hebräische" Land verantwortlich, für alle
seine Institutionen und Vereinigungen! Ich muß doch nicht
alle Vorwürfe gegen sie beantworten! Ich beherrschte mich
und sagte: „Auch zu anderen Beerdigungen geht man nicht."
Goldman fuhr fort, mich zu mustern. „Ja, Sie haben recht. Es
gibt immer mehr Tote und immer weniger Trauergäste."
Nebel verdunkelte meinen Blick, und wieder fühlte ich diesen
Druck auf dem Herzen. Ich sah Noras Beerdigung vor mir.
Viele waren gekommen, sehr viele, um sie auf dem letzten
Weg zu begleiten. Über hundert, vielleicht zweihundert.
Alteingesessene aus Rechovot, die unsere Familien kannten,
Angestellte des Biologischen Instituts, meine Kollegen von
der Universität, die aus Tel Aviv gekommen waren, Jugend-
freundinnen, die mit ihr in Jerusalem studiert hatten. Sie
zerstreuten sich wie Schafe zwischen den Grabsteinen des
Alten Friedhofs. Viele schluchzten bitterlich, als ihr Grab
geschlossen wurde, und Joav, in seiner Offiziersuniform, von
dem man doch hätte annehmen können, daß er durch viele
Beerdigungen von Kameraden und Untergebenen und durch
seine Erfahrungen in schweren Kämpfen hart geworden sein
müßte, bedeckte das Gesicht mit den Händen und brach in
Weinen aus. Ein Weinen, das von Husten unterbrochen
wurde. Er steckte auch die Umstehenden an, die sich die
Tränen aus den Augen wischten. Als sei der Schmerz über den
Anblick eines kräftigen Mannes wie er, der zusammenbrach
und weinte wie ein Kind, größer als der Schmerz über den Tod
selbst. „Begrabt mich neben meinem Vater und meiner Mut-

ter", das waren die einzigen Worte, die sie hinterlassen hatte, auf einem Zettel, bevor sie ihrem Leben ein Ende setzte. In den Tagen und Nächten danach, die ganzen Monate hindurch, verschwanden diese Worte nicht vor meinen Augen; sie zerrissen mir das Herz, ich drehte und wendete sie und fragte mich, was sie mit ihnen hatte sagen wollen, ob es eine Ankündigung von ihr war, auch im Jenseits getrennt von mir sein zu wollen, sozusagen nur zu ihren Vätern versammelt werden zu wollen? Der Gedanke quälte mich: Warum nur diese paar Worte, kein einziges Wort für mich, für den Sohn, warum wollte sie ein Geheimnis hinterlassen?

Wir verließen den Autobus und mischten uns unter die Menschen, die sich auf dem Platz vor dem Tor versammelt hatten. Familienweise, gruppenweise bewegten sie sich auf die Friedhofshalle zu und schlugen von ihr aus viele verschiedene Wege ein. Etwas Wahnsinniges lag in der Luft. Vielleicht waren es die Verzweiflungsschreie einer Frau, deren rotes Tuch vom Kopf auf die Arme gerutscht war und die von zwei kräftigen jungen Männern, vermutlich ihren Söhnen, von beiden Seiten gestützt wurde. Vielleicht waren es die klagenden Schreie, die der Wind aus den Weiten der großen Grabsteinwüste herübertrug, die sich dort erstreckte. Auf dem Platz herrschte nervöse Geschäftigkeit, Menschen kamen und gingen, sammelten und zerstreuten sich, als wäre hier ein Markt des Todes. Und in diesem Durcheinander, dem Durcheinander verschiedener Gesichter, Kleider, Kopfbedeckungen, wie man es vermutlich in keinem anderen Land der Welt bei einer Beerdigung antrifft – woanders werden die Trauergäste in ihrer schweigenden, ehrfürchtigen, irgendwie feierlichen Trauer einander ähnlich –, gingen wir hin und her und versuchten, einander nicht aus den Augen zu verlieren, warteten und wußten nicht, worauf. Wie auf dem Bahnhof einer großen Stadt, in dem über Lautsprecher Ankunft und Abfahrt der Züge mitgeteilt wird, verkündete der Lautsprecher die Namen Verstorbener, die ihren letzten Weg antraten.

Eine beschämende, kränkende, groteske Sache passierte: Aus dem Lautsprecher ertönte ein Name, der mit „man" endete, und jemand aus unserer Gruppe zog mich am Ärmel. „Jetzt! Gehen wir!" Sofort flüsterte es einer dem anderen zu, wir sammelten uns rasch und gingen hinter dem Sarg her, der, begleitet von den Männern der *Chewra Kaddischa*, aus der Friedhofshalle getragen wurde. Wir waren schon ein ganzes Stück gegangen, als wir entdeckten, daß wir von Leuten umgeben waren, die wir nicht kannten. Einige, die sich dem Sarg näherten, trugen Arbeitskleidung, dörfliche Kleidung, zwei, drei waren auch in Uniform, und mitten unter uns, direkt vor mir, waren einige schwarzgekleidete Leute. Eine der Frauen klagte laut in einer Sprache, die sich wie Rumänisch anhörte. Noch bevor wir die ersten Grabsteine erreicht hatten, erkannten wir unseren Irrtum und kehrten beschämt zu unserem früheren Platz zurück.

Als dann deutlich Schmuel Fojglmans Name zu hören war, machte mein Herz einen Satz. Ich sah ihn lebendig vor mir, wie beim letzten Mal, auf der Schwelle seiner Wohnung, als er, das Gesicht von einem geheimnisvollen Optimismus erregt, zu mir sagte: „Es gibt eine Alternative, bestimmt! Wir werden noch mal darüber sprechen, es gibt eine!"

Der Weg zum Grab, zwischen Alleen von kahlen Grabsteinen hindurch, war lang. Hinter dem Sarg – der von sechs Männern getragen wurde, die sich an ihn klammerten wie an die *Kronot Hamisbeach* und sich alle paar Minuten abwechselten – ging die Tochter Rachel, eingehängt zwischen ihrer Tante und ihrer Kusine, gefolgt von Schmuels Bruder Katriel und seinen beiden Töchtern; hinter ihnen ging Irving gemessenen Schrittes, mit erhobenem Kopf, und um ihn, hinter ihm, die anderen Trauergäste. Auf halbem Weg, als ich sah, daß der Abstand zwischen ihm und den anderen sich vergrößerte, ging ich schneller, um ihn einzuholen und neben ihm zu gehen. Als er mich wahrnahm, flog ein Erstaunen über sein Gesicht, und er flüsterte mir auf Englisch zu: „Danke, daß Sie gekommen sind."

„Was ist mit Ihrer Mutter?" fragte ich.

„Sie ist in Australien. Sie hat es nicht geschafft, zu kommen." Er lächelte mir flüchtig zu, wie um zu sagen: So ist das eben, und fügte hinzu, daß sie schon etwa zwei Monate dort sei, für eine Reihe von Auftritten. Seine Schwester habe sie schließlich nach vielen Versuchen, mit ihr Verbindung aufzunehmen, telefonisch in Melbourne erreicht, doch es habe sich herausgestellt, daß sie mit der nächstmöglichen Flugverbindung erst in drei Tagen hätte hier sein können, und die Beerdigung zu verschieben, sei nicht möglich gewesen. „Schon seit Jahren begleitet sie ihn von weitem", sagte er mit einem halben Lächeln. Eine Art brüderliches Gefühl ihm gegenüber stieg in mir auf, als wären wir beide, die wir nebeneinander hergingen, die beiden einzigen Außenseiter in dieser Gruppe der Trauergäste. Das Grab befand sich am Ende des Friedhofs, dahinter erstreckten sich gelbe Sandflächen.

Es war heiß. Die Menschen wischten sich mit großen Tüchern den Schweiß von den Gesichtern, aus dem Nacken. Irving stand still, mit gesenktem Kopf und mit hängenden Armen, und wartete darauf, daß die Leiche in die Grube gesenkt und die Bretter herausgezogen wurden. Die Umstehenden schaufelten Erde hinunter, einer nach dem anderen ergriff den Spaten, begierig, die *Mizwah* zu erfüllen. Sie schaufelten Erde wie erfahrene Totengräber, während der Schweiß von ihren Gesichtern floß. Der Kantor sang „Gott voll Erbarmen", und als einer der Trauergäste aufstand, ein Nachbar Fojglmans, und im Namen der Hausbewohner eine Gedächtnisrede halten wollte, nahm mich jemand am Arm, ein kleiner, magerer Mann mit einer langen Nase, und zog mich zur Seite, zwischen die Grabsteine. Er holte aus einer abgenutzten Ledertasche ein dünnes Buch und reichte es mir. „Ich wollte es Ihnen mit der Post schicken, aber weil Sie nun schon mal hier sind ...", sagte er, einen Fuß auf einen Grabstein gestellt. Auf dem Einband, über dem schräg darüberfallenden schwarzen Schatten eines Menschen, stand in Jiddisch: *Lang iß der weg. Lider. I. I. Segalowicz.* Ich dankte ihm halbherzig, innerlich seufzend, und er, mit schmalen Augen und einem bitteren, bohrenden Blick, machte eine Handbewegung zu dem Buch: „Wenn Sie mir etwas dazu sagen würden, nachdem Sie es gelesen haben, würde es mich freuen."

13

Hat nicht so, genau so – sagte ich mir, während ich zwischen den Grabsteinen stand, fünf Schritte vom frischen Grab Schmuel Fojglmans entfernt – die Angelegenheit begonnen, die mir die Tragödie meines Lebens gebracht hat? Mit einem Buch, einem einzigen Gedichtband!

Und sofort am Ende der Zeremonie, als das Holzschild auf dem Grabhügel aufgestellt worden war, floh ich von dort. Ich beschleunigte meine Schritte und ging durch das Tor, ließ die Gruppe weit hinter mir, erreichte die Straße, nahm ein Taxi und fuhr in die Stadt.

Und trotzdem ...

Trotzdem, sage ich. Als sei der Mensch in seinem Verhalten determiniert, dieses „biologische Geschöpf", wie Nora mehr als einmal gesagt hatte, mit einem Hauch Ironie, „das sich nicht von seinen vorgegebenen Verhaltensmustern befreien kann, die sozusagen mit Hilfe eines Kodes, seiner DNS, festgelegt sind."

Denn trotz meines Wunsches, mich abzusondern, zu fliehen, ging ich am nächsten Abend zum *Nichum Awelim*.

Ungefähr ein Dutzend Menschen saßen auf dem Sofa und auf den Stühlen an den Wänden des Zimmers, das ich so gut kannte, und Rachel und Fojglmans Schwägerin boten Tee und Gebäck an. Ich fragte Rachel, als ich auf der Schwelle des Zimmers stand, wo Irving sei, und sie antwortete: „Im Nebenzimmer; er hat sich zurückgezogen. Ich werde ihm sagen, daß Sie gekommen sind."

Ich hielt sie zurück. „Nein, lassen Sie ihn, er ist sicher erschöpft von so vielen Leuten. Wir werden uns schon noch sehen, bevor er abreist."

Ich trat ein und setzte mich auf einen freien Stuhl neben Katriel, Schmuels Zwillingsbruder. Er legte mir die Hand auf die Schulter. „Er hat nach Ihnen gefragt. Er hat oft gefragt. Ich wollte Sie nicht belästigen. Ich wußte, daß Sie sehr beschäftigt sind, und daß Sie auch ... Sie haben Ihre eigenen Sorgen ..."

Ich entschuldigte mich und sagte, ich hätte erst, als er mich angerufen habe, von der Krankheit seines Bruders erfahren,

14

ich hätte nicht geahnt, daß sie so schlimm gewesen sei, und wegen der Arbeitsüberlastung zum Ende des Semesters hätte ich den Besuch im Krankenhaus von einem Tag auf den anderen verschoben.

„Ja, es ging schnell, das Ende kam sehr schnell", sagte er und erzählte, am Anfang hätten die Ärzte gedacht, es handle sich um eine einfache Darmerkrankung, und auch er selbst habe sie vernachlässigt. Dann, als er zunehmend zusammengeschrumpft sei und innerhalb eines Monats zwölf Kilogramm abgenommen habe, entdeckten sie eine bösartige Geschwulst am Darm. Nachdem sie ihn operiert hatten, sei es ihm besser gegangen, und es habe ausgesehen, als würde er wieder gesund. Er habe geschrieben, sei etliche Male nach Jerusalem gefahren, habe große Pläne gehabt, „die er geheimhielt", sei voller Optimismus gewesen, wie es seine Art gewesen sei. Erst drei Wochen vor seinem Tod hätten die Ärzte entdeckt, daß der Krebs auf die Leber übergegriffen hatte und auf die Galle, und daß er nicht mehr zu retten war.

„Ich habe nichts gewußt davon, überhaupt nichts", sagte ich, „in den letzten Monaten war die Verbindung zwischen uns irgendwie abgebrochen ..."

„Ja, ich weiß", sagte er traurig, und fügte auf Jiddisch hinzu: *„Er hot aich schtark lib gehat!"*

Ein Schauer überlief mich, von den Fußsohlen bis zum Kopf. Ich hörte seine Stimme, Schmuels Stimme, die Art, wie er das sagte, *lib gehat*. Ja, so, in verwirrender Offenherzigkeit, hatte er oft das Wort „lieben" benutzt, wenn er mit mir sprach, und immer in Jiddisch.

Die Zwillingsbrüder glichen sich nicht in allem. Beide hatten den gleichen stämmigen, bäuerlichen Körperbau, ein breites Gesicht und blaue Augen. Aber Schmuels Haare waren weiß gewesen, und die seines Bruders begannen gerade zu ergrauen. Und auch der Blick ihrer Augen war verschieden: bei Schmuel offen, klar, fast kindlich, bei seinem Bruder bescheiden, unterwürfig, distanziert. Aber diese Stimme! Die gleiche volle, warme, etwas feuchte Stimme, die tief aus der Brust kam. Eine Stimme, die, glaube ich, nur dann, wenn sie

Jiddisch sprach, den seelischen Reichtum des Sprechenden ahnen ließ.

„Wissen Sie …", fing Katriel in Hebräisch an; doch im selben Moment setzte sich Rachel an seine andere Seite, und er legte seine Hand auf ihre Schulter und fuhr auf Jiddisch fort: „Es ist wie in der bekannten Geschichte vom Tod, der auf dem Jahrmarkt jemanden trifft und zu ihm sagt: Wir sehen uns noch in Samarkand. So war es mit meinem Bruder. Der Tod hatte auf ihn gelauert, hatte auf uns beide gelauert, während der ganzen Zeit, die wir dort waren. Er hatte die Sense in der Hand, aber er schwenkte sie nicht, sondern flüsterte nur: Wir sehen uns noch in Samarkand. Fast vierzig Jahre sind vergangen, und ausgerechnet hier, in Israel …"

Wir schwiegen. Die Gäste im Zimmer unterhielten sich miteinander, gingen hin und her, nahmen Obst oder Waffeln aus den Schalen, die auf dem Tisch standen. Gesprächsfetzen drangen an mein Ohr, über irgendein Buch, das gerade erschienen war, über ein Interview im Fernsehen. Rachel sagte mit gerötetem Gesicht: „Als ich im Krankenhaus neben ihm saß und er kaum mehr sprach, sagte er plötzlich: ‚Merk dir, es ist alles von dort! Sie sind es …' Und er erzählte, daß damals, als sich die Amerikaner Gunskirchen näherten und die deutschen Wachen flohen, diejenigen, die am Leben geblieben waren, in die Lagerküche rannten und sich auf alles stürzten, was sie dort fanden. Sie schlugen sich den Bauch mit rohen Kartoffeln voll, mit Rüben, mit Fleischkonserven. Dutzende starben auf der Stelle an dieser Fresserei. Er bekam schreckliche Krämpfe. Er wurde ins Krankenhaus gebracht, mit Ruhr. Er wurde gesund, aber die ganzen Jahre wußte er, daß ihn die Krankheit nicht verlassen hatte, daß die Schlange weiter im seinem Bauch herumkroch und eines Tages den Kopf heben würde. Dann sagte er: ‚Ich darf mich nicht beklagen. Ich habe vierzig Jahre geschenkt bekommen. Das habe ich nicht verdient.'"

Sie führte ihr Taschentuch an die Augen.

Rachel, die treue Tochter. Sie war in Paris geboren, doch sie hatte nichts von der französischen Eleganz. Eine gewisse

Nachlässigkeit lag in ihrem Benehmen, in ihrer Kleidung; sie machte sich nicht zurecht. Sie bemühte sich nicht, ihr Pfirsichgesicht mit den dicken Lippen zarter zu schminken oder sich die hellen, dichten Augenbrauen zu zupfen. Wann immer Fojglman über sie gesprochen hatte, waren ihm Tränen in die Augen gestiegen. „Eine Katastrophe", sagte er dann, „eine Katastrophe." Er hatte mir von ihrem bitteren Schicksal erzählt. Sie war mit einem Juden aus Algerien verheiratet, einem Faulenzer, der sie belog, ausnutzte, mit lügnerischen Behauptungen Geld aus ihnen, ihren Eltern, herauspreßte und schließlich verschwand. Sie blieb mit einem Töchterchen und einem kleinen Stoffgeschäft in Orléans zurück.

Rachel erhob sich, und ich stand auch auf. Auf dem Weg zur Tür sagte ich, ich wolle noch einen Moment zu Irving gehen, um ihm guten Tag zu sagen.

Irving saß im Sessel, mit angezogenen Beinen, ein offenes Buch in der Hand; als ich eintrat, wandte er mir den Blick zu, als erkenne er mich nicht, oder als sei er noch völlig in die Lektüre versunken. „Ich störe Sie", sagte ich, und dann stand er auf, höflich, wie es seine Art war – auch hier, zu Hause, trug er eine Krawatte, und ein weißgestreiftes Hemd bedeckte seine schmale Brust –, und entschuldigte sich. „Ich ... es war nicht nötig, daß ich dort sitze ... In Jiddisch breche ich mir die Zunge, und Englisch sprechen sie nicht, auch nicht Französisch ..."

Er bat mich, Platz zu nehmen. Ich drehte den Einband des Buchs, das er mir hinhielt, so, daß ich den Titel sehen konnte, und er lächelte. „Ich habe nicht gewußt, daß mein Vater etwas für Elektronik übrig hatte ... interessant."

Auch ich war erstaunt. Es war ein französisches Buch von einem Autor namens Bourgon, über die Erfindung und Entwicklung der Laserstrahlen.

Ich ließ meinen Blick über Fojglmans Bücher gleiten, die er aus Paris mitgebracht hatte. Die meisten waren in Jiddisch, einige wenige in Hebräisch. In Französisch Verlaine, Baudelaire, Apollinaire, Saint-John Perse, „A la recherche du temps perdu" von Proust, auch „Les mots" von Sartre.

Ich war einige Male in diesem kleinen Zimmer, Fojglmans Arbeitszimmer, gewesen, doch dieses Buch war mir entgangen.

„Ich nehme an, Sie haben viele Dinge über Ihren Vater nicht gewußt", sagte ich, „schließlich waren Sie lange voneinander getrennt. Wieviele Jahre?"

„Über acht Jahre. Ja, das stimmt. Ich war sicher, er habe sich ganz und gar in jüdische Angelegenheiten vertieft ... Schauen Sie, er hat sich sogar Anmerkungen gemacht." Er klappte das Buch auf und hielt es mir hin. Am Rand, neben dem französischen Text, in dem Diagramme und physikalische Formeln eingefügt waren, standen mit Bleistift hingekritzelte Anmerkungen in Jiddisch.

Eine warme Welle der Zuneigung und des Mitleids stieg in mir auf, als ich die kleinen hebräischen Buchstaben – eine Art Miniaturebenbild ihres Schreibers – neben den lateinischen Buchstaben des Textes und den griechischen in den Formeln sah. „Vielleicht dachte er an die medizinische Verwendung von Laserstrahlen", überlegte ich laut.

„Glauben Sie? Aber das Buch hat er aus Frankreich mitgebracht, bevor er krank wurde ... seltsam."

Mir gegenüber, an der Wand über dem Sessel, in den er sich wieder gesetzt hatte, hingen Fotos von seiner Mutter – Hinda, wie ihr Mann sie genannt hatte, Henriette Vogel, wie das Publikum sie kannte – in der Rolle der Berenice im Stück von Racine, in einer römischen Toga, die langen schwarzen Flechten über die Schultern hängend, und mir fiel die Ähnlichkeit zwischen ihr und ihrem Sohn auf. Das ovale Gesicht, die schmale Nase, die Sinnlichkeit, die sich an den Nasenflügeln und den Lippen zeigte, eine Art sublimierter Sinnlichkeit. Von wem hat er seine Begabung geerbt, dank derer ihm schon mit Vierundzwanzig die Doktorwürde der *Philosophy of Science* in Oxford verliehen wurde?

„Ein Genie", hatte sein stolzer Vater immer gesagt und trotzdem geseufzt, wenn er über ihn sprach. „Er wird wohl nie mehr heiraten."

„Was hat er hier gesucht, mein Vater? Warum ist er eigentlich hergekommen?" Ein trauriges Lächeln flackerte in Irvings Augen.

„Er suchte Familie", sagte ich.

„Und hat er sie gefunden?"

„Nein, er hat sie nicht gefunden."

Er schaute mich schweigend an, neigte sich vor, senkte den Kopf auf die Knie, richtete sich dann wieder auf und sagte: „Was wird hier sein, hier bei euch? Kriege, Kriege ... Und eure Heerführer haben sich, als sie den *Litani* überschritten, vermutlich wie Cäsar gefühlt, der den Rubikon überschritten hat. Alea jacta est!"

Ich antwortete, der Einmarsch im Libanon sei allerdings eine Sünde gewesen, meiner Meinung nach, doch da die Armee den Litani schon wieder auf dem Weg zurück überschreite, sei es eine Art „büßender Rückzug".

Er schaute mich an, als habe er eine andere Antwort erwartet.

„Eure erste Sünde war vielleicht der Staat selbst ... Alles, was danach kam ..." Er schwieg einen Moment, dann lächelte er. „Eigentlich lebt ihr in Begriffen des neunzehnten Jahrhunderts. Die ganzen Vorstöße über die Grenzen ... das Einmischen in die Angelegenheiten der Nachbarstaaten ... Anachronismen, finden Sie nicht?" Wie viele Zöglinge Oxfords unterbrach auch er seine Rede mit Stockungen, die keine Zweifel ausdrückten, sondern ein Übermaß an Selbstsicherheit.

Seine Meinung über Israel kannte ich von unserer ersten Begegnung her, vor ungefähr zwei Jahren, und ich hatte überhaupt keine Lust, mich auf eine Diskussion mit ihm einzulassen. Er hatte die Hände über dem Bauch zusammengelegt, und seine langen Finger bewegten sich nervös. Von Zeit zu Zeit ging ein leichtes Zucken über seine Wange.

„Hybris", sagte er, „denken Sie nicht auch, daß man hier mit einer Hybris kämpft?"

Plötzlich, mit einem leichten Stich im Herzen, erinnerte ich mich an Joav, meinen Sohn, der zwei Monate zuvor mit seiner Familie zur anderen Hälfte der Erdkugel aufgebrochen war. Als habe er vor mir fliehen wollen.

Und er hatte kein Wort geschrieben.

Nur Grüße auf den Rand von Schulas Briefen.

Und wie jedesmal, wenn ich daran dachte, bewegten mich die Worte, die er am achten Tag nach dem Unglück zu mir gesagt hatte, als wir allein zu Hause geblieben waren.

„Etwas verstehe ich nicht, Vater ... Als du sie an dem Morgen gefunden hast, warum hast du nicht zuerst ... denn manchmal passiert es doch ...“

Es ist zum Verrücktwerden!

Als hätte er mich des Mordes beschuldigt!

Irving fuhr fort zu sprechen. Er erinnerte an Sparta. Schweißtropfen erschienen auf seiner Stirn, und er zog ein weißes, ordentlich zusammengefaltetes Taschentuch aus der Tasche und wischte sich damit das Gesicht und den Nacken. Sparta habe die ganze Peloponnes beherrscht, Lakonien und Messenien, sei bis nach Persien gekommen ... die Ideale der Genügsamkeit, die Wünsche des einzelnen den Bedürfnissen der Allgemeinheit untergeordnet, Heldentum, Aufopferung ... Was sei schließlich am Ende des vierten Jahrhunderts von Sparta geblieben? Eine kleine Stadt, ohne jede Bedeutung ...

Die Kälte wissenschaftlicher Objektivität wehte aus seinen Worten. Als berühre er nicht lebenswichtige Fragen des *Kibbuz Gadol* der Menschen, die, auch wenn er das nicht wollte, seine Blutsverwandten waren. In seinem schmalen Körper, dem ovalen Gesicht mit der großen Brille, den weichen Armen und Händen lag eine gewisse Schwäche, fast etwas Krankhaftes. „Ihr ... baut hier eine Festung. Abgeschlossen und verriegelt.“

Plötzlich erschien ein Lächeln auf seinem Gesicht, er neigte sich vor, die Arme hingen ihm zwischen den Knien, und lachend sagte er: „Aber ihr habt keine öffentlichen Toiletten. Ich bin hier in der Stadt herumgelaufen ... ich fand keine einzige ... eine Festung ohne Klo ...“ Er stieß ein dünnes, weibliches Lachen aus.

Ich wunderte mich über ihn. Ich wunderte mich darüber, wie ein solches Reis vom Stamm seines Vaters gekommen sein konnte.

„Ihr Vater", sagte ich nach einem kurzen Schweigen, „erzählte mir bei einer unserer letzten Zusammenkünfte, daß er
einen Aufsatz angefangen habe, ein Lexikon des Holocaust,
von *Alef* bis *Taw*, von Auschwitz bis Treblinka, wie er sagte.
Ich weiß nicht, bis zu welchem Buchstaben er gekommen ist."
Er straffte den Rücken, und irgendein Licht der Erinnerung
oder der Überraschung blitzte in seinen Augen auf. „Ja?"
sagte er. Doch sofort – als zügle er seine Gefühle – lächelte er.
„Das war seine Nostalgie."
Ich erschrak. „Nostalgie? Der Holocaust?"
„Das ... das hört sich paradox an, ich weiß", stotterte er.
„Aber es gibt so etwas ... Nein, nicht Sehnsucht nach jener
Zeit, natürlich ... sondern nach diesen besonderen Gefühlen
des Andersseins ... etwas Besonderes in der Geschichte der
Menschheit, die Auserwählten ..."
Ich fühlte mich bedrückt. Als habe sich plötzlich ein Vorhang
von Traurigkeit über alles gesenkt. Über das Zimmer mit den
verwaisten Büchern, über den Anblick dieses jungen Wissenschaftlers, der innerlich so angespannt war, über die abendliche Welt, die sich hinter dem Fenster erstreckte. Ich nahm
meine Brille ab und rieb sie mit meinem Taschentuch sauber.
„Absurd", flüsterte ich.
„Anders ... anders kann ich mir dieses ... dieses Herumwühlen nicht erklären, das immer weitergeht und nie aufhört." Sein Gesicht wurde rot vor Erregung. „Dreißig Jahre,
vierzig ... Das Vergnügen, in einem Haufen Asche herumzustochern ... Wofür? Ohnehin ist das *eines Toren Fabel nur,
voll Schall und Wahn, jedweden Sinnes bar.*"
Ich stand auf, und er brachte mich zur Tür, doch als ich meine
Hand auf die Klinke legte, sagte er: „Noch eine Minute ... Ich
wollte Sie fragen ..." Er ging zum Tisch, hob das Buch über
die Laserstrahlen hoch, blätterte schnell darin herum, brachte es zu mir, geöffnet, und deutete auf einige Wörter, in der
Handschrift seines Vaters, neben einer der Formeln. „Können Sie mir sagen, was das heißt? Ich verstehe doch kein
Hebräisch ..."
Die Worte waren so dick unterstrichen, daß das Papier fast

zerrissen war. Sie lauteten: „So sollen umkommen alle deine Feinde!!!"

Ich übersetzte sie ihm ins Englische.

Seine Augen wurden groß vor Erstaunen.

Noch einmal betrachtete ich die Worte, mit klopfendem Herzen, dann klappte ich das Buch zu.

Während er an der Tür stand, sagte er mit einem leicht schuldbewußten Lächeln, wie ein Musterschüler, der einen Fehler gemacht hat und vor seinem Lehrer steht: „Es tut mir leid. Ich habe viel Unsinn gesagt, fürchte ich."

Als ich mich von Rachel verabschiedete, sagte sie mit einem Blick, in dem ihre ganze Seele lag: „Ich sehe Sie noch, nicht wahr? Ich muß Ihnen noch etwas geben."

Ich ging. Zum Ende der *Schiwa* kam ich wieder, am Nachmittag. Irving war nicht mehr da. Er war nach England zurückgekehrt.

Im Zimmer war es ruhig. Der quadratische Tisch, der in der Mitte stand, war mit einer gelben Spitzendecke mit Fransen bedeckt, darauf stand eine leere, kupferne Blumenvase. An der Wand hing ein Bücherregal mit drei Fächern: im obersten Fach seine eigenen fünf, sechs Bücher, im mittleren einige Bücher seiner Freunde, und auf dem unteren – wie in den Tagen, als ich öfter herkam, nichts hatte sich geändert – drei Flaschen Alkohol: eine Flasche „Napoléon", eine Flasche israelischer Rotwein und eine Flasche Kirschlikör. Sofort nach meinem Eintritt hatte er immer die Flasche Kognak aus dem Regal genommen und sie laut auf den Tisch gestellt, zwei Gläser gebracht, eingeschenkt und mich gebeten – mich gezwungen! –, *a glesele* zu trinken. Eine Weigerung wäre eine unverzeihliche Beleidigung gewesen. Zwei kurze, mit orangefarbenem Stoff bezogene Sofas standen an den Wänden. Das Zimmer war spärlich möbliert, als sei es nur zeitweilig bewohnt.

Rachel brachte zwei Gläser Tee und einen Käsekuchen, den sie selbst gebacken hatte. „Die Welt ist leer geworden", sagte sie, als sie sich setzte und ihre runden, weißen Arme auf den Tisch legte. Ich fragte, ob sie mit ihrer Mutter gesprochen habe, und sie sagte, ja, ihre Mutter rufe jeden Tag an. Sie sei zusammengebrochen, aber sie komme nicht her. „Die Vorstellung muß weitergehen", habe sie gesagt. Und das seien auch die Worte, die ihr Vater immer gesagt habe, bei allen Schwierigkeiten. „Die Vorstellung muß weitergehen." Als sie ein kleines Mädchen war, erzählte sie, hätten sie gehungert. Sie lebten von dem bißchen Geld, das ihr Vater für die Artikel bekam, die er da und dort veröffentlichte, und von dem, was ihre Mutter bei gelegentlichen Vertretungen an kleinen Tourneetheatern verdiente. „Aber Papa war ein Optimist. Die Vorstellung muß weitergehen, sagte er."

„Ja", sagte ich, „seine Stimmung war immer gut, wenn ich kam."

Sie senkte den Blick auf ihr Teeglas, das sie zwischen den Handflächen hin und her schwenkte – sie hatte noch keinen Schluck getrunken –, und als sie mich dann anschaute, sagte sie: „Er war nicht glücklich hier, nein. An seinen Briefen habe ich gespürt, daß in ihm eine Saite gerissen ist." Sie sprach ein schönes, natürliches Jiddisch, das sie von ihren Eltern gelernt hatte.

Ja, das war die Wahrheit: Glücklich war er hier nicht gewesen. Und ich wußte genau, daß seine „gute Stimmung" nur gespielt war, oder der verzweifelte Versuch, sich selbst Mut zu machen. „Die Beziehung zwischen uns beiden hatte sich in der letzten Zeit etwas gelockert", sagte ich, „wir haben uns wochenlang nicht getroffen."

„Ja, ich weiß." Und nach einer Minute Schweigen warf sie mir einen Blick voll jüdischer Trauer zu: „Er hat mir von dem Unglück geschrieben, das Sie getroffen hat."

Das Unglück. Eine kleine Flamme züngelte aus der Asche in meiner Brust. Der Asche, die nicht erkaltet war, die nie erkalten würde.

Wie konnte sie etwas von dem Zusammenhang zwischen diesen beiden unglücklichen Ereignissen wissen?

Ich würgte den Kloß in meinem Hals hinunter. Und um uns beide von dem schlimmen Thema abzulenken, erzählte ich ihr, was ihr Vater einmal zu mir gesagt hatte, etwas, was seinen optimistischen Humor bewies, nämlich, daß Hebräisch ein ernstes Gesicht habe, Jiddisch hingegen ein lachendes, und er gab ein Beispiel dafür: „Mit starker Hand führte uns Gott aus Ägypten", steht in der *Haggada*, ein Satz, der vollkommen ernst ist, während das Jiddische aus *chosek chojsek* macht, und das bedeutet verspotten, ins Lächerliche ziehen. Was auf Hebräisch hart ist, wird auf Jiddisch weich. Schwierigkeiten, die das Hebräische voll Pathos bekämpft, besiegt das Jiddische mit einem Scherz. Und noch etwas hatte er gesagt: „Ihr, die ihr Hebräisch sprecht, seid hart wie Zypressen, und wir sind weich wie Binsen. Die Zypressen werden von einem starken Sturm zerbrochen, uns biegt er nur. Seien Sie also nicht erstaunt, wenn Sie Jiddischsprechende gebeugt gehen sehen. Gebeugt, aber sie halten mehr aus als ihr."

Lachtränen liefen ihr aus den Augen. Als sie ein Kind war, sagte sie, habe ihr Vater trotz der Tatsache, daß er damals „Bundist" gewesen sei, gewollt, daß sie Hebräisch lerne und sie in eine hebräische Nachmittagsschule geschickt. Nach zwei Wochen sei sie geflohen und nicht mehr hingegangen. „Ich hatte einen solchen inneren Widerstand", sie legte die Hand auf die Brust, „ich hatte das Gefühl, ich würde betrügen! Wirklich einen Betrug begehen!"

Ich fragte, wie lange sie noch in Israel bleiben würde, und sie antwortete, sie müsse sofort nach Frankreich zurückkehren, denn sie habe ihre fünfjährige Tochter in der Obhut von Bekannten zurückgelassen, und sie sei nun schon drei Wochen hier. Doch sie wisse nicht, was sie mit dieser Wohnung anfangen solle. Verkaufen? Vermieten? Und was solle mit der Einrichtung und allem geschehen, mit den Büchern? Ihre Mutter würde nicht herkommen. Sie würde aus Australien in ihre Pariser Wohnung zurückkehren. „Ein leeres Haus ist wie ein Herz, das nicht klopft", sagte sie.

Damit stand sie auf, ging in das andere Zimmer und kam mit einem Päckchen in der Hand zurück: das Einwickelpapier war braun und zerknittert, die mehrfach darumgewundene Schnur zerfasert. Sie legte das Päckchen auf den Tisch. „Mein

Vater hat mich gebeten, Ihnen das zu geben. Ich glaube, es sind Hefte drin."

Als ich nach Hause kam, öffnete ich das Päckchen. Ja, es waren fünf Hefte darin, graue israelische Schulhefte, und unter „Name des Schülers" stand sein Name, unter „Klasse" seine Adresse in Tel Aviv. Ich warf einen Blick hinein. Ein Tagebuch? Notizen von Gedankengängen? Kleine Sterne trennten die einzelnen Abschnitte. Ich wickelte die Hefte wieder in das zerknitterte Papier, band die Schnur darum, stieg auf eine Leiter und legte das Päckchen in das oberste Fach meines Bücherschranks, auf einen Stapel brauner Umschläge, die ebenfalls alte Hefte enthielten.

Am letzten Tag ihres Lebens, morgens, sah ich Nora die Geranien gießen, die in Töpfen am Geländer unseres vorderen Balkons hingen. Sie trug einen leichten, hellen Anzug, und mit der kleinen Gießkanne in der Hand ging sie von Pflanze zu Pflanze. Von weitem fragte ich: „Warum gießt du sie? Alles ist noch naß vom Regen."

Sie gab keine Antwort und machte weiter. Dann, als sie fertig war, wandte sie sich zu mir und fragte sanft, fast flehend: „Soll ich dich fahren?"

Ich antwortete, das sei nicht nötig, ich würde mit dem Autobus zur Universität fahren.

„Gut, dann also Schalom", sagte sie, und in ihren Augen lag eine schreckliche Trauer.

Ich verließ das Haus und kam erst um elf Uhr abends zurück. Nachmittags hatte eine Konferenz stattgefunden, und abends hatte ich mit einem jüdischen Geldgeber aus Amerika, aus dem ich ein Forschungsstipendium für besonders begabte Studenten herauszuholen hoffte, im Hotel Sheraton gegessen. Als ich heimkam, war Licht in ihrem Zimmer, und die Tür war geschlossen.

Schon seit einigen Monaten schliefen wir getrennt, sie im Schlafzimmer, ich in meinem Arbeitszimmer. Eines Abends, am Ende einer kleinen Auseinandersetzung, hatte ich mein Bettzeug genommen und gesagt: „Ich brauche Ruhe, Nora".

25

Ich hatte gehofft, sie würde mich zurückhalten, aber sie hatte nichts gesagt. Ich brachte das Zeug zum Sofa in meinem Arbeitszimmer, und eine schwere Last drückte meine Beine, meine Arme, meine Brust. Wir sprachen immer weniger miteinander. „Gespräche der Seelen", die ich vor allem während der Mahlzeiten zu beginnen versuchte, versickerten schnell, wie Wasser im Sand.

„Was wird das Ende sein?" hatte ich sie einmal gefragt, als uns die Worte ausgegangen waren.

„Es wird ein Ende geben", hatte sie, ein schmerzliches Lächeln auf den Lippen, geantwortet, und dann schaute sie mich voller Zuneigung an, vielleicht voller Liebe.

Ich fragte mich verwundert, woher sie diese Kraft hatte, diese langen Schweigezeiten auszuhalten, der Versuchung zu widerstehen, „die Dinge zu klären". Morgens fuhr sie immer ins Labor, nachmittags kam sie zurück, erledigte einige Arbeiten im Haushalt – Pflichten, die sie mit großer Sorgfalt erfüllte –, und abends, wenn ich, in meine Arbeit vertieft, am Schreibtisch saß, schaute sie ein bißchen fern, doch meist stand sie mitten im Programm auf, schaltete das Gerät aus und zog sich in ihr Zimmer zurück. Ich bildete mir ein, einen Seufzer hinter der Wand zu hören, einen tiefen Seufzer. Wie stark sie ist! dachte ich beim Klang ihrer energischen Schritte, wenn sie in ihr Zimmer ging. Wie stark!

Ganz selten ging sie abends aus dem Haus. Und ich fragte nicht, wohin.

Als ich an jenem Morgen aufwachte – früher als sonst, es war halb sechs –, brannte noch immer das Licht in ihrem Zimmer. Ich ging hinein und fand sie leblos. Das Gesicht gelassen, klar. Als habe sie endlich Ruhe gefunden.

Gestern, um halb ein Uhr mittags, rief ich in Bogotá an. Schula war am Apparat. Mit großer Wärme und einer fröhlichen Stimme fragte sie mich, wie es mir gehe, was es Neues in Israel gebe, wie das Wetter bei uns sei. Ihnen gehe es gut, ausgezeichnet. Sarit sei gesund. Sie habe Sehnsucht nach mir, frage immer, warum kommt Opa nicht. „Du willst sicher mit Joav sprechen, eine Sekunde." Ich wartete eine lange Sekunde. Als würden hinter den Kulissen irgendwelche Verhandlungen geführt.

„Wie geht es dir?" Sehr beherrscht. Und dann, mit erzwungener Heiterkeit: „Wie geht es Petljura?" Während Schula im Hintergrund flüsterte, schlug er vor, ich solle sie in meinen Winterferien, wenn bei ihnen Sommer sei, doch für zwei, drei Wochen besuchen.

„Wozu?"

„Du kannst dich ausruhen. Auch arbeiten, wenn du willst." Sie würden mir ein ganzes Stockwerk in ihrer Villa freimachen. Es sei sehr ruhig, nur Vögel seien zu hören. „Ich schicke dir das Flugticket. Um die finanzielle Seite brauchst du dir keine Sorgen zu machen."

„Ich mache mir keine Sorgen um die finanzielle Seite", sagte ich, und er drängte nicht weiter.

„Was gibt es außerdem Neues?"

Außer was?! wollte ich schreien. Außer was?

Was willst du, was ich machen soll, Joav?

Willst du, daß ich verschwinde, daß ich nicht mehr da bin?

Was trägst du mir nach? Was hätte ich tun können und habe es unterlassen?

Wie ein Schlag hatte mich die Ankündigung von ihrer Reise

getroffen. Ich habe es von Schula erfahren müssen. Nur zwei Wochen, bevor sie abreisten, zweieinhalb Monate nach Noras Tod, kam sie mit der Kleinen. Sie hatten schon ihre Flugkarten. Sie hatten schon das Haus in Ramat-Ef'al vermietet. Schula versuchte, mir Mut zuzusprechen: Sie führen nur für zwei Jahre. Sowieso hätten sie, wenn Joav „angenommen hätte, was man ihm angeboten hat" – nach dreizehn Jahren als Berufsoffizier –, nach Be'er Scheva umziehen müssen, und wir hätten uns nicht oft sehen können. Sarit saß auf meinem Schoß und drückte sich an mich, als wolle sie ihre Weigerung demonstrieren, sich von mir zu trennen.

„Nach Kolumbien?" sagte ich, entsetzt. „Was wird er in Kolumbien tun?"

Die Briefe, alle paar Wochen einer, sind alle von Schula geschrieben. Lange Briefe. Landschaftsbeschreibungen von Kolumbien, von ihren häufigen Ausflügen mit dem Auto. Ausführliche Beschreibungen der Gebräuche der Ureinwohner. In ihrer von einem großen Garten umgebenen Villa, nicht weit vom Stadtzentrum, hätten sie drei Hausangestellte, und sie, Schula, die von Kindheit an gewöhnt sei, alle Hausarbeit selbst zu machen, könne sich nur schwer daran gewöhnen. Sarit, sechs Jahre alt, würde jeden Morgen vom Chauffeur in die jüdische Schule der Stadt gefahren, und zum Glück sei ihre Lehrerin eine Israelin. „Einen lieben Gruß von Joav." Doch kein einziges Wort in seiner Handschrift.

Ich weiß nicht, was er dort macht. Es ist geheim.

Vom Streit zwischen mir und seiner Mutter wußte er von Anfang an. Es lag in der Luft. Und vielleicht waren ihm bei seinen häufigen Besuchen auch Wortwechsel zu Ohren gekommen. Am Anfang hatte er manchmal versucht, die Spannung durch irgendeinen Scherz zu mildern. Später, als die Krise ernster wurde, vermied er es, allein zu kommen. Immer mit Schula und Sarit. Wir beschäftigten uns mit der Enkelin, die in den Zimmern herumtollte, liefen ihr nach, spielten mit ihr. Er drückte sich davor, mit mir zu sprechen, als meide er mich. Einmal sagte er vor dem Weggehen, als er schon in der Tür stand, Sarit auf dem Arm, mit einer gewissen Feindseligkeit in den Augen: „Ich verstehe dich nicht, Papa. Ich verstehe dich einfach nicht." Dann ging er.

Was hätte ich tun sollen, Joav?

Diese Liebe zwischen ihm und seiner Mutter! Von Kindheit an. Ganz ruhig hatte sie ihn immer bei den Hausaufgaben angeleitet, ihn nie angeschrien. Nie verlor sie die Geduld, wenn er bei Schwierigkeiten einen Dickkopf aufsetzte. Sie behandelte ihn wie einen kleinen Erwachsenen. Wenn er Ferien hatte, nahm sie ihn mit ins Labor, zeigte ihm die Wunder biologischer Experimente, und er kam immer begeistert zurück.

Als er zwölf, dreizehn Jahre alt war, legte sie ihm den Arm um die Schulter, und beide gingen auf der Straße wie Freunde, stolz, sich zusammen zu zeigen. Als er dann größer war als sie – schon in der Uniform des Soldaten, später des Offiziers –, legte er den Arm um ihre Schulter, wie um sie zu schützen. War stolz auf ihre Schönheit, auf ihr jugendliches Aussehen, ihre Vitalität. Er führte sie seinen Freunden vor: „Ich möchte euch meine schöne Mutter vorstellen."

Und diese telepathische Verbindung, die sie mit ihm hatte, während er beim Militär war! Wie auf einem Radarschirm verfolgte sie seine Schritte. In der Nacht des 16. Oktober, als er bei der Überquerung des Suezkanals verwundet worden war – er war schon Offizier bei der Panzertruppe –, hatte sie einen Alptraum. Am nächsten Morgen sagte sie ganz ruhig, aber mit einer absoluten Sicherheit: „Er ist verwundet."

Verwundet, sagte sie und dehnte ihre ausdrucksvollen Hände, wie um sich von einem Krampf zu befreien. Dehnte und schloß sie, immer wieder.

Ich nahm ihre Hände, drückte sie und sagte: „Wir wissen nichts, beruhige dich!" Doch schon am Abend war sie an seinem Bett im *Tel-Haschomer*. Die Verwundung war leicht, Splitter in den Schultern und der Brust. Und zehn Tage später versuchte sie nicht, ihn von der Rückkehr zu seiner Einheit abzuhalten.

Was für ein unnatürlicher Zustand, daß Schula zwischen uns beiden vermittelt! Daß ich jetzt nur über sie mit ihm spreche!

Schula, die Nora, im Gegensatz zu mir, überhaupt nicht mochte, bevor Joav und sie heirateten.

Als die beiden unser Haus verließen, nachdem Joav sie zum ersten Kennenlernen heimgebracht hatte, legte Nora beide Hände an den Kopf, eine Geste der Enttäuschung, und sagte mit bitterem Lächeln: „Ich verstehe nichts!" In ihren Augen war Schula armselig: ein Vogelgesicht, eine große Brille mit einer herunterbaumelnden Schnur, dunkelhäutig, dünn, wenig gesprächig. Sie hatte auf dem Sofa gesessen, zusammengekauert, als würde sie frieren, und hatte unsere Fragen mit fast unhörbarer Stimme beantwortet, wobei sie uns mit mißtrauischen Augen betrachtete. Sie stamme aus Be'er-Tuvia, sagte sie. Sie habe das Kindergärtnerinnenseminar abgeschlossen. Nein, sie glaube nicht, daß sie als Kindergärtnerin arbeiten werde. Kurze, trockene Antworten. Und Joav legte ihr die Hand auf die Schulter, wie um sie zu schützen.

„Was findet er nur an ihr?" fragte Nora erstaunt. Ihrer Meinung nach hatte er eine schönere Frau verdient, eine gebildetere, und sie sagte, sie staune immer wieder über dieses seltsame, so häufig anzutreffende Phänomen, daß ausgerechnet gutaussehende junge Männer, die von den schönsten Frauen angebetet und begehrt würden – sie bräuchten nur zu blinzeln, und schon würden sie sich ihnen in die Arme werfen –, schließlich so farb- und glanzlose Frauen heirateten.

Erst nach der Hochzeit entdeckte sie einige Vorzüge an ihr: Lebensklugheit, Aufrichtigkeit, Geschicklichkeit, Liebe zur Natur – Schula überraschte sie dadurch, daß sie die lateinischen Namen nicht nur der Wildblumen wußte, sondern auch der verbreitetsten Kulturpflanzen –, und den Vorzug, der alle anderen übertraf: ihre hingebungsvolle Liebe zu Joav. Nach Sarits Geburt benahm sie sich ihr gegenüber wie eine ältere Schwester. Oft fand ich die beiden, wenn ich nach Hause kam, in lebhafter Unterhaltung, wie zwei gleichaltrige Freundinnen. Einmal hörte ich einige Gesprächsfetzen, es ging um polygame Neigungen bei Menschen und Tieren ...

Nach dem Unglück –

Es macht mich verrückt – das, was er am ersten Tag nach der *Schiwa* zu mir sagte!

Dieser Zweifel!

Als ob ich ...

Er hatte fast ganz aufgehört, allein zu kommen; sie kamen zusammen. Beide setzten sich, und er überließ es Schula zu sprechen. Er selbst schwieg ungeduldig, stand dann auf und hatte schon die Autoschlüssel in der Hand. „Mach schon, wir müssen gehen."

Oder er kam auf einige Minuten herein, zwischen einer Arbeit und der nächsten, getrieben von einer Art Verantwortungsgefühl dem verwitweten Vater gegenüber – vielleicht hatte er doch einige Gewissensbisse –, und fragte, ob er „etwas tun" könne. Er ging dann von Zimmer zu Zimmer, klopfte an allen möglichen Stellen herum, als bedürfe das Haus der Kontrolle. Im Flur öffnete er den Sicherungskasten, um zu sehen, ob die Sicherungen alle in Ordnung waren. Er machte den Fernseher für ein paar Sekunden an, ob auch kein „Schnee" auf dem Bildschirm zu sehen sei. Ging ins Badezimmer und teilte mir mit, daß der Wasserhahn des Waschbeckens tropfe und er das nächstemal einen neuen Hahn mitbringen und gegen den kaputten austauschen würde. „Also dann, ich hab's eilig, bleib gesund."

Und ohne Vorwarnung war er weggefahren.

Nach Kolumbien!

Joav, hätte ich diese schicksalhafte Verwicklung voraussehen können?

Alles fing damit an, daß ich eines Tages, vor ungefähr vier Jahren, ein Päckchen aus Paris bekam, und als ich es öffnete, fand ich darin ein Buch mit Gedichten in Jiddisch, „Ojßgebojgene zwajg", Gebogene Zweige, von einem Autor, dessen Namen ich nicht kannte, Schmuel Fojglman. Auf dem Deckblatt, unter dem Titel, stand eine lange Widmung, die das Blatt in seiner ganzen Breite ausfüllte. Sie war jiddisch geschrieben, mit großen Buchstaben: „Für den bedeutenden Autor des Werkes ‚Der große Verrat', der mit scharfen Augen und einem warmen, liebenden Herzen in das Zentrum der grauenhaften Tragödie des ermordeten jüdischen Volkes drang, eines Volkes, von dem der Staub von sechs Millionen Heiligen über die Erde Europas verstreut wurde – in inniger Verehrung und Bewunderung – Schmuel Fojglman." Über dem „g" von Fojglman war ein kleiner Vogel gezeichnet, und unter dem Namen stand die volle Adresse des Dichters, im 10. Arrondissement von Paris.

In meinem Buch „Der große Verrat", einer Untersuchung des *Chmjelnizki*-Aufstandes und der Pogrome 1648-1649, ging es vor allem um eine Beschreibung des Verrats des polnischen Adels an der jüdischen Bevölkerung des Schutzgebiets. Es war gerade einige Monate zuvor in einer französischen Übersetzung im Universitätsverlag Metz erschienen und hatte einen den Verlag und mich überraschenden Erfolg, vor allem wegen einer begeisterten Rezension in *Le Monde,* die ein bekannter Historiker geschrieben hatte, ein Nichtjude, der eine Parallele zog zwischen dem, was ich in meinem Buch schrieb, und der Lage der Juden im „freien" Frankreich und dem Verrat der Vichy-Regierung an ihren „Schutz-Juden" während des

Zweiten Weltkriegs. Doch es war ein seltsames Gefühl – auch ziemlich beschämend, wegen der überschwenglichen Widmung –, als Zeichen der Dankbarkeit und der Wertschätzung für dieses wissenschaftliche Werk einen Band mit Gedichten zu bekommen, noch dazu in Jiddisch. Einem Forscher schmeicheln Ehrungen seiner Kollegen, nicht die eines unbekannten Dichters.

Jiddisch hatte ich gelernt, als ich ungefähr fünfunddreißig Jahre alt war. Mein Vater, ein Archäologe, war ein Anhänger des Hebräischen, und meine Mutter, eine im Land Geborene, sprach nur diese Sprache. Als meine Großmutter, die Mutter meines Vaters, einwanderte und bei uns in unserem Haus in Rechovot lebte – ich war damals neun -, fing ich einige Worte und Sätze ihrer Sprache auf, bis ich fähig war, stotternde Gespräche über alltägliche Dinge mit ihr zu führen. Die große Zuneigung, die ich ihr entgegenbrachte – sie war eine ruhige und vornehme Frau, die auf Zehenspitzen im Haus herumging und sich große Mühe gab, die Ordnung unseres Lebens nicht zu stören –, erstreckte sich auch auf ihre Sprache. Aber erst als ich begann, mich intensiv mit der Erforschung der Geschichte der Juden in Osteuropa zu beschäftigen und sich herausstellte, daß ein großer Teil des erforderlichen Materials, der Bücher und Zeitungen, nur auf Jiddisch zu finden war, lernte ich die Sprache von Grund auf. Fließend sprechen kann ich sie bis heute nicht.

Ich weiß, daß ich einen großen Mangel habe: Ich interessiere mich nicht für Lyrik. Wenn ich die Rubriken der Wochenendzeitungen durchgehe und mein Blick – sozusagen aus den Augenwinkeln – auf irgendein Gedicht fällt, gebe ich zumeist schon nach den ersten fünf, sechs Zeilen auf, es verstehen zu wollen, und kehre zu den Artikeln zurück. Sehr selten finde ich ein Gedicht, das mich berührt oder begeistert. Einer meiner Kollegen an der Universität, zugleich ein Dichter, schenkt mir schon seit Jahren jedes Buch, das er veröffentlicht. Ich blättere aus reinem Pflichtgefühl darin herum, und wenn ich mich bei dem einen oder anderen Gedicht aufhalte und versuche, es zu verstehen, leide ich. Ja, ich leide, im wahrsten Sinn des Wortes: Ich irre zwischen den Wörtern herum, ratlos, und verstehe die Beziehung zwischen den einzelnen Zeilen nicht. Sie haben nicht die Musikalität, die mich verführen würde, weiterzulesen und die Hindernisse zu überwinden, über die ich gestolpert bin. Und ist es nicht die Musikalität, die dazu da ist, Freude zu machen? Und dann die Bilder! Die Bilder in diesen Gedichten kommen mir vor, als habe der Schreiber sie im Schweiße seines Angesichts aus seinen Gedanken gepreßt, um sie so weit wie möglich von der ursprünglichen Idee zu entfernen. Deshalb drücke ich immer die Hand meines Kollegen, wenn ich ihn treffe, beglückwünsche ihn mit ein paar leeren Worten. Er nickt lächelnd, als wolle er sagen: Ich weiß, daß Sie sich nicht für die Gedichte begeistern, und vielleicht haben Sie sie überhaupt nicht gelesen, aber ich verzeihe Ihnen. Sie sind nicht dazu verpflichtet. Und dann sprechen wir nicht mehr darüber.

Ja, der Fehler liegt bei mir, ein Mangel. Seit ich mich der Forschung widme, die fast meine gesamte Zeit in Anspruch nimmt, die Tage und die Abende, meinen ganzen Willen und meinen Geist, enthalte sich mich vieler Vergnügungen, die den Geist bereichern. Ich habe fast völlig aufgehört, schöne Literatur zu lesen, und nur sehr selten gehe ich ins Theater oder ins Kino; und hätte Nora nicht darauf bestanden, jedes Jahr unser Konzertabonnement für die Philharmoniker zu erneuern, wäre ich auch da nicht hingegangen, obwohl ich Musik sehr genieße. Auch wenn ich zum hundertsten Mal die Sonate für Violine und Klavier von César Franck höre, treten mir Tränen in die Augen. Ich ziehe eine Trennungslinie zwischen meinem Reich und den vielen anderen Reichen, in denen aufregende, rührende, märchenhafte, geheimnisvolle Dinge geschehen. Ja, es ist ein ernsthafter Mangel.

Nicht daß die Forschungsarbeit trocken wäre, wie viele behaupten, die sich nicht damit befassen. Forschung, die ohne Begeisterung betrieben wird, ohne Liebe zur Sache, ohne ein Gefühl der Neugier und Entdeckerfreude, bleibt steril. Aber einem Wissenschaftler – sogar einem, der sich mit Naturwissenschaften befaßt, erst recht einem Historiker, der

zu den Humanwissenschaftlern gehört, nicht zu den soge-
nannten exakten – können sozusagen Flügel wachsen, wenn
er sich am „göttlichen Nektar" der Künste labt.

Wenn ich die historischen Biographien von Plutarch lese,
glänzen meine Augen beim Anblick der Gedichte, die in die
Texte eingestreut sind wie Disteln und Hahnenfuß in ein
Kornfeld – Verse von Euripides, wenn er über Alexander den
Großen schreibt, von Sophokles in der Abhandlung über
Numa, von Homer in der Beschreibung Coriolans. Was für
ein Zauber, was für ein Adel, was für eine Inspiration darin
liegen! Wie mildern die Verse des Liedes die „große Tragödie
der Wissenschaft", die, wie Erich Heller sagt, das auch nötig
habe, da „die häßlichen Fakten oft die schönsten Hypothesen
morden".

Ich habe mich, zu meinem Unglück, von diesen künstleri-
schen Quellen des Lebens entfernt, zu denen die Lyrik gehört,
die, wie Aristoteles sagt, über der Geschichtsschreibung
steht. Eines Tages, lange bevor ich das Buch Fojglmans
erhielt, war ich, wie viele Dozentenkollegen, zu einer abend-
lichen Dichterlesung im Auditorium der Universität eingeladen. Der Saal war überfüllt. Die Leute saßen auf den Treppen
und standen an den Wänden. Auf der Bühne erschienen, einer
nach dem anderen, einige der „großen Leuchten" der jungen
Lyrik und lasen aus ihren Werken. Das Publikum lauschte
mit angehaltenem Atem und klatschte begeistert Beifall. Und
mir öffnete sich, wie von einem Zauberstab berührt, das
Herz, und ich verstand. Ich verstand eben jene Gedichte, die
mich, wenn mein Blick in der Zeitung auf sie fiel, abstießen
und die ich daher übersah. Es war eine Art Offenbarung.
Erstaunt fühlte ich, daß all die Bilder, die Metaphern, die
Wortspiele, die Sprachkombinationen, von denen ich ge-
glaubt hatte, sie seien willkürlich gewählt und weit entfernt
von meiner Erlebniswelt, die Essenz der Erkenntnis eines
Moments waren, das Wesentliche, tiefe Eindrücke der Seele,
und daß keine andere Ausdrucksform sie so erfassen konnte.
Sprühende Funken, ähnlich den „göttlichen Funken" des
Chassidismus. Waren es nun die menschlichen Stimmen, die

Stimmen der Dichter, die Art, wie sie Wörter und Sätze aussprachen – sie flogen wie Tauben aus ihren Mündern, wie Tauben aus dem Ärmel eines Zauberers –, was mich beginnen ließ, das Wunder zu verstehen? Vielleicht wurde ich auch von der Atmosphäre der Zuneigung, der Bewunderung, die das Publikum ausstrahlte, angesteckt? Als ich nach Hause kam, erzählte ich Nora davon. Ich sagte, wir versäumten viel, wenn wir keine Lyrik läsen. Sie antwortete: „Wenn ich ins Mikroskop schaue und in einer Lösung aus der Zelle einer Flunder ein Virus sich bewegen sehe, wenn ich sehe, wie es zwischen Häufchen, Blasen, Sternen, Kometen herumschwimmt, in einer Art farbenprächtigem Paradies – das ist eine ganze Welt voll Poesie! Die Dichter, die Naturlyrik schreiben, kennen nur den Makrokosmos, schade, daß sie von diesem Mikrokosmos nichts wissen."

„Im Gegenteil", antwortete ich, „sie schreiben über das Mikro im Makro."

Und beide lachten wir. Doch sie kannte viele Gedichte auswendig, die sie in der Schule gelernt hatte. Als wir einmal am Meer standen, deklamierte sie „Über die Fülle des blauen Meeres" von Tschernichowski von Anfang bis Ende.

In der Zeit unserer Kämpfe, von denen einige so heftig waren, daß ich eilig die Fenster schloß, um zu verhindern, daß unsere Stimmen nach draußen drangen, sagte ich einmal: „Dann trennen wir uns eben!" Plötzlich schwieg sie, wurde blaß, das Blut wich sogar aus ihren Lippen; sie sank in einen Sessel, schaute mich lange an, wie aus weiter Ferne, aus einer anderen Welt, und sagte leise und entschieden: „Nein, wir werden uns nicht trennen."

Doch die wirkliche Distanzierung zwischen uns hatte schon lange, bevor wir uns für die Stunden der Nacht trennten, begonnen, nämlich damals, als sie aufhörte, mir ihre Träume zu erzählen.

Ich zeigte Nora das Buch, das ich aus Paris erhalten hatte, und als ich ihr die Widmung übersetzt hatte, sagte sie: „Ein witziger Mann." Dann, nachdem ich sie auf den gezeichneten Vogel über seinem Namen aufmerksam gemacht hatte, meinte sie: „Nicht gerade ein Zeichen großer Klugheit."

Ich sagte: „Die Schrullen eines Dichters."

Ich blätterte in dem Buch, überflog einige Gedichte, und sie gefielen mir nicht. Die meisten waren Elegien, geschrieben von einem Mann, der, das war deutlich, die Judenverfolgung am eigenen Leib erlebt hatte, Elegien über die Vernichtung, den Mord, die Ausrottung. Oder es waren Gedichte der Sehnsucht nach einer Welt, die es nicht mehr gab.

Da ich nicht daran gewöhnt war, Lyrik zu lesen, verfügte ich über keine Kriterien, sie zu beurteilen. Doch weckten die Gedichte in mir, dem Laien, eine gewisse Zuneigung gegenüber ihrem Verfasser, Mitleid, aber keine große Wertschätzung. Ja, sie waren melodisch: man konnte auf den Zeilen schwimmen, über sie gleiten, von einem Reim zum nächsten, und kam schließlich mit dem Schlußreim zum versprochenen Ufer. Doch ausgerechnet dieses Melodische – das ich in vielen hebräischen Gedichten von heute vermisse – machte mich diesen gegenüber vorsichtig. Ich hatte das Gefühl, daß diese leichte, angenehme, manchmal honigsüße Strömung ohne Stolpern, ohne auch nur einen Moment des erschreckten Innehaltens, des Schweigens oder des Wahnsinns, der den ganzen Rhythmus und die Ordnung der Wörter umgedreht hätte, trotz der Seufzer, der Klagen, der schmerzlichen Gefühlsausbrüche, an deren Aufrichtigkeit nicht zu zweifeln war, im Widerspruch zur Realität des Schreckens und des Grauens stünde, von der die Gedichte handelten. Und die Bilder, die Metaphern, kamen mir allzu bekannt vor, als hätte ich sie schon unzählige Male getroffen: weinende Bäume, Blutstropfen auf Schnee, erloschene Kerzen zum Gedächtnis der Toten, verblassende Sterne, ein noch immer schwelendes Herz, das Leben als eine dunkle Nacht.

Ich stellte das Buch ins Regal und dachte: Bei Gelegenheit schreibe ich ihm mal zwei, drei Zeilen, um mich zu bedanken. Wie es oft passiert, wenn man eine unangenehme Pflicht von heute auf morgen verschiebt, dauerte es nur ein paar Tage, und die Sache war in den Hintergrund gerückt. Danach war, sozusagen, ihre Zeit vorbei.

Ich wurde zum Dekan der Fakultät für Jüdische Geschichte ernannt, und die Verwaltungsarbeiten, die lästig und nervtötend sind und den Kopf von den wichtigen Aufgaben ablenken, vom Studium, von der Forschung, verschlangen fast meine ganze Zeit. Den Gedichtband vergaß ich vollkommen. Es waren etwa zwei Monate vergangen, nachdem ich ihn erhalten hatte, da traf ich eines Tages Professor M. S. im Korridor, und er sagte: „Ich soll Ihnen Grüße von Schmuel Fojglman ausrichten."

Der Name kam mir bekannt vor, doch ich erinnerte mich nicht mehr, woher. Erst als Professor M. S. sagte, der Mann habe in den höchsten Tönen von mir und meinem Buch „Der große Verrat" gesprochen, fiel es mir ein. Scham verschloß mir den Mund. Das Buch. Die Widmung. Die nicht erfüllte Pflicht. „Ja, er hat mir ein Buch mit seinen Gedichten geschickt", sagte ich, „aber ich kenne ihn nicht persönlich."

M. S. erzählte mir, er habe „diesen Juden" an der Sorbonne getroffen, bei einem internationalen Kongreß zur Erforschung des Holocaust, der dort stattgefunden habe. Er sei zu allen Vorträgen gekommen, habe unter den wenigen Zuhörern gesessen – vielleicht zwölf, dreizehn –, und nach seinem eigenen Vortrag sei er zu ihm gekommen, habe über mich und mein Buch gesprochen und gebeten, mir Grüße auszurichten. Ich fragte M.S., was für eine Art Mensch er sei, dieser Fojglman, und er sagte: „Ein warmer Mensch, ein bißchen lächerlich ... In den Pausen zwischen einem Vortrag und dem nächsten, in der Cafeteria, versuchte er immer, mit diesem oder jenem Teilnehmer ins Gespräch zu kommen, mit einem Professor aus New York, mit einem Dozenten aus Genf ... Er sprach begeistert, diskutierte ..."

„Er spricht hebräisch?"

„Nicht schlecht. Ein bißchen altmodisch, aber er spricht hebräisch. Ein Dichter, sagen Sie? Mir hat er nichts davon gesagt."

Am selben Abend setzte ich mich hin und schrieb, zwei Monate verspätet, einen Dankesbrief.

Dieser Brief, die „Ursünde", wenn man so sagen kann, war Auslöser all dessen, was danach passierte.

*I*ch bin eine Erklärung schuldig.
Und ich zweifle, ob ich dazu fähig bin.
Denn ich kann – im Gegensatz zur Dichterin Rachel – „nur über mich selbst nicht schreiben". Schon seit über zwanzig Jahren bringe ich Wörter und Sätze zu Papier. Dutzende von Veröffentlichungen. Zwei dicke Bücher. Ich beschäftige mich mit Ereignissen, die sich vor langer Zeit zugetragen haben, an fernen Orten, mit denen ich nichts zu tun habe. Noch nie habe ich Tagebuch geführt. Und in Briefen, auch in Briefen an Verwandte oder Freunde, stehen über mich nur Fakten. Und selbst die knapp zusammengefaßt. Wer sich sein Leben lang mit Geschichte befaßt, sieht sich selbst im Vergleich zu ihr so klein wie ein Sandkorn. „Siehe, ich bin arm an Taten."
Mein Arbeitszimmer ist wie eine Zelle oben auf einem Wachtturm, von der aus man über die Weiten der Zeit schauen kann. Man schaut durch durchsichtiges Glas, nicht dazu geschaffen, als Spiegel für das eigene Gesicht zu dienen. Und plötzlich bekommt man einen Schlag auf den Kopf, der Tod tritt in die sichere Zelle – und man hört eine Stimme, die einem befiehlt: Schau nach innen, Mensch! Betrachte deinen Weg!
Ich muß erklären, wie ein fremder Mann in mein Leben trat und es zerstörte.
Es vollkommen zerstörte! Denn ohne ihn, ohne diese Beziehung zwischen uns, die so unerwartet kam, so unerwünscht, aufgezwungen, könnte man sagen, wäre Nora heute noch am Leben. Wir hatten ein glückliches Leben.
Ja, Joav, wir hatten ein glückliches Leben. Du bezweifelst es? Du glaubst nicht, daß ich alles in meiner Macht Stehende

getan habe, um deiner Mutter aus der Depression zu helfen, in die sie in den letzten Monaten gesunken war?

Trotz all dem, was ich wußte?

Dinge, die du nicht wußtest und nicht wissen konntest.

Ich schrieb an ihn, an Fojglman, weil ich Schuldgefühle hatte.

Zweierlei Schuldgefühle.

Erstens wegen meiner Undankbarkeit, weil ich es immer wieder verschoben hatte, mich bei einem Menschen zu bedanken, der sich die Mühe gemacht hatte, mir sein Buch zu schicken – mit Luftpost –, mit einer rührenden, aus tiefstem Herzen kommenden Widmung. Hätte ich mich sofort bei ihm bedankt, hätte ich mich auf ein paar höfliche Worte beschränken können, und damit, nehme ich an, wäre die Angelegenheit erledigt gewesen. Es hätte keine Fortsetzung gegeben.

Und zweitens –

Zweitens war dieser Mann ein Überlebender des Holocaust. Als ich das Buch noch einmal las, bevor ich den Brief schrieb, um zu wissen, was ich schreiben könnte, diesmal jedoch ein Gedicht nach dem anderen, staunte ich über jedes einzelne; ich schlug mir an die Stirn und sagte: Wie konntest du dich nur so verächtlich verhalten, so ignorant einem Menschen gegenüber, der seine ganze Seele in diese Gedichte gelegt hat, sein ganzes Leid und seine ganze Trauer über den Verlust seiner Familie, seiner Heimat, alles dessen, was er auf Erden besessen hatte! Nur ein grober, hartherziger, zynischer Mensch konnte sich so verhalten!

Ich schrieb daher einen langen Brief, zweieinhalb Seiten lang, in dem ich ihn mit Lob überhäufte.

Nein, ich log nicht, nicht in meinem Herzen und nicht in dem Brief. Beim zweiten Lesen – beim ersten, um die Wahrheit zu sagen – entdeckte ich in den Gedichten viele „Funken" und viele eigenständige, überraschende Bilder.

Wie die Stelle, wo er den Schrei mit einem „Lichtpfeil, der am stürmischen Himmel erstarrt" vergleicht.

Oder: „Der weiße See des Schweigens meiner Mutter."

Oder die Beschreibung der Wanduhr, die auch in einem

verbrannten Haus weiterhin ihr Ticken hören läßt, in dem erschütternden Gedicht „Vom Tod der Träume".

Überdies: Es gab einen ganzen Abschnitt in dem Buch, den ich aus irgendwelchen Gründen beim ersten Durchblättern übersehen hatte, er hieß „Im Hinterhof" und stand in keiner Beziehung zur Judenvernichtung oder zu der verschwundenen Welt der Kindheit. Diese Gedichte – die meisten sehr kurz, acht oder zehn Zeilen lang – waren Liebesgedichte, an eine Frau, eine Tochter, Freunde, außerdem Gedichte über beseelte und unbeseelte Natur. Sie gehörten in ihrer Knappheit, in ihrer originellen Betrachtungsweise, meiner Meinung nach zu den besten des Buches.

Doch das Gedicht, das mich am stärksten beeindruckte, war das letzte, zu dem ich beim ersten Blättern überhaupt nicht gekommen war. Es umfaßte zweiundzwanzig Strophen und hieß „Ballade von dem alten Jungen, der nicht geboren wurde".

„Ein einsames Kind steht vor dem verschlossenen Tor und klopft an", so begann das Gedicht. Das verschlossene Tor, an das es klopft, ist das Tor zum Paradies, „das Tor des hellblauen Gleißens", und durch das Tor spricht der Knabe mit drei Gerechten der Welt: Noah, Daniel und Hiob. Er bittet sie, ihm zu öffnen, denn er möchte mit ihnen im Tempel des Lichtes sein, und sie fragen ihn, einer nach dem anderen, was seine Verdienste seien. Seine Verdienste seien seine Leiden, meint der Junge. Zu Noah sagt er, eine schreckliche Sintflut von Leiden sei über ihn hereingebrochen, schlimmer als jene, die er seinerzeit erlebt habe. Zu Daniel sagt er, er sei in eine Grube geworfen worden, in der nicht nur Löwen wüteten, sondern auch alle anderen wilden Tiere, und sie hätten ihn zerfleischt. Und zu Hiob sagt er, sein Haus sei verbrannt worden, und von seiner ganzen Familie sei nicht ein einziger geblieben.

„Aber du bist ein Kind", sagen die drei, „und es ist unmöglich, daß einem Kind all das passiert sein sollte, dieses ganze Unheil; selbst die Jahre Methusalems wären zu wenig für so viel Unglück."

Der Junge sagt, er sei schon tausend Jahre alt, und siebzig Generationen hätten nicht gesehen, was er mit eigenen Augen sah. Wenn er so alt sei, sagen die drei, was habe er denn dann an guten Taten vorzuweisen, um das Paradies zu verdienen? Der Junge schweigt. Er hat keine guten Taten vorzuweisen, er ist doch noch ein Kind!

„Mein gutes Kind, mein unschuldiges Kind", sagt Hiob, „nackt bist du aus dem Leib deiner Mutter gekommen, und nackt wirst du dorthin zurückkehren. Wenn der Engel Gabriel dich die Geheimnisse der Welt lehren wird, wird er dir auch den Weg zu uns zeigen."

„Gerechter Hiob, kluger Hiob", sagt das Kind, „wie kann ich in den Leib meiner Mutter zurückkehren, wenn ihr vor meinen Augen der Bauch aufgeschlitzt wurde ..." Und die Ballade endet mit den Worten: „Da stehen nun die drei Gerechten, sie stehen und schweigen, und vor ihren Augen geschieht ein Wunder, verwandelt sich der Junge in einen strahlenden Stern."

Über dieses Gedicht, hauptsächlich über dieses Gedicht, schrieb ich ihm. Vielleicht war das Lob, mit dem ich ihn überschüttete, übertrieben, doch ich log nicht.

Nach drei Wochen erhielt ich einen siebzehn Seiten langen Brief von Fojglman. Ich hatte Hebräisch geschrieben, er antwortete in Jiddisch.

Ich erschrak so sehr über die Länge des Briefes, daß ich ihn hinten auf den Schreibtisch legte und ihn erst drei Tage später las, am Schabbat.

Ich bin nicht an einen familiären Umgangston mit anderen Menschen gewöhnt, jedenfalls nicht mit Menschen, die ich noch nie getroffen hatte. Und der Brief, obwohl respektvoll, war in einem sehr familiären Ton gehalten, mit Seelenergüssen, wie sie nur ein Bruder dem Bruder schreibt. Meinen Brief, so schrieb er gleich zu Beginn, habe er mit Tränen in den Augen gelesen, und der Tag, an dem er ihn erhalten habe, sei einer der glücklichsten seines Lebens gewesen. Er erklärte auch, warum. Es sei nicht das erste Mal, daß er für diese Ballade gelobt wurde. Sie sei schon in vielen Anthologien

43

erschienen, in mehrere Sprachen übersetzt worden, allerdings nicht ins Hebräische, und man habe schon viel über sie geschrieben. Seine Frau, eine Schauspielerin, lese sie bei Vortragsabenden vor, auch in anderen Ländern, und überall würde das Publikum mit großer Anerkennung reagieren. „Die Leute kommen hinter die Kulissen und küssen ihr die Hände." Doch das alles komme nicht an das „warme Gefühl im Herzen" heran, das ihm mein Brief bereitet habe. Was ihn so glücklich gemacht habe, sei die Tatsache, daß dieses Lob seiner Gedichte aus dem Mund eines „verehrten" gebildeten Mannes komme, dessen Sprache Hebräisch sei und der nicht nur in Israel wohne, sondern auch dort geboren sei, wie er dem Klappentext meines Buches „Der große Verrat" entnommen habe.

Fünf Seiten lang beklagte er die große Tragödie des Jiddischen, einer tausend Jahre alten Sprache, die ihr Volk verloren habe, „die wie die Geister der Toten durch die Welt irrt, wie der Schatten Peter Schlemihls, der von seinem Besitzer getrennt worden ist". Die Menschen, die sie sprechen, lesen, schreiben, würden immer weniger, sie seien die letzte Generation. „Und es gibt Nächte, in denen ich aus dem schrecklichen Traum erwache, daß ich *gewald* schreie und niemand meine Sprache versteht."

Diese Worte waren mir nicht neu, ich hatte ähnliche nicht nur ein- oder zweimal gelesen, in dem gleichen lamentierenden Tonfall, doch hier hatten sie einen Anklang von Enttäuschung und heftiger Anklage: Die einzige Hoffnung der jiddischen Sprache nach der großen Vernichtung, so schrieb er, war, daß sie in eben jenem Land, in das die Überlebenden des zerstörten Hauses geflohen seien und in dem sie das neue Haus aufbauten, wie Phönix aus der Asche auferstehen könne. Ja, er wisse genau, daß in einem Land, in dem sich alle zwölf verstreuten Stämme aus dem Osten und dem Westen sammelten, Hebräisch die herrschende Sprache sein müsse. Er wisse auch, daß der „Familienzwist" zwischen den beiden Sprachen – ein Streit, der in den zwanziger und dreißiger Jahren zu so häßlichen Erscheinungen geführt habe – schon

44

lange zur Ruhe gekommen sei. Aber der „Hausfriede", der nun herrsche, sei kein großer Trost. „Wir sind die arme Dienstmagd im Haus des Reichen."

Hinter diesen eher allgemeinen Worten war die persönliche Bitterkeit zu spüren: Dreimal war er in Israel gewesen – sein Bruder lebt in Ramle – und ein bißchen herumgereist, „wie ein Bettler auf einer Hochzeit". Außer einer kleinen Gruppe jiddischer Schriftsteller hatte noch keiner seinen Namen gehört, keiner ein Gedicht von ihm gelesen. Einmal ging er, aus Neugier, zu einer großen Versammlung hebräischer Schriftsteller, und dort war keiner, der ihn begrüßt hätte. Und als er sich dem Sekretär vorstellte, wurde er noch nicht einmal zu einem Glas Tee eingeladen, man wandte sich von ihm ab und ließ ihn allein. Hätte man sich etwa so zu einem englischen Schriftsteller verhalten, einem französischen oder sogar zu einem deutschen, einem Sohn der Mörder, der als Gast gekommen wäre? Wenn die Kultur eines Volkes eine Art „Familie" sei, in der es einen Vater, eine Mutter, Töchter und Söhne gebe – was passiere dann dieser Familie, wenn man die Mutter aus dem Haus jage? Und es sei doch so, daß Hebräisch der „Vater" der jüdischen Kultur sei, Jiddisch aber die „Mutter"! Die Mutter, die die natürliche Klugheit erbte, vererbte, bereicherte und bewahrte, die Sprichwörter, die Geschichten, die Witze, die Wiegenlieder, die Mutter, die Wärme ins Haus brachte! Nicht umsonst heiße Jiddisch *Mameloschn* und nicht *Tateloschn!* Und das heutige Israel sei „ein Vaterland, das große Taten aufzuweisen und auch Pomp und höfische Sitten entwickelt hat, doch eine Mutter gibt es nicht".

Im zweiten Teil des Briefes erzählte Fojglman, warum er von meinem Buch so begeistert war und was ihn dazu gebracht hatte, mir sein Buch zu schicken, etwas, was er normalerweise bei einem Fremden, den er nicht kannte, nicht tat: Erstens fand er, daß mein Buch, obwohl ein wissenschaftliches Werk, „aus dem Herzen heraus geschrieben" sei, „mit viel Liebe", daß es „Seele" habe und deshalb „der Poesie verwandt" sei. Zweitens sei er selbst in Zamosc geboren, einer Stadt, die in meinem Buch oft erwähnt wird und die dreimal in den letzten drei Jahrhunderten von Massakern heimgesucht wurde: einmal in den Tagen Chmjelnizkis, das zweite Mal unter Petljura, und schließlich von den Nazimördern. Als er acht Jahre alt war, zog die Familie nach Warschau, denn sein Vater, Journalist und Bundist, bekam eine feste Anstellung bei der Zeitung *Hajnt*, doch sofort nach dem Einmarsch der Deutschen in die Stadt wurden er und sein Zwillingsbruder, dreizehn Jahre alt, nach Zamosc zurückgebracht, das damals, bei Kriegsbeginn, von den Russen besetzt war, in der Hoffnung, sie würden dort den Mördern entkommen. Als der deutsch-sowjetische Nichtangriffspakt unterschrieben wurde, wechselte die Stadt in die Hände der Deutschen, und im April 1942, am Abend der großen „Aktion", als alle Juden der Stadt und der Umgebung, ungefähr zehntausend, zusammengetrieben und ermordet wurden, gelang den beiden Brüdern die Flucht aus dem Ghetto in eines der Dörfer, und dort versteckten sie sich in der Scheune eines polnischen Bauern, der vor dem Krieg wie ein Sohn des Hauses bei ihnen gewesen war und für den ihr Onkel ein paar Jahre zuvor Lösegeld bezahlt hatte, um ihn aus dem Gefängnis zu befreien. Dieser Bauer verriet sie zwei Wochen, nachdem er ihnen Unterschlupf gewährt hatte, an die Deutschen, und so erlebte Schmuel Fojglman den „großen Verrat" am eigenen Leib. Über den anderen „Verrat", bei den Pogromen Petljuras, hatte er noch in seiner Kindheit gehört. Bei ihm zu Hause wurde viel davon erzählt, und die „Schreckensgeschichten über das Weinen der Frauen auf den Straßen klangen bei uns in den Wiegenliedern nach".

Was er im Ghetto und später erlebte, als die Deutschen ihn gefangen und nach Majdanek und von dort in verschiedene Arbeitslager in Polen und Deutschland geschickt hatte und wie er nach all dem am Leben geblieben war, „das ist etwas, für das man tausend Seiten Blut und Tränen bräuchte, wollte man es erzählen, und ich werde es nicht tun", schrieb er. Doch als er den „Großen Verrat" gelesen habe, habe er gesehen, daß ich, stärker als jeder Forscher der neueren Geschichte der

Juden, die Tiefe des „absurden und grotesken Schauspiels" der unglücklichen und trügerischen Beziehungen zwischen Juden und Nichtjuden während der letzten Generationen auf europäischer Erde erfaßt habe, und daher habe ihn das Buch so erstaunt.

Am Ende des Briefes – er besaß eine klare, runde, fast gemalte Handschrift – drückte er seinen Wunsch aus, daß wir uns einmal „bald, in unseren Tagen" treffen könnten und er das Vergnügen haben möge, mich persönlich kennenzulernen und sich mit mir von Angesicht zu Angesicht zu unterhalten; und wenn ich zufällig einmal nach Paris käme – sein Haus stünde mir jederzeit offen. Die Wohnung sei kein Palast, doch „freundliche Worte und ein Lächeln machen jedes Haus größer, wie das Sprichwort sagt", und da seine Frau meist unterwegs sei, könne er mir ein Zimmer zur Verfügung stellen. Und er schloß in Hebräisch: „Mein Haus ist dein Haus, mein Tisch dein Tisch, mein Brot dein Brot."

Und über seine Unterschrift hatte er wieder einen Vogel gezeichnet.

Ich las den Brief mit gemischten Gefühlen.

Ich beeilte mich, ihm zu antworten, nicht nur, um mich einer Pflicht zu entledigen und ihm für seine Freundlichkeit zu danken. Ich hatte damals bereits angefangen, Material für eine umfangreiche Forschungsarbeit über die Pogrome Petljuras und die Beziehungen zwischen Juden und der Revolutionsregierung der Sowjetunion einerseits und den ukrainischen Aufständischen andererseits zu sammeln. Die Zeilen in Fojglmans Brief über die Geschichten, die er zu Hause über jene Pogrome gehört habe, waren für mich wie ein Geschenk des Himmels. Ich halte mich für einen rationalen Menschen und bin im allgemeinen überhaupt nicht abergläubisch. Nora, die durch ihr Arbeitsgebiet, die Biologie, dem Geheimnis des Lebens näher stand, hat oft gesagt, wenn auch liebevoll, mein größter Mangel sei, daß ich das „Sichtbare" verstünde, jedoch nicht das „Unsichtbare", und daher müsse ich mich vor seinen plötzlichen Ausbrüchen hüten. Und dennoch: Wenn ich mich einer bestimmten Forschungsidee vollständig hingebe und ich zufällig Dokumente, Informationen oder unerwartete Hinweise bekomme, scheinen sie mir Signale von „oben" zu sein, daß ich auf dem richtigen Weg sei und ihn weiterverfolgen solle. Daher schrieb ich Fojglman sofort und fragte ihn, ob er nicht möglicherweise etwas von schriftlichen Zeugnissen über jene Pogrome wisse, Zeugnisse aus erster Hand.

Es vergingen keine zwei Wochen, da bekam ich von ihm einen großen Umschlag, in dem sich, neben einem diesmal kurzen persönlichen Brief, zehn fotokopierte Seiten eines großen Aufsatzes befanden, den sein Vater geschrieben hatte und der 1935 im *Ikuf Almanach* unter dem Titel „Erinnerungen aus dem brennenden Keller" erschienen war. Er enthielt eine ausführliche Beschreibung der Überfälle der Ukrainer auf jüdische Häuser im Jahr 1919, der Diebstähle, der Verwüstungen, der Plünderungen und Morde, der vielen Grausamkeiten und der wenigen Versuche zur Selbstverteidigung, des Imstichgelassenwerdens durch die Bolschewiken und so weiter.

Im Januar jenes Jahres, als Antwort auf meinen Dankesbrief, bekam ich eine Ausgabe der in Paris erscheinenden Zeitung *Undser welt*, in der ein langes Gedicht von ihm abgedruckt war, „Ein Brief von jenseits der Feuermeere an Jehuda Halevi", und unter der Überschrift, zu meinem Entsetzen, eine Widmung mit meinem ganzen Namen: „Für meinen teuren Freund Professor Zwi Arbel, in Liebe." *Mit libschaft.* Schräg über dem oberen Rand der Zeitung stand in Hebräisch: „Liebe Grüße, S. F."

Heute morgen, als ich in das Büro der Fakultät kam, vor der Vorlesung, fragte die Sekretärin, während sie mir einen Kaffee einschenkte: „Sind Sie krank, Professor?"

„Warum?"

„Sie sind so blaß ..."

Etwas Gereiztes, vielleicht sogar Gehässiges lag in dieser Bemerkung über mein Wohlbefinden und mein Aussehen, die vermutlich Besorgtheit ausdrücken sollte. Die Wahrheit ist,

daß ich schon seit einigen Monaten unter zeitweiligen Migräne-
anfällen leide, die man mir vermutlich ansieht. Ich bin gezwungen, Tabletten zu schlucken, die den Anfall meist verhindern, doch wenn ich sie zu spät nehme, nämlich dann,
wenn die Kopfschmerzen schon voll ausgebrochen sind –
Hammerschläge an der linken Schläfe, die mir den Schädel zu
zertrümmern scheinen –, kommt jede Hilfe zu spät.
Und so war es auch heute. Ich ging in den Hörsaal, und Nebel
trübte mir die Augen. Ich hielt eine Vorlesung über die
Vierländersynode, und die Worte kamen so träge aus meinem
Mund, als seien mir Kiefer und Lippen durch Schmerzmittel
betäubt. Ich zählte die Hörer: elf. Zu Beginn des vergangenen
Jahres, vor Noras Tod, waren immer vierzig, fünfzig gekommen. Bevor ich eintrat, herrschte Lärm, und wenn ich zum
Katheder ging, erwartungsvolles Schweigen. Der Schmerz
reibt mich auf, und ich bin nicht mutig genug, meine Niederlage zuzugeben. Als Gibbon seine „Geschichte des Verfalls
und Untergangs des Römischen Reiches" beendet hatte – er
war einundfünfzig –, begann sein Untergang und sein Fall.
Und nach dem Tod seines guten Freund Georges Deyverdun
machte ihm nichts mehr Freude. In den letzten sechs Jahren
seines Lebens schrieb er nur seine Erinnerungen.
Ich werde im August einundsechzig Jahre alt.

Wenn ich mich jetzt an jenen Moment erinnere, als ich, die
jiddische Zeitung in der Hand, an meinem Schreibtisch stand,
erschrocken, meinen Namen in der Widmung zu sehen, und
das Gedicht selbst kaum wahrnahm, wundere ich mich über
die Aufregung, die mich damals ergriffen hatte. Ich sank auf
einen Stuhl. Meine Ohren brannten. Ich empfand eine Mischung aus Wut, Gekränktsein und Scham, keine Spur von
Dankbarkeit. Er hat mich mit den Stricken der „Freundschaft" gefesselt, dachte ich. *Mit libschaft!* Woher nimmt er
diese Frechheit, wo er mich noch nicht einmal kennt! Ist das
der Preis, den ich für meine kleine Bitte zu zahlen habe?
Ich bin kein Mensch, mit dem man sich leicht anfreundet;
meine Beziehungen zu den Kollegen sind beruflicher Natur.

Wir luden nur sehr selten einige von ihnen zu uns nach Hause ein oder nahmen ihre Einladungen an. Und wenn, dann auch nur aus dem Bewußtsein heraus, daß es aus beruflichen Gründen notwendig sei. In der akademischen Welt, in der so viel Konkurrenz herrscht und sich hinter den Kulissen ständig kleine Intrigen und Heimlichkeiten abspielen, Versuche, dem anderen ein Bein zu stellen, ist es unmöglich, sich von allem völlig fernzuhalten. Auch wenn man einen sicheren Posten hat und lange dabei ist, braucht man mindestens zwei, drei Verbündete, um weiterzukommen. Bei diesen privaten Festen saß ich ungeduldig herum, denn die Gespräche der Kollegen drehten sich immer um die gleichen Themen, und ich ärgerte mich innerlich über die verlorene Zeit, dachte an das Buch, das ich aufgeklappt auf dem Schreibtisch zurückgelassen hatte und das sozusagen auf meine Rückkehr wartete, so wie ich ungeduldig darauf wartete, zu ihm zurückzukehren. Manchmal erfand ich dann eine Ausrede, ging mitten im Fest nach Hause und überließ es Nora, mit irgend jemandem zurückzufahren. Wenn du in eine wissenschaftliche Arbeit über ein bestimmtes Thema vertieft bist, werden die verborgenen, spannenden Beziehungen zwischen dir und dem Thema, mit dem du dich beschäftigst, der Beziehung zwischen Mann und Frau vergleichbar. Am Anfang wirbst du um das Thema – manchmal wirst du erhört, manchmal zeigt es dir die kalte Schulter. Auch mir ist es häufiger passiert, daß ich um ein Thema warb und es dann fallenließ, weil es mir den Rücken zukehrte. Doch selbst wenn es zu einer Vereinigung kommt und zwischen euch Intimität entsteht – immerhin bist du Tag für Tag und Abend für Abend mit ihm zusammen und verbringst viele Stunden mit ihm –, hört die Spannung nicht auf. Oft kommt es dir vor, als entziehe es sich dir, betrüge dich, und du bist eifersüchtig, wenn du erfährst, daß ein anderer nach ihm schielt oder es ergreift, du willst, daß es nur dir gehört, doch auch wenn es sich dir hingibt, bringt das nicht immer volle Befriedigung. Das ist vielleicht der Grund dafür, daß ich mir instinktiv Leute fernhalte, die mir zu nahe kommen wollen. Ich errichte eine Schranke zwischen mir und ihnen. Als könnten sie sich zwischen mich und meine wahre Liebe stellen. Deshalb bin ich auch nicht erstaunt, daß die meisten Menschen, die sich mit mir anfreunden wollten und die ich mir, mit großer Höflichkeit, auf Armeslänge vom Leib hielt, das auf Hochmut und Überheblichkeit meinerseits zurückführten.

Erst nach einigen Minuten, als sich meine Erregung wieder gelegt hatte – sie hatte zweifellos etwas Lächerliches –, öffnete ich die Augen und las das Gedicht.

In der Art der Dialoge von Itzig Manger mit Figuren der Vergangenheit unterhält sich Fojglman mit Jehuda Halevi, beklagt sich bei ihm, diskutiert, rechtfertigt. Dein Herz war im Orient, sagt er, während du doch im Okzident warst, und mein Herz ist geteilt, gespalten, zwischen meinen Brüdern, die die Erde des Orients wieder zum Leben erwecken, und meinen Brüdern, die auf europäischem Boden ermordet wurden. Dir schien es leicht, alle Wohltaten Spaniens zu verlassen, nur um den Staub des zerstörten Allerheiligsten zu sehen, mir scheint es schwer, die Ruinen der Diaspora zu verlassen. Deine Seele sehnte sich danach, in das Land der Väter zu ziehen und die Steine zu küssen und dich auf ihren Gräbern in Hebron niederzuwerfen, und ich habe noch nicht einmal Grabsteine hier und kein Grab, auf das ich mich niederwerfen könnte, denn die Asche meiner Väter wurde vom Wind zerstreut, und von ihren Seelen kann ich mich nicht trennen. Du sahst nur mit deinem geistigen Auge, wie Hunde an den jungen Löwen deines Volkes zerrten und Raben an ihren Überresten pickten, doch ich habe mit eigenen Augen gesehen, wie Hunde die Glieder von Säuglingen zerrissen und wie sich die Raben auf Leichenberge stürzten. Wie du bin auch ich eine Geige, doch meine Saiten sind zerrissen, nur eine ist mir geblieben, und sie spielt traurige, düstere Melodien, die das Ohr verletzen und jene in die Flucht schlagen, die sie hören. Doch ich, so lange ich noch atme, wandere mit meiner Geige herum und spiele auf ihr, vom Okzident bis zum Orient, überall, wo eine jüdische Seele wohnt.

Lange saß ich vor der Zeitung, die auf meinem Tisch lag,

unfähig, von meinem Platz aufzustehen. Eine Wolke von Traurigkeit senkte sich auf mich herab.

Am nächsten Tag, beim Frühstück, zeigte ich Nora die Zeitung und deutete auf die Widmung über dem Gedicht. „Was!" rief sie erschrocken. Doch dann lächelte sie und sagte: „Er verewigt dich!"

Ich lachte. „Es ist nicht das erste Mal, daß mein Name gedruckt erscheint."

„Ja, aber Poesie ist unsterblich." Dann fragte sie: „Wie ist das Gedicht?"

„Stark", sagte ich und erzählte ihr den Inhalt.

„Ja, ja", sagte sie traurig, doch ich hörte in ihrer Stimme einen zweifelnden Unterton. Als sie aufstand, sagte sie wie beiläufig: „Trotzdem solltest du dich vor ihm in acht nehmen."

Ich schrieb ihm nicht. Ich bedankte mich nicht für das Gedicht, für die Widmung.

Fünf Wochen später, als ich gegen Abend am Telefon die Worte hörte: „Spreche ich mit Professor Zwi Arbel?", wußte ich sofort – Intuition, oder war es die schwere Aussprache des Hebräischen, die ihn verriet, vielleicht fürchtete ich mich auch schon die ganze Zeit davor, daß dieser Moment kommen würde, daß er es war und daß er von irgendwo aus Israel anrief. Das Blut schoß mir ins Gesicht, mein Herz klopfte wild. Doch ich nahm mich zusammen und antwortete ruhig: „Ja, ich bin es. Wer spricht, bitte?"

Und als er seinen Namen nannte, rief ich mit übertriebener Freude: „Herzlich willkommen!" Und ich fragte ihn, wann er angekommen sei und wo er sich jetzt befinde und ähnliches. Und sofort, aus meiner schrecklichen Verwirrung heraus – ich stand ja in seiner Schuld, einer großen Schuld, die nicht beglichen war –, dankte ich ihm für das Gedicht, für die Widmung. Ich entschuldigte mich stotternd, ich hätte nicht geschrieben, weil ich Schwierigkeiten gehabt hätte, ganz unerwartete, an der Universität ... Er rief aus Ramle an, aus dem Haus seines Bruders. Und ich beeilte mich, ihn zu uns nach Hause einzuladen. Endlich würden wir uns persönlich kennenlernen, sagte ich.

Als ich ihm die Tür aufmachte, trat Fojglman einen Schritt zurück, warf mir einen erstaunten Blick zu, als habe er sich in der Adresse geirrt. In der linken Hand trug er eine braune Ledertasche, die rechte hielt er wie fragend zur Seite gestreckt, und erst nach einem Moment fing er an zu lächeln, und mit einer ausladenden Bewegung, als wolle er mich schlagen, streckte er mir die rechte Hand hin und sagte: „*Scholem alejchem*". Dann gab er Nora die Hand und verbeugte sich tief vor ihr, fragte, ob sie Jiddisch verstehe, und als sie das verneinte, sagte er: „Wenn es so ist, sprechen wir Hebräisch. Ich zerbreche mir ein bißchen die Zähne, wenn ich Hebräisch spreche, aber es steht schon geschrieben: ‚und zerschmetterst des Gottlosen Zähne'. Etwas von dem, was ich als Kind gelernt habe, weiß ich noch." Wieder musterte er mich. „Ich habe nicht erwartet, daß Sie so groß sind ... Sie sind auch viel jünger, als ich gedacht habe ..."
Ich sagte, ich hätte schon längst die Fünfzig überschritten. Er wollte wissen, wie alt ich genau sei, und als ich ihm Auskunft gegeben hatte, sagte er: „Wenn das so ist, dann bin ich viel jünger als Sie. Zwei Jahre."
Auch ich war von seinem Anblick überrascht. Wegen der düsteren Farben seiner Gedichte und seiner von Bitterkeit getränkten Briefe hatte ich ihn mir düster vorgestellt, gebeugt, mit einem vergrämten Gesicht. Und nun stand da ein breitschultriger Mann vor mir, mit den Armen und Händen eines Handwerkers, einem kräftigen Kinn und hellen blauen Augen. Seine dünnen, langen Haare waren hell, ein Ton zwischen weiß und blond, umrahmten das Gesicht mit der breiten Stirn und hingen ihm bis in den Nacken. Das verlieh

ihm, zusammen mit der schwarzen, etwas schäbig wirkenden Fliege, die er trug, das Aussehen eines Bohemien der alten Garde.

Wir setzten uns ins Wohnzimmer, und er bückte sich zu seiner Tasche, öffnete sie und sagte auf Jiddisch, er müsse sich erst einmal von einer Last befreien. Damit zog er eine Flasche französischen Kognak heraus und stellte sie auf den Tisch, und als Nora protestierte und sagte, wozu denn, das sei nicht nötig, wir würden nie trinken, sagte er: „Dann wird es für Gäste sein! *Schojn!*" Und dann erklärte er uns, er habe den Kognak billig gekauft, am Flughafen, wir bräuchten uns daher um seinen Geldbeutel keine Sorgen zu machen. Dann zog er aus seiner Tasche noch ein dickes Buch und legte es vor mich hin. „Ein kleines Geschenk für Sie." Er strich über den Einband. Ich öffnete das Buch – der Titel war „Aus der Nähe, aus der Ferne" –, und Fojglman, der mit mir darin herumblätterte, erklärte, es handle sich um eine Sammlung von Zeitungsartikeln über Schriftsteller und Maler, die er in den letzten dreißig Jahren kennengelernt habe, aus Frankreich, Amerika, England, Polen, Israel.

„Wenn Sie etwas Zeit haben, zwischen *Mincha* und *Ma'ariv*, können Sie ja mal reinschauen", sagte er. Dann beugte er sich zu uns und flüsterte: „Haben Sie hier eine Polizistin im Haus?"

„Eine Polizistin?"

Wir dachten, er mache einen Witz.

„Als ich unten ins Haus kam", fuhr er flüsternd fort, „kam gleichzeitig eine Frau herein, ungefähr dreißig, dünn, sehr gerade, als hätte ein Schreiner sie gemacht, ein enges, braunes Kleid mit zwei Reihen Knöpfen, grüne Augen. Sie hatte einen schwarzen Hund an der Leine, einen großen Hund, der ihr bis zur Hüfte reichte. Ich wollte sie vorgehen lassen, doch sie blieb stehen, betrachtete mich mit einem strengen Blick, sagte kein Wort und wartete, daß ich vor ihr die Treppe hinaufgehe. Ladies first, sagte ich, wie ein Gentleman, und machte eine Handbewegung, sie solle vorgehen. Sie sagte nichts, musterte mich mit diesen grünen Augen, als wäre ich ein

54

Dieb. Vielleicht hat sie gedacht, ich wäre ein Bettler, der einen Platz zum Schlafen sucht. Ich sah, daß sie nicht hinaufgehen wollte, also ging ich vor. Der Hund folgte hinter mir und schnaufte wie ein Blasebalg, so daß ich dachte, er fällt jeden Moment über mich her. Schließlich gingen sie in eine Wohnung im zweiten Stock, und ich war erleichtert. Ist sie Polizistin?"

Wir lachten und sagten, die Frau sei eine Boutiquebesitzerin, lebe allein und sei sehr ängstlich, deshalb mache sie keinen Schritt ohne ihren Hund. „Warum haben Sie gedacht, sie wäre Polizistin?" fragte Nora amüsiert.

„Sie hatte solche Augen ..." Er warf uns einen erschrockenen Blick zu. „Aber wenn sie nur Angst hat, dann ist alles in Ordnung ... alles in Ordnung ..." Jetzt lachte er auch.

Nora stand auf und ging in die Küche, um eine Erfrischung zu holen, und er betrachtete mich forschend, doch auch irgendwie strahlend, und sagte: „Endlich!"

Ich wandte mich zu ihm. „Ja, gut, daß wir uns endlich sehen."

Er fuhr fort, mich zu betrachten, mit glänzenden Augen, als bestätige er sich selbst, daß ich der Mann sei, mit dem er korrespondiert hatte, und sagte: „Der große Verrat, was?"

Und nach einem Moment rief er laut, als teile er es der ganzen Welt mit: „Der gro-ße Ver-rat!"

Er schwieg, betrachtete neugierig die Wände und meinte: „Es ist schön bei Ihnen."

Ich erklärte, die meisten Bilder, die er hier sehe, hätten wir von Noras Eltern geerbt.

Er deutete mit dem Finger auf ein großes Bild, eine Zeichnung Don Quichotes, der auf seinem Pferd reitet. „Ein Daumier, was?" Dann drehte er sich sofort wieder zu mir um. „Und jetzt Petljura?"

„Ja", bestätigte ich. „Ich bin schon tief im Material versunken."

Er schaute mich an, und ein Lächeln erschien auf seinem Gesicht. „Sie wissen, daß Itzig Manger eine Ballade über Petljura geschrieben hat?"

Nein, das wußte ich nicht.

„*Di balade fon Petljura*", sagte er und zitierte einige Zeilen:

„*Schwarze fejgl fon der nacht,*
zu woß hot ir Petljuren aher gebracht
mit di blutike hent, mit die finztere ojgn?"

In diesem Moment kam Nora herein und stellte Tee und Gebäck auf den Tisch, und er drehte sich zu ihr um und übersetzte:

„Schwarze Vögel in der Nacht,
warum habt ihr Petljura hierher gebracht
mit den blutigen Händen, mit den finsteren Augen?"

Dann erzählte er uns den Inhalt der Ballade: Unter dem Kinderbett von Jankele liegt ein geschlachtetes Zicklein. Es ist Mitternacht und dunkel, und Petljura, der Hetman, steht draußen am Fenster. Der Junge fragt, was der Mann wolle, mit dem Schwert in der einen Hand und der Axt in der anderen, und die Mutter antwortet, er sei gekommen, um eine Schaufel zu holen, damit er den toten Vater begraben könne. Und als der Junge die schwarzen Vögel fragt, warum sie ihn gebracht hätten, antworten sie, er wolle um ein Seil bitten, um sich damit aufzuhängen. Und das Gedicht hört mit Verwünschungen auf: Der Wind soll ihn wegblasen, jeden Tag um Mitternacht! Er soll sich mit aussätzigen Hunden auf der Erde herumrollen! Unsere Tränen sollen ihn verbrennen!
„Reden wir doch über angenehmere Dinge", sagte Fojglman, mit einem Blick auf Noras Gesicht. „Wenn ich mich nicht irre, ist die Dame schon im Land geboren."
„Nein, nein." Nora lachte und erzählte, daß sie in München geboren und als Dreijährige mit ihren Eltern ins Land gekommen war, genau an dem Tag, an dem Hitler an die Macht kam.
„München, ja ..." Fojglman nickte. „Frauenkirche, was?"
Wir wußten nicht, was er meinte, und er erklärte, die Frauenkirche sei eine alte Kirche in München, aus dem 15. Jahrhun-

dert. „Ich erzähle Ihnen etwas Komisches", sagte er. „Mein Bruder, der in Ramle, ist mein Zwillingsbruder. Wir waren zusammen im Ghetto, zusammen in Majdanek ... Zwei Monate nach dem Krieg hat es uns nach München verschlagen. Wir waren Flüchtlinge, hatten nichts und wußten nicht, was mit uns sein würde. Die Stadt war zerbombt, aber die alten Kirchen standen noch. Wir besichtigten die Frauenkirche, die in der ganzen Welt wegen ihrer beiden Türme berühmt ist. Wir standen vor der Kirche und schauten hinauf, und plötzlich begannen wir beide zu lachen: Wir waren zwei junge Männer, Zwillinge, und dort oben waren zwei Türme, Zwillingstürme ... Wir haben so gelacht, wir konnten gar nicht mehr aufhören, bis wir weggegangen sind."

Als er bemerkte, daß uns seine Geschichte traurig gemacht hatte, klatschte er in die Hände und sagte fröhlich: „Aber damals ging es uns schon gut! Ja, damals ging es uns wirklich schon gut!"

Dann wandte er sich an mich. „Und Sie?" fragte er. Er wollte wissen, wo ich herkam.

Ich erzählte, daß die Familie meiner Mutter schon in der dritten Generation im Land lebe und mein Vater aus Litauen gekommen sei, aus Riga.

„Riga!" rief Fojglman, und dann hörten wir, daß es in Riga vor dem Krieg eine wichtige Zeitung auf Jiddisch gegeben habe, *Frimorgen* habe sie geheißen, herausgegeben von einem Mann namens Stupnicki, er habe sich später im Warschauer Ghetto umgebracht, habe Gift getrunken, bei der ersten „Umsiedlung" 1942. Und einer der festen Mitarbeiter der Zeitung sei Mark Rasumni gewesen. Er staunte, daß ich den Namen Rasumni nie gehört hatte, denn er sei nicht nur ein bekannter Journalist und Feuilletonist gewesen, sondern habe auch Gedichte, Geschichten und spannende Reiseberichte geschrieben.

Während wir uns unterhielten, klingelte das Telefon, und der Teilnehmer am anderen Ende erkundigte sich, ob Schmuel Fojglman bei uns sei und er mit ihm sprechen könne. Ich hielt Fojglman den Hörers hin. „Für Sie."

„Bestimmt mein Bruder", sagte er, und während er mit seinem Bruder sprach, auf Jiddisch, lächelte uns an, als gälten seine Worte auch uns. „Ja, alles in Ordnung", sagte er, „ich bin gut angekommen, ich habe das Haus gefunden ... ein schönes Haus, schöne Sachen, ich werde sehr freundlich behandelt ... ich werde mit Tee und Keksen bewirtet ... Und die Hausherrin ist schön wie der Mond ..." Er zwinkerte uns zu. „Ja, am Donnerstagabend ... Sag ihnen, daß ich komme ... Ich werde lesen, natürlich, warum sollte ich nicht lesen? ... Was werden sie in der Anzeige schreiben? ... Sie sollen schreiben, der große Adler, das Licht der Diaspora, eine Leuchte der Generation ... Hör mal, Katriel, sie sollen sich selbst was ausdenken, soll ich es denn für sie schreiben?"

Als er sich wieder setzte, sagte er, daß am Donnerstag nächster Woche eine Gedenkfeier für die Opfer von Zamosc stattfinde. Man habe ihn gebeten, einige seiner Gedichte zu lesen. Er könne nicht ablehnen. Einige große Menschen stammten aus Zamosc! J. L. Peretz, Ajchnbojm, Zederbojm, Schifman, Rajfman ... Alles zerstört. Keine Erinnerung geblieben. Ob wir vielleicht auch zur Gedenkfeier kommen könnten? „Nein, kommen Sie nicht! Es lohnt sich nicht!"

Auf meine Frage, warum er nicht mit seiner Frau gekommen sei, antwortete er, sie befinde sich auf einer Tournee in Argentinien, sie habe dort großen Erfolg. Viele wüßten nicht, daß sie seine Frau sei, denn sie nenne sich Vogel. „Als ich nach dem Krieg nach Frankreich kam", sagte er, „wurde mir empfohlen, das ‚j' aus meinem Namen zu entfernen, das würde sich besser anhören, nicht so ostjüdisch. Doch ich sagte: auf das *pintele jid* verzichte ich nicht! Das ist mein Märtyrertum! Mit meiner Frau ist das eine andere Sache; Schauspieler sind wandernde Sterne, wie Goldfaden gesagt hat, also Glücksritter. Bei ihnen heißt es: Ein neuer Name, ein neues Glück."

Auf Noras Fragen erzählte er, seine Frau sei in Paris geboren, als Tochter des jiddischen Dichters Richard Bojml, und beherrsche beide Sprachen, Französisch und Jiddisch, gleich gut. Als er sie kennengelernt habe, sei sie Schauspielerin an

einem französischen Theater gewesen, habe auch in einem
Film mitgespielt, neben Simone Signoret, mit der sie bis zum
heutigen Tag befreundet seien. Doch das Theater sei eine
grausame Welt, in der ein erbarmungsloser Konkurrenz-
kampf herrsche, und Hinda, seine Frau gehöre nicht zu den
Leuten, die über Leichen gehen. Deshalb habe sie vor fünf
Jahren beschlossen, alleine aufzutreten, mit Ausschnitten aus
Stücken und mit Rezitationen, noch dazu auf Jiddisch. Und
der Erfolg habe ihr recht gegeben. Schlimm sei nur, daß sie die
meiste Zeit des Jahres in der Welt herumfliege wie eine Biene,
die Nektar sammle, und er, der Mann, sei an den Bienenkorb
gefesselt.
Ich fragte ihn, wann er angefangen habe, Gedichte zu schrei-
ben, und er sagte, sein erstes Gedicht habe er im Arbeitslager
in Gunskirchen geschrieben, als er siebzehn war; er habe es
auf ein Stück Papier geschrieben, das er von einem Zement-
sack abgerissen und nachher in seinem Schuh versteckt habe.
„Es ist in dem Buch, das ich Ihnen geschickt habe!“ Er hob die
Hand. „‚Es war einmal‘, heißt es, und darunter steht sogar
‚Lager Gunskirchen, 1944‘.“
„Ich erinnere mich nicht“, sagte ich.
„Schauen wir nach“, sagte er.
Und dann passierte etwas sehr Unangenehmes. Ich ging in
mein Arbeitszimmer – er begleitete mich – und begann, in den
Regalen nach dem Buch zu suchen, von Fach zu Fach, von
einer Reihe zur nächsten, suchte genau, mit den Augen, mit
den Händen, rückte Bücher von da nach dort, während auch
er suchte und sich staunend über die große Anzahl meiner
Bücher äußerte, auch über einige seltene, die er entdeckte und
deren Titel er kannte.
Ich fand sein Buch nicht. Panik erfaßte mich und wurde von
Minute zu Minute stärker. Mir wurde heiß, in der Brust, im
Gesicht. Fast hysterisch suchte ich, zog Bücher heraus, stellte
sie zurück, zog Bücher heraus, stellte sie zurück, und meine
Hände zitterten vor Aufregung. „Es kann doch nicht einfach
verschwunden sein! Ich muß es finden!“ rief ich, und Nora
kam herein und beteiligte sich ebenfalls an der Suche. „Ein

hellblauer Einband, mit einem Zweig und einem Vogel", erinnerte ich sie. Wir suchten noch eine Weile weiter, dann gaben wir enttäuscht auf.

Fojglman hatte sich während der ganzen Sucherei bemüht, mir aus der Verlegenheit herauszuhelfen. Er sagte, ich hätte das Buch sicher jemandem geliehen und es vergessen, auch ihm passiere so etwas häufig. Er sagte, das sei doch überhaupt nicht wichtig, und wenn er weggegangen sei, würde das Buch sofort aus seinem Versteck herauskommen, denn es schäme sich wohl vor ihm und habe sich deshalb verkrochen. Er sagte, wenn jemand etwas unabsichtlich irgendwohin gelegt habe, finde er es auch unabsichtlich wieder. Er brachte sogar ein Sprichwort an, um mir zu helfen, nämlich, daß der Mensch immer den Verlust seiner Tage bedauern solle und nicht den Verlust seiner Bücher.

Als wir ins Wohnzimmer zurückgingen, blieb er vor der Zeichnung „Don Quichote" von Daumier stehen und sagte: „Ach, Rosinante, Rosinante ..." Und zu uns gewandt: „Sogar Cervantes selbst hat die Seele dieses Pferdes nicht so verstanden, wie Daumier es getan hat ... ein weinendes Pferd! Haben Sie schon mal ein weinendes Pferd gesehen?" Er deutete auf das Bild. „Was für ein Leiden in diesem langen Kopf, in dieser Haut und in diesen Knochen ..."

Nora sagte, das Bild habe sie von ihrem Vater bekommen. Das Original befinde sich in der Pinakothek in München, und diese große Reproduktion habe er von dort mitgebracht.

Fojglman, die Hände auf dem Rücken, schaute sie mit einem leichten Lächeln an. „Ja, München ... ja ..." Und als erwache er aus seinen Gedanken: „Erinnern Sie sich an die Episode mit der Todeskutsche in ‚Don Quichote'?"

Da wir uns beide nicht erinnerten, erzählte er aus dem Buch, halb hebräisch, halb jiddisch: „Nach der Geschichte mit den drei Dorfmädchen von Toboso ... Sie erinnern sich nicht? Sancho, dieser Filou, macht sich einen groben Scherz mit unserem armen Ritter und beschließt, ihm weiszumachen, daß eine von ihnen Dulzinea sei. Er kniet sich vor sie hin, vor dem Esel, auf sie reitet ... Und Don Quichote staunt: Wie kann das sein? Hat sie nicht ein Gesicht wie eine Kartoffel? Und nicht nur das, sie riecht aus dem Mund nach Knoblauch. Kann es sein, daß seine angebetete Dame, die Prinzessin seiner Träume, nach Knoblauch stinkt? Um es kurz zu machen, sie reiten weiter, und unterwegs treffen sie einen Wagen, in dem eine Gruppe Schauspieler sitzen. Wer sind die Schauspieler? Einer ist der Tod, einer der Teufel, einer der Kaiser ... Kann man vor dem Tod keine Angst haben? Aber unser Ritter von der traurigen Gestalt hat ausgerechnet vor dem Tod keine Angst ...“

Er erzählte lebhaft, seine Hände bewegten sich, er hob die Stimme, senkte sie wieder, mal verzog sich sein Gesicht zu einem Lachen, im nächsten Moment drückte es Grauen aus. Er erzählte, wie Don Quichote dem Fahrer des Wagens, dem Teufel, anzuhalten befahl, und wie der Clown der Gruppe, mit den Schellen an der Kleidung, den Stab mit den drei luftgefüllten Ochsenblasen über dem Kopf schwang, bis Rosinante so sehr erschrak, daß sie anfing zu rennen und in einem Feld zusammenbrach, wobei sie ihren Reiter abwarf.

„,Don Quichote‘ habe ich vielleicht zwanzig Mal gelesen“, sagte er. „Und jedesmal dachte ich: Wenn ich ein Romancier wäre und kein Poet, würde ich einen großen Roman über Rosinante schreiben, wie sie, dieses unglückliche Pferd, den verrückten Reiter auf ihrem Rücken von Stadt zu Stadt trägt, von Dorf zu Dorf, und dafür nur Schläge und Flüche erntet, in Kämpfen mit Windmühlen und allen möglichen Reisenden, unschuldigen oder bösartigen, die ihren Weg kreuzen, verletzt wird und nicht weiß, warum ihr das alles passiert ... Ich würde schreiben, was sie von all diesen verrückten Abenteuern hält ... Und am Schluß des Romans ... nein, nicht am Schluß, etwas vorher ... würde ich ihr Flügel schenken und sie würde sich von der Erde erheben und fliegen, fliegen ...“

Er schwang die Arme wie ein großer Vogel, der versucht, sich vom Boden zu erheben.

Er stand mitten im Zimmer, hob und senkte die Arme, schlug sich an die Rippen, blinzelte lächelnd, doch sein Lächeln war schmerzlich, verwundet, ohne die geringste Freude.

Nora stotterte verwirrt: „Sie ... Sie würden sie in einen Pegasus verwandeln?"

„Pegasus?" Fojglman verzog das Gesicht. „Nein, Pegasus ist ein Grieche. Und Rosinante ist eine Art jüdisches Tier, ähnlich wie die Mähre von *Mendele* ..." Er warf uns einen um Zustimmung bittenden Blick zu und sagte dann zu mir: „Sancho sagte etwas Schönes zu unserem Ritter, ungefähr so: ‚Herr, der Kummer wurde nicht für die Tiere erschaffen, sondern für die Menschen. Doch der Mensch, der in seinem Herzen kein Gefühl für Tiere hat, wird selbst zum Tier.' Schön, nicht wahr? Aber das hat schon König Salomo gesagt: ‚Der Gerechte erbarmt sich seines Viehs ...' Aber genug, ich habe Ihnen viel Zeit gestohlen, und ich muß heute abend noch nach Ramle kommen."

Ich schlug vor, ihn zur Bushaltestelle zu begleiten, doch er lehnte es ab. Er dankte uns mit warmen Worten für unsere Gastfreundschaft, lobte die charmante Gastgeberin, und sagte, als er schon auf der Schwelle stand: „Licht! Ihr habt hier in diesem Land so viel Licht! Nachmittags blendet es mich direkt!"

Nach zwei, drei Minuten – wir räumten gerade das Geschirr vom Tisch – klingelte er an der Tür. Er stand da, entschuldigte sich vielmals und fragte, ob er unsere Toilette benutzen dürfe. „In Hebräisch sagt man, der Mensch ist ein Baum auf dem Feld", sagte er lachend, „und in Jiddisch, der Mensch ist nicht aus Holz."

Die Wasserspülung war zu hören. Er kam zurück, entschuldigte sich noch einmal, bedankte sich, dann ging er.

Wir sanken in den Sessel im Wohnzimmer und lachten uns an.

„Also?" sagte ich.

Das Lächeln auf Noras Gesicht verschwand langsam. „Als er so mit den Händen herumgefuchtelt hat ... das hat doch ein bißchen verrückt ausgesehen, findest du nicht?"

„Ja, ein bißchen", sagte ich.

Dann sagte sie amüsiert: „Als er über dieses Mädchen in Toboso erzählt hat, das nach Knoblauch stank, hätte ich ihn am liebsten gefragt: Und Sie? Er hat auch nach Knoblauch gerochen. Nach irgendeiner polnischen Wurst mit Knoblauch. Nicht besonders angenehm."

Es war noch nicht viel Zeit vergangen, da ließ uns erneut ein Klingeln aufspringen: Fojglman. Er stand in der Tür, wie ein Junge, der etwas ausgefressen hat. „Bringen Sie mich um!" stotterte er. „Statt meinen Gastgebern dankbar zu sein, mache ich ihnen das Leben sauer. Was für ein Pech! Ich steige in den Autobus und mache mein Portemonnaie auf, um zu bezahlen, da sehe ich, daß ich kein israelisches Geld habe, nur Francs. Ich bitte den Fahrer, die Francs zu nehmen, nein, er nimmt kein fremdes Geld. Ich hatte keine Wahl, ich mußte zurückkommen, um Sie zu bitten, mir etwas zu wechseln ..."

Mit zitternden Händen hielt er mir einige Scheine französische Francs hin.

Ich holte schnell mein Portemonnaie und drückte ihm alle Schekel in die Hand, die darin waren. Doch ich weigerte mich, die Francs anzunehmen. „Geben Sie mir das Geld ein andermal zurück", sagte ich.

„Es ist wie verhext", entschuldigte er sich bei Nora. „Wie konnte es mir nur passieren, daß ich nicht wenigstens Geld für die Hin- und Rückfahrt eingesteckt habe? Was hab ich nur für einen Kopf!" Er schlug sich mit der Faust an die Stirn.

Als sich die Tür hinter ihm geschlossen hatte, sagte Nora lachend: „Was für ein komischer Vogel!"

Erst am Ende der Woche, als ich die unterste Schublade meines Schreibtischs aufzog, in der ich Fotokopien aufhebe, die ich für meine Arbeit brauche, fand ich Fojglmans Buch, das obenauf lag.

Einige Tage später rief er zum zweitenmal an. Ich teilte ihm voller Freude mit, daß der verlorene Sohn gefunden sei.

„Und hat er auch gesagt, warum er sich versteckt hat?" fragte er.

„Er hat sich vor mir versteckt, nicht vor Ihnen", sagte ich.

„Ja, das tut er immer, ich bin schon daran gewöhnt." Dann fragte er, ob und wann wir uns wiedersehen könnten. Ich konnte mich nicht drücken und nannte ihm einen Termin in der folgenden Woche.

„Ich habe eine Frage", sagte er, „ich möchte Ihnen nicht auf die Nerven fallen, aber wäre es unverschämt von mir, wenn ich meinen Bruder mitbringe? Er hat viel über Sie gehört, von mir und von anderen, und möchte Sie so gern kennenlernen. Natürlich auch Ihre Frau Gemahlin. Sie hat mich wirklich sehr beeindruckt. Sehr beeindruckt."

„Aber gern", sagte ich, „selbstverständlich! Wir freuen uns, ihn kennenzulernen!"

Als ich Nora von dem zu erwartenden Besuch erzählte, rief sie entsetzt: „Was?" Und dann: „Du erlaubst mir hoffentlich, daß ich an diesem Abend beschäftigt bin."

Trotzdem empfing sie die beiden zusammen mit mir, um mir die Mühe zu ersparen, daß ich etwas anbieten mußte.

Schmuel Fojglmans Zwillingsbruder hatte den gleichen Körperbau, die mittlere Größe, das gleiche Gesicht, nur daß seine Haare nach hinten gekämmt waren und ein Stück Glatze bedeckten. Er trug ein schwarzes Käppchen, das er mit einer Klemmer befestigt hatte. Ein bescheidenes Lächeln der Ehrerbietung Menschen gegenüber, die er vermutlich für bedeutender hielt als sich selbst, wich nicht von seinem Gesicht. Diesmal war er es, der die Ledertasche trug.

Nora setzte sich neben ihn, und es sah aus, als würde er ihr besser gefallen als sein Bruder, denn sie hörte seinen Antworten auf ihre Fragen aufmerksam zu. Er erzählte, daß er 1947 ins Land gekommen sei, nachdem er es vorher „gerade geschafft" habe, in Zypern gewesen zu sein. Er habe es auch „gerade geschafft", am Befreiungskrieg teilzunehmen, beim Bataillon Moriah, bei den Kämpfen um die Altstadt von Jerusalem, und dann noch an zwei weiteren Kriegen ...

Er sprach bescheiden, in halben Sätzen, als wolle er die Bedeutung dessen, was er getan hatte, herunterspielen. Er hatte zwei Jahre im Einwanderungslager Chiriah gelebt und dann sein Glück im *Moschaw* Mischmar Haschiwa versucht, es aber nicht geschafft ... Er besaß einen kleinen Laden für Elektrozubehör in Ramle ... drei Töchter, zwei davon verheiratet, einen Sohn beim Militärdienst ...

Er öffnete die Tasche, holte ein Paket heraus, in grobes Papier

gewickelt, und legte es auf den Tisch. „Ein kleines Geschenk", sagte er, als er es auswickelte, „selbstgemacht."
Es war ein kupferner Leuchter mit drei Armen, die wie die
Äste eines Baumes geformt waren, und kerzenförmigen Glüh-
birnen. Wir bedankten uns überschwenglich, und Nora,
obwohl dieser Gegenstand sicher nicht nach ihrem Geschmack
war, drückte ihr Erstaunen über seine Geschicklichkeit aus.
Sie nahm den Kerzenständer und stellte ihn gut sichtbar auf
das Büffet.
Katriel ging hin, versuchte, den Stecker in die Steckdose an
der Wand zu stecken und stellte fest, daß die Steckdose nur
zwei Löcher hatte statt der vorgeschriebenen drei. Er suchte
nach einer anderen Steckdose im Zimmer, und als er heraus-
fand, daß auch die anderen wie die erste waren, schüttelte er
besorgt den Kopf. „Das ist nicht gut. Das ist verboten,
gefährlich ... Sie müssen sie austauschen. Sie haben Messing-
lampen, und jede Berührung ..."
Nora versprach, sie würde es richten lassen. Sie habe es schon
lange vorgehabt, es aber wegen dringender anderer Sachen
vergessen. Gleichzeitig entschuldigte sie sich bei den Gästen,
sie habe eine Verabredung, die sie nicht habe absagen können, und ging.
Die beiden setzten sich wieder hin, und ich fragte Katriel, wie
er zu der Arbeit als Elektriker gekommen sei.
Er lachte. „Ha-ha, das ist eine lange Geschichte. Auch nicht
besonders vergnüglich." Sein Bruder drängte ihn, die Geschichte zu erzählen, doch er versuchte, sich zu drücken.
„Warum denn ... Was vorbei ist, ist vorbei ... Warum schlafende Teufel wecken ..." Nach langem Bitten gab er nach. Die
Geschichte dauerte länger als eine Stunde und führte bis zu
den Erlebnissen der beiden während des Krieges zurück.
Am nächsten Tag, als ich von der Universität zurückkam,
erzählte Nora folgendes:
Um halb fünf, als sie gerade nach Hause gekommen war,
klingelte es an der Tür, und als sie aufmachte, stand Katriel
Fojglman vor ihr, in Arbeitskleidung und mit einer Werkzeug-
tasche in der Hand. Er bat tausendmal um Entschuldigung,

daß er sich nicht vorher angemeldet habe, sagte, er habe die ganze Nacht nicht schlafen können vor lauter Sorge um unsere Sicherheit, und bat um Erlaubnis, die vier Steckdosen im Wohnzimmer auswechseln zu dürfen. „Leben", sagte er, „kann man notfalls auch hundertzwanzig Jahre, aber sterben, sterben, Gott behüte, tut man in einer Sekunde."

Verlegen und überrumpelt durch den unerwarteten Überfall gab Nora nach. Zwei Stunden lang arbeitete er, zog Erdungskabel in die Leitungsrohre, schlug da und dort Löcher, setzte neue Steckdosen ein. Er weigerte sich, Geld anzunehmen, und als sie ihm anbot, wenigstens eine Kleinigkeit zu sich zu nehmen, beeilte er sich, sich mit vielen guten Wünschen zu verabschieden.

„Vor Gemeinheiten kann ich mich in acht nehmen", sagte Nora, „aber vor Gefälligkeiten ... das habe ich noch nicht gelernt."

Ich lachte. „Er hat die Königin auf ihrem eigenen Feld geschlagen."

Was den Zwillingsbrüdern in den Kriegsjahren passiert ist, kann ich nicht „dokumentieren", obwohl ich mich dazu verpflichtet fühle, doch der Historiker in mir verlangt, ihre Geschichte schriftlich festzuhalten, nachdem einer der beiden nun nicht mehr am Leben und der andere kein Mann der Feder ist.

So wie es in der Welt keine „Banalität des Bösen" gibt – Hannah Arendts Definition ist meines Erachtens völlig falsch –, so gibt es auch keine „Banalität des Leidens", und jeder Versuch, in der von mir als Wissenschaftler verwendeten Sprache das zu beschreiben, was ihnen von dem Tag an, als sie von den Deutschen gefangen genommen wurden, bis zum Tag ihrer Befreiung geschah, das Entsetzliche, das sie in Majdanek und im Arbeitslager erlebt haben, würde die Dinge aus dem Rahmen ihrer Einmaligkeit herausheben – denn das Leid, das einem Menschen widerfährt, ist immer einmalig – und es banalisieren. „Dokumentieren" würde vielmehr bedeuten, zu erzählen, was ihnen in jeder Minute von Millionen von Minuten ihres Lebens im Schatten der Gaskammern und der Galgen geschah, da doch jede Minute dort „eine ganze Welt" enthielt. Auch jene, die das alles am eigenen Leib erfahren haben, bringen diese Kraft nicht auf. Ich zähle daher nur einige „trockene Tatsachen" auf – eine Zusammenfassung dessen, was ich aus dem Mund Katriel Fojglmans erfahren habe, ganz ohne Emotionen, nur um zu zeigen, wie die beiden Brüder die Vernichtung überlebt haben.

Nachdem sie von dem polnischen Bauern, bei dem sie sich versteckt hatten, den Deutschen ausgeliefert worden waren, wurden sie nach Lublin gebracht, und von dort, zusammen mit einigen hundert Gefangenen, Juden und anderen, in das Lager Majdanek, nahe bei der Stadt.

Am fünften Tag nach ihrer Ankunft fand die erste Selektion statt. Alle Arbeitsunfähigen – Kinder, Kranke, Alte, sehr viele Frauen – wurden zum Krematorium am Ende des Lagers gebracht, die anderen wurden in Arbeitskommandos eingeteilt.

Die beiden Brüder – sie waren fünfzehn, gaben aber an, sie seien siebzehn – wurden dem Kommando für Lagerarbeiten zugeteilt.

Ihre Aufgabe war es, Schubkarren mit Steinen von einem Ende des Lagers zum anderen zu bringen, immer wieder, einen Kilometer hin, einen Kilometer zurück, von sechs Uhr morgens bis sechs Uhr abends, ohne Pause, außer einer Stunde zum Mittagessen, das aus einem Teller Wassersuppe und einem Stück trockenen Brotes bestand. Der Kommandant des Lagers, Anton Thumann, bewachte die Arbeiter mit Hilfe zweier Schäferhunde, die er, unter Peitschenhieben, auf die Zurückbleibenden hetzte. Wer zusammenbrach, wurde von den Wachleuten grausam zu Tode geprügelt.

Schmuels Kräfte – er war der Schwächere der beiden – ließen schon am dritten Tag nach. Die Haut auf seinen Handflächen schälte sich, er bekam Beulen unter den Achselhöhlen, seine Arme waren zu schwach, um die Schubkarre zu fahren. Eine „Erfindung" seines Bruders rettete ihn davor, zu Tode geprügelt oder in die Gaskammer geschickt zu werden: Katriel fand ein Seil, band es um die Griffe der Schubkarre, hängte es um den Hals seines Bruders und verringerte so den Druck des Gewichts auf Arme und Hände.

Eine Woche später, bei einem Zählappell, der nachts um drei auf dem Lagerplatz stattfand, wurden die Gefangenen gefragt, ob ein Elektriker unter ihnen sei. Fünf traten aus der Reihe, unter ihnen Katriel. Alles, was er von diesem Beruf wußte, war, daß er einmal, in Warschau, als die elektrische Leitung in ihrer Wohnung repariert worden war, dem Elektriker das Werkzeug gehalten und ihm bei der Arbeit zuge-

schaut hatte. Ein Wunder: Thumann wählte ihn unter den
Fünfen aus.

Er wurde zu einer Arbeit außerhalb des Lagers geschickt, in
ein Gutshaus, das einem wohlhabenden polnischen Bauern
abgenommen worden war und in dem jetzt ein SS-Offizier
mit seiner Familie wohnte. Katriel sollte drei der Zimmer mit
elektrischem Strom versehen. Er hatte gute Hände und einen
guten Kopf, wie sein Bruder es formulierte. Er setzte ein
fachmännisches Gesicht auf und fing an zu arbeiten, bohrte
Löcher in die Wand und legte Leitungen, verlegte Kabel und
ähnliches.

Im Lager starben jeden Tag Dutzende von Gefangenen an
Schlägen, an Kälte, an Hunger. Katriel hob von dem Essen
auf, das er im Haus des Offiziers bekam, versteckte es unter
seiner Kleidung – Brot, Wurst, Gemüse – und schmuggelte es
abends für seinen Bruder ins Lager.

Die Frau des Offiziers mochte ihn, und als er mit seiner Arbeit
fertig war, bat sie den Lagerführer, ihn ihr für Gartenarbeiten
zur Verfügung zu stellen. Das Haus war von einem großen
Gemüsegarten umgeben, und Katriel grub die Erde um, goß,
düngte.

Der Dünger für den Garten stammte aus dem Lager. Es waren
Säcke mit Asche aus dem Krematorium, reich an allen Mine-
ralien, die sich in menschlichen Knochen finden.

Eines Abends, als er in den Block zurückkam, fand er seinen
Bruder nicht mehr vor. Man sagte ihm, er sei bei der Arbeit
zusammengebrochen, der Vorarbeiter habe ihn auf den Kopf
geschlagen, und er sei in den Gammel-Block gebracht worden, der Barracke für jene, die keine Hoffnung mehr auf
Leben hatten. Sie wurden entweder herausgeholt und erschossen oder in die Gaskammer geschickt.

Während abends Kaffee aus den großen Kesseln ausgeteilt
wurde, schlich sich Katriel aus der Reihe und eilte zum
Gammel-Block. Es bot sich ihm folgendes Schauspiel: In der
Barracke wälzten sich Menschen vor Schmerzen auf dem
Boden, in Blut, Unrat, Kot, stöhnend und schreiend. Andere
gaben kein Lebenszeichen mehr von sich. Er fand seinen

Bruder unter denen, die sich nicht mehr bewegten. Er schüttelte ihn und rief seinen Namen. Als Schmuel aus seiner Ohnmacht erwachte, half er ihm aufzustehen und trug ihn im Schutz der Dunkelheit auf dem Rücken zu ihrem Block.

Und noch einmal rettete Katriels Geistesgegenwart seinem Bruder das Leben:

Weil die Zwillinge sich sehr ähnlich sahen und es unmöglich war, sie zu unterscheiden, beschloß er, sie sollten alle paar Tage die Kleidung mit der aufgenähten Nummer, dem Identifikationszeichen, tauschen. Das taten sie. Einmal ging der eine zur Arbeit in das Haus des Offiziers, einmal der andere. So blieben sie bei Kräften.

Der Winter kam. Schnee bedeckte die Erde, und die Arbeit im Garten des Offiziers hörte auf.

Tausende neuer Gefangener kamen im Lager an. Russische Kriegsgefangene, polnische Partisanen aus den Bezirken Zamosc und Lublin, Juden aus der Tschechoslowakei, aus Belgien, aus Holland, aus Griechenland. Die Schornsteine hörten nicht auf zu rauchen.

Die beiden Brüder wurden, zusammen mit ein paar hundert anderen Gefangenen, nach Auschwitz gebracht.

In Auschwitz blieben sie nur zwei Wochen.

Bei einer Selektion wurden sie ausgesucht und in Arbeitslager nach Deutschland gebracht, der eine nach Ravensbrück, der andere nach Gunskirchen.

Anderthalb Jahre lang wußte keiner von ihnen vom Schicksal des anderen.

Nach der Befreiung der Lager durch die amerikanische Armee waren beide dem Tod nahe.

Erst nachdem sie einige Wochen in Krankenhäusern verbracht hatten, konnten sie wieder auf den Beinen stehen.

Und beide, jeder für sich, machte sich auf den Weg zu ihrem Geburtsort Zamosc, um zu sehen, ob von ihrer Familie noch jemand am Leben geblieben war.

Dort trafen sie sich auf der Straße und fielen sich um den Hals. Und dann wanderten sie wieder durch Europa.

Gestern, gegen Abend, zum zweitenmal seit Noras Tod, erschien Eljakim Sasson.
Und wie beim letztenmal vor drei Monaten kam er ohne jede Vorankündigung, ohne Brief, ohne Anruf. Er trat herein, aufrecht, kräftig, wie damals als Achtzehnjähriger, nur daß er jetzt schon graue Haare in dem schwarzen, dicken Schnurrbart hatte. Er trug eine eng sitzende, blaue Armeejacke, eine Armeetasche hing ihm über der Schulter, und ohne jede Einleitung fragte er, ein Lächeln in den schwarzen Augen, ob er hier eine Nacht schlafen könne. „Falls ich Gnade vor Ihren Augen finde", sagte er mit der ihm eigenen ironischen Redeweise, „könnten Sie sich vielleicht bereitfinden, einem müden Gast ein Lager anzubieten?" Und gegen meinen Willen antwortete ich auf die gleiche spöttische Art, die aus der Freundschaft ferner Tage stammte: „Es wird mir eine große Ehre sein."
Seit ich alleine lebe, betrachtet er meine Wohnung in der Stadt als seine private Pension. Es kommt ihm nicht in den Sinn, daß er mich möglicherweise stören könnte. Der Autobus zu seinem Kibbuz in der Wüste fährt nur zweimal am Tag. Ich kann es ihm nicht abschlagen.
Ich bat ihn ins Wohnzimmer, doch er ging gleich in die Küche, holte einige große Dattelpflaumen aus seiner Tasche und legte sie auf den Tisch. „Heilung für alle Krankheiten des Körpers und der Seele", sagte er und schlug mir auf die Schulter. Dann, im Wohnzimmer, fünf Minuten nachdem wir uns gesetzt hatten, stand er auf, ging zur Kommode – „Euer Ehren erlauben?" –, öffnete die Klappe, hinter der ein paar Flaschen standen, nahm eine heraus und warf mir sein

unwiderstehliches Lächeln zu. „Ist es erlaubt, den Herrn zu einem Gläschen Wodka einzuladen?" Und er goß für uns beide ein.

Unsere Freundschaft stammt aus der Zeit, als er beim Bataillon Ezioni war, als Kundschafter und Spurenleser, und die Truppe zum Kampf führte. Eine Freundschaft, die, betrachtet man die Gegensätze der Charaktere, der Berufe und der Lebensumstände, eigentlich in dem Moment hätte zu Ende sein müssen, als unsere Wege sich trennten. Doch aus mir unbekannten Gründen hielt er an der Freundschaft fest, am einen Ende sozusagen, und ließ sie in all den Jahren nicht los. „Ich verfolge dich von weitem", sagte er immer. Und nach jedem Artikel von mir über irgendein historisches Thema, der ihm dort, irgendwo in der heißen Wüste, in die Hände fiel, schrieb er mir einen Brief: Einwände, Vorwürfe, Lob. Es waren Briefe, in die er ironisch Bibelzitate und Verse von Bialik oder Alterman einflocht. Sie begannen etwa so: „Sehr verehrter Herr, Licht der Welt, Vorbild der Generation", oder: „Leuchte Israels", oder: „Verehrter Freund, Krone meines Hauptes". Und sie waren unterschrieben mit: „Ihr untertänigster Diener", oder: „Der Staub unter Ihren Fußsohlen", oder: „Dein unwissender Freund, der durch die Wüste reitet", oder so ähnlich. Manche Briefe waren ganz in der dritten Person abgefaßt: „Würden der Herr die Güte haben, mir zu erklären, warum Er das oder das geschrieben hat, denn ..."

Er entstammt einer Jerusalemer Familie, die aus Persien eingewandert war. Als Mitglied der *Noar oved* ging er in einen Kibbuz im Tal von Beit-Sche'an. Nach etlichen Jahren wechselte er, „um eine zweite Jugend zu erleben", wie er es ausdrückte, in einen neu gegründeten Kibbuz in der Wüste, dessen Mitglieder alle mindestens fünfzehn Jahre jünger waren als er, und tat das einzige, was ihn wirklich begeisterte: er züchtete Rosen.

Nach Noras Tod schickte er mir einen mitfühlenden Brief, diesmal ohne alle Phrasen. Er schrieb, er habe bei seinen Besuchen bei uns immer ihr „seelisches Gleichgewicht und

ihren Sinn für Humor" bewundert, deshalb habe es ihn um so
mehr erschreckt, zu erfahren, daß sie ihrem Leben ein Ende
gesetzt hatte. Einmal habe er sie im Weizmann-Institut besucht, erzählte er, weil in den Gewächshäusern Mehltau
ausgebrochen war, und einen halben Tag dort verbracht. Sie
führte ihn durch alle Labors, zeigte ihm die modernen Geräte,
und erklärte ihm „das verrückte, abenteuerliche und trick-
reiche Leben der Viren und Pilze, ihre Intrigen und Launen,
die man unter dem Mikroskop erkennt", so voller Humor,
daß sie die ganze Zeit lachten. Er erinnerte mich auch daran,
daß er Zeuge des Entflammens unserer Liebe gewesen sei: Es
war bei dem Fest zum Unabhängigkeitstag im Haus der
Malerin Amira in Jerusalem, und er sah uns zusammen
tanzen, sah, wie wir in den Garten hinausgingen und wieder
zurückkamen, und da wußte er es schon ...
Zwei Jahre nach seiner Heirat, in seinem ersten Kibbuz,
verließ ihn seine junge Frau und ging in die Stadt. Er hat nicht
wieder geheiratet.
Nach dem zweiten Glas drängte er mich, wie bei seinem
letzten Besuch, ich solle doch in den Kibbuz kommen, für
zwei, drei Wochen oder einen Monat. Er würde mir ein
Zimmer besorgen, eine Palmenhütte, einen Bungalow, alles,
was ich wolle. Die Vögel würden morgens und abends für
mich singen, Gazellen würden für mich tanzen. Ich sei ein
„pessimistischer Historiker", seiner Meinung nach, und ein
pessimistischer Historiker sei ich deshalb, weil ich mich nur
unter Büchern aufhalte und von der Natur abgeschnitten sei.
Ich ließe zu, daß „mein Herz im Zimmer finster wird, ohne
die Sterne, die draußen bleiben". Wenn ich zu ihm käme,
könnte ich sehen, wie die Wüste blüht, und daß es ihm
gelungen sei, eine neue Rosensorte zu züchten. Alle Rosen-
sorten hätten optimistische Namen: Glück, Vollendete Schönheit, Pracht der Königinnen. „Nicht alles ist absurd, Zwi,
nicht alles ist absurd und nichtig, wie unser Freund Nathan
Alterman gesagt hat."
Er kannte ganze Gedichte von Alterman auswendig, „Sterne
draußen" und „Freude der Armen".

Ich versprach ihm zu kommen. Eines Tages würde ich ganz überraschend auftauchen.

„Du wickelst mich ein, Zwi, du bist nicht aufrichtig! Auch letztes Mal hast du versprochen zu kommen, und in deinem krummen Herzen hast du gedacht: Er wird es vergessen, und ich brauche mein Versprechen nicht zu halten. Bei aller Achtung vor deiner Professur, aber auch der Gelehrte wird zur Verantwortung gezogen werden."

Nach dem vierten Glas brachte er mich dazu zu singen. Er fing damit an, Lieder aus den alten Tagen zu singen, eine orientalische Melodie, und dazu trommelte er mit den Fingern auf den Tisch: „Mein Herz sehnt sich nach *Zwi* ..." Er erinnerte mich an einen Abend, in Beit-Tanus, im Unabhängigkeitskrieg, nach der mißglückten Eroberung der Altstadt, und mit einem tiefen Seufzer beim Gedenken an die vielen Gefallenen nannte er vier, fünf Namen. Doch sofort schüttelte er die Gedanken wieder ab und begann ein anderes Lied. Er erhob seine Stimme, daß sie wie das Jaulen eines Schakals klang: „In die Wüste, das Land ohne Wasser ..."

Morgens verließ er still die Wohnung, noch bevor ich aufwachte.

Das Fest bei Amira, in Abu-Tor, im letzten Jahr meines Studiums an der Universität, fand am Vorabend des Unabhängigkeitstags statt. Ungefähr hundert Leute waren da, von denen ich die meisten nicht kannte. Auch aus Tel Aviv waren welche gekommen. Sie verteilten sich in den großen Räumen des arabischen Hauses, an dem noch die Einschläge von den Kämpfen zu sehen waren, und vergnügten sich auch in dem von einer Mauer umgebenen Garten. Die Musik aus Lautsprechern war manchmal wild wie aus dem Dschungel, manchmal leise und einschmeichelnd.

Ich stand an der Wand und beobachtete die Tanzenden. Das Licht wurde dunkler, die Musik leiser. Eine hochgewachsene junge Frau mit feinen, offenen blonden Haaren kam auf mich zu, ein freundliches, ironisches Lächeln im Gesicht, als wisse sie ein Geheimnis von mir. Sie streckte die Hand aus und zog mich in den Kreis der Paare.

Während des langsamen Tanzes fragte ich sie nach ihrem Namen.

„Der Name Abrahamson sagt Ihnen etwas?"

„Abrahamson von wo?"

„Aus Rechovot."

„Der Architekt?"

„Ich bin seine Tochter. Nora."

Ich blieb stehen und betrachtete sie, das Gesicht, das mir so nahe war, daß ich ihren Atem fühlen konnte. Das Haus der Abrahamsons stand nicht weit von unserem, einmal um die Ecke.

„Du wirst dich nicht an mich erinnern. Ich war noch im Kindergarten, als du in der dritten oder vierten Klasse warst.

Im Kindergarten deiner Mutter. Sie hat mich immer Nurit genannt."

Ich empfand so etwas wie eine alte, familiäre Vertrautheit und lachte. Wir fuhren fort, uns im langsamen Rhythmus der Musik zu drehen. Nora erzählte leise neben meinem Ohr. Sie hatte mich fast jeden Tag gesehen, wie ich auf der Straße Ball spielte oder vom Club zurückkam, in Pfadfinderuniform, „hochmütig", oder im verstaubten Jeep meines Vaters, wenn er mich mitnahm zu allen möglichen Plätzen des Landes. Dann habe sie mich für Jahre aus den Augen verloren, sagte sie, bis sie mich eines Tages im Korridor der Universität entdeckt habe. Sie sei einen Augenblick stehengeblieben, habe überlegt, ob sie mich ansprechen solle oder nicht, und habe beschlossen, das sei albern. „Warum auch, schließlich war ich damals ein kleines Mädchen, sonst nichts." Seither habe sie jedesmal, wenn sie mich gesehen habe, über sich selbst lachen müssen, sagte sie. Sie studierte Biologie, im dritten Jahr.

Die Musik aus den Lautsprechern wechselte von leise auf laut und wild. Nora, eine begeisterte Tänzerin, übernahm die Führung. Sie zog und schob mich, drehte sich, entfernte sich von mir, schmiegte sich wieder an mich. Sie schien nie müde zu werden. Ich schwitzte am ganzen Körper, und sie schwebte und lachte, als spiele sie ein Spiel mit mir.

Wir gingen in den Garten, um uns etwas abzukühlen. Wir saßen auf der aus Brettern gezimmerten Bank, mein linker Arm lag auf der Lehne, wir schauten uns an und lachten. Es war, als bestünde ein geheimes Einverständnis zwischen uns, etwas, das jeder von uns seit Jahren im Herzen bewahrt hatte. Die Kiefern rochen nach Harz, und die Nachtluft trocknete den Schweiß von unseren Gesichtern. Weit weg, am Himmel über der Stadt, war das Feuerwerk zu sehen, die Raketen zerplatzten wie funkelnde Sterne und wurden zu Garben und erloschen. Als ich den Arm um sie legte, lehnte sie ihren Kopf auf meine Schulter. Mir war schwindlig vom Geruch ihres Haares, ihrer Achselhöhlen, aus denen dichte, kastanien-farbene Haare hervorschauten, von der Weichheit ihrer runden Schultern, ihrer vollen Arme, von der Wärme, die aus ihren braunen Augen strahlte. Wir schwiegen. Nach einer Weile befreite sie sich aus meinem Arm, hob den Kopf und fragte, ob ich Lust hätte, mich einer Gruppe anzuschließen, die am nächsten Tag zu einer Wanderung zum Wald bei Mevo-Beitar aufbrechen wolle. Ich müsse nur etwas zu essen und eine Decke mitnehmen, sagte sie und nannte den Treffpunkt.

Nachmittags verließen wir die Stadt. Wir waren ungefähr ein Dutzend Leute, unter ihnen drei Studentinnen, zwei Lehrerinnen und zwei junge Männer, die ich noch aus der Zeit kannte, als ich Konvois nach Jerusalem begleitet hatte. An der Spitze ging ein Mann vom *Palmach*, ein Kundschafter, der jeden Felsen und jeden Strauch am Weg kannte. Wir gingen hintereinander auf schmalen Wegen. Nora war unter den ersten, ich ziemlich weit hinten. Kurz vor Sonnenuntergang erreichten wir den Wald oben auf dem Berg.

Der erfahrene Kundschafter wies uns auf die Aussicht hin, zeigte mit dem Stock, den er in der Hand hielt, auf die Orte im Umkreis, erzählte, welche Ereignisse sich mit ihnen verbanden. Er wußte ebensoviel über den Verlauf des Befreiungskrieges wie über historische Ereignisse. Und als er auf *Batir* deutete, erzählte er erst von den Kämpfen, die dort im Oktober 1948 stattgefunden hatten, dann über die Belagerung des alten Beitar durch die Römer bei den Aufständen in der Zeit *Bar Kochbas*, auf die noch die Ruinen einer Mauer und einiger Befestigungen hinwiesen. Nora, die neben mir stand, flüsterte mir ins Ohr: „Wie geht es deinem Vater?"

Ich wandte ihr das Gesicht zu und lachte. „Er gräbt und gräbt. Und deiner?"

Sie lächelte. „Er baut und baut." Sie machte eine Kopfbewegung zum Hügel gegenüber. „Warst du dort?"

Nein, dort sei ich nicht gewesen, sagte ich, aber ich würde die Gegend gut kennen, da ich mit dem Bataillon „Ezioni" hier gelegen habe, als wir Walagia besetzt hatten. Ich zeigte ihr das Dorf, gegenüber von Batir. Sie schaute mich an und lachte, als habe sie das gar nicht gemeint.

Wir sammelten Holz für ein Lagerfeuer, richteten den Dreifuß her, zündeten das Feuer an, und die Mädchen bereiteten das Essen und servierten es auf einer Decke. Als wir uns hinsetzten und anfingen zu singen, tauchten zwei bewaffnete Wächter aus der Dunkelheit auf. Sie kamen aus der nahen Siedlung. Wir luden sie ein, sich zu uns zu setzen, aber sie blieben neben uns stehen, betrachteten die aufstiebenden Funken und hörten unserem leisen Singen zu. Bevor sie uns verließen, um ihren Aufgaben nachzugehen, fragten sie uns, wo wir die Nacht verbringen wollten. Der Kundschafter sagte, wir hätten vor, im Wald zu übernachten, da wir vom Gipfel des Berges aus den Sonnenaufgang sehen wollten. Die Wächter standen noch eine Weile herum, dann gingen sie.

Nachdem das Feuer gelöscht worden war und die Gruppe schlafen wollte, gingen wir zum Hang, breiteten unsere Decken unter einem Felsvorsprung aus und machten uns ein Lager auf Tannennadeln. Dann legten wir uns hin.

Alles geschah ganz selbstverständlich, als erfüllten wir ein geheimes Abkommen, über das man nicht zu sprechen brauchte. Als hätten wir jahrelang auf diesen Moment der leidenschaftlichen Umarmung gewartet.

„Es gibt keine Zufälle in der Partnerwahl", sagte Nora Jahre später, als wir uns an die erste Nacht erinnerten. „Die Gene. Es liegt nur an den Genen."

Als ich beim Morgengrauen die Augen aufmachte – graue Dämmerung lag über allem und noch kein Vogel war zu hören –, war Nora schon wach. Sie saß da, in die Decke gewickelt, die Arme um die angezogenen Knie geschlungen, das Kinn auf den Knien. Sie betrachtete das Tal und die Hänge gegenüber, die langsam aus der Dunkelheit auftauchten. In ihren offenen Haaren hingen Tannennadeln. Ich richtete mich auf und legte den Arm um ihre Schulter. Sie drehte sich zu mir um und lächelte wie ein Kind, das bei einem Streich erwischt worden ist, und flüsterte: „Ich bin glücklich. Und du?" Dann sagte sie: „Du wirst es mir nicht glauben, als ich neun oder zehn war und dich auf der Straße gesehen habe, die Schultasche in der Hand, so aufrecht und selbstsicher, du hattest so eine Angeberlocke, die dir in die Stirn fiel, da dachte ich: Dieser Junge wird mal mir gehören."

Ich lachte. Wir küßten uns. Wir standen auf, um den Sonnenaufgang zu betrachten.

Alles war so selbstverständlich. Zwei Monate später fuhren wir nach Rechovot, um unseren Eltern mitzuteilen, daß wir beschlossen hatten zu heiraten. Meine Mutter freute sich, als sei eine verlorene Tochter in den Schoß der Familie zurückgekehrt. „Nurit!" Sie nahm sie bei den Schultern und schaute sie strahlend an. Zu mir sagte sie: „Ihre Mutter war nicht damit einverstanden, ihren Namen zu hebräisieren, aber ich habe sie immer Nurit genannt." Dann erzählte sie alle möglichen Erlebnisse mit Nora aus der Kindergartenzeit. Mein Vater witzelte: „Geschichte und Biologie, eine vollkommenere Verbindung gibt es nicht. Das ist das Leben des Menschen, Körper und Geist." Dann beschwerte er sich bei Nora über mich. Er hatte gehofft, daß ich in seine Fußstapfen treten und Archäologie studieren würde. Seit meiner Kindheit habe er mich darauf vorbereitet, doch ich hätte ihn „betrogen". Ich hätte die realen Dinge, die in der Erde begraben sind, im Stich gelassen und mich „flüchtigen Buchstaben" zugewandt. Stünde denn nicht wörtlich in der Bibel: Daß Wahrheit aus der Erde wachse! Was nicht in der Erde selbst verborgen sei, ganz real im Sand, dessen Wahrheitsgehalt sei anzuzweifeln. Ich bekannte mich schuldig, sagte aber, daß ich mich immer, wenn er mich zu Ausgrabungen an alten Stätten – Gusch-Chalav, Bir'am, Beit-Sche'arim, Tel-Scheva – mitnahm, gelangweilt hätte. Steine, Staub, Ruinen. Hypothesen über Ursprung und Entstehungszeiten, an die ich nicht so recht glauben konnte. Und in den Ferien, wenn er mich in Beschlag nahm, um ihm bei Ausgrabungen zu helfen, und er mir eine Hacke und einen Sack oder ein Sieb in die Hand drückte – eine ermüdende Arbeit in der heißen Sonne –, hätte ich regelrecht gelitten.

„Gelitten?" platzte mein Vater heraus, seine schwarzen Augen funkelten, und sein Chaplin-Schnurrbart zitterte. „Hast du dich damals, in Geser, etwa nicht gefreut, als wir Scherben mit hebräischer Schrift aus der israelitischen Zeit entdeckten?

Bist du in Jericho nicht wie ein betrunkener Esel in den Ruinen des Palastes herumgesprungen und hast das Bad gesucht, in dem sich Mariamne, die Haschmonaitin, gebadet hat, als hättest du gehofft, sie würde gleich nackt vor dir erscheinen?"

Ich lachte. „Und du hast die Leiche von Aristobulos gesucht."

„Gut, schon gut." Er nickte, und wieder beklagte er sich bei Nora, er habe mich zu einem Hebräer machen wollen, doch ich – er wisse nicht, woher ich das habe – hätte mich entschieden, einer von diesen gelehrten Juden zu werden, die sich in Büchern vergraben und Buchstaben auslegen.

„Nurit hingegen", sagte meine Mutter und deutete auf ihre zukünftige Schwiegertochter mit den hellen Haaren und der kurzen Nase, „ist weder eine Hebräerin noch eine Jüdin. Wir haben sie immer *Schicksele* genannt."

Über die Situation bei ihr zu Hause hatte mir Nora schon erzählt, bevor wir nach Rechovot fuhren. Ihre ganze Kindheit war überschattet gewesen von einer drohenden Scheidung ihrer Eltern, und ihre beiden jüngeren Schwestern waren als Gastschülerinnen in einen Kibbuz im Tal Jesreel geschickt worden, einen Kibbuz, der von deutschen Immigranten gegründet worden war. Ihr Vater, den Nora zugleich bewunderte und fürchtete, war ein stolzer Mann, ein Pedant, der bei der geringsten Kleinigkeit aufbrauste. Die meiste Zeit verbrachte er in seinem Büro oder auf Reisen nach Tel Aviv oder Jerusalem, und wenn er nach Hause kam, wechselte er abends, beim Essen, ein paar freundliche Worte mit ihr, dann zog er sich wieder in sein Zimmer zurück. Mit ihrer Mutter besprach er nur die notwendigsten praktischen Fragen, doch oft, in den frühen Morgenstunden, bevor er anfing zu arbeiten, oder spät abends, zitterten die Wände bei seinen Ausbrüchen – immer in Deutsch, er sprach nur deutsch mit ihr –, und die Mädchen verkrochen sich dann in ihrem Zimmer vor Angst, er würde entweder ihre Mutter schlagen, deren Stimme überhaupt nicht zu hören war, oder, was ihnen noch mehr Angst machte, weggehen und sie für immer verlassen. Diese Ausbrüche waren im allgemeinen sehr kurz, sie dauerten nur einige Minuten, erschütterten das Haus wie ein Hurrikan, dann herrschte Schweigen. Oder man hörte heftiges Türenschlagen und Schritte, die sich entfernten. Nora kannte die Gründe für die tiefe Feindschaft ihres Vaters gegen ihre Mutter nicht, einer Feindschaft, die gefangen war in seinem Schweigen, in seiner Mißachtung ihr gegenüber. Die Anlässe für seine Ausbrüche waren geringfügig: ein ungebügeltes Hemd, eine überfällige Rechnung, ein Buch, das ohne seine Zustimmung verliehen worden war, eine telefonische Nachricht, die ihm nicht übermittelt worden war. Wenn Nora hörte, wie er seine Stimme gegen eine Nachbarin erhob, sie solle ihr Radio ausmachen, wußte sie, daß er seine Wut über ihre Mutter auslebte, und wenn er ins Auto stieg, war es, als suche er in ihm Schutz vor ihr. Ob es sich wirklich um eine alte Rechnung zwischen den beiden handelte, noch aus Deutschland, wie sie einmal aufgeschnappt hatte, wußte sie nicht.

Ihre Mutter, Susi, machte uns die Tür auf; ein schwarz-weiß gefleckter Bernhardiner sprang an mir hoch. Nora umarmte ihn, und unter zärtlichen Liebkosungen nahm sie ihn mit in den Salon und drückte ihn auf den Teppich. Die Westwand des Zimmers bestand aus Glas und gab den Blick auf einen ausgedehnten, mit Büschen und Bäumen umsäumten Rasen frei.

Noras Mutter betrachtete mich prüfend. „Ich hätte dich nicht erkannt."

Ich sagte, das sei kein Wunder, schließlich hätte ich den Ort vor acht Jahren verlassen und wäre nur zu kurzen Besuchen bei meinen Eltern zurückgekommen.

Ob ich etwas trinken wolle? Brandy? Kirschlikör? Sie ging zu der in die Wand eingelassenen, aus Mahagoniquadraten bestehenden Bar, und mit langsamen, trägen Bewegungen brachte sie eine Flasche und Gläser zu dem niedrigen Marmortisch. Sie trug ein langes, enges Kleid, das ihr bis zu den Knöcheln reichte, und das Blättermuster auf dem Stoff paßte gut zu ihren kupferfarbenen Haaren. Der übertrieben starke Lidschatten schien ihre Augen zu erdrücken. Ein höfliches Lächeln wich nicht von ihrem Gesicht, doch die Anstrengung,

81

es aufrechtzuerhalten, verstärkte die Fältchen in ihren Augenwinkeln und verlieh ihrem Gesichtsausdruck etwas Bittersüßes. Sie erkundigte sich mit keinem Wort nach unsere bevorstehenden Hochzeit oder danach, unter welchen Umständen wir uns kennengelernt hatten, statt dessen fragte sie viel über Jerusalem, ob ich diesen oder jenen der alten, aus Deutschland stammenden Professoren kenne, ob ich Konzerte im YMCA besuche, und sie äußerte ihr Bedauern darüber, daß uns die Altstadt verschlossen war. Sie erzählte, „in den guten Tagen, als die Stadt noch nicht geteilt war", habe sie zwei Wochen im Hotel „American Colony" verbracht, und beschrieb die Gastfreundschaft, die sie da genossen habe, die guten Manieren, die Ruhe und die Mahlzeiten, die im Innenhof serviert wurden, beim leisen Geplätscher des Springbrunnens ...

Mitten im Gespräch stand Nora aus dem Sessel auf und legte sich neben den Hund auf den Teppich, klopfte ihm den Hals und streichelte ihn.

„Schade, daß es so gekommen ist", sagte Susi Abrahamson müde und zog eine vergoldete Uhr näher zu sich, eine Kristallkugel, die sich zwischen vier kleinen Säulen drehte, und spielte daran herum. „Die Tage, in denen wir in Frieden zusammenleben konnten, Juden, Araber, Engländer, kommen vermutlich nicht wieder."

„In Frieden?" Nora, die Arme um den Hals des Hundes geschlagen, lächelte ihre Mutter an.

Susi wandte ihr den Blick zu, während sie noch immer die Uhr in der Hand hielt, betrachtete ihr Gesicht, als überlege sie, was sie ihr antworten solle, dann sagte sie: „Du mußt dir die Haare schneiden lassen, Nora. Sie werden zu wild."

In diesem Moment kam der Vater in den Raum, aus irgendeinem Nebenzimmer, so leise, daß seine Schritte fast nicht zu hören waren. Er war ein hochgewachsener Mann, in einer weißen Hose, einem kurzärmligen Trikothemd, Stoffschuhen. Er ging zu seiner Tochter, die aufstand, küßte sie auf die Wange, dann wandte er sich zu mir, schüttelte mir die Hand und sagte: „Nun, du bist also unser zukünftiger Schwiegersohn. Ich freue mich, dich kennenzulernen." Er setzte sich zu uns an den Tisch.

Otto Abrahamson war wirklich ein beeindruckender Mann, gutaussehend, sportlich, die ergrauenden Haare „römisch" geschnitten. Er sah jünger aus als seine Frau. Er goß Likör in die drei Gläser, die bisher leer auf dem Tisch gestanden hatten, zögerte einen Moment, stand dann auf und brachte ein viertes Glas aus der Bar, füllte es auch und hob es zum Toast. Dann sagte er: „Ich hätte es für vernünftiger gehalten, wenn ihr gewartet hättet, bis Nora mit dem Studium fertig ist, aber wenn ihr es so beschlossen habt, werdet ihr wohl gute Gründe dafür haben, nehme ich mal an." Er lächelte, und ein paar Falten erschienen in seinem Gesicht; der Blick seiner tief in den Höhlen liegenden Augen war verhangen, distanziert. Susi stand auf und ging hinaus, um Kaffee zu holen. Otto sprach mit seiner tiefen, heiseren Stimme über die wirtschaftliche Seite unserer Heirat: Wo wir leben wollten, wie meine Aussichten für eine akademische Laufbahn wären und von was wir unseren Lebensunterhalt bestreiten wollten, bis ich eine Anstellung gefunden hätte. Er zeigte sich uns gegenüber sehr großzügig. Er sei bereit, die Ablösung für eine Wohnung in Jerusalem zu bezahlen, bis wir uns irgendwo niederlassen würden, und wenn wir uns später für einen festen Wohnsitz entschieden hätten, würde er sich zur Hälfte am Kauf einer Wohnung beteiligen. Falls Nora ihre Studien im Ausland beenden wolle, so übernehme er Fahrt- und Studienkosten.

„Du wirst arm werden durch mich, Papa", meinte Nora und lehnte den Kopf an seine Schulter.

Er streichelte ihr über die Haare. „Das ist deine Mitgift. Statt einer Kiste voller Seidenkleider und Schmuck. Oder zwei Schweinen und Kartoffeln." Er lachte, bis sein Lachen in Husten überging. Nachdem er sich geräuspert hatte, erklärte er, daß die Bauern in Südbayern gewöhnlich ihren Töchtern zwei Schweine und zehn Sack Kartoffeln als Mitgift gegeben hätten.

Susi stellte ein Tablett mit zierlichen Porzellantassen, Silberkannen und silbernen Löffeln auf den Tisch und fragte, wo wir unsere Flitterwochen verbringen wollten. Als wir sagten, wir hätten noch nicht darüber nachgedacht, sagte sie: „Nur nicht Zypern, mit dem ganzen vulgären Plebs." Sie setzte sich, goß Kaffee ein und fuhr fort: „Vielleicht doch in der Schweiz, dort hat es die Menschheit noch nicht geschafft, die Natur zu zerstören." Sie erzählte, daß sie in ihrer Jugend einmal mit ihrem Vater, der Kunstsammler und Anhänger des Bauhausstils gewesen sei, nach Luzern gefahren sei, nur um dort ein Gebäude zu besichtigen, das Walter Gropius entworfen habe. Solange sie sprach, saß Otto mit gesenktem Kopf da und drehte seine Porzellantasse in den Händen. Als sie aufhörte, die Werke von Walter Gropius, Klee und Kandinsky zu preisen, wandte er sich wieder mit einem verhangenen Blick an uns und erkundigte sich nach dem geplanten Termin der Hochzeit, wo sie stattfinden und wer eingeladen werden solle.

Susi stand auf und holte eine Schachtel Zigaretten und ein Feuerzeug, setzte sich wieder und begann zu rauchen, stand erneut auf und brachte einen Aschenbecher, rauchte eine halbe Zigarette und drückte sie dann im Aschenbecher aus, erhob sich und räumte die Tassen auf das Tablett ...

Bevor wir gingen, wir standen schon in der Tür, wandte sie sich an mich: „Warum hast du dich ausgerechnet für jüdische Geschichte entschieden? Das ist doch schrecklich langweilig, oder?"

„Langweilig?" Ich lachte. „Aufregend!"

Sie schaute mich traurig an. „Ja, aufregend ist das richtige Wort."

Als wir durch das Gartentor gingen, sagte Nora: „Papa ist ein armer Kerl."

Die Hochzeit war bescheiden. Sie fand nicht in einem Saal statt, sondern im Haus der Abrahamsons und auf ihrem großen Rasen. Die Honoratioren der Stadt kamen, die Verwandten und Freunde von beiden Seiten. Meine Eltern und Noras Eltern sprachen nicht viel miteinander. Das sprudelnde Temperament meines Vaters – er lief zwischen den Gästen herum, bewegte sich schnell und sprach schnell, machte

Witze – paßte nicht zu der höflichen, distanzierten, strengen Zurückhaltung Otto Abrahamsons. Noras Mutter, die mit ihrem langen, eng anliegenden Brokatkleid, einer orientalische Silberkette um den Hals und der rötlichen Haarpracht, die ihr ovales Gesicht umrahmte, sehr beeindruckend aussah, unterhielt sich eine ganze Weile mit meiner Mutter, doch das entsprang wohl eher einem gewissen Mitleid der vornehmen Dame einer einfachen Frau aus dem Volk gegenüber. Nora war freundlich zu allen. Herzlich und überhaupt nicht verlegen empfing sie die Gäste, bewegte sich zwischen ihnen, bot ihnen Leckerbissen an und unterhielt sich mit ihnen.
Noras warme, volle Stimme.
Wir mieteten uns eine kleine Wohnung in Talbiah. Nora studierte weiter, ich wurde Assistent für Jüdische Geschichte. Nora, obwohl fünf Jahre jünger als ich, war erwachsener in ihrem Auftreten und in ihrer Selbstsicherheit. Und sie hatte eine „Begabung zum Glück", die ich nicht besitze, eine Begabung, hemmungslos die kleinen Freuden zu genießen, die das Schicksal dem Menschen bereitet, und von ganzem Herzen dankbar dafür zu sein. Morgens öffnete sie die Augen immer mit einem Lächeln, wie aus einem schönen Traum erwachend, dann streckte sie die Arme, als begrüße sie jeden Tag wie einen Feiertag.
Ich hingegen konnte – wie Nora oft im Lauf unseres gemeinsamen Lebens gesagt hat – immer nur das Offenbare sehen, nie das Verborgene.

*E*inige Tage nach dem Besuch der beiden Brüder bei uns rief Schmuel Fojglman wieder an, sagte, er würde übermorgen nach Paris zurückkehren und ob es eine große Last sei, wenn wir uns noch einmal träfen. Um Nora schlechte Laune oder wenigstens Ungeduld zu ersparen, schlug ich ihm vor, zu mir in die Universität zu kommen. So könne er auch das Institut kennenlernen, an dem ich arbeitete und an dem sogar Jiddisch gelehrt werde.

„Sehr gern, sehr gern", sagt er.

Er kam mit einer Verspätung von einer halben Stunde, das Gesicht rot von der Sonne, wischte sich den Schweiß vom Gesicht, vom Nacken, die abgewetzte Tasche in der Hand – wie der ewige Jude. Er sagte, man habe ihm eine falsche Auskunft gegeben, ihm gesagt, er solle mit einem bestimmten Autobus fahren, und das sei der falsche gewesen, und hier, auf dem Campus, sei er eine Viertelstunde herumgeirrt, bis er das Gebäude und das Zimmer gefunden habe. „Amerika!" sagte er und deutete mit der Hand zum Fenster, staunte über die Weite, das Grün, die schönen Gebäude. Ich lud ihn zu einem kalten Getränk ein und fragte ihn, wie die Gedenkfeier für die Opfer von Zamosc gewesen sei.

„Was kann man da schon erwarten?" Er nickte. „Immer wieder das gleiche Jammern, immer wieder die gleichen Klagen. Aber Tränen haben bisher noch keinen Toten wieder lebendig gemacht."

Nachdem er etwas getrunken und sich wieder erholt hatte – auch an diesem Tag trug er, trotz der Hitze, seine übliche Fliege –, erzählte er, bei jener Gedenkfeier sei ein Mann gewesen, ein Gast aus Amerika, der der Versammlung von seinen schrecklichen Erlebnissen erzählt habe: Er war einer der letzten, die vom Ghetto Zamosc nach Isbica deportiert worden waren, das ungefähr zwanzig Kilometer von der Stadt entfernt war. Er beschrieb den Todesmarsch dorthin, wie „die schwarzen Soldaten", Ukrainer und Gestapomänner, jeden erschossen, der auf dem Weg zusammenbrach, und wie sie unterwegs über die Körper von Toten gingen, über Sterbende, die sich im Todeskampf wanden, an denen Blut und Knochenmark herunterlief. Als sie in Isbica ankamen, wurden alle – einige hundert Menschen – in einen Kinosaal gebracht, dann wurden die Türen geschlossen. Acht Tage lang waren sie in diesem Saal zusammengepfercht, ohne Essen und Wasser. Kinder und Alte erstickten, verdursteten oder verhungerten, und sie durften die Leichen nicht entfernen. Die Überlebenden wurden in Gruppen von dreißig, vierzig Personen zum jüdischen Friedhof gebracht und dort erschossen. Er überlebte als einziger. Er lag unter Leichen, und man hatte ihn für tot gehalten, doch er war nur am Knie verwundet. Später, nachdem die Mörder in der Nacht verschwunden waren, stand er auf und floh in den Wald.

„Genug!" Fojglman schlug auf den Tisch. „Bis hierher, sagt man am *Schabbat hagadol!*" Wieder schaute er aus dem Fenster und bewunderte die Aussicht. Die Sorbonne mit ihren düsteren Mauern sei das Mittelalter, sagte er, das hier die Neuzeit, dort die Vergangenheit, hier die Zukunft! „Wieviel Licht! Wieviel Licht!" Er lachte. „Kein Licht für die *Gojim*, Licht für die Juden!"

Er schob seinen Stuhl näher zum Tisch, legte die Arme darauf, beugte sich zu mir und sagte: „Lieber Freund! Erlauben Sie mir, Sie Freund zu nennen, denn ich fühle, daß es zwischen uns eine Nähe der Herzen gibt, auch wenn Sie mir das nicht sagen, weil Sie – das habe ich schon bemerkt – ein ruhiger Mensch sind, verschlossen, nicht wie ich, ich laufe über wie ein Faß Fett. Sicher fragen Sie sich, lieber Freund, was ein Jude wie ich, ein jiddischer Dichter, in Paris macht? Und ich antworte Ihnen: Ich weiß es selbst nicht! Was habe ich dort? Drei, vier Zeitungen, deren Leserschaft von Tag zu Tag

weniger wird, einen Schriftstellerclub, der eher einem Altersheim gleicht ... Haben Sie schon mal ein Altersheim gesehen?
Die Luft ist voller Haß, Neid, Mißtrauen ... und der Geruch
... Obwohl wir, das muß ich betonen, eine geeinte Familie
sind, eine Familie wie keine andere! Was heißt das, Familie?
Wir umarmen uns, wir küssen einer den anderen! Wir machen uns gegenseitig Komplimente, das ganze Alphabet durch,
von ,Adler der Dichtkunst' bis ,Zauberer des Wortes', wie es
sich gehört. Jedes halbe Jahr hat irgend jemand ein Jubiläum,
und dann ergießen sich Lobeshymnen von der Bühne ... Man
rühmt, man preist! Der Gefeierte schmilzt förmlich in der
Wärme, mit der die Redner ihn überschütten. Trotzdem, was
mache ich dort, in Paris? Ja, es gibt Juden, viele Juden. Mehr
als in jeder anderen Hauptstadt Europas. Aber für mich ist
das Statistik! Ich habe keine Beziehung zu ihnen! Obwohl ich
Atheist bin, wie Sie wissen, singe ich *Adon Olam* mit einer
anderen Melodie ... Was soll ich Ihnen sagen?" Er schwieg,
dann rief er mit einer vor Rührung fast erstickten Stimme:
„Mein teurer Freund! Wenn ich in Israel bin, fühle ich, daß
hier mein Platz ist ... mein wahrer Platz ..." Tränen traten ihm
in die Augen.

Ich saß mit dem Rücken zur Wand, und nur der Tisch trennte
uns, ich fühlte mich bedrängt, erdrückt, und wollte mich von
der Sentimentalität befreien, die von ihm ausging. Ich wäre
gerne aufgestanden, wollte, daß wir beide an die frische Luft
gehen, dort könnten wir ein leichtes Gespräch über dieses und
jenes führen. Seine irgendwie spöttischen Reden, gewürzt mit
Bruchstücken aus dem *Siddur*, verbargen die quälenden
Lasten, die er, gegen meinen Willen, mit mir teilen wollte.
Während er sprach, mußte ich die ganze Zeit sein Gesicht
betrachten, das Gesicht eines Mannes, der sich den Sechzig
näherte, und dabei schob sich, wie ein Foto über das andere,
das Gesicht des jungen Mannes, der unter Peitschenhieben
volle Schubkarren mit Steinen schleppt und im nächsten
Augenblick zusammenbrechen wird. Auch sein Bruder Katriel
sprach auf diese Art. Leichthin, fast spaßend, hatte er mir
über die Schrecken von Majdanek erzählt, während er mit

seiner großen Hand über den Tisch fuhr, von einer Stelle zur anderen, wie um Linien und Punkte auf einer Landkarte zu markieren: Hier war das Tor, da waren die Blocks, hier das Krematorium, da das Haus des deutschen Offiziers, und ein Lächeln blitzte in seinen Augen auf.

Ich sagte zu Fojglman, das Tor stehe ihm offen. Wenn er sich in Paris so fühle, wie er sage, solle er doch seine Sachen packen und kommen.

Sein Gesicht bewölkte sich. „Ja, aber wie ... Wer weiß hier, wer ich bin ... ein Niemand, ein Namenloser ...“

Ich sagte, es gebe hier eine große Zahl jiddisch Lesender, jiddisch Schreibender, jiddisch Lernender ...

Als habe er Mitleid mit meiner Naivität, wischte er meine Worte mit einer Handbewegung weg. Von allen jiddischen Dichtern, sagte er, gebe es nur zwei, vielleicht drei, deren Namen einem größeren, gebildeten Publikum bekannt seien, und sie hätten vor allem deshalb Anerkennung gefunden, weil sie ins Hebräische übersetzt seien.

„Dann übersetzen Sie Ihre Gedichte!“

„Wer?“ rief er aus. „Wer wird sie übersetzen?“

Seine blauen Augen wurden dunkel, und sein Gesicht bekam einen verletzten und beleidigten Ausdruck. Er erzählte, vor einigen Jahren sei ein Gedicht von ihm ins Hebräische übersetzt worden und in einem literarischen Magazin erschienen. Einen Monat später habe ihm einer seiner Freunde – „der Himmel bewahre mich vor solchen Freunden!“ – einen Zeitungsausschnitt mit einer Kritik dieser Anthologie geschickt. Über sein Gedicht stand, es sei „absoluter Kitsch“.

„Ich möchte Ihnen etwas zeigen.“ Er beugte sich zu seiner Tasche und zog ein großes Album heraus, legte es auf den Tisch und schlug es auf. Es war eine Sammlung von Zeitungsausschnitten, auf braunen Karton geklebt, aus jiddischen Zeitungen, aus Frankreich, den Vereinigten Staaten, Kanada, Argentinien, Brasilien – Kritiken über seine Gedichtbände oder über einzelne Gedichte, die in verschiedenen Zeitschriften erschienen waren. Lobende Sätze waren rot unterstrichen.

Ich blätterte eine Seite nach der anderen um, überflog die unterstrichenen Zeilen und sagte, nicht viele hebräische Dichter würden so gelobt. „Sie haben sich einen Platz im Pantheon erworben!"

„Ja, ja, an der Seite von Viktor Hugo!" sagte er spöttisch. „Bei uns hat man immer gesagt: an der Ostwand."

Und dann erzählte er, in Zamosc, vor dem Krieg, habe ein angesehener Kaufmann gelebt, der sich für die großen Feiertage immer einen Platz an der Ostwand der Synagoge gekauft habe, indem er der Synagoge eine große Summe Geld spendete. Einige Zeit danach verarmte er und hatte kein Geld mehr, aber auf seinen Platz wollte er nicht verzichten. Er schlug vor, daß er statt dessen seine Stimme spenden wolle – er hatte eine schöne Stimme –, um bei jeder Beerdigung das Lied *El male rachamim* zu singen. Und so geschah es. Er diente bei Beerdigungen unentgeltlich als *Chasan* und behielt seinen Platz an der Ostseite. Er witzelte oft darüber und sagte: Es heißt: *Makom* voll Erbarmen, und bei mir: mein *Makom* aus Erbarmen."

Fojglman grinste. „Auch ich singe, wie er, *El male rachamim* bei den Beerdigungen, doch über mich sagt man: ‚Er ist nicht mehr am *Makom*.'" Und während er einige Seiten in dem Album umblätterte, zeigte er mir Fotos von sich, als Redner bei literarischen Feiern, oder am Tisch der Ehrengäste sitzend oder in Begleitung prominenter Personen wie Leivick, Marc Chagall, Zadkin, Sutzkever, neben Chaim Grade stehend, jeder ein Glas in der Hand, einander zulächelnd ...

Plötzlich schien er vor meinen Augen zu schrumpfen. Ein kleiner Jude, sagte ich mir, ein kleiner Jude.

Er beugte sich vor und steckte das Album wieder in die Tasche, und als er sich aufrichtete, sagte er: „Ich will Ihnen noch etwas sagen, Zwi. Darf ich dich beim Vornamen nennen? Und vielleicht nenne ich dich *Hirsch*? Zwi ist ein Attribut, eine Apotheose! *Zwi Israel*. Im „Lobgesang der Herrlichkeit", du weißt doch, wird der Zwi viermal erwähnt, als ‚Glorie', als ‚Krone der Schönheit'. Und Hirsch, das ist, wie wenn ein Mensch zu seinem Bruder spricht ..."

Ich lachte und sagte, er solle mich nennen, wie es ihm angenehm sei.

„Und doch, was dieser aufgeblasene Kerl über mich geschrieben hat, daß mein Gedicht Kitsch wäre ... er hatte damit eigentlich recht! Er hat es selbst nicht gemerkt, wie recht er hatte! Denn wenn du mich fragst, ist unsere ganze jüdische Geschichte ein einziger großer Kitsch, vom Auszug aus Ägypten bis heute! Würde man sie als Schauspiel auf einer Bühne betrachten, der Bühne der Weltgeschichte, würde man sagen, was für ein Kitsch, was für ein Melodrama! Eine schreckliche Übertreibung, die kein vernünftiger, kultivierter Mensch glauben kann! Alles sentimental bis zum Erbrechen! Sowohl das Lachen als auch die Tränen! Was ist denn der ganze Holocaust anderes als ein billiges Melodrama? Kann ein vernünftiger Mensch aus gutem Haus wirklich glauben, daß das alles wahr ist, daß Tausende von Männern, Frauen und Kindern nackt in einen Duschraum getrieben und vergast wurden, wie man Ungeziefer umbringt? Ein billiges Stück von einem drittklassigen Dramatiker! Nur gut genug, um in den Herzen dummer Zuschauer Schrecken zu erregen, um einfältige Frauen zum Weinen zu bringen! Oder nimm das Gegenteil, nicht das Grauen, sondern das Gegenteil, das Glück! Wie ich und mein Bruder, nach anderthalb Jahren zwischen Leben und Tod in verschiedenen Lagern, sicher waren, wir würden uns nie im Leben wiedersehen, und uns dann plötzlich auf der Straße vor dem zerstörten Haus getroffen haben, in dem wir geboren wurden, in der judenfreien Stadt, und einander in die Arme fielen, einander küßten und weinten ... ist das kein Melodrama? Und solche Fälle gab es zu Hunderten nach dem Krieg! Ein Sohn und seine Mutter, Mann und Frau, Bruder und Schwester – plötzlich trafen sie sich auf der Straße einer zerstörten Stadt, an einem Bahnhof, in einem Restaurant, im Flüchtlingslager ... Und ist es hier, bei euch, etwa anders? Hätte jemand in Hollywood einen fiktiven Film gedreht und gezeigt, wie die Israelis, Söhne der Makkabäer, innerhalb einer Stunde die ägyptische Luftwaffe zerstören, innerhalb von sechs Tagen ein Gebiet erobern, fünfmal so groß wie ihr

91

eigenes Land, in einem Feldzug bis zum Roten Meer, bis zum Hermon gekommen sind, den *Schofar* an der Klagemauer geblasen haben, hätte man nicht gesagt: du hast ein Drehbuch für Idioten geschrieben, das jeder intelligente Mensch ablehnt? Und Entebbe? Ist das kein Kitsch? Glaub mir, Hirsch, wir alle, in unserer ganzen Geschichte, einschließlich der pathetischen Szenen unseres Märtyrertums – sind schlechte Schauspieler in einem billigen Melodrama!"

Ich war gefesselt von dem, was er sagte, vom Anblick seines Gesichts. Was für eine Metamorphose durchlief er vor meinen Augen. Nicht mehr der „kleine Jude", der mir Zeitungsausschnitte und Fotos zeigte, um mich zu beeindrucken. Seine blauen Augen glänzten, seine Stirn war klar geworden, die Falten verschwunden. Eine Art Strahlen lag auf seinem Gesicht, ein „Glanz des *Zaddik*", wenn er eine ekstatische Predigt über die Transzendenz der Materie hält. Seine Fingerspitzen berührten die Tischplatte, weich, sensibel, wie die Finger eines Pianisten, der die Hände auf die Tasten legt, bevor er anfängt zu spielen. All seine bittere Lebenserfahrung schien in diesen Minuten von der „trüben Materie" gereinigt, die an ihr haftete, als er sich über sie erhob und von oben auf sie hinunterschaute, auf sich selbst und auf die ganze Geschichte. Was für einen Mut braucht ein Mann wie er, dachte ich, um zwischen seiner Person und seiner Biographie eine solche Distanz herzustellen, um sie als Teil eines metaphysischen Ganzen zu sehen, mit Trauer und Ironie zugleich.

Ich sagte: „Fojglman, deine Gedichte müssen ins Hebräische übersetzt und hier, in Israel, veröffentlicht werden. Du wirst kein Niemand sein, wenn du dich bei uns niederläßt."

Seine Augen verengten sich mißtrauisch und spöttisch. „Glaubst du?"

Dann gingen wir hinaus und besichtigten den Campus. Wieder bewunderte er alles, was er sah, die Weite, die Grünflächen, das Licht, die Helligkeit auf allem. Er blieb vor den Statuen stehen, die auf den Grünflächen aufgestellt waren, und sprach über sie wie ein Kenner moderner Kunst.

Er erzählte, was Melech Rawicz einmal zu ihm gesagt hatte, als sie zusammen vor einer Statue von Brancusi gestanden hatten: „Gut, das ist ein Rahmen, jetzt muß man ihn mit Inhalt füllen." Wir gingen von Gebäude zu Gebäude; im *Beit Hatfuzot* war er schon gewesen, bei seinem letzten Besuch in Israel („Ein kaltes Haus", sagte er nun, bei unserem Spaziergang, „in dem es alles gibt, nur zwei Dinge fehlen: das Leben und der Tod."), und dann schlug ich vor, ihn dem Professor für Jiddisch vorzustellen.

Als ich zu Professor L. sagte: „Darf ich bekannt machen, Schmuel Fojglman," streckte der die Hand aus und nickte, doch ihm war anzusehen, daß er den Namen Fojglman nicht kannte. „Ein jiddischer Dichter aus Paris", fügte ich hinzu. „Ja, ja." Er schaute ihn an als versuche er, sich zu erinnern, und bat ihn, Platz zu nehmen.

Fojglman trug diese Kränkung mit Würde. Er erkundigte sich nach der Zahl der Studenten, nach dem Lehrplan, ließ sich auf eine Diskussion mit dem Professor ein, der an die Gruppe *Choljastre* erinnerte. Er äußerte die Ansicht, diese Dichter hätten sich vom Volk und von der literarischen Tradition getrennt und lediglich versucht, den deutschen Expressionismus zu imitieren. Er fragte, welche der Werke von J. L. Peretz Professor L. im Unterricht behandle, und erwähnte nebenbei, daß er in derselben Stadt wie Peretz geboren sei, in Zamosc ...

Ab da wurde das Gespräch der beiden lebhafter, denn L., obwohl selbst in Radom geboren und kurz vor dem Krieg ins Land gekommen, wußte viel über Zamosc, er nannte die Namen von Rabbinern und einigen Dichtern, die sie beide kannten, erwähnte die „Vision von Zamosc" von Frischmann, „In der Nacht am alten Markt" und „Vier Generationen, vier Tode" von J. L. Peretz. Plötzlich hielt L. inne, seine Brille blitzte, und wie einer, der eine Münze in einem Haufen Stroh gefunden hat, rief er: „*Ojsgebojgene zwajg*, stimmt's?"

„Unter anderem, ja, unter anderem ..." Fojglman lächelte.

„Natürlich! Warum mir das nicht gleich eingefallen ist!" L.

schlug sich an die Stirn, und sofort wurde er ganz eifrig, stand auf und sagte, wir müßten unbedingt zur Bibliothek gehen und nachschauen, ob sich dieses Buch dort befinde. Er sei fast sicher, daß es im Bestand sei.

Zu dritt gingen wir mit energischen Schritten durch die Korridore, wie eine Abordnung, die einen wichtigen Auftrag zu erledigen hat, und betraten die Bibliothek. Während Fojglman und ich zwischen den Regalen herumliefen, stand L. neben der Bibliothekarin, blätterte in einem Katalog, und nach einigen Minuten kam er zu uns und hielt dem Dichter, mit siegreich funkelnden Augen, den Band hin. Fojglman war glücklich. Er öffnete das Buch, blätterte darin herum, sein Blick glitt zärtlich über die Gedichte, dann hob er den Kopf und sagte zu L.: „Und, wird es gelesen?"

„Um die Wahrheit zu sagen", sagte L., „wir haben nicht viele Leser, aber wer sich dafür interessiert, der liest es."

Wir blieben noch eine kurze Zeit dort, während die beiden das Schicksal der jiddischen Sprache in Israel beklagten, und bevor wir uns von L. verabschiedeten, sagte Fojglman zu ihm: „Ich werde wieder herkommen, bestimmt."

Ich brachte ihn zur Autobushaltestelle. Wir waren beide gerührt. Wir küßten uns. Ich empfand eine große Nähe zu diesem Menschen, und Tränen standen mir in den Augen. Und er sagte mit zitternder Stimme: „Durch dich habe ich Israel neu gefunden." Und er fügte hinzu, daß ich nicht vergessen solle, meine Frau zu grüßen, die „eine echte Aristokratin" sei. Und ich solle daran denken, fügte er noch hinzu, als der Autobus schon hielt, daß sein Haus mir immer offen stünde, und wenn ich zufällig nach Paris käme, solle ich mir, Gott behüte, kein Hotel suchen ...

Als ich nach Hause kam, erzählte ich Nora über unser Zusammentreffen und wie wir uns verabschiedet hatten. Sie lachte über mich und sagte: „Du bist schrecklich sentimental geworden."

„Vermutlich das Alter", sagte ich.

Und sie lächelte. „Er macht dich jiddisch."

In diesem Augenblick klingelte das Telefon. Nora ging hin.

„Dein Freund", sagte sie, reichte mir den Hörer und ging aus dem Zimmer.

Fojglman sprach mit tränenerstickter Stimme: „Was soll ich machen, Zwi? Was soll ich machen? Ich kam nach Hause und entdeckte, daß das Album mit den Kritiken und den Fotos nicht da ist. Ich habe es vermutlich bei dir auf dem Tisch liegenlassen. Vielleicht hast du es zufällig mitgenommen?"

Ich sagte, ich hätte es nicht bemerkt, doch es könne wirklich sein, daß es bei mir auf dem Tisch liege.

„Was kann man machen? Morgen früh um sechs fliege ich nach Paris, und ich brauche das Album wie ein Hahn seinen Kamm. Ich treffe mich diese Woche mit einem wichtigen Redakteur und muß es ihm zeigen. Vielleicht nehme ich ein Taxi und fahre zur Universität, und du rufst dort an ..."

Ich sagte, mein Zimmer sei abgeschlossen, und den Schlüssel hätte ich bei mir.

„Ojojoj, ich bin ein unerträglicher Mensch, Zwi ..."

Ich hatte eigentlich keine Lust, ihn noch einmal zu treffen, nachdem wir uns schon verabschiedet hatten, aber ich bin kein geschickter Taktierer. Ich sagte, ich würde hinfahren und nach dem Album suchen, er könne es dann gegen sieben bei uns abholen.

„Ich fühle mich so lästig, Zwi. Es ist schrecklich! Irgendein Teufel verdreht mir immer die guten Absichten!"

Als ich Nora erzählte, was passiert war, schaute sie mich entsetzt an. „Du fährst jetzt zur Universität, um für ihn zu holen, was er vergessen hat?"

Ich sagte, es gebe keine andere Möglichkeit. Das Zimmer sei abgeschlossen, ich könnte ihn nicht selbst hinschicken. Und von Ramle aus würde es zwei Stunden dauern, bis er dort wäre.

„Gibt es keine Grenze dessen, was du für diesen lästigen Menschen zu tun bereit bist?"

Und dann, als sie begriff, daß diese Geschichte einen erneuten Besuch Fojglmans bei uns bedeutete, rief sie: „Warum hier? Warum hast du nicht wenigstens gesagt, daß ihr euch in irgendeinem Café trefft?"

Ich sagte, das sei mir nicht eingefallen.

„Man hat keine Ruhe vor ihm ..."

Ich fuhr zur Universität, das Album lag auf dem Tisch, auf einigen Büchern.

Punkt sieben klingelte es an der Tür. Als ich sie öffnete, sah ich einen großen Strauß lilafarbener und roter Gladiolen, ungefähr zwanzig, eingehüllt in grüne Zweige, doch nicht in Papier gewickelt, und dahinter versteckt Fojglmans Gesicht. Während er durch den Flur ins Wohnzimmer ging, sagte er kein Wort, sondern versteckte sich weiter hinter dem Strauß mit den flammenden Farben, wobei er ihn hin und her bewegte, als spiele er Verstecken mit uns.

Auch Nora mußte wider Willen lachen.

Schließlich verneigte er sich tief vor ihr und reichte ihr den Blumenstrauß. „Ich schäme mich, mein Gesicht zu zeigen, ich schäme mich einfach."

Dann wandte er sich sofort an mich. „Hast du es gefunden?"

Ich holte das Album aus meinem Zimmer und reichte es ihm. „Ich bin schon weg!" Er nahm es mir aus der Hand. „Ich habe keine Worte, nein."

Er glitt durch die Tür und war verschwunden.

„Bist du sicher, daß er morgen nach Paris fliegt?" fragte Nora.

Nora liebte das Meer. Am Wochenende, in den Ferien, nahm sie Joav – sie hatte ihm Schwimmen beigebracht, als er fünf war – und fuhr mit ihm zu nahen und fernen Badestränden, verbrachte dort viele Stunden, kam fröhlich zurück, sonnenwarm und strahlend vor Lebensfreude. Mir war es recht: Sie hatten ihr Vergnügen, und ich fehlte ihnen nicht. Ich konnte ungestört arbeiten und viel erledigen. Nie hat es mich gereizt, das Haus zu verlassen und mich in den Schoß der Natur zu begeben, geschweige denn zum Meer. Es strahlt Kühle und Fremdheit aus, manchmal sogar etwas Beängstigendes.

Ich erinnere mich an einen Schabbat – Joav war damals neun oder zehn –, als ich mich von Noras Begeisterung anstecken ließ und mit ihnen zum Strand von Tantura fuhr.

Das Meer war unruhig. Kleine Wellen mit Schaumkronen, die einem von allen Seiten ins Gesicht schlugen. Nora und der Junge stürzten sich voll Freude hinein, und nach kurzer Zeit hatten sie die Bucht verlassen und schwammen ins Meer hinaus. Ich tauchte nur mal kurz unter, dann ging ich zurück zum Strand, legte mich in einen Liegestuhl und begann, das Buch zu lesen, das ich mir mitgebracht hatte. Von Zeit zu Zeit hob ich die Augen und sah die Köpfe der beiden, den hellen und den dunklen, klein wie Nüsse, zwischen den Wellen herumtanzen.

Nach einer halben Stunde sah ich Nora aus dem Wasser kommen, aufrecht, stolz, mit nassen Haaren; Wassertropfen rannen von ihren Armen und von ihren langen Beinen, ihr Gesicht sah glücklich aus. Eine Nymphe, die die Medusen

geschlagen hat! Als sie zu mir kam, atmete sie die Meeres-
luft tief ein – „Wunderbar!" – und nahm mir das Buch aus
der Hand: „Genug! Du gehst jetzt ins Wasser und schwimmst!"
Joav kam angerannt, stieß mit den Füßen in den Sand, und
Nora rief ihm, mit einem provozierenden Blick auf mich, zu:
„Komm, wir werfen Papa ins Wasser!"
„Ja! Ja!" Er kippte meinen Liegestuhl um, und beide zerrten
an mir, jeder an einem Arm. Meine Brille fiel in den Sand, und
bevor ich sie erwischte, griff Joav danach und weigerte sich,
sie mir zu geben. „Erst gehst du schwimmen!"
Wir lachten, wir umarmten uns, wälzten uns im Sand. Dann
ging ich ins Wasser, um mir den Sand abzuwaschen.
Als ich zurückkam, stand Nora da, ein Handtuch über den
Schultern, und schaute mir entgegen, mit einem liebevollen,
spöttischen Lächeln. Wie eine nordische Erscheinung kam sie
mir vor, sehr fremdartig. In diesem Moment fuhr mir ein
Gedanke durch den Kopf: Sie hat einen Fehler gemacht, als sie
mich geheiratet hat. Sie hätte einen anderen Mann haben
sollen, einen, der ganz anders ist als ich. Ich bin ihr ein Klotz
am Bein.
Auf dem Weg zur Stadt hielten wir an einem bekannten
Restaurant. Nora bestellte sich eine große Portion Krabben
und fiel ebenso gierig darüber her wie vorhin über die Wellen.
Ihre große Leidenschaft für Krabben habe ich nie verstanden.
Sie fuhr immer zu einem bestimmten Geschäft in Jaffa und
brachte sie von dort kiloweise nach Hause. Sie briet sie in
Butter, würzte sie mit Knoblauch und Petersilie und aß sie mit
einer großen Schüssel frischem grünem Salat, den sie mit Öl
und Essig angemacht hatte.
Nach dem Meer, zu Hause, liebten wir uns. Die ganze Wärme
der Sonne, das Vergnügen der Wellen, strahlten aus ihrem
warmen Körper. Und dann sank sie in einen tiefen Schlaf.
Einmal, an einem Purimabend ...
Es ist noch nicht so viele Jahre her, vielleicht acht oder neun.
Wir waren, zusammen mit einigen meiner Kollegen, zu einem
Maskenfest bei Freunden eingeladen. Ich sagte zu Nora, daß
ich nicht gehen würde, ich haßte solche Feste. Ich saß lieber

zu Hause und arbeitete. Sie solle allein gehen, sagte ich.

„Alleine gehe ich nicht", erklärte sie. Und dann, mit kaum zurückgehaltener, unterdrückter Wut: „Die ganzen Jahre willst du mich mitziehen, an einem Strick, in das schwarze Loch, in das du versunken bist, ja, versunken ..."

„Nora!" Ich bemühte mich, sie zu beruhigen.

In den folgenden Tagen versuchte sie, mich zu überreden. „Du brauchst dich ja nicht zu verkleiden, wenn das unter deiner Würde ist, aber dann habe ich wenigstens einen Begleiter, das ist alles. Bist zu nicht zu einer kleinen, freundlichen Geste fähig?"

Ich wiederholte nur immer, daß ich nicht gehen würde.

In der Gewißheit, daß ich am Schluß doch nachgeben und mich ihrem Willen unterwerfen würde, sorgte sie für ein Kostüm für sich selbst.

Vor dem Fest, ungefähr um zehn Uhr abends, ich saß in meinem Zimmer, auf dem Tisch Bücher und Hefte ...

Nora erschien in der Tür, wie ein großer, schwarzer Paradiesvogel.

Ein schwarzes, enges Kleid umschloß ihren Körper in seiner ganzen Länge, ein schwarzer Schwanz wippte an ihrer Rückseite, und auf dem Kopf trug sie einen glitzernden, schwarzen Federschmuck. Nur ihr Gesicht war weiß, und ihre rot geschminkten Lippen leuchteten darin wie Blüten.

Mir stockte der Atem vor Staunen.

Mit einem Gesicht, dessen Kälte die Blässe noch betonte, fragte sie: „Gehst du mit mir?"

„Du bist wunderbar! Minerva, die sich in einen Pfau verwandelt hat!"

„Entscheide dich: Du wählst mich oder du wählst ..." Sie machte eine Handbewegung zu den Büchern, die auf dem Tisch lagen.

Ich lachte. „Ich bringe dich hin, dann fahre ich zurück."

„Ich brauche dich nicht, um mich hinzufahren. Entweder bleibst du mit mir dort, oder ich fahre allein."

„Was machst du mit dem Schwanz", witzelte ich, „du wirst nicht auf ihm sitzen können."

„Ich hänge ihn an dem Fahnenmast des Autos auf. Hast du gewählt?"

Ich stand auf. „Ich fahre dich hin."

„Ich wünsche dir fruchtbare Arbeit!" Mit diesen Worten schloß sie die Tür hinter sich.

Kurz darauf waren ihre Schritte im Treppenhaus zu hören. Um drei oder vier Uhr morgens kam sie zurück.

Ich wachte auf und fragte: „Wie war's?"

Sie gab keine Antwort. Schnell zog sie ihr Kostüm aus, wusch sich das Make-up vom Gesicht, schlüpfte ins Bett und zog sich die Decke über den Kopf.

Morgens um acht wachte sie auf, rief mich, murmelte: „Sag im Institut Bescheid, daß ich krank bin." Damit wickelte sie sich wieder in die Decke.

Erst am späten Nachmittag stand sie auf, ging in die Küche, um was zu essen. Ihr Gesicht sah zerknittert aus, gelblich, glanzlos. Wieder fragte ich, wie das Fest gewesen sei.

„Ich habe getanzt", antwortete sie, sonst nichts.

„Hat es dir Spaß gemacht?"

„Ich habe die ganze Zeit getanzt. Ich habe noch nicht mal gesehen, wer da war", sagte sie lustlos. Zwei Tassen Kaffee machten sie etwas munterer. „Ich habe eine ganze Stunde mit einem jungen Mann getanzt ... Er studiert Theaterwissenschaften an der Universität, hat er gesagt. Er hat mich keine Sekunde verlassen, ich hätte am liebsten gekotzt bei seinen Komplimenten."

Ich betrachtete sie, als könne ich auf ihrem Gesicht lesen, was auf dem Fest passiert war.

„Du hast einen großen Eindruck mit deinem Kostüm gemacht ..."

Sie lachte. „Man hat mir den Schwanz abgeschnitten." Und dann: „Sie haben nach dir gefragt, alle."

„Was hast du gesagt?"

„Daß du arbeitest."

Wir lachten beide.

„Sag selbst", sagte ich, „hätte ich hingehen müssen?"

Nora schwieg. Sie stand auf, brachte ihre Tasse zur Spüle, sagte: „Nein."

Ich habe sie oft allein zu Festen bei Freunden geschickt. Und am nächsten Tag hatte sie – fast immer – schlechte Laune. Sie sprach dann wenig, erledigte ihre Sachen hastig und nervös, ärgerte sich über Kleinigkeiten – warum ich die Wäsche nicht von der Leine genommen hatte, obwohl sie mich gebeten hatte, es zu tun; warum meine Bücher in allen Zimmern herumlägen; ob ich zu dumm wäre, um zu verstehen, daß alle Möbel verstauben, wenn man das Fenster den ganzen Tag offen läßt. Tränen der Wut in den Augen. Einmal, als sie sah, daß ich das Gas nicht abgedreht hatte, schrie sie: „Du willst mich umbringen! Du willst, daß ich ersticke!" Oder sie stand morgens zu spät auf, sprang plötzlich, um zehn, elf Uhr, voller Panik aus dem Bett, zog irgend etwas an, während sie sich gleichzeitig schon die Haare kämmte, und rannte hinaus, um schnell ins Institut zu fahren. Sie kam dann später als normal zurück, hatte keine Lust zu sprechen, fiel sofort ins Bett und schlief vielleicht zwölf, dreizehn Stunden lang. Eines Tages, nach einem dieser Feste, als ich eigentlich sicher war, sie schlafe, öffnete sie plötzlich die Augen und fragte, ob ich mich noch mit dieser Bibliothekarin träfe, die ... Der alte Verdacht, von vor Jahren. Als ich sie einmal auf diese Anfälle von Depression und Ärger hinwies, sagte sie: „Gewöhne dich an den Gedanken, daß du mit einer Frau lebst, die nicht jeden Tag blüht und nicht jeden Tag bereit ist, dir etwas vorzumachen." Sie schwieg, dann fügte sie hinzu: „Warum schickst du mich überhaupt dorthin?" Doch nach zwei, drei Tagen hatte sie sich beruhigt und ihre stabile, sichere Gelassenheit wiedergefunden, bat mich um Entschuldigung für die Teufel, die ihr in den Leib gefahren seien und die Zügel übernommen hätten, ohne daß sie es wollte, und war wieder die selbstbeherrschte Frau, die ich kannte.

Ungefähr ein Jahr bevor Fojglman in unser Haus kam, war sie zu einem Biologenkongreß nach Salzburg gefahren, für fünf Tage.

Ich fuhr zum Flughafen, um sie abzuholen. Nach langem Warten an der Sperre sah ich sie aus der Zollhalle herauskommen, den Gepäckwagen vor sich her schiebend. Sie sah sehr europäisch aus in dem dunkelblauen Kostüm und mit dem runden Samthut im Stil der zwanziger Jahre auf dem Kopf.

Neben ihr ging ein hochgewachsener eleganter Mann, nur eine große Tasche in der Hand, im besten Alter. Er hatte ein helles Gesicht, und dunkelblonde, glatte Haare fielen ihm halb in die Stirn. Nachdem sie mich geküßt hatte, sagte Nora: „Darf ich bekannt machen", und stellte ihn mir vor: „Dr. M. von der landwirtschaftlichen Fakultät der Hebräischen Universität; er war auch auf dem Kongreß." Ein höfliches, irgendwie geheimnisvolles Lächeln auf seinem glatten Gesicht, ein neugieriger Blick. Mit einer weit ausholenden Bewegung strich er sich die Haare aus der Stirn.

Unterwegs im Auto erzählte Nora von den berühmten Leuten, die sie auf dem Kongreß getroffen hatte, einer aus Harvard, ein anderer aus Stanford, ein Fachmann für Epidemiologie aus Ost-Berlin, eine faszinierende Frau aus Indien, Bakteriologin, eine ganze Delegation aus der Sowjetunion ...

Als wir zu Hause ankamen, holte sie aus dem Koffer einen Tiroler Wollpullover und eine wollene Krawatte, die sie für mich gekauft hatte, in Gelb, Braun und Grün. Sie erzählte, daß sie am Sonntag mit einer Gruppe von Kongreßteilnehmern eine Fahrt in die Berge gemacht habe, in ein Skigebiet in den Tauern. Sie seien zu Fuß aufgestiegen, im Schnee, hätten Skifahrer gesehen, hätten in einer Hütte gegessen und Wein getrunken, gesungen ... Auf dem Rückweg zur Seilbahn seien ihr fast die Zehen abgefroren, und zwei Leute hätten sie getragen ... Mitten in der Geschichte wanderte ihr Blick über das Zimmer und sie sagte: „Die Sessel müssen neu gepolstert werden. Sie sind schon ganz abgewetzt."

In der Nacht, in meinen Armen, fing sie an zu weinen. Ich fragte, was los sei, und sie sagte, ihre ganze Kindheit sei ihr dort hochgekommen.

„Du warst doch erst drei Jahre alt", sagte ich. „An was kannst du dich da erinnern?"

„Ich erinnere mich nicht und erinnere mich doch", sagte sie. Und in Salzburg habe sie Deutsch gesprochen, habe Deutsch gehört. Die Burgen, die schneebedeckten Berge, Fichten- und Tannenwälder, die Kindheit dort und die Kindheit hier, das armselige Leben ihrer Eltern, die Kämpfe, die ständige Drohung einer Scheidung, ihre eigenen Ängste.

Nach zwei Tagen war sie wieder heiter. Sie goß die Blumen auf dem Balkon, und als sie ins Zimmer zurückkam, die Gießkanne noch in der Hand, verkündete sie: „Zuhause! Es gibt nichts Besseres als das Zuhause!"

Während unseres Aufenthalts in England hatten wir einmal die Tate Gallery in London besucht. Wir standen lange vor einer großen Bronzestatue von Henry Moore, „Familiengruppe": Ein Mann und eine Frau, archaisch, sitzen auf einer Bank, beide den Arm um ihr zwischen ihnen sitzendes Kind gelegt. Nora sagte: „Das ist mein Ideal, familiäres Glück."

Nachdem Fojglman nach Paris gefahren war, sprachen wir zwei Monate lang nicht über ihn. Außer einem kurzen, gefühlvollen Brief, den er uns gleich nach seiner Heimkehr geschickt hatte und auf den ich nicht antworten zu müssen glaubte, schrieb er nicht.

Manchmal, wenn ich in einem Buch oder in irgendwelchen Unterlagen auf den Namen Zamosc stieß, fiel er mir ein. Ich bemühte mich jedoch, die Gedanken an ihn zu verdrängen. Ich war versunken in meine Forschungsarbeit über die Pogrome Petljuras.

*D*er bekannte Aphorismus Santayanas, daß derjenige, der sich nicht an die Vergangenheit erinnere, sie noch einmal erleben müsse, ist nicht auf die jüdische Geschichte anwendbar, denn da muß auch der, der sich an die Vergangenheit erinnert, sie noch einmal durchmachen.

Eine kleine Stadt wie Zamosc erlebte in den letzten drei Jahrhunderten dreimal schreckliches Blutvergießen – abgesehen von den „kleinen" Pogromen in den Zeiten dazwischen –, die Massaker Chmjelnizkis, die Pogrome Petljuras, und die Ausrottung durch die Nazis. Wenn auch jede Welle der Grausamkeit ihre besonderen Umstände hatte – die erste folgte einer Rebellion der Bauern gegen den Adel und die Grundbesitzer; die zweite folgte einem nationalen Aufstand der Ukrainer gegen die Russen (und gegen die Ausbreitung des russischen Bolschewismus); die dritte war Teil der Endlösung, der Ausrottung des jüdischen Volkes –, so bestand doch aus der Sicht der Opfer kein großer Unterschied zwischen den verschiedenen Ereignissen: das Sichverlassen auf einen Teil der örtlichen christlichen Bevölkerung – oder auf die Obrigkeit – als Schutz gegen die Feinde, der Glaube an gegebene Versprechungen, die Versuche, die Angreifer durch Bestechung oder Lösegeld zu „beschwichtigen", und dann die schreckliche Enttäuschung, als sich herausstellte, daß alle Anstrengungen vergeblich gewesen waren: Schutz wurde nicht gewährt, die Versprechungen wurden offen und schamlos gebrochen, und das Lösegeld wurde zwar genommen, doch mit ihm auch das Leben der Geber. Die Erinnerung an jedes Ereignis brannte tief im Herzen der jüdischen Bewohner der Stadt und vererbte sich von Generation zu Generation, doch aus der Vergangenheit wurden keine Lehren gezogen, und die nächste Katastrophe kam wieder ebenso unerwartet wie die vorige und verbreitete großen Schrecken, als sei sie die erste in der Geschichte der Stadt. Die Folge war immer die nachträgliche Erkenntnis, sich einer Illusion hingegeben zu haben, und Entsetzen.

Durch ein solches Prisma gesehen scheint der jüdischen Geschichte der letzten Jahrhunderte mit all ihren Wiederholungen – im Gegensatz zur Geschichte anderer Völker – jede „Progression" zu fehlen. Das heißt, sie fließt nicht in eine bestimmte Richtung, sondern steht wie das stinkende Wasser einer Grube, oder wie „Urschlamm", wie es Nathan Neta Hannover in seiner Chronik der Pogrome von 1648/49 ausgedrückt hat.

Ein Historiker, der eine bestimme Zeit erforscht, stößt auf jeder Stufe seiner Forschungen auf viele Fragen alternativer Art, auf die er eine Antwort sucht und die für ihn Anreiz und Herausforderung sind, sich mit dem Stoff zu befassen: Was wäre gewesen, wenn? Wie wäre der Lauf der Geschichte gewesen, wenn diese oder jene Person oder diese oder jene Gesellschaftsgruppe einen anderen Weg gewählt hätte als den, den sie tatsächlich gegangen war? Was wäre mit dem römischen Imperium passiert, wenn die Nase Kleopatras länger gewesen wäre, um einen klassischen Witz zu zitieren. Und selbstverständlich: Welche Richtung hätte eingeschlagen werden müssen – nach Ansicht und Neigung des Historikers –, um das Rad der Geschichte so zu drehen, daß die Richtung zu seiner Weltanschauung gepaßt hätte?

Wenn der Historiker keine deterministischen Anschauungen vertritt, wenn er nicht daran glaubt, daß alles, was auf der Erde passiert, von einer höheren Macht bestimmt und Teil der Verwirklichung eines „göttlichen Willens" ist, wie von Ranke glaubte, der die Aufgabe des Historikers in einer Beschreibung der tatsächlichen Ereignisse zum Zeitpunkt ihres Geschehens sah, ohne Beurteilung, dann muß er immer wieder die Frage aller Fragen stellen, die nach der Alternative. Für den Erforscher der jüdischen Geschichte der Diaspora ist es tatsächlich besonders frustrierend, daß der Spielraum für Alternativen so gering ist, fast nicht vorhanden. Mit anderen Worten: Seine möglichen Fragen, „was wäre, wenn", bringen keine anderen Antworten, als ihm die Fakten bieten.

Es gibt kein Volk, das die Erinnerung an die eigene Zerstörung und das eigene Unheil im Lauf seiner Geschichte so geheiligt hat, sie mit Fasten- und Trauertagen, mit Gedenkfeiern und Versammlungen aufrechterhält, für sie Klagelieder, Gebete und Elegien geschrieben hat, wie es das jüdische Volk tat. Sogar an jedem jüdischen Feiertag wird das Gedächtnis an die Zerstörung wachgerufen. Doch diese Erinnerungen, die tief in unserem Bewußtsein verankert sind, haben uns nie vor dem Schicksal einer Wiederholung eben jener tragischen Ereignisse bewahrt; wir wurden wieder und wieder von ihnen heimgesucht, ohne daß sich unsere eigenen Verhaltensmuster oder die unserer Peiniger nennenswert geändert hätten – der einzige Unterschied bestand in der Dimension.

Hätten die Pogrome, die Morde, die Vernichtungen und die Zerstörungen verhindert werden können, wenn die Juden ihre Religion gewechselt hätten? Wenn sie sich assimiliert hätten? Wenn sie streng die 613 Gesetze der Tora eingehalten hätten? Wenn sie aus einem Lager in das andere übergeschwenkt wären? Wenn sie eine Form der Selbstverteidigung entwickelt hätten? Wenn sie sich von ihren Unterdrückern distanziert und sich nicht auf deren Versprechungen verlassen hätten? Wenn sie massenweise ausgewandert wären? Und wohin?

Was die Geschichte der Juden so sehr von der anderer Völker unterscheidet, ist, daß die Kraft, die ihnen entgegenstand – *in jeglicher Generation stand man wider uns auf, uns zu vertilgen*, wie die Haggada sagt –, eine ahistorische Kraft war, ein irrationaler, zeitloser Haß, seit den Pharaonen, seit Apion, seit Thukydides bis zum heutigen Tag, eine Kraft, die sich in ihrem Kern nicht verändert hat, sondern nur in ihrer Form – religiös, wissenschaftlich, national, rassisch, ideologisch und so weiter –, und die sich jeder logischen Erklärung bezüglich ihrer Beständigkeit entzieht. Der Chronist und Erforscher dieser Geschichte beraubt sich sozusagen seiner Position – sofern er sich nicht mit der Beschreibung der bloßen Tatsachen begnügt, sondern nach einer Interpretation sucht -, sobald er auf die ahistorischen Ursachen stößt, denen sie unterworfen ist, und muß da zu einem „Naturwissenschaftler" werden, zu einem Biologen – da die Geschichte zur Biologie wird ...

Ja, ich bin ein pessimistischer Historiker, wie Eljakim Sasson sagte.

Die gängige Meinung ist, daß in jedem Historiker ein „frustrierter Schriftsteller" verborgen sei. Nein, ich persönlich habe nie im Leben den Wunsch verspürt, Schriftsteller sein zu wollen, denn ich habe kein Talent, Charaktere oder Situationen zu erfinden. Doch wenn es eine Eigenschaft gibt, die mich mit Schriftstellern verbindet, dann ist das meine starke Neigung, mich mit meinen historischen Protagonisten zu identifizieren, so wie sich ein Schriftsteller mit den Helden seiner Phantasie identifiziert. Während meiner Arbeit über die Pogrome 1648-49 und später über die Pogrome Petljuras und bei der endlosen Lektüre authentischer Zeugenaussagen in Hebräisch, in Jiddisch, als Übersetzungen aus dem Russischen und Polnischen über das, was sich in Nemirow, in Tulczin, in Homel, in Czernigow, in Schitomir, in Braclaw, in Proskurow, in Dubova, in Branuba, in Hunderten von Gemeinden überall in der Ukraine, in Rußland und Polen ereignet hat, über die wieder und wieder die Mordbrenner hereinbrachen wie skythische Horden und alles niedermetzelten, verbrannten und zerstörten, was ihnen in den Weg kam – während ich mich in diese Dokumente vertiefe, sehe ich mich selbst, als wäre ich dort, in den „Städten des Schlachtens". Ich bin mit denen, die sich auf der Festung einfinden, ohne Waffen, um sich zu verteidigen; die sich in der Synagoge zusammendrängen und voller Entsetzen auf den Moment warten – den keine Gebete und kein Schreien und kein Flehen um Erbarmen verhindern können –, in dem die Türen aufbrechen und die wilde Meute alle niedermetzelt; ich bin bei denen, die sich in den Kellern verstecken und in „Latrinen, Schweineställe und andere unreine Plätzen" geflüchtet sind und aus ihren Löchern heraus sehen, wie die Frauen vergewaltigt werden, „eine jede Frau unter sieben Unbeschnittenen". Auch jetzt, wenn ich diese Zeilen schreibe, höre ich das Klagen von einem Ende der Stadt zum anderen.

Das Klagen in Zamosz. Ich fand zwei Seiten in Jiddisch, geschrieben von einer Frau namens Rachel Tannenbojm – Erinnerungen aus den Tagen der Pogrome Petljuras in dieser Stadt. Am Abend des Schabbat geht ein Gerücht durch die Stadt, daß die ukrainischen Soldaten ein Massaker planen. Juden rennen in ihre Häuser, wie um sich vor der Sintflut zu verstecken, die durch Donner angekündigt wird. Innerhalb weniger Minuten haben sich die Straßen geleert. Es herrscht Totenstille. Die Fensterläden sind geschlossen, die Türen verriegelt, niemand kommt, niemand geht. Rachel, damals zwölfjährig, versteckt sich im Keller, zusammen mit ihrer siebenköpfigen Familie. Ihre vierjährige Schwester beginnt zu weinen. Man hält ihr den Mund zu, bis sie fast erstickt. Plötzlich hört man schreckliches Schreien aus dem Haus gegenüber, dem Haus des Metzgers, und die Stimme seiner Frau schreit zum Himmel: Juden, helft! Sie bringen uns um! Und bald danach Schreie aus einem anderen Haus, am Ende der Straße, und aus den Häusern der angrenzenden Straße. Weinen, Weinen. Klagerufe von Kindern und von Frauen. Die Luft ist voller Klagerufe. Und durch die Ritzen der geschlossenen Luken sieht die Zwölfjährige, wie zwei Kosaken den am Kopf blutenden Schächter auf die Straße schleppen und einer von ihnen ihm unter der Laterne mit einer Zange seine Goldzähne zieht. Aus dem Haus flieht seine Frau, dem Wahnsinn nahe, und von ihren Händen mit den abgehackten Fingern fließt das Blut. Kurz darauf wird an ihre Tür geschlagen. Sie verkriechen sich in einer Ecke, hinter den Kohlensäcken, doch als das Geschrei immer lauter wird – „Aufmachen, verfluchte Juden, sonst bringen wir euch alle um! –, entscheidet sich der älteste Sohn, sechzehn Jahre alt, hinaufzugehen und zu öffnen. Er will ihnen sagen, er sei allein im

Haus, sonst niemand, und sie könnten alles nehmen, was sie fänden und wonach es sie gelüste. Das Gesicht der Vierjährigen wird blau. Von oben sind die wilden Stimmen der Eindringlinge zu hören, ihre Drohungen, das Poltern von Möbeln und das Klirren zerbrechenden Geschirrs, Schritte genagelter Schuhe, die den Boden erzittern lassen, Schläge, Gepolter ...
Die lauten Schreie des Sohnes. Dann die Stille.
Das Klagen, das Weinen und Schreien, das die Luft erfüllt, von einem Ende der Stadt zum anderen.
Was bleibt ihm, dem Historiker, der sich in solches Material versenkt und es nicht in ein System „historischer Logik" einordnen kann – außer Empathie?

Seit zwei Wochen habe ich diese Seiten nicht mehr berührt. Ich hatte starke Kopfschmerzen, eine Art Wolke in der linken Schädelhälfte.

Doch das ist nicht der Grund. In den Nächten wache ich auf, und Bilder aus den dreiunddreißig Jahren unseres gemeinsamen Lebens tauchen aus meiner Erinnerung auf und lassen mir keine Ruhe.

Plötzlich trifft mich, als sei es erst gestern passiert, der Tod unserer Tochter, Aviva. Im vierten Monat ihres Lebens, drei Jahre nach der Geburt von Joav. Gleich nachdem man sie im Krankenhaus in Noras Bett gebracht hatte, wußten wir es. Die schrägen Augen, die Falten in den Lidern, die Zunge, die zwischen den Lippen hervortrat. Und nach zwei Wochen entdeckten wir den gelben Fleck auf ihrem Rücken. Aber sie war ein wunderschönes Baby. Ein engelhaftes Lächeln lag auf ihrem Gesicht, ihre hellen Haare waren weich und glatt wie Vogelflaum. Wenn sie uns anschaute, war es, als läge in ihren Augen eine Weisheit, die nicht von dieser Welt war. Und sie weinte nie.

Ich stand oft an ihrem Bettchen, wenn sie schlief, betrachtete das runde Gesicht, die kurze Nase, die Fäustchen mit den auffallend kurzen, dicken Fingern, und dann dachte ich, sie sei ein teures Pfand, das uns von Gott gegeben sei, eine seltene Manifestation göttlicher Möglichkeiten, und unsere Aufgabe sei es, sie nach Kräften zu beschützen. Nora hielt sie immer sehr lange im Arm, wenn sie sie gestillt hatte, Gesicht an Gesicht, Augen an Augen, und es schien, als führten die beiden ein langes, geheimnisvolles Gespräch.

Wir wußten, was sie und uns erwartete, wenn sie größer

würde, und dieses Wissen machte unsere Liebe zu ihr zu einer Art geheimem Bund.

Eines Nachts bekam sie plötzlich Fieber. Ihr Gesicht glühte, als raffe sie ein inneres Feuer schnell dahin. Ein heiliges Feuer. Wochenlang litt Nora unter Schuldgefühlen. Sie sagte, sie sei es, die ihrem Kind das Unglück vererbt habe. Zwischen Zeiten des Schweigens erklärte sie, eine Abweichung ihrer Chromosomen sei an der Behinderung schuld gewesen, ein überflüssiges Chromosom, zusätzlich zu der normalen Zahl von sechsundvierzig. Ihr genetischer Aufbau sei nicht in Ordnung, sagte sie, und sie selbst habe das von ihrem Vater oder ihrer Mutter geerbt. Die geheimnisvollen Prozesse der Natur waren in unser Leben eingedrungen.

Die ganzen Jahre sprachen wir nicht darüber. Wir tilgten die Tragödie aus unserer Erinnerung. Doch Nora beschloß, kein Kind mehr zu bekommen. Sie fürchtete, es könne eine Behinderung erben.

Sie brachte einen riesigen Philodendron nach Hause und stellte ihn ins Wohnzimmer. Dann besorgte sie Blumentöpfe für den Balkon, mit Dutzenden von Pflanzen, um die sie sich sorgfältig kümmerte. Staub der Erde.

Als unsere Enkelin Sarit geboren wurde, überhäufte sie sie mit all der Liebe, die sie ihrer Tochter nicht hatte geben können. Jeden Abend ging sie hin und half Schula bei der Pflege des Kindes. Und als die Kleine drei, vier Jahre alt war, verbrachte sie viele Stunden mit ihr und las ihr Gedichte und Geschichten für Kinder vor. Sie wußte Gedichte von Fanja Bergstein, Miriam Yalan-Stekelis, Kadia Molodovski auswendig, die sie bei meiner Mutter gelernt hatte, im Kindergarten. Und Märchen von Andersen und Grimm.

Neulich wachte ich nachts auf und erinnerte mich an einen Streit zwischen ihr und ihrer Mutter, der ungefähr zwölf Jahre zurückliegt. Ich war nach Hause gekommen und hatte die beiden in einem angespannten Gespräch gefunden. Ich ließ sie allein. Susi oder Otto besuchten uns selten; ihre Besuche waren kurz, und sie kamen nie gemeinsam. Durch die Tür hörte ich Susis Stimme: „Immer hast du gestichelt, wenn dein Vater dabei war ... wann immer ich etwas falsch gemacht habe ... Wenn mir ein Teller aus der Hand gefallen ist, hast du gelacht, so hämisch gelacht ... " Nach kurzer Zeit, als Antwort auf leisere Worte, die ich nicht verstanden hatte, hörte ich: „Die Seele? Glaubst du etwa, die Seele wäre eine Puppe? Eine Schönheit in einem Glassarg? Die Seele ist eine Hure, ja, eine Hure ... Du weißt das auch, du willst es nur nicht zugeben ... "

Nora brachte sie nicht zur Tür, als sie das Haus verließ.

Ich ging ins Zimmer und fragte, was passiert sei. Sie saß im Sessel, blaß, mit vor Wut geröteten Augen. Sie gab mir keine Antwort. Ihre Nerven, das sah man ihr an, waren bis zum Zerreißen gespannt. Plötzlich faßte sie sich mit beiden Händen an den Kopf und schrie: „Sie macht mich verrückt!" Dann schaute sie mich an und sagte ruhig: „Du siehst nichts. Du willst nichts sehen."

Und ich erinnerte mich an etwas:

Eines Tages, als wir darüber sprachen, daß Nora keine Kinder mehr bekommen wollte, und ich meinte, was sie sage, sei unlogisch, wurde sie wütend auf mich, und wie immer, wenn sie sich ärgerte, drückte sie die Handflächen an die Schläfen, als hätte sie Kopfweh, und schrie:

„Ich bin verzweifelt, einfach verzweifelt, wenn ich daran denke, daß du alles nur mit Logik regelst! Dabei kapierst du nicht – du bist nicht fähig dazu! –, daß man im wirklichen Leben so nicht weit kommt! Überhaupt nicht! Daß Menschen von ganz anderen Dingen getrieben werden als von Logik, von viel stärkeren! Verstehst du das nicht?"

Als sich ihre Erregung gelegt hatte, fügte sie ruhig hinzu: „Auch in der Natur ist es so."

An einem Sommerabend, ungefähr vier Monate nach Fojglmans Abreise, rief jemand an, der Englisch sprach. Seine Stimme hörte sich dumpf an, als käme sie aus weiter Ferne. Er sagte, er heiße Irving Vogel, und als ich ihn bat, den Namen zu wiederholen, sagte er, er sei der Sohn von Schmuel Fojglman. Er solle mir Grüße von seinem Vater ausrichten, der ihn auch gebeten habe, mir ein kleines Päckchen zu geben. Ich sagte, ich würde mich freuen, ihn zu treffen. Er rufe aus Jerusalem an, sagte er, er sei nur für ein paar Tage gekommen, für drei „unbedeutende" Gastvorlesungen bei einem Kongreß der Philosophischen Fakultät. Er würde nur einen oder zwei Tage in Tel Aviv sein, bevor er nach England zurückkehre. Ich lud ihn zu einem Besuch ein, und wir verabredeten einen Termin am späten Nachmittag. Er verhielt sich zögernd, gleichgültig, als sei ihm der Auftrag, den er bekommen hatte, lästig und störe seine Pläne. Noch seltsamer war, daß er mich fragte – am Telefon, aus Jerusalem! –, ob es einen Autobus gebe, der von dort nach Ramle fahre, denn er habe seinem Vater versprochen – und auch das sagte er widerwillig –, seinen Onkel zu besuchen, der dort wohne.

Wir hatten vier Uhr ausgemacht, doch er kam erst um sechs. Nora, die mit mir auf ihn wartete, wurde nach einer Stunde ungeduldig, regte sich darüber auf, was es für eine Frechheit sei, nicht Bescheid zu sagen, wenn man sich verspäte, und verließ das Haus, um zu Joav zu gehen.
Als ich die Tür aufmachte, stand ein schmalschultriger junger Mann vor mir, mit Krawatte und grauem Anzug und einer Brille mit Horngestell. Sein Gesicht war klein im Verhältnis zu

seiner Größe, und in seinen dunklen Augen lag ein Ausdruck der Zurückhaltung. Er murmelte eine halbherzige Entschuldigung für sein Zuspätkommen, sagte, er habe von Jerusalem aus telefonisch ein Zimmer in einem Hotel bestellt und man habe ihm eines mit Blick aufs Meer versprochen. Als er ankam, habe er ein Zimmer nach hinten bekommen und sich deshalb entschieden, in ein anderes Hotel zu ziehen ...

Lachend fügte er hinzu, der erste Mensch, den er getroffen habe, als er aus der Hoteltür trat, sei ein Transvestit gewesen, der ihn angemacht habe.

Wir setzten uns, er legte das Päckchen von seinem Vater auf den Tisch – er hatte blasse, zarte Hände mit langen Fingern – und murmelte: „Ich habe keine Ahnung, was drin ist."

Ich wickelte es aus und fand zwei Bücher in Französisch: „Die Juden" von Roger Peyrefitte und „Die Wahrheit über die Protokolle der Weisen von Zion", von einem Autor namens François Ducas. In beiden befanden sich Widmungen, *mit libschaft*, die unser „unvergeßliches" Zusammentreffen in Israel erwähnten. Ich deutete mit dem Finger auf den Vogel über Fojglmans Unterschrift und sagte, wie nett es sei, wenn ein Dichter sozusagen ein „Wappentier" habe, wie die alten englischen Adelsfamilien. Und er, mit einem knappen Lächeln, sagte: „Ja, er sieht sich selbst als Zugvogel." Ich frage, wie es ihm gehe, und er antwortete mit seiner näselnden Stimme: „Ich denke, es geht ihm gut. Ich sehe ihn nicht oft. Auf dem Weg hierher bin ich nur einen Tag in Paris gewesen. Ja, er sieht gut aus, wirklich." Dann erkundigte ich mich nach dem Kongreß in Jerusalem, an dem er teilgenommen hatte. Er zuckte mit den Schultern: „Nicht wichtig, ohne jede Bedeutung." Einen Moment später verzog er die Lippen: „Dort war ein Jerusalemer Professor ... Ehrlichman? Lehmann? der über Ontologie und Zeit sprach, aber Heideggers ‚Sein und Zeit' nicht gelesen hatte ... lächerlich ..." Ich fragte, ob er etwas trinken wolle, Tee, Kaffee, einen Kognak ... Alkohol trinke er nicht, sagte er, aber Kaffee hätte er gerne, ja, ohne Milch und Zucker.

Ich brachte den Kaffee und fragte, ob er schon seinen Onkel

in Ramle besucht habe. Nein, er habe es nicht geschafft, und er sei nicht sicher, ob er es noch schaffe, aber er habe mit ihm telefoniert. Sie könnten sich kaum verständigen, denn der Onkel spreche kein Englisch, und ihm falle es schwer, jiddisch zu sprechen. Ich äußerte mein Erstaunen darüber, daß der Sohn eines jiddischen Dichters und einer jiddischen Schauspielerin nicht fließend Jiddisch spreche. Als Kind habe er es natürlich gekonnt, sagte er, aber seit er von zu Hause weg sei ... Die Gedichtbände seines Vaters stünden in seinem Regal, in seinem Zimmer in Oxford, aber er habe sie nicht gelesen. Doch, einige Gedichte da und dort. Er könne nicht beurteilen, ob sein Vater ein guter Dichter sei.

Ich sagte, ich sei kein großer Kenner von Lyrik, aber einige der Gedichte, die ich gelesen hätte, hätten mich sehr berührt. Er warf mir einen forschenden Blick zu, ob ich das wirklich so meinte. Er saß da, die langen Beine übereinandergeschlagen, die Arme verschränkt, mit hochgezogenen Schultern. Nach einem kurzen Schweigen sagte er, ohne Beziehung zu dem, was vorher gesprochen worden war, in Oxford gebe es einige israelische Studenten, er treffe sie in der Bibliothek, im Pub, in Buchhandlungen, und man erkenne sie immer. Sie hätten Verhaltensweisen, die bei anderen ausländischen Studenten nicht zu finden seien, weder bei Indern noch bei Pakistanis oder Deutschen oder Norwegern: sie hätten keinerlei Hemmungen. Immer wieder staune er darüber: an Verkäufer, an Bibliothekare, an Angestellte einer Bank oder eines Reisebüros wenden sie sich ohne Höflichkeit, ohne Zögern, offen und direkt, als spielten sie Karten mit ihnen. Den betreffenden Engländer hinter der Theke verwirre das, es mache ihn zornig, und oft würde er von einem derartigen Verhalten abgestoßen; er wolle damit nichts Besonderes sagen, natürlich, aber er könne es nicht vergessen, denn er sehe darin Respektlosigkeit und Unhöflichkeit.

Woher hätten die Israelis dieses Verhalten, wollte er wissen, handle es sich um jüdischen Atavismus? Ach nein, die Juden seien zwar laut und lärmend, Fremden gegenüber jedoch zurückhaltend, vielleicht sogar ängstlich. Sei es dann etwa ein

Charakterzug der „neuen Juden", die hier aufwuchsen, in diesem Land?

Ich sagte, es liege wohl daran, daß dies die erste Generation nach der Befreiung sei, und die Freude über die Erlösung vom Zwang, der Aufbruch in die Freiheit nach den Zeiten der Diaspora habe wohl zu einem Zerbrechen aller gesellschaftlichen Konventionen geführt. Dann sagte ich noch etwas über eine Gesellschaft, die sich noch im Entstehungsprozeß befinde und noch keine Tradition höflicher Formen entwikkelt habe; doch sein Blick, der unbeweglich auf mir ruhte, ließ erkennen, daß er nicht überzeugt war. Ich fragte, ob das sein erster Besuch in Israel sei und ob er schon Zeit gehabt habe, sich etwas umzuschauen.

Ja, sagte er, es sei sein erster Besuch, und er sei ein bißchen in Jerusalem herumgelaufen, besonders in der Altstadt. Er grinste. Die Händler dort seien sehr gerissen. Den Platz vor der Klagemauer habe er allerdings fluchtartig verlassen. Die Unruhe, der Lärm, die vielen Menschen, die hierhin und dorthin strömten. Er fand sich von einer Menge braunhäutiger Kinder umringt, die Käppchen aufhatten und aus irgendwelchen Gründen mit den Fingern auf ihn zeigten und lachten. Dann kam ein bärtiger Mann mit einem bunten Käppchen auf ihn zu, vermutlich der Gruppenleiter oder der Lehrer der Kinder, und sagte etwas in Hebräisch zu ihm. Aber die Stadt als Ganzes sei schön. Sie habe die Pracht einer antiken Königsstadt, und ihre Bewohner seien eine Mischung der verschiedenartigsten und seltsamsten Menschentypen. Auf dem Weg von der Grabeskirche zum Jaffator habe ihn ein wunderschöner junger Araber angesprochen – er habe nicht verstanden, was er wollte – und ihn begleitet, bis er die Altstadt durch das Tor verließ. „Eine schöne und aufregende Stadt." Er lächelte. Nachts habe er nicht schlafen können und darum Beruhigungstabletten geschluckt. Am letzten Tag seines Aufenthalts habe er einige Stunden in Ramalla verbracht.

In Ramalla? Ich staunte. Er erzählte, daß er sich nach seiner Ankunft in Jerusalem mit einem Freund in Verbindung gesetzt habe, der vor einigen Jahren mit ihm in Oxford studiert hatte und jetzt Dozent an der Universität Bir-Zeit sei, ein Mann mit viktorianischen Manieren. Er sei zu ihm ins Hotel gekommen und habe ihn mit dem Auto zu sich nach Hause geholt, ein großzügiges Haus, umgeben von einem Obstgarten, der ihn an die Rosengärten des persischen Dichters Hafez erinnert habe. Im Salon, erzählte er mit einem leicht romantischen Lächeln, hingen kleine Teppiche an den Wänden, mit Versen und Maximen bestickt, in Arabisch und in anderen Sprachen. In Englisch habe er einen Ausspruch von Tagore gefunden, wonach wir Freiheit nur erreichen, wenn wir den vollen Preis für unser Recht zu leben bezahlen, und in Französisch einen Ausspruch von Beaumarchais: „Ich zwinge mich, über alles zu lachen, aus Angst, ich müßte weinen."

Die Frau seines Freundes sei Schottin, die Tochter eines Pfarrers aus Glasgow, und nachdem sie ihm selbstgebackene orientalische Süßigkeiten angeboten habe, seien er und sein Freund zur Universität Bir-Zeit gefahren. Dort habe er von der Besetzung durch die Militärverwaltung erfahren, vom Schließungsbefehl, den Festnahmen und den Inhaftierungen. Was denn die die israelischen Akademiker dazu sagten, fragte er und faltete seine langen, dünnen Finger über der Brust.

Ich sagte, die Universität Bir-Zeit sei ein Nest subversiver Aktivitäten, offener und geheimer, ein Zentrum der begeisterten Anhänger von Terrororganisationen. Die Armee – oder die Militärverwaltung – versuche, diese Aktivitäten zu unterbinden, manchmal mit Zurückhaltung, manchmal mit starker Hand. „Eine besondere Situation, die ein besonderes Verhalten verlangt", sagte ich.

Irving betrachtete mich schweigend. Dann sagte er, als er dort gewesen sei, habe er die Aussage Sartres verstanden, daß in den Jahren der deutschen Besatzung das Gift der Nazis so tief in die Herzen der Menschen gedrungen sei, daß jeder präzise Gedanke wie ein Triumph war, jedes richtige Wort wie die Deklaration eines Prinzips, jede Äußerung der

117

Menschlichkeit eine Aufforderung zum Widerstand gegen die Unterdrückung.

„Gift", wiederholte ich und erzählte, daß auf einem Biologenkongreß, der in Jerusalem stattgefunden und an dem meine Frau, die Biologin sei, teilgenommen habe, ein Professor für Epidemiologie von der Universität Bir-Zeit aufgestanden sei und das israelische Militär beschuldigt habe, die Quellen und Flüsse der Westbank vergiftet zu haben und Bakterien und Viren unter der arabischen Bevölkerung zu verbreiten, um Epidemien hervorzurufen. Er habe angeblich „wissenschaftliche" Beweise für seine Beschuldigung vorgebracht. „Die hatten ungefähr die Qualität wie die Beschuldigungen der Christen im Mittelalter, die Juden würden die Brunnen vergiften", sagte ich.

Irving schwieg. Er schaute mich an, ohne auch nur mit einem Lid zu zucken.

Nach einer ganzen Weile leuchtete etwas in seinen Augen auf, wie der Widerschein eines fernen Sonnenuntergangs, und er fragte, ob ich jemals den Film „Lawrence von Arabien" gesehen hätte.

„Nein, ich habe ihn nicht gesehen", sagte ich. Ich sei schon seit Jahren nicht mehr im Kino gewesen, doch warum wolle er das wissen?

„Die Araber haben einen natürlichen Adel", sagte er. Das habe er bemerkt, als er die Studenten von Bir-Zeit gesehen und mit den jungen Dozenten und Assistenten zusammengesessen habe. Einen angeborenen Adel, den ihre Gesichter und ihre Körper ausstrahlten.

Dann sagte er: „Sie lehren jüdische Geschichte, hat mir mein Vater gesagt." Er wollte wissen, mit welchem Zeitalter ich mich beschäftigte, mit welchen Themen, und mit welchen Forschungsmethoden ich arbeitete.

Er hörte mir aufmerksam zu und nickte nach jedem Satz zustimmend mit dem Kopf. Als ich fertig war, legte er sich seine langen Arme um die Schultern, als wäre ihm kalt, und sagte: „Mir bedeutet das alles wenig, ehrlich gesagt. Es fiele mir schwer zu sagen, ich fühlte mich jüdisch. Außer von der

Herkunft her, natürlich; eine Tatsache, für die ich nichts kann."

Weil ich schwieg, hielt er eine Erklärung für notwendig. Das Verhältnis zu einem Volk beruhe auf einem Gefühl von Gemeinsamkeit, von Solidarität. Er fühle eine große Gemeinsamkeit – geistig und sogar seelisch – mit einem japanischen Professor, dessen philosophische Anschauungen den seinen nahe stünden, und nicht die geringste mit einem jüdischen Kaufmann vom *Plezl* in Paris. Ein noch überspitzteres Beispiel: Zwischen ihm und einem jungen deutschen Doktoranden, den er in Oxford kennengelernt habe, einem introvertierten, feinsinnigen jungen Mann, mit dem er sich oft treffe, existiere eine viel größere seelische Nähe als zwischen ihm und seiner Schwester aus Orléans, mit der ihn keine gemeinsame Sprache verbinde.

„Und die Geschichte?" sagte ich.

„Wenn Sie damit die gemeinsame Vergangenheit meinen ... Gibt es irgendwelche Auswirkungen der gemeinsamen Vergangenheit zwischen ... zum Beispiel einem jüdischen Kapo in einem Konzentrationslager und einem Juden, den er in die Tür zur Gaskammer geschoben hat?" Er zögerte, dann fuhr er fort: „Ja, die Geschichte ist ein gewisser Faktor, aber ein geringfügiger. Mir persönlich sagt er nicht viel."

Als fühle er den Eindruck, den seine Worte auf mich gemacht hatten, wurde er plötzlich weicher, auf seinem Gesicht erschien ein Lächeln, und er sagte: „Aber Jerusalem ist eine schöne Stadt. Ja, etwas ganz Besonderes."

Er betrachtete mich wie aus großer Entfernung, und dann erzählte er mit nüchterner Stimme folgendes:

„Während einer Nacht, dort im Hotel, träumte ich, ich befände mich in irgendeinem Lager ... ganze Reihen von Baracken, Hunderte von Baracken, und alle sahen gleich aus ... vielleicht ein Konzentrationslager ... und ein großer Neger, nackt, wirklich ein Gorilla, verfolgte mich. Ich rannte zwischen den Baracken hindurch, und er verfolgte mich ... Ich hatte schreckliche Angst ... aber ich wußte die ganze Zeit, und das ist das seltsamste, daß ich gleich aufwachen würde, und alles wäre wieder so, wie es war. Als ich aufwachte, sagte ich mir, der Traum habe sein Ende gewußt. Und ich dachte: Ein Traum, der weiß, daß er ein Traum ist, ist das überhaupt ein Traum? Das ist eine bedeutende metaphysische Frage, die Auswirkungen auf viele andere Bereiche hat. Interessant ..." Als er sich erhob, um zu gehen, bat ich ihn, seinem Vater Grüße auszurichten und ihm in meinem Namen für das Geschenk zu danken. Er versprach es. Sobald er in Oxford sei, werde er ihn anrufen, sagte er.

An der Tür, als er schon die Klinke in der Hand hielt, fragte er, ob er ihm ein Geschäft für Lederwaren empfehlen könne. Er habe gehört, Ledermäntel seien hier viel billiger als in England, und er wolle sich einen kaufen, bevor er abfahre. Ich konnte mich an keinen solchen Laden erinnern, und er lachte und verabschiedete sich von mir.

*E*inen Tag nach der *Schiwa*, als alle gegangen waren, die mich getröstet hatten, und das Haus leer war ...
Viele waren gekommen, jeden Tag, und viele Stunden lang geblieben. Auch alle Kollegen Noras aus dem Biologischen Institut. Sie kamen am Nachmittag und gegen Abend, zu zweit, zu dritt. Unter ihnen war eine junge Laborantin, eine schöne Frau mit schwarzen Haaren und großen, runden Augen. Manchmal nahm sie sich das Taschentuch vom Gesicht, schaute mich mit rotumrandeten Augen an und murmelte, sie verstehe es nicht, sie könne es einfach nicht verstehen. Nora habe immer so viel Glück ausgestrahlt, und sie sei so warm zu allen gewesen ... Und eine andere Frau – vielleicht fünfundvierzig oder fünfzig Jahre alt, die in der Mitte gescheitelten Haare streng zurückgekämmt –, die mit einem russischen Akzent sprach, bestätigte diesen Eindruck, fügte jedoch hinzu, in den letzten Tagen sei ihr aufgefallen, daß Nora zerstreut gewesen war. Sie habe ein Glas mit Sporen aus dem Labor zum Autoklav gebracht und sei einige Minuten später zurückgekommen, wütend über sich selbst, weil sie das falsche Glas genommen hatte, das bereits sterilisiert war ... „Sie stellte es so hart auf den Tisch, daß es fast zerbrochen wäre. Ich war erstaunt, denn das paßte nicht zu ihr", sagte sie, dann fügte sie hinzu: „Bei ihr war alles sehr ordentlich. Immer ordentlich und genau."
Auch Dr. M. war gekommen. Er setzte sich und schwieg. Ein paarmal schaute er sich um, als wolle er prüfen, ob sich in der Wohnung etwas geändert hatte.
Als die Wohnung leer war und nur wir beide übriggeblieben, Joav und ich, fragte er mich plötzlich ...

Ich war geschockt!

Er saß auf dem Sofa, zusammengesunken, die Arme auf den Knien, und hob den Kopf nicht, nur seine Augen starrten mich unter den Brauen hervor an, und mit ruhiger Stimme sagte er: „Eines verstehe ich nicht ... Warum hast du nicht, als du sie an dem Morgen gefunden hast, erst einmal einen Arzt gerufen oder einen Krankenwagen ... Manchmal kann man jemanden doch noch retten ...“

Du lieber Gott, es fuhr mir wie ein Schlag durch den Körper, gleich wird er mich des Mordes beschuldigen!

Ich zitterte. „Ich habe dir nichts zu sagen, Joav.“

Was hätte ich ihm sagen können?

Ich war bestürzt. Sie war kalt. Weiß wie ein Laken. Ich schüttelte sie, rief ihren Namen, ihr Körper war steif wie ein Brett. Als ich ihren Arm fallen ließ, schlug er auf den Bettrand wie ein Knochen auf einen Knochen. Auf der Kommode neben dem Bett, unter dem gelben Licht der brennenden Lampe – ein mattes Licht im Vergleich zum frühen Tageslicht –, lag das Tablettenröhrchen. Leer.

Ich war bestürzt, erschüttert. Ich zitterte am ganzen Körper. Das erste, was mir einfiel, war, dich anzurufen, Joav!

Wenn so etwas passiert, wird es dunkel um einen. Der Verstand funktioniert nicht!

Du warst nicht da. Schula nahm den Anruf an.

Es dauerte lange, zwanzig Minuten oder mehr, bis sie kam. Von unten hörte man das Rattern der Mülleimer, die von den Müllmännern über den Bürgersteig gezogen wurden, und von Zeit zu Zeit das ruhige Rauschen eines vorbeifahrenden Autos, wie aus einer anderen Welt, dann wieder eins, und ich stand neben Noras leblosem Körper ...

Als Schula kam und sie sah, fing sie an zu schreien, weinte wie ein Kind, weinte und weinte ...

Sie war ebenso entsetzt wie ich.

Auch ihr fiel es nicht ein, jemanden zu rufen. Wen? Das Schlimmste war passiert, und alles war so schrecklich klar. Erst dann, als wir aus unserem Schock erwachten – wieviel Zeit war da vergangen, eine halbe Stunde? –, dachten wir daran, daß wir etwas tun mußten. Ich rief die Polizei an. Ein Polizist und ein Arzt kamen. Der Arzt bestätigte ihren Tod, sagte, er sei schon vor mehreren Stunden eingetreten. Sie wurde hinuntergetragen zum Krankenwagen.

Am Tag nach der Beerdigung erschien um acht Uhr morgens ein Polizeioffizier in der Wohnung.

Höflich, entschuldigend. Er beruhigte mich, er habe nur einige routinemäßige Fragen zu stellen, wie bei jedem Selbstmord. Er legte eine Mappe auf den Tisch, klappte sie auf, saß breitbeinig da, zog einen Stift heraus, steckte sich eine Zigarette an, nannte mich bei jeder Frage mit dem Titel, Professor. Wann ich am Abend nach Hause gekommen sei. Was ich bis elf getan hatte. Warum ich nicht in ihr Zimmer gegangen sei, als ich sah, daß sie noch Licht anhatte. Seit wann wir getrennt schliefen und warum. Ob wir uns an diesem Tag gestritten hätten. Er notierte alles genau, auf die Stunde und die Minute. „Nicht daß es einen Verdacht gäbe, Gott behüte, Professor." Er beruhigte mich, als er mein erschrockenes Gesicht sah. „Das ist üblich so, verstehen Sie ...“

Dann überflog er das, was er geschrieben hatte, und fragte mich, wie Joav ein paar Tage später auch:

„Warum haben Sie eigentlich nicht sofort einen Arzt gerufen, Professor? In dem Moment, als Sie sie bewußtlos fanden? Ganz instinktiv denkt man dann doch, daß sie vielleicht ...“ Als ich ihm erklärte, warum, noch ganz gebrochen von der Tragödie, schaute er mich an, nickte mit dem Kopf, als verstehe er mich, dann schrieb er meine Antwort auf.

Er fragte, ob ich irgend etwas über das Motiv sagen könne. Ich sei nicht dazu verpflichtet, aber vielleicht wisse ich etwas, oder hätte einen Verdacht. Dann wäre es nützlich, das festzuhalten.

Ich breitete die Hände aus. Dazu hatte ich nichts zu sagen. Er klappte die Mappe zu. Ganz und gar Verständnis und Mitgefühl. „Ja, oft weiß der dem Verstorbenen am nächsten Stehende nicht, was den anderen dazu gebracht hat ...“

Er stand auf und drückte mir die Hand.

M ein Vater war verrückt nach Funden aus der Zeit der Israeliten und der Kanaaniter. Prähistorische Steinmesser, hellenistische Grabhöhlen, römische Kapitelle, byzantinische Mosaikfußböden – das alles interessierte ihn überhaupt nicht. Doch für eine kleine Statue Astartes, für einen Tonkrug aus der Zeit Gideons, für einen Scherben mit fünf abgeriebenen Wörtern in hebräischer Schrift aus der Zeit Jerobeams, für die Steinschicht einer Festung aus der Zeit Usias – *siehe, er kommt und hüpft über die Berge und springt über Hügel.* Für diese Dinge hatte er eine Nase wie ein Spürhund.

Wenn er mich damals – ich war vielleicht zwölf, dreizehn, vierzehn – in seinem alten, vom Geratter über staubige und steinige Straßen heruntergekommenen Ford mitnahm, zu irgendeinem Ziel in den Judäischen Bergen oder in Galiläa, blieb er unterwegs immer vier-, fünfmal stehen, schaute nach allen Seiten, als wittere er Beute, und dann machte er plötzlich den Motor aus und rief. „Komm, wir steigen aus."

Den Stock in der Hand, auf dem Kopf einen Kolonialhut, der vor Jahrzehnten schon aus der Mode gekommen war, stieg er schnell irgendeinen kahlen *Tel* hinauf, an dem nichts Besonderes zu sehen war, und ich keuchte hinter ihm her und versuchte, ihn einzuholen. Von der Spitze des Hügels schaute er sich nach allen Seiten um, dann schlug er mit seinem Stock auf die Steine, wie ein Ölsucher in Texas mit einer Wünschelrute, und erklärte: „Hier gibt es was." Wenn er einen Fellachen entdeckte, der unten sein Feld pflügte, eilte er, mich hinter sich herziehend, zu ihm hinunter und fragte ihn aus – er sprach fließend Arabisch –, wie der Ort hieß, über seine Vergangenheit, welche Geschichten darüber erzählt wurden. Zurück im Auto, schrieb er alles in sein Notizbuch, in seiner hastigen, unordentlichen Schrift, die ich nie entziffern konnte. Als wir weiterfuhren, erklärte er mir seine Pläne für die nächste Ausgrabung: Zuerst wollte er zum Leiter der Abteilung für Altertum im staatlichen Rockefeller-Museum gehen, um sich eine Genehmigung zu holen, dann mit Professor Sukenik sprechen, um fünf Freiwillige unter den älteren Pfadfindern anzuwerben ...

Ich reiste mit ihm kreuz und quer durch das Land. Er kannte keine Angst. Er fuhr über Straßen, die keine waren, erklomm Berge, ging in Dörfer in rein arabischen Gebieten. Einmal wollte er den Weg von Beit-El nach Jericho abkürzen und fuhr einen gewundenen, eigentlich unpassierbaren Sandweg hinauf. Fast wären wir in eine Schlucht gestürzt, als das Auto auf der Fahrt bergab auf Steinen ins Rutschen kam. Zu unserem Glück gelang es ihm, in einen flachen Wadi auszuweichen, und wir blieben in dem trockenen Flußbett stehen. Zwei Reifen waren kaputt, der Motor war ausgegangen und sprang nicht mehr an. Mein Vater verlor nicht die Fassung. Mit seinen scharfen Augen erspähte er ein Beduinenzelt, ein paar Kilometer von uns entfernt. Er ließ mich beim Auto warten – es war 1940 oder 1941, und er besaß einen zugelassenen Revolver –, und nach einer Stunde kam er in Begleitung eines Beduinen und zweier Kamele zurück. Wir spannten die beiden Kamele vor das Auto, und sie fingen an, es herauszuziehen. Erst nach fünf Stunden, es wurde schon Abend, standen wir auf der Straße. Von dort schleppte uns ein Laster zu einer Werkstatt in Jericho. Die Nacht verbrachten wir im Haus des Werkstattbesitzers, der uns zum Essen und Trinken einlud und uns ein Lager auf dem Boden anbot. Den ganzen Abend über entlockte mein Vater dem Mann Informationen über historische Stätten in der Umgebung und lauschte den Geschichten, die er erzählte. Am Mittag des nächsten Tages war das Auto repariert. Plötzlich änderte mein Vater seine Pläne, beschloß, Nowomejski in der Kaliumfabrik aufzusuchen und die Möglichkeiten für eine archäologische Grabung in der Judäischen Wüste abzuklären ...

Bei diesen Fahrten mit meinem Vater lernte ich das Land kennen und lieben, aber die Ausgrabungen selbst waren mir zuwider.

Ich erinnere mich an einen Sommer, als ich schließlich seinem Drängen nachgab und mit ihm zu einer Ausgrabung in der Gegend von Gusch-Chalav fuhr. Ich hatte die achte Klasse am Gymnasium hinter mir, es war in den Tagen des arabischen Aufstands, die Straßen waren gefährlich, und jede Nacht wurden jüdische Siedlungen von Arabern überfallen. In dem felsigen, von Olivenbäumen umsäumten Gebiet hatte man schon die Überreste einer Synagoge aus dem zweiten Jahrhundert freigelegt – Tür- und Fensterstürze, ein siebenarmiger Leuchter aus Stein, eingravierte Granatäpfel und ein *Schofar* –, aber mein Vater hielt hartnäckig an der Hypothese fest, die sich auf Abschnitte aus dem Buch Josua gründete, daß darunter noch die Reste aus der Zeit des Ersten Tempels zu finden sein müßten, und in noch größerer Tiefe Funde aus der Zeit der Patriarchen.

Mein Vater hatte eine Theorie – die nur von wenigen Forschern der Geschichte Israels geteilt wurde –, nämlich daß es schon vor der Eroberung Kanaans durch Josua eine dichte hebräische Besiedlung im Land gegeben habe, daß sich der Name Israel von *Aschera-El* ableite und Phönizier und Hebräer ein und dasselbe wären. Mit der Begeisterung eines Besessenen grub er in der Erde, um konkrete Beweise für die Wahrheit seiner Theorie zu finden. „Ausgerechnet in Galiläa?" hielt ich ihm vor, als wir uns auf den Weg machten.

Er schüttelte den Kopf. „Zwi, Zwi, achte deinen Vater. Du kannst dich darauf verlassen, daß er nicht von einem Ende des Landes zum anderen rennt, um Federn vom Wiedehopf König Salomos zu finden!" Und dann hielt er mir einen Vortrag über die Phönizier, deren südliche Grenze einmal bis Jaffa reichte, und über die Hebräer, von denen ein Teil nach Ägypten gezogen war, ein anderer Teil in Kanaan lebte.

Zusammen mit vier jungen Männern – zwei von ihnen hatten

Schläfenlocken und kamen aus Safed, zwei waren Mitglieder einer Arbeitsbrigade, die in Rosch-Pina daheim war – kratzte ich mit einer Spitzhacke und einer Grabschaufel Staub und Asche in Körbe und kippte sie hinter den Steinwall. Die Sonne brannte mir auf den Kopf, und der feine Staub drang mir in die Augen, in die Nasenlöcher, in den Mund. Vier Tage lang fanden wir gar nichts außer Tonscherben und Steinsplittern. Am fünften Tag stießen die Schaufeln auf eine steinerne Plattform, und wir begannen, den Staub abzukratzen. Mein Vater war glücklich. Es sah so aus, als würde seine Hypothese bestätigt: ein Heiligtum Baals oder Astartes! Mittags las er uns unter unserem Schutzdach einige Verse aus den Büchern Josua und Richter vor und aus einem ugaritischen Text, der vor kurzem erst entdeckt worden war. Doch wir fanden weder Götterstatuen noch Kultgefäße.

Die beiden jungen Männer aus Safed brachte mein Vater jeden Abend mit dem Auto nach Hause; wir anderen schliefen unter freiem Himmel, zwischen Olivenbäumen, und hielten abwechselnd Wache. Von Zeit zu Zeit hörte man von weitem Schüsse, als würde gegen die Felsen geschossen, und die Patrouillen, die in Jeeps auf der nahen Straße vorbeikamen, schauten immer mal wieder bei uns vorbei, ob alles in Ordnung sei.

In der Nacht fragte ich meinen Vater, woher er wisse, daß das ein Heiligtum sei, wenn wir keinerlei Kultgegenstände gefunden hätten. Wegen der Vertiefungen und Wölbungen an den Steinen, erklärte er mir, aufgrund bestimmter Nischen. Und ein rechteckiger Stein mit *Kornot* sei, seiner Meinung nach, der Altar gewesen. Seine Erklärungen konnten mich nicht überzeugen. Meiner Ansicht nach hätte die Plattform auch der Fußboden eines Wohnhauses sein können, und der Stein mit den Kornot ein Stuhl, ein Amboß, ein Sockel für Kochgerät. Und sogar wenn wir eine Götterstatue aus dem glühenden Sand geholt hätten, auch wenn wir eine Gravur eines biblischen Namens in hebräischen Buchstaben herausgebürstet hätten, wie mein Vater die ganze Zeit hoffte – was wäre schon dabei? Wofür diese ganze Aufregung, die ihn beim Anblick der Tülle eines Kruges oder eines phönizischen Glassplitters im Sieb ergriff? Was bewiesen ihm diese Funde? Oder suchte er etwa Beweismaterial für unser Recht auf dieses Land? Am achten Tag, als mein Vater sah, daß ich diese Arbeit nicht mehr aushielt, beschloß er, mich nach Hause zu schicken.

Ja, dieser Sommer hat sich tief in meine Erinnerung gegraben. Eine direkte Verkehrsverbindung von Safed nach Tel Aviv gab es damals nicht, der Reisende mußte in Tiberias umsteigen. Ich kam um zehn Uhr dort an und wartete im Restaurant gegenüber dem Stadtpark auf den Autobus nach Tel Aviv. Plötzlich fingen die Leute auf der Straße an zu rennen, und viele platzten in das Restaurant, voller Panik, und suchten Schutz. „Ein Überfall!" schrien sie. „Die *Schabab* überfallen das jüdische Viertel!" Während sich einige an die Tür drängten, um zu sehen, was geschah, waren von weitem Schüsse zu hören, deren Echo von der Spitze des Berges gegenüber zurückgeworfen wurde. Die Ladenbesitzer ließen schnell ihre eisernen Rolläden herunter, und die Straßenverkäufer packten ihre Verkaufstische und verschwanden in den Nebenstraßen. Auf der Straße waren noch ein paar Leute, geduckt suchten sie Schutz an den Häuserwänden, doch bald war die Straße ganz leer. Kurz darauf hagelten Steine vom Park herüber auf die Reihe der Läden, wo wir uns befanden. Im Park selbst und am Berghang dahinter tauchten Araber auf, mit Steinen bewaffnet, die sie nach uns warfen. Sie warfen Steine und schrien: „*Itaba el jahud!*" Und während sich die Menschen in den hinteren Teil des Restaurants und in den Ecken zusammendrängten, zerbrach das Schaufenster, und ein Stein traf einen älteren Mann, der dort stand, an der Stirn. Dunkles Blut floß ihm über das Gesicht. Er gab keinen Ton von sich, bedeckte nur die Wunde mit der Hand und ging zur Küchentür. Eine Frau wurde ohnmächtig und fiel zu Boden. Jemand rannte, brachte Wasser und spritzte es ihr ins Gesicht. Die Steine – große, runde Basaltsteine und kleine, spitze – flogen weiter, zerbrachen die Fenster, schlugen gegen die Tür und an die Wände, prallten auf die Tische und Stühle und fielen dann auf den Boden.

Ich stand mitten unter diesen erschrockenen, blassen, hilflosen Menschen, die sich aneinanderdrückten und flüsterten: „Wo ist die Polizei, warum kommt sie nicht, warum sieht man sie nicht?" Tränen schnürten mir die Kehle zu, Tränen der Scham und der Erniedrigung. Wie bei einem Pogrom, dachte ich, innerlich weinend, wie bei einem Pogrom, und in meiner Bitterkeit fragte ich mich, wo die Leute der *Hagana* wären, wo die Leute vom *Betar*, wo die stolzen, aufbrausenden sephardischen Männer? Warum schlägt niemand zurück, wenn auch nur mit Steinen? Was für eine Erniedrigung für uns, hier, in *Erez Israel*, in dieser Stadt, die vorwiegend von Juden bewohnt wird ...

Der Alptraum dauerte nur etwa zwanzig Minuten. Militärautos mit englischen Soldaten fuhren die Straße entlang, ein paar Schüsse knallten. Den Schabab gelang es, zu den Häusern auf den Bergen zu fliehen, bewaffnete Polizisten erschienen an der Straßenkreuzung, und als dann die Schüsse aufgehört hatten, kamen die Leute aus den Verstecken, die Geschäfte wurden geöffnet, der Verkehr setzte ein, alles war wieder wie vorher.

Doch ich habe diesen beschämenden Vorfall nie vergessen.

Jeder Mensch sei von einem Kreis umgeben, dem Kreis seiner Bestimmung, den er nicht verlassen könne, doch innerhalb dieses Kreises sei er frei, zu tun was er wolle, meinte de Tocqueville. Doch ich wurde, wie die sprichwörtliche Maus, von der Falle angezogen, die dann zuschnappte.

Drei Monate nach Irvings Besuch wurde ich von der Universität Straßburg eingeladen, bei einem internationalen Kongreß über Jüdische Wissenschaften einen Vortrag über den Streit der *Sabbatianer* in Polen und seine Folgen zu halten. Ich schlug Nora vor, sie solle sich vom Institut beurlauben lassen und mitfahren, aber sie hatte keine Lust zu einer so kurzen Reise, nur für zehn Tage. „Fahr ruhig allein, mach dir ein schönes Leben in der Stadt der Lichter", sagte sie, „aber bring mir keine Krankheit nach Hause."

Der Kongreß dauerte fünf Tage, danach fuhr ich nach Paris und hatte vor, die drei Tage, die mir noch blieben, mit Nichtstun zu verbringen. Ich wollte nur in den Straßen herumlaufen, einige Museen besuchen, Antiquariate, die Stadt genießen. Außer einer Verabredung mit einem Verleger, der sich für meine Arbeit interessierte und erwog, meinen Aufsatz über die *Frankisten* zu veröffentlichen, hatte ich keinerlei Verpflichtungen. Ich nahm ein Zimmer in einem kleinen Hotel in der Nähe vom Jardin du Luxembourg, dessen Besitzer mich schon von früheren Aufenthalten in Paris kannte. Ich war entschlossen, mich nicht mit Fojglman zu treffen, ihn noch nicht einmal anzurufen, damit ich meine Zeit voll zu meiner Verfügung hätte. Und vielleicht auch, um mir nicht von „jüdischen Sorgen" die gute Stimmung verderben zu lassen.

Trotzdem ...

Trotzdem rief ich ihn am zweiten Tag meiner Ankunft, am Vormittag, an. War es mein schlechtes Gewissen, daß ich ihm nicht für die Bücher gedankt hatte, die er mir durch seinen Sohn geschickt hatte, das meine Hand zum Hörer führte? „Im Hotel?" rief er empört. Er war verärgert, beleidigt. Hatte er mir nicht mehrfach gesagt, daß mir seine Wohnung zur Verfügung stehe, daß er sich freue, mich als Gast zu haben, so lange ich wolle, wie hatte ich ihm das antun können – ihm und seiner Frau, die gerade neben ihm stehe und ebenfalls gekränkt sei –, warum ich unbedingt mein Geld für ein armseliges Hotelzimmer und für Restaurants verschwenden müßte ... Und dann verkündete er, er würde sofort kommen und mich abholen, zum Mittagessen ... Nein, er würde es mir nie verzeihen, wenn ich das ablehnte ...

Schon in diesem Moment bedauerte ich aus tiefstem Herzen, was ich getan hatte, aber es war nicht mehr zu ändern. Ich selbst hatte mir meinen kurzen Aufenthalt in Paris verdorben.

Es dauerte keine halbe Stunde, da rief er mich aus der Hotelhalle an. Ich ging hinunter, und er streckte mir die Hände entgegen, umarmte und küßte mich, und begann wieder mit Vorwürfen – laut, auf Jiddisch, zum Erstaunen der Leute, die um uns herum in ihren Sesseln saßen – wegen des Unrechts, das ich ihm angetan hätte. Solle er ein Taxi bestellen? Oder wollten wir, weil heute so ein schöner Tag war, den Weg zu Fuß gehen?

„Ja, zu Fuß!" sagte ich und tröstete mich mit dem Gedanken, daß ein Spaziergang durch die Straßen der Stadt, an einem so angenehmen Herbsttag, mir Vergnügen bereiten würde.

In seiner Stadt bewegte sich Fojglman wie ein Hausherr. Er hakte mich unter und lief mit energischen Schritten, ein übermütiges Lächeln in dem geröteten Gesicht, und zu jedem historischen Gebäude, an dem wir vorbeikamen, wußte er etwas zu erzählen. Vor einem Stand mit gerösteten Kastanien blieb er stehen, kaufte eine Tüte und hielt sie mir hin: „Nimm, iß, so etwas habt ihr in Israel nicht." Damit schob er mir die

Tüte in die Jackentasche. Vor einem Antiquariat blieb er stehen, sagte: „Komm, ich zeig dir was." Wir traten in den dunklen Laden, er wechselte ein paar Worte mit dem Besitzer, der ihn offensichtlich kannte und ihm aus einem oberen Fach ein Buch mit einem alten Ledereinband herunterholte. Briefe an Juden in Portugal, Deutschland und Polen, von Voltaire, erschienen 1782. „Ich wollte es für dich kaufen, aber er verlangt zuviel dafür, viel zuviel." Als er das Buch dem Besitzer zurückgab, lachte er. „Dieser Antisemit, Voltaire, er hat die Bibel von hinten nach vorn gelesen, einfach umgekehrt!"

Als wir durch den Jardin du Luxembourg gingen, sagte er, daß er jedesmal, wenn er durch den Park gehe oder auch nur in seine Nähe komme, an die ebenfalls in Zamosc geborene Rosa Luxemburg denken müsse, auch wenn der Jardin nicht nach ihr benannt wäre. Dann erzählte er von ihren Vorfahren, von den verschiedenen Zweigen der Familie, die bis zur Vernichtung in der Stadt geblieben waren. „Oh, Rosa, Rosa", seufzte er, „sie floh aus dem Nest und dachte, sie würde damit dem Schicksal ihres Volkes entkommen, und was war schließlich ihr Ende? Deutsche haben sie in den Straßen Berlins ermordet und ihre Leiche in einen Kanal geworfen, zwanzig Jahre, bevor sie dasselbe mit ihren Brüdern in Zamosc machten! Sie schrieb Spartakus auf ihre Fahne, statt Bar-Kochba, und was hat sie davon gehabt?"

„Und was ist mit Liebknecht?" sagte ich. „Der war ja kein Jude."

„Liebknecht wurde ermordet, weil er ihr Freund war! Wehe dem Juden und wehe seinem Freund!" Dann, als wir den Boulevard St. Michel hinuntergingen, erzählte er, und seine Augen leuchteten auf, seit er aus Israel zurückgekommen sei, fühle er sich verjüngt, er habe fast fünfzig Gedichte geschrieben. „Sie werden dir gefallen, *Reb* Hirsch!" Er drückte mir fest den Arm.

Wir überquerten die Seine über eine Brücke, und unterwegs erzählte ich ihm, auf seine Bitte hin, von dem Kongreß in Straßburg. Ich berichtete von dem Vortrag eines nichtjüdischen

Professors von der Universität Uppsala in Schweden, der eine interessante Arbeit über jüdische Geschichte geschrieben habe, in der er versuchte, die Ansichten über die Existenz einer jüdischen „Rasse" zu widerlegen. Er behauptete, seit Beginn ihrer Existenz und während ihrer ganzen Geschichte hätten sich eine beträchtliche Anzahl fremder Elemente mit den Juden vermischt.

Fojglman blieb stehen. „Und wenn schon? Nehmen wir mal an, er hat recht, daß wir alle Mischlinge sind. Und was ist die Schlußfolgerung? Was ändert das? Du weißt, was Heine gesagt hat? Die jüdische Religion ist gar keine Religion, sondern ein Familienübel." Er lachte laut. „In meinem Leben ist sie ein Familienübel! In deinem etwa nicht?"

Es war ein schöner Tag. Nicht kalt. Kleine, weiße Wolken zogen über den Himmel. Diesiges Licht, leicht und weich, drang durch die Wipfel der Bäume, die langsam ihre Blätter verloren. Doch die „jüdischen Sorgen" begleiteten mich den ganzen Weg vom Jardin du Luxembourg bis zum Boulevard Sébastopol, für den wir über eine Stunde brauchten. Sie verließen mich nicht vor der Kirche Notre-Dame, nicht, als wir an der Kirche Sainte Chapelle vorbeigingen, auch nicht vor dem Hôtel de Ville und nicht beim Anblick des Centre Pompidou. Auch nicht, als wir bei Fojglman zu Hause ankamen. Wir gingen eine enge, gewundene Holztreppe hinauf zum dritten Stock eines alten Hauses. In den dunklen Fluren roch es nach Gas. Fojglman klingelte an der Tür. Eine hochgewachsene, vollbusige Frau mit schulterlangen schwarzen Haaren begrüßte mich. „Ah, Professor Arbel! Endlich!" Sie schüttelte mir fest die Hand, wobei sie mich prüfend betrachtete. Ihr Gesicht war weiß wie Marmor, doch sehr lebendig. Sie sagte: „Genau wie ich Sie mir vorgestellt habe, nur größer."

Im Gegensatz zum Eingang des Hauses und den engen Treppen war die Wohnung groß und angenehm. Im Wohnzimmer standen schwere Möbel – ein großer Tisch, ein Büffet, Stühle und Sessel, außerdem ein Flügel, der ein Drittel des Raumes einnahm.

Meine Gastgeber waren offensichtlich stolz auf die Bilder, die an den Wänden hingen: Das Bild eines alten Juden mit einer Torarolle, von Mane Katz; zwei handsignierte Porträts des Malers Ben; eine Lithographie der Stadt Witebsk, von Chagall mit einer persönlichen Widmung, „für meinen Freund, den traurigen Dichter, der das Lächeln seiner Augen nicht verloren hat". Fojglman sagte, er habe das Bild als Dank für einen Gedichtband bekommen, den er ihm geschickt habe. Außerdem hingen da noch zwei Gruppenaufnahmen, Schriftsteller, unter denen sich auch Fojglman befand. Auf dem Büffet und auf dem Flügel standen gerahmte Fotos von Hinda – Henriette Vogel – in verschiedenen Rollen, die sie am Theater gespielt hatte: Mirale Efros, Die Irre von Chaillot, Hedda Gabler und andere. „Meine alten Lieben", sagte Hinda lächelnd, und in ihren Augen unter den langen Wimpern leuchtete tiefe, jüdische Trauer. „Ich spiele schon seit Jahren nicht mehr Theater, aber dafür bin ich unabhängig, und das ist die Hauptsache!" Sie warf mir einen tapferen Blick zu. Mit ihren langen schwarzen Haaren und dem braunen, gut sitzenden Kleid mit dem runden Ausschnitt und dem weißen Musselinkragen wirkte sie noch größer, und sie sah viel jünger aus als ihr Mann. Die schmale, scharfe Nase gab ihrem Gesicht etwas Klassisches.

Vom Wohnzimmer führten mich die beiden durch die angrenzenden Zimmer. Eines von ihnen war Fojglmans Arbeitszimmer mit einer großen Bibliothek; an der Wand, über dem Schreibtisch, hingen Fotos seines Vaters und seiner Mutter, und zwischen beiden die Zeichnung eines schwarzen Vogels, eine Art Rabe, auf einem kahlen, schneebedeckten Ast sitzend. Das zweite Zimmer war ein Schlafzimmer. Fojglman öffnete die Tür zu einem dritten Zimmer, in dem nichts war als ein Bett, ein Tisch und ein Stuhl, und sagte, das sei früher das Zimmer der Kinder gewesen, jetzt stehe es leer. „Ich habe dir doch gesagt, daß du immer bei uns wohnen kannst, ohne uns zu stören." In Hebräisch fügte er hinzu: „Der eine genießt, und der andere leidet keinen Mangel."

Wir gingen zum Wohnzimmer zurück. Hinda begann, den

Tisch zu decken. Sie erkundigte sich, ob ich Fleisch esse, ob ich *koscher* esse, und fragte dann: „Darf ich Sie Zwi nennen?"
„Nenne ihn Hirsch", sagte Fojglman, „er ist einer von uns."
„Ja? Hirsch?" Hinda schaute mich an, wie um sich zu überzeugen, daß mir der Name recht war, dann ging sie in die Küche. Kurz darauf kam sie zurück, eine Schürze umgebunden, und sagte: „Wenn Zwi Hirsch ist, wie heißt dann Hinda in Hebräisch?"
Ich lächelte sie an. „Zwia."
„Wunderbar", meinte sie, „du bist uns wie vom Himmel geschickt."
Fojglman legte die Hände an die Wangen. „Ojojoj, was habe ich mir da eingebrockt. Sie fängt schon an, ihm schöne Augen zu machen."
Als wir allein waren, fragte ich ihn, ob er etwas Bestimmtes beabsichtigt habe, als er mir die Bücher von Peyrefitte und Ducas schickte.
„Etwas Bestimmtes?" fragte er erstaunt. „Ich wollte dir nur zeigen, daß viel in der Welt kommt und vergeht, doch der Antisemitismus bleibt für ewig bestehen. Er bleibt nicht nur bestehen, er ändert sich auch nicht – die gleichen Verleumdungen tauchen immer wieder auf, von Apion bis Hitler und auch vierzig Jahre nach Hitler. Ich würde mich nicht wundern, wenn im heutigen Paris, diesem Leuchtturm der Freiheit, morgen das Gerücht aufkäme, ein katholisches Kind wäre ermordet und mit seinem Blut wären Mazzes für Pessach gebacken worden. Zwei Millionen Leute würden das glauben."
Ich sagte, daß er übertreibe. Vor wenigen Jahren sei ein Jude zum Staatspräsidenten von Frankreich gewählt worden, und jetzt gebe es in Paris einen jüdischstämmigen Erzbischof, der in aller Öffentlichkeit verkünde, daß er, obwohl er der Religion nach Christ sei, nicht aufgehört habe, Jude zu sein.
Fojglman nickte. „Ja, ja, ja, ja." Und während er sich zu mir neigte, flüsterte er, als verrate er ein Geheimnis: „Bei mir ist es schon entschieden, ich komme nach Israel. Um dort zu leben. Beschlossene Sache!" Als ich ihn zu diesem Entschluß

beglückwünschte, sagte er: „Nicht sofort, erst wenn mein
Buch dort herausgekommen ist, in Hebräisch."
Ich hielt das für eine gute Idee. Sein Buch würde ihm den Weg
bereiten.
„Aber wer soll es übersetzen?" Er breitete die Arme aus. „Ich
kenne die Übersetzer dort nicht."
Ich versprach, mich zu erkundigen, sobald ich wieder daheim
wäre.
„Wirst du dich darum kümmern, Reb Hirsch?" flehte er.
Der Tisch war schon gedeckt, und Hinda forderte uns auf, zu
kommen.
Sie servierte ein einfaches, jüdisches Essen: Gehackte Leber,
Hühnersuppe mit Nudeln, gekochtes Huhn mit einer Beilage
aus Karotten mit Rosinen, Pastete ... Fojglman machte eine
Flasche Portwein auf, und wir prosteten uns zu.
Als ich die heiße Suppe probierte, auf der goldene Fettaugen
schwammen, fühlte ich mich fünfzig Jahre zurückversetzt,
nach Polen, Litauen, in die Ukraine, nach Rumänien, jedenfalls weit weg von Paris.
Während wir aßen und tranken, fragte Hinda, was mich,
einen *Zabar*, wie ihr Mann ihr gesagt habe, dazu gebracht
habe, mich mit der Geschichte der osteuropäischen Juden zu
beschäftigen. Ich sagte, viele meiner in Israel geborenen
Kollegen beschäftigten sich mit römischer Geschichte, mit
den Kreuzfahrern, den Napoleonischen Kriegen oder dem
amerikanischen Bürgerkrieg, ohne daß sich irgend jemand
darüber wundere. Warum es dann so verwunderlich sei,
wenn sich jemand mit der Geschichte seines eigenen Volkes
beschäftigt?
„Aber unsere Geschichte, Zwi, ist eine Geschichte der Tränen! Wie es bei uns heißt: *Alz drajt sich arum brojt un tojt.*"
Ich sagte, in meiner Kindheit habe mir meine Großmutter, die
im Bezirk Podolja geboren sei, viele lustige Geschichten aus
ihrer kleinen Heimatstadt erzählt, und ich hätte den Eindruck
gewonnen, das Leben dort sei voller Fröhlichkeit und Lachen
und Ausgelassenheit in der freien Natur gewesen.
„Aber du schreibst über Pogrome, Professor!"

Das sei zwar richtig, stimmte ich zu, aber aus meiner These von der Dunkelheit in der Diaspora könne man doch auf die Antithese schließen, daß in Israel das Licht sei ...

Hinda schaute mich an, die Gabel, die sie in der Hand hielt, blieb über dem Teller in der Luft hängen, dann sagte sie erregt: „Ich sehne mich schon seit Jahren danach, einmal in Israel aufzutreten. Und es gelingt mir nicht! Sie legen mir Hindernisse in den Weg; eine Wand steht zwischen mir und ihnen, wie zwischen Thisbe und Pyramus!" Sie lachte, erzählte, daß ihr Agent schon ein paarmal versucht habe, für sie Auftritte in Tel Aviv zu organisieren, aber er habe keinen Verein gefunden, keine Institution und keinen Manager, die bereit und in der Lage wären, sie zu engagieren. Sie verstehe es nicht: von Uruguay bis Neuseeland sei sie gefragt und würde mit offenen Armen empfangen, nur im Staat der Juden, in dem es ein großes Publikum Jiddischsprechender gibt, Freunde des Jiddischen ...

Ich war der einzige Vertreter des jüdischen Staates an diesem Tisch. Ich mußte diese „Hindernisse" erklären, mußte Entschuldigungen finden, die Verteidigung übernehmen. Ich sagte, der Grund liege vermutlich in der hohen Anzahl der Künstler, den wenigen Sälen, der harten Konkurrenz ...

Fojglman war in das Essen vertieft und mischte sich nicht in das Gespräch. Seinem Schweigen entnahm ich, daß sie beide dieses Thema schon mehr als einmal besprochen hatten. Hinda saß aufrecht am Tisch, wie eine große Matrone, eine Hand an den marmorweißen Hals gelegt, wie um ihn zu schützen, und ihre aufmerksam auf mich gerichteten Augen sagten, daß sie meine Bemühungen schätze, ich sie aber überhaupt nicht überzeugen könne.

Sie legte die Hand auf den Tisch. „Professor Arbel, ich wünschte, Sie könnten mich einmal hören, wie ich den ‚Goldenen Pfau' von Manger lese, oder ‚In Treblinka bin ich nicht gewesen' von Leivick, oder ‚Stadt des Schlachtens' von Bialik. Auf Jiddisch natürlich."

Fojglman hob den Kopf vom Teller. „Lieder von Bialik singt sie auch auf Jiddisch!"

„‚Nicht am Tag und nicht bei Nacht‘, ‚Zwischen Euphrat und Tigris‘, ‚Ich habe einen Garten‘." Hinda lächelte mich an, als erinnere sie mich an gemeinsame Bekannte.

„Du müßtest das Publikum sehen, wenn sie diese Lieder singt", sagte Fojglman.

Hinda schloß die Augen, ihre Nasenlöcher wurden weit, als genieße sie ein ganz außerordentliches, geheimes Vergnügen, und während sie die Arme hob, sagte sie: „Wissen Sie, Professor, was das bedeutet, wenn man auf der Bühne steht und die Wellen der Wärme, der Liebe, der Zuneigung einem aus dem Saal entgegenschlagen …"

Sie stand auf, ging zur Küche, brachte das Kompott und sagte, während sie es auf den Tisch stellte: „Aber das Publikum wird von Jahr zu Jahr weniger. Ich war gerade in drei Städten: Montreal, Toronto und Chicago …"

Sie erzählte, in Toronto habe es noch vor zehn, fünfzehn Jahren Schulen vom *Arbajter-ring* und den *Po'alei-Zion* gegeben, in denen die Kinder in Jiddisch sangen und spielten, und heute – eine Wüste. Und obwohl in Chicago vielleicht eine halbe Million Juden lebten, sehe man sie überhaupt nicht! Sie lebten alle verstreut am Stadtrand, hätten großartige Villen im Grünen, Swimmingpools, Tennisplätze … Man habe sie im Hotel Hyatt untergebracht, zwanzig Kilometer vom Stadtzentrum entfernt, und es gebe noch nicht mal einen Autobus … Sie habe sich gefühlt wie in einem Eispalast am Nordpol. „Jiddisch ist die Sprache der armen Leute, Hirsch!" Nachdem sie das Geschirr abgeräumt hatte, setzten wir uns in die Sessel, und Fojglman servierte Kognak. Wir unterhielten uns über dies und das. Wir, Fojglman und ich, begnügten uns mit einem Glas, doch sie goß sich nach. Sie wurde fröhlich, Röte stieg ihr in die Wangen, breitete sich auch auf ihrem Hals aus, und sie stand auf und ging leichtfüßig im Zimmer herum, bot Kekse und Schokolade an, zeigte mir eine silberne Statuette, die sie von ihren Verehrern bekommen hatte … Plötzlich fragte sie mich: „Warum haben Sie Ihre Frau nicht mitgebracht, Zwi? Schmuel sagt, sie sehe aus wie eine norwegische Königin!"

„Norwegisch?" Ich lachte, sagte, ich sei zu einem Kongreß für Jüdische Wissenschaften gefahren, und sie interessiere sich nicht besonders dafür.

Hinda wurde ernst, ihre Augen weiteten sich, und sie rief: „Ach, wie gut ich sie verstehe! Aus ganzem Herzen verstehe ich sie. Glauben Sie mir, Zwi, wenn ich könnte ... Wenn Jiddisch nicht mein Lebensunterhalt wäre – ich würde die Beine unter den Arm nehmen und bis ans Ende der Welt davor fliehen. Jüdischkeit und Jüdischkeit und Jüdischkeit, morgens, mittags, abends – ich bin schon krank davon! Krank, krank, krank!" Sie drückte die Hände aufs Herz, schloß die Augen und hob den Kopf.

„So redet sie immer nach zwei Gläsern", flüsterte mir Fojglman zu.

„Schmuel!" rief sie laut und mit vorwurfsvoller Stimme. „Du verstehst mich nicht, du hast mich nie verstanden!" Tränen traten in ihre Augen. „Glaubst du etwa, es macht mir Spaß, zwanzigtausend Kilometer nach Montevideo zu fahren, um dort vor fünfzig alten Juden und Jüdinnen aufzutreten, die zu jedem Satz nicken, den ich sage, als hätten sie alle die Parkinsonsche Krankheit? Glaubst du, daß mich das glücklich macht? Stolz? Dich macht es stolz! Denn du lebst in Illusionen! Das hast du immer getan."

Ihre volle Stimme erfüllte das Zimmer. Sie war Antigone, Kleopatra, Lady Macbeth, Mirale Efros. Fojglman drückte sich tiefer in den Sessel und beobachtete sie mit einem sardonischen Lächeln.

„Dieses Haus, Zwi", sie breitete die Arme mit einer weiten Bewegung aus, „dieses Haus stinkt schon vor Jüdischkeit wie ein Totenzimmer! Wo du auch hinschaust! Man kann nicht atmen vor lauter Juden und Judentum! Ich ersticke! Bei dem Poeten Schmuel Fojglman teilt sich die Welt in zwei Teile: Juden und Nichtjuden! Und zwischen ihnen ist es wüst und leer. Die Juden mögen zwar nicht alle gut sein, doch die Nichtjuden sind alle schlecht." Sie beugte sich zu mir, die Hände auf den Knien. „Sagen Sie mir, Professor, sind alle Nichtjuden schlecht? Alle? Wäre ich ohne sie heute nicht Seife und Asche?" Ihre Stimme wurde leiser, und ihre Augen glühten. „Wissen Sie, am 21. Oktober 1941, als die Deutschen das 11. Arrondissement umzingelten, nicht weit von hier, nahmen sie jeden Juden mit, den sie auf der Straße und in den Häusern fanden, wie Hundefänger, und schickten sie nach Drancy, und von dort ist keiner zurückgekommen, wie Ihnen vielleicht bekannt ist. Da brachte mich mein Vater, ich war damals elf, durch die Hinterhöfe zum Haus von Marcel Picard, einem Journalisten, der ein Parteifreund von ihm war, Sozialist, Goj, und dieser schleuste mich unter Lebensgefahr aus der Stadt und brachte mich in einem Kloster in der Nähe von Saint Denis unter. Dort blieb ich bis 1945, bis meine Eltern aus den Pyrenäen zurückkamen, aus Spanien. So bin ich gerettet worden. Darf ich alle Nichtjuden verfluchen? Gibt es etwa keine anständigen Menschen unter ihnen?" Sie drehte sich zu ihrem Mann. „Kennst du Nichtjuden? Du warst doch dein ganzes Leben lang unter Juden! Nur unter Juden warst du!"

„Ach, Hindale, Hindale." Fojglman schüttelte den Kopf, mit traurigem Gesicht, tief im Sessel versunken. „Ich kenne keine Nichtjuden, nein ..."

Hinda wurde einen Moment ganz starr. Mit versteinertem Gesicht schaute sie ihn an. Dann sagte sie mit harter Stimme: „Doch, du kennst welche."

Sie lehnte sich zurück und bedeckte ihre Augen mit den Händen.

Stille breitete sich aus. Ich stand auf und sagte, es sei Zeit für mich zu gehen.

„Schon?" Fojglman riß erschrocken die Augen auf. „Wir haben uns doch noch gar nicht unterhalten können! Und morgen fährst du doch schon!"

Hinda richtete sich auf. „Entschuldigen Sie, Hirsch." Ihr Gesicht war sehr weiß und zeigte eine große Gelassenheit und Schönheit. „Ich weiß nicht, was mir passiert ist, daß ich so explodiert bin. Was soll ich tun? Ich bin selbst das Opfer meiner Impulsivität. Ich rede Dummheiten, daß ich mich schämen muß."

Ich sagte, das seien überhaupt keine Dummheiten. In jedem von uns stecke ein Ankläger und ein Verteidiger, die ununterbrochen miteinander stritten.

Fojglman, gekränkt, drängte mich zu bleiben. Ich sagte, ich würde gerne das Centre Pompidou besuchen, das ich bei meinem letzten Besuch in Paris nicht gesehen habe.

„Geschlossen!" riefen beide wie aus einem Mund. „Alle Museen sind um diese Zeit geschlossen."

Hinda erhob sich aus dem Sessel und schlug lebhaft vor, wir sollten ins Theater gehen.

Sie hatten mich in der Hand. Ich konnte nicht ablehnen.

Nun ging es los mit den Vorbereitungsmaßnahmen: Hinda suchte das Heft „Ce soir à Paris", Schmuel suchte die Tageszeitung, und nachdem sie sie gefunden hatten, gingen sie schnell den Veranstaltungskalender durch. Dann rief Fojglman nacheinander die Theaterkassen an, nur um festzustellen, daß keine Karten mehr zu bekommen waren. Hinda nahm das Telefon, um nun ihrerseits ihr Glück zu versuchen. Jedes Gespräch begann sie mit „Hier spricht Henriette Vogel", dann nannte sie den Namen des Menschen, den sie zu sprechen wünschte. Schließlich bekam sie für uns Plätze in dem kleinen Theater „Huchette" für die erste Aufführung von „Die beiden Henker" von Arrabal.

Nach einem hastigen Imbiß zog sich Hinda um. Sie trug nun ein violettes Samtkleid, und um den Hals eine Perlenkette. Fojglman wechselte seine schwarze Fliege gegen eine rote und bestellte ein Taxi, und wir fuhren zum Theater. Ich wollte die Karten bezahlen, aber sie ließen es nicht zu.

Jetzt war ich wirklich in Paris, mitten im Lärm der Straßen. Ich roch die Gerüche aus den verschiedenen Restaurants, den algerischen, griechischen, türkischen, die sich mit dem Geruch nach gerösteten Kastanien und Gauloises mischten. Ich stand mitten im Publikum, das darauf wartete, daß die Türen geöffnet wurden: Junge Leute unterhielten sich lautstark, lachten, tranken Bier aus Dosen, und da und dort lehnte jemand an der Wand, ein offenes Buch in der Hand; ein anderer stand in Gedanken versunken da. Ich sah Paare, die sich leidenschaftlich umarmten, und blasse junge Mädchen aus „L'âme enchantée" von Romain Rolland.

Nach der Aufführung verkündete Hinda, wir würden jetzt in ein Restaurant gehen, um ein anständiges französisches Menü zu essen, wie es sich gehörte, um mich für das jüdische Essen zu entschädigen, das ich mittags bekommen hätte. Ich lehnte ab und sagte, ich zöge es vor, ins Hotel zu gehen, da ich am nächsten Tag früh aufstehen wollte.

„Vor zehn wird hier in der Stadt nichts geöffnet", verkündete Fojglman, „und jetzt hast du die Wahl zwischen *Meschugener Ferd* und *meschugene fejgelach*. Was möchtest du lieber?" Und dann erklärte er, *Meschugener Ferd* sei der berühmte Nachtclub Crazy Horse mit den bekannten Stripteasetänzen, mit „hundert koscheren Jungfrauen". Die *meschugene fejgelach* seien die jiddischen Dichter, die alle verrückte Vögel seien und von denen er mir gern einige vorstellen würde. Um meinen Gastgebern, die sich mir gegenüber so großzügig gezeigt hatten, einen Gefallen zu tun, wählte ich die Vögel.

Wir hielten ein Taxi an und fuhren ins Café Sélect auf dem Montparnasse, wo, laut Fojglman, abends immer drei, vier seiner Freunde anzutreffen waren.

Der Kellner begrüßte meine Gastgeber wie alte Bekannte, machte Hinda Komplimente wegen ihres „königlichen" Aussehens, verneigte sich tief vor mir, als sie mich vorstellten, und führte uns zu einem Tisch, an dem ein einsamer Mann vor einer Tasse Tee, einem Hefekuchen und einem Buch saß.

„Darf ich vorstellen: Professor Arbel, der bekannte Historiker aus Israel, dessen Buch ‚Der große Verrat' hier in Französisch erschienen ist und hervorragende Kritiken bekommen hat; das ist mein Freund Mendel Weisbrod, Journalist und Schriftsteller von ‚*Undser Wort*', von dem ich kein Feuilleton versäume, weil jedes ein Meisterstück ist."

Mendel Weisbrod hielt mir die Hand hin, ohne aufzustehen, und sein finsteres Gesicht hellte sich nicht auf, als er uns einlud, Platz zu nehmen. Er hatte einen großen Kopf, der auf breiten Schultern saß, eine breite Nase, schwere Augenlider wie ein Chamäleon und tiefe Falten in den Wangen. Während Fojglman über mich sprach, von unserem Kennenlernen erzählte, von der großen Freude, die ich ihm gemacht hatte, als ich ihm so wunderbare Dinge über sein Buch geschrieben hatte, wandte Weisbrod seinen prüfenden, ernsten Blick nicht von mir. Hinda bestellte eine Flasche Wein, Käse, kaltes Fleisch.

Weisbrod erkundigte sich nach Leuten in Israel – Journalisten, Schriftstellern, bekannten Leuten –, die er da und dort kennengelert hatte. Von den meisten kannte ich nicht einmal den Namen. Er wußte, daß neue Lehrstühle für Jiddisch an zwei, drei Universitäten in Israel eingerichtet worden waren, maß dem aber keine große Bedeutung bei und äußerte sich lautstark über die „egozentrischen" jiddischen Autoren in Israel, die in ihren Zeitschriften und Veröffentlichungen und in ihren Buchprogrammen kaum je die Werke ihrer Kollegen aus anderen Ländern berücksichtigten und keine Verantwortung für die Situation der jiddischen Sprache in der Diaspora empfänden. Auch die jährlichen Preise erhielten meist die Ortsansässigen. Ab und zu würden sie aus Mitleid irgendeinem Schreiberling aus Amerika auch mal einen Preis verleihen, als Gegenleistung für eine Spende, die er irgendeiner jiddischen Institution gegeben habe. „Ich habe schon ein paarmal darüber geschrieben, aber man sieht keinen Grund, darauf zu antworten", sagte er. Ein verbitterter Mann von ungefähr siebzig, dem der Kummer tiefe Falten in die Wangen gegraben hatte.

Auf meine Fragen erzählte er, daß er aus Warschau stamme und die Kriegsjahre in Kasachstan verbracht habe, dann in Moskau war, wo er Geschichten und Artikel in der „Ajnikajt" und im „Hajmland" veröffentlicht habe. Später sei er nach Polen zurückgekehrt und habe bis 1956 dort gelebt, habe auch dort geschrieben, in „Jiddische schriftn" und in „Folks-schtime". Seit ihm klargeworden sei, daß es in Polen keine Zukunft für jüdisches Leben gab, lebe er in Paris. „Was war, wird nicht mehr sein", schloß er und schwieg.

Hinda wollte wohl die Stimmung aufheitern, sie hob ihr Glas:

„Nach einem solchen Klagelied muß man *Lechajim* trinken!" Doch Weisbrod rührte sein Glas nicht an. Er wandte sich zu mir und sagte: „Es gibt eine hebräische Literatur in Israel, ich weiß. Ich kenne sie auch ein bißchen vom Lesen. Ihr habt Klubs für Schriftsteller, literarische Cafés, in denen man sich trifft – aber was es in Warschau vor dem Krieg gegeben hat, gibt es in Israel nicht und wird es nie geben!"

Dann erzählte er von der Tlomacka 13, einem Haus, das mehr als zwanzig Jahre von Leben erfüllt war, in dem sich Schriftsteller und Journalisten zu jeder Stunde des Tages trafen, bis spät in die Nacht, und wo ein Gast von außerhalb, der kein Nachtlager fand, schlafen konnte. In der Nalewkistraße, einige Minuten entfernt, war die Redaktion des „Moment", gleich daneben in der Chlodnastraße die Redaktion des „Hajnt" und in der Lischnastraße der Schauspielklub.

Wann immer man ein bißchen Zeit hatte, zwischen zwei Schichten, zwischen zwei Aufträgen, ging man in die Tlomacka 13; es wurde diskutiert, man tauschte seine Meinungen aus, man las sich gegenseitig aus Korrekturbögen vor, die gerade aus der Druckerei gekommen waren. „Es war heiß, es kochte! Dort pochte das Herz des jüdischen Volkes!"

Unten, im Erdgeschoß, war ein billiges Restaurant, aus dem immer laute Musik und Stimmengewirr drangen, und die beiden Serviererinnen, Manja und Polja, waren mit jedermann befreundet, wußten, was die einzelnen gern aßen oder nicht, sorgten dafür, daß alle Hungrigen satt wurden – und viele, viele waren hungrig und hatten keinen Pfennig in der Tasche! Sie gaben Kredit und drängten nicht auf Rückzahlung.

Und die Garderobiere, eine Frau Geber, wußte, was sich im Leben eines jeden einzelnen, der ins Haus kam, tat, wer heiratete, wer sich scheiden ließ, wer von einem Redakteur abgelehnt worden war, wer entlassen worden war, wer einen Preis zu erwarten hatte, wer von der Kritik niedergemacht worden war – und sie gab ihre Informationen weiter, während sie die Mäntel in Empfang nahm oder zurückgab ...

„Und die literarischen Feste! Die Empfänge für Schriftsteller, die aus dem Ausland kamen! Die Jubiläumsfeiern! Kein anderes Volk hatte ein so blühendes literarisches und kulturelles Leben, so erregend, interessant und begeisternd, wie wir es in Warschau hatten!"

Fojglman bestätigte alles, was Weisbrod gesagt hatte. Er erinnerte sich an die Tlomacka 13 aus seiner Kindheit, als sein Vater ihn immer dahin mitgenommen hatte. „Das war eine große Familie. Das Leben fand nicht zu Hause statt, sondern dort! Mit den Frauen und Kindern, mit Liebhabern und Geliebten, mit Affären und Streit ..."

Weisbrod schaute mich mit seinen trüben Augen an. „Was ist von all dem geblieben? Ein paar Troubadoure, die von Land zu Land ziehen und in leeren Räumen singen, und das Echo lacht sie aus."

In diesem Moment kam ein magerer, großgewachsener Mann auf uns zu. Eine Haarlocke, halb schwarz, halb silbern, fiel ihm in die Stirn, am Revers seines Anzugs steckte eine rote Nelke, und ein Lächeln erhellte sein Gesicht. Er begrüßte uns erfreut, drückte einem nach dem anderen die Hand, küßte Hinda auf die Wange, zog sich einen Stuhl zum Tisch und fragte, was für ein Ereignis wir feierten.

„Ein Gast aus Israel." Fojglman stellte mich vor, nannte Namen und Titel. Dann wandte er sich an mich. „Das ist Jossele Haft, der Gedichte unter dem Namen Jossele *Lawdawke* schreibt. Ein hochbegabter Lyriker, der, wenn man bedenkt, wie alt er ist, noch eine große Zukunft vor sich hat."

„Der Herr kommt aus Israel?", wandte sich der Dichter mit dem fröhlichen Gesicht an mich und wischte sich mit der Hand die Locke aus der Stirn. „Gut! Sehr gut! Hier trifft man viele Israelis, fast jeden Abend kommen welche her. Sie sprechen so ein schönes Hebräisch, die Wörter rollen wie Linsen, aber aus irgendwelchen Gründen kommen sie nicht zu uns. Sie schauen uns einen Moment von weitem an, hören uns die Sprache der Bettler sprechen und gehen schnell an uns vorbei, als hätten sie Angst, sie müßten uns eine milde Gabe zustecken. Deshalb haben wir an diesem Abend wirklich einen Grund zum Feiern! Und es ist eine Mizwe, zu Ehren des

145

Gastes ein Glas zu trinken!" Er hob die Hand über den Kopf, schnipste den Kellner herbei und bestellte Kognak für alle.
„Ein hervorragender Dichter!" flüsterte mir Hinda ins Ohr und erzählte, seine Gedichte seien schon in fünf Sprachen übersetzt worden.
Jossele Haft hob mir zu Ehren sein Glas, nahm einen kleinen Schluck, wischte sich den Mund mit dem Handrücken ab und sagte: „Ich war nie in Israel, ich habe einfach Angst. Ich stelle mir vor: Ich komme nach Tel Aviv, gehe durch die Straßen und fühle mich fremd! Sich in London oder Stockholm fremd zu fühlen, ist in Ordnung. Es ist sogar ein Vorteil! Du kannst dir selbst sagen: All die Leute da, für die gibt es hier nichts Neues, aber du, Jossele, siehst, was sie nicht sehen! Ich bewege mich unter ihnen wie ein Schwan unter Enten. Aber in Israel? Fremd in Israel?"
„Du wirst dich in Israel nicht fremd fühlen", versprach Fojglman. „Glaub mir, alle sind beschnitten."
Jossele Haft lächelte mich an. „Glauben Sie auch, daß ich mich nicht fremd fühlen werde?"
Ich sagte, Israel sei das einzige Land in der Welt, in dem ein Jude, der herumlaufe und sich fremd fühle, genau wisse, daß das nicht an der Art und Weise liegt, wie ihn die anderen sehen, sondern an der Art und Weise, wie er sich selbst sieht.
„Ja, ja." Er wiegte den Kopf, als erwäge er meine Worte. „Ja, ja."
Nach einem Moment sagte er: „Das ist sehr schön, was Sie da gesagt haben. Sehr schön."
Er hatte ein jugendliches Gesicht, obwohl er sicherlich schon fünfundvierzig oder älter war, ein lausbubenhaftes Lächeln und schmale, funkelnde Augen.
„Zu meinem Bedauern kann ich nicht Hebräisch lesen", sagte er. „Aber ich habe einige Gedichte israelischer Autoren in französischer Übersetzung gelesen, es gibt eine kleine Anthologie ... Sie haben eine ziemlich gute Lyrik in Israel ... Ja, ziemlich gut ... Besonders ein Dichter hat mich beeindruckt ... Schomron? Hermon? Nein, er heißt anders, wie irgendein Berg in Israel, ich habe vergessen, wie ... Er schreibt

ein bißchen wie Apollinaire ... Sehr schön ... irgendwie explosiv, jedes Wort ein Sturm, und in der Tiefe biblischer Mythos ... Ich war sehr beeindruckt ... Ich erinnere mich sogar an die ersten Zeilen eines Gedichts ..." Er zitierte in französisch zwei ganze Verse des Gedichts, in einem angenehmen Rhythmus, ohne zu stocken.

Hinda klatschte. „Bravo! Bravo!"

Er gab ihr das Kompliment zurück. „Mit dir kann ich mich nicht messen, Hindale." Dann wandte er sich an mich. „Haben Sie gehört, wie sie Manger liest? Wie Jascha Heifetz, wenn er eine Sarasate spielt."

„Von dir weiß ich ganze Gedichte auswendig", sagte Hinda. Sie schloß einen Moment die Augen und deklamierte dann eines seiner Gedichte, mit leidenschaftlicher Stimme. Es war ein Liebesgedicht mit dem Titel „Nach ein, zwei Tagen". Haft betrachtete sie liebevoll, während er mit Lippenbewegungen ihre Worte begleitete.

„Sogar in Französisch kann ich es auswendig!" verkündete Hinda, nachdem wir alle drei Beifall geklatscht hatten, und deklamierte gleich noch ein anderes Gedicht von ihm, in Französisch, ein langes Gedicht, bei dem jeder Vers mit „Ich sehe dich auf der anderen Seite der Seine" anfingen. Bald hörten auch die Gäste an den anderen Tischen zu, auch der Kellner kam hinzu, und als sie aufhörte, klatschten alle Beifall, und Jossele Haft stand auf, umarmte sie und küßte sie auf beide Wangen.

Gegen Mitternacht verließen wir das Café. Haft drückte mir die Hand und sagte: „Vielleicht komme ich trotzdem mal nach Israel. Man darf keine Angst haben! Man darf einfach nicht!"

Fojglman hielt ein Taxi an, und wir drei fuhren zu meinem Hotel. Auf dem ganzen Weg war Hinda in sich selbst versunken, schaute aus dem Fenster und sagte kein Wort. Erst als wir uns vor dem Hoteleingang voneinander verabschiedeten, während das Taxi auf sie wartete, küßte sie mich voller Wärme und sagte traurig, sie hoffe, wir würden uns einmal wiedersehen.

147

Um acht Uhr morgens, bevor ich aus dem Haus ging, rief Hinda an, um sich ein zweitesmal von mir zu verabschieden. Sie bat mich um Entschuldigung für ihr gestriges Verhalten, dafür, daß sie von dem Moment an, da wir das Café verlassen hatten, stumm wie ein Fisch gewesen sei. Eine Depression habe sie gepackt, und sie wisse nicht, warum. Und sie betonte noch einmal, daß ich bei meinem nächsten Besuch in Paris, auch mit meiner Frau, nicht im Hotel wohnen dürfe, sondern ihr Gast sein müsse.

D eine Mutter war keine einfache Frau, Joav. Ihre Launen waren schwer vorauszusehen.

Das Flugzeug, mit dem ich von Paris zurückkam, hatte Verspätung, und ich kam um neun Uhr nach Hause.

Sie sah blaß und gehetzt aus. „Ich habe mir schreckliche Sorgen gemacht! Ab fünf habe ich bei der EL-AL angerufen, und schließlich hat man mir gesagt, das Flugzeug käme um sieben an. Das war vor zwei Stunden!"

Ich erzählte ihr, daß es eine Verzögerung beim Ausladen gegeben habe, und auch auf das Taxi hätte ich eine halbe Stunde gewartet.

„Ich habe mir schreckliche Sorgen gemacht", wiederholte sie, und ihr Gesicht bekam immer noch keine Farbe. „Ich habe schon gedacht ..."

„ ... daß das Flugzeug entführt wurde."

Sie betrachtete mich, als wolle sie mein Gesicht mit den Augen abtasten. „Du bist bestimmt sehr hungrig."

Ich war nicht hungrig. Wir hatten im Flugzeug ein leichtes Abendessen bekommen, bevor wir landeten.

Wir setzten uns in die Küche, und bei einem Glas Tee erzählte ich von dem Kongreß und dem Zusammentreffen mit Fojglman und seiner Frau.

Sie grinste. „Was für ein großartiges Vergnügen, wenn man in Paris ist."

Sie öffnete den Kühlschrank und holte ein Schüsselchen Pudding mit Schlagsahne heraus, über den Mandelsplitter gestreut waren.

„Probier wenigstens ein bißchen", sagte sie und stellte mir das Schüsselchen hin.

149

Ich war erstaunt. Noch nie hatte sie Schokoladenpudding gemacht.

Sie sagte, am Abend zuvor sei Dr. M. aus dem Institut hier gewesen. „Du hast ihn damals auf dem Flughafen getroffen, als du mich abgeholt hast, erinnerst du dich?"

Ja, ich erinnerte mich.

Sie hatte nichts, was sie ihm anbieten konnte, deshalb gingen sie zusammen in die Küche und kochten Pudding. Vier Stunden sei er geblieben und erst gegen Mitternacht gegangen.

Ich erkundigte mich, was sie in diesen zehn Tagen gemacht habe. Einen Abend war sie bei Joav. Einen Abend war Ra'ja Luberski da, eine Freundin aus Jerusalem, und gestern abend Dr. M.

Sie lachte. „Er hat uns eine halbe Flasche Kognak weggetrunken."

„Von dem, den Fojglman uns gebracht hat ..."

„Ja, ja", sagte sie, während sie an der Spüle stand und die Gläser spülte, und ihre Stimme klang traurig.

Im Wohnzimmer stand ein voller Aschenbecher.

Ich packte die Geschenke aus, die ich von Paris mitgebracht hatte. Eine Flasche Parfüm, ein Seidenschal, drei Paar Seidenstrümpfe mit einem Muster aus Blättern, wie ich es hier noch nie gesehen hatte.

„Wofür denn die?" Sie legte sie auf die Knie und betrachtete sie nachdenklich. Und ich fragte mich erstaunt, ob sie es nicht geschafft habe, den Aschenbecher auszuleeren.

Am nächsten Tag, als sie von der Arbeit zurückkam, verkündete sie mit plötzlichem energischen Nachdruck, sie habe beschlossen, „ernsthafte Veränderungen" in der Wohnung vorzunehmen.

„Veränderungen?" fragte ich erstaunt. Und eine solche Entscheidung hatte sie ausgerechnet dann getroffen, als ich nicht zu Hause war?

Sie hatte bereits einen vollständigen, detaillierten Plan im Kopf, als sei der Geist eines Innenarchitekten in sie gefahren: Sie wollte die Wand zwischen dem Wohnzimmer und mei-

150

nem Arbeitszimmer herausbrechen, so daß das Wohnzimmer fast doppelt so groß würde; ich würde in das Zimmer umziehen, das früher Joav gehört hatte; die ganze Wohnung sollte neu und heller gestrichen werden, das Schlafzimmer pfirsichfarben; die Lampenschirme müßten auch erneuert werden ...

Ich hatte für diese Pläne nichts übrig. Ich sagte, daß ich sie für überflüssig und unvernünftig hielte.

Sie ließ sich durch mich nicht davon abbringen. Mit einer Begeisterung, die mir völlig neu war – was für ein neuer, unerklärlicher Geist hatte sie verwandelt, während ich nicht da war? –, zählte sie mir alle Vorzüge der geplanten Veränderungen auf, die mich so erschreckten: das Wohnzimmer wäre nicht mehr so traurig und düster wie jetzt, es bekäme viel mehr Licht und Luft, und ich wäre in Joavs Zimmer geschützter gegen den Lärm aus der Wohnung und von draußen ...

Je länger sie sprach, wie in einem inneren Fieber, als hinge ihr Leben davon ab, um so härter wurde ich und um so mehr wuchs mein Widerstand gegen diesen bizarren Plan. Ich würde nicht aus meinem Arbeitszimmer gehen, verkündete ich, das Zimmer sei mir angenehm und bequem, ich sei daran gewöhnt, ich sei nicht bereit für plötzliche Umwälzungen. All die Renovierungen, die sie vorhabe, könnten sich monatelang hinziehen und würden mich vollkommen aus meiner Arbeit herausreißen, und außerdem sähe ich überhaupt keinen Grund für Veränderungen.

„Wände einreißen?" fragte ich mit unterdrücktem Ärger.

Ruhig, doch mit einem von Feindseligkeit geschärften Blick, sagte sie: „Du bist ein unverbesserlicher Konservativer. Ein Konservativer und noch dazu so störrisch wie ein Maulesel. Die kleinste Veränderung im Leben erschreckt dich. Du hast ein eingefrorenes Gehirn!" Damit verließ sie das Zimmer. Sie nahm die Einkaufstasche und schlug die Wohnungstür hinter sich zu.

Zwei Tage sprachen wir nicht miteinander.

Am zweiten Tag, gegen Abend, entschuldigte sie sich. Sagte, es sei nicht recht von ihr gewesen, wie sie mich behandelt habe. Sie verstehe nicht, was in sie gefahren sei. Die ganze Wohnungsrenovierung sei nicht wichtig, wirklich nicht.

Sie schlug vor, an diesem Abend außer Haus zu essen, in einem chinesischen Restaurant, wenn ich nichts dagegen hätte.

Wir fuhren nach Jaffa, zu einem Restaurant, in dem sie schon einmal gewesen sei, einige Monate zuvor. Mit Ra'ja Luberski, sagte sie. Der Oberkellner begrüßte sie wie eine alte Bekannte.

Als wir gegessen hatten und nur noch die Weingläser vor uns standen, erzählte sie mir einen Traum, den sie gehabt hatte, als ich im Ausland war.

Sie kam mit ihrem Auto in eine fremde Stadt mit schönen alten Häusern und engen, gewundenen Gassen – „wie eine alte deutsche Stadt" –, sie parkte das Auto auf einem leeren Platz und machte sich auf, um das Haus zu suchen, in dem wir beide wohnten. Sie lief in der menschenleeren Stadt herum, von einer Straße in die nächste, und fand das Haus nicht, weil sie die Nummer vergessen hatte. Enttäuscht, weil sie es nicht fand, entschloß sie sich, zum Auto zurückzugehen, doch als sie zu dem Platz kam, sah sie, daß das Auto verschwunden war. Es ist doch unmöglich, daß das Haus nicht da ist und das Auto auch nicht, dachte sie. Und dann wurde ihr klar, daß ihr Verstand verwirrt war. Panik ergriff sie bei der Erkenntnis, daß sie verrückt war. Sie schrie und wachte schweißgebadet auf.

Dann, als sie über den Traum nachdachte, während sie noch im Bett lag, erinnerte sie sich daran, daß ihr Vater einmal ihre Mutter angeschrien hatte: „Deine Schwester war verrückt – und du bist es auch!" Es gab ein Geheimnis in der Familie, von dem sie nur in Andeutungen gehört hatte, über ihre Tante, die eines Abends, in München, das Haus verlassen und sich in der Isar ertränkt hatte.

In ihrer Kindheit, erzählte sie, habe sie sich immer davor gefürchtet, daß ihr Vater nicht nach Hause zurückkommen könnte. Am späten Nachmittag habe sie immer am Hoftor ihres Hauses in Rechovot gestanden und die Straße entlanggeschaut, ob sich ein Auto näherte. Wenn er sich verspätete, verwandelte sich ihre Sorge im Lauf des Wartens in Enttäuschung. Wenn es dunkel wurde, stand sie noch immer auf ihrem Wachposten vor dem Haus und starrte in die Scheinwerfer aller Autos, die ihr entgegenkamen, an ihr vorbeifuhren und verschwanden, wobei sie ständig flüsterte: „Papa ist tot", oder: „Papa hat uns für immer verlassen." Beschwörungen, Flüstern. Wenn sie in ihrem Zimmer saß und Hausaufgaben machte, horchte sie immer gespannt auf das, was in den anderen Zimmern geschah, voller Angst, es könne plötzlich wieder einer dieser Wutanfälle ihres Vaters gegen ihre Mutter ausbrechen. Nachdem ihre beiden Schwestern aus dem Haus geschickt worden waren, wurde der Schmerz zu etwas Alltäglichem, denn damals wußte sie schon, daß der Riß nicht mehr zu kitten sein würde.

Auf ihrem Gesicht erschien ein schmerzliches Lächeln. „Mein Verhältnis zu mir selbst ist schwierig, Zwi."

Dann fügte sie hinzu: „Ich habe Angst vor meiner Stille. Sie ist ein geeigneter Brutkasten für Viren."

Und wieder etwas später: „Manchmal frage ich mich, wie ich aus diesem Leben herauskomme – sauber? Schmutzig? Ganz leer?"

*I*ch gehe fast nicht aus dem Haus. Morgens kaufe ich im Laden nebenan einige Lebensmittel, bereite mir leichte Mahlzeiten. Gehe nicht in Restaurants.

Ungefähr alle vierzehn Tage besuche ich meine Mutter, die seit fünf Jahren in einem Altersheim in Gedera lebt.

Und zur Universität gehe ich zweimal in der Woche.

Seltsam, wie sehr sich dieser Bereich von meinem Herzen entfernt hat, der doch so viele Jahre meine zweite Heimat gewesen ist. Ich halte meine Vorlesungen, empfange Studenten in meinem Büro, beantworte ihre Fragen zerstreut, völlig geistesabwesend. Ich denke über mein Leben mit Nora nach. Ich denke an Joav. Fühle ein Brennen in mir.

Die Sekretärin der Fakultät hat schon gelernt, sich nicht mehr mit Fragen an mich zu wenden, die die Verwaltung betreffen. Ich schaue manchmal im Büro vorbei, um Unterlagen kopieren oder Formulare ausfüllen zu lassen oder um irgendwelche Papiere zu unterschreiben, und dann erkundigt sie sich, wie es mir gehe, so wie man einen Kranken fragt, der für seine Familie eine Last geworden ist. Meine Kollegen gehen nikkend an mir vorbei, zeigen ein Lächeln, murmeln etwas, hüten sich davor, ein Gespräch mit mir anzufangen. Es scheint eine Art allgemeines Einverständnis zu herrschen, daß es Menschen wie mir, für die geistige Arbeit der Dreh- und Angelpunkt ihres Lebens ist, nicht anstehe, wegen des Todes ihrer Ehefrau in eine so lang anhaltende Depression zu verfallen.

Die Arbeiten der Studenten stapeln sich auf meinem Tisch, und ich hinke mit den Korrekturen hinterher. Hinter meinem Rücken murren sie darüber, ich weiß es. Ich ziehe eine der

Arbeiten heraus, betrachte sie, blättere ein wenig, und meine Gedanken schweifen ab. Mir tun meine Studenten leid, deren Weiterkommen von meinem Fleiß abhängt.

Und eine ausgezeichnete Studentin tut mir besonders leid, Gita Jakobowitz heißt sie; sie hat letztes Jahr eine hervorragende Arbeit über die *Jewsekzia* und ihren Einfluß auf den Zionismus in den ersten Jahren nach der Revolution geschrieben, und jetzt ...

Die einzige von allen Studenten dieses Jahres, die sich mir gegenüber nicht wie zu einer Instanz verhält, die Scheine ausstellt, mit deren Hilfe man von einem Semester ins nächste kommt, sondern wie zu einem Menschen. Sie kommt zu mir herein, und bevor sie ihre Mappe aufschlägt – mit einer Liste der Fragen, die sie für ihre gegenwärtige Arbeit, einer Untersuchung zum Thema „Der Bund und der Zionismus" braucht –, wirft sie mir einen fragenden Blick zu, zögernd, freundlich: „Störe ich? Wenn es Ihnen jetzt nicht paßt, kann ich an einem anderen Tag kommen ..."

„Stören? Dafür bin ich doch da."

„Ich habe gedacht ... Vielleicht sind Sie heute müde ..."

Zögernd öffnet sie die Mappe und liest eine der Fragen vor, hört mir zu, und wenn ich fertig bin, schaut sie mich wieder an, irgendwie besorgt: „Soll ich weitermachen?"

Dreiundzwanzig, vierundzwanzig Jahre ist sie alt, in Rumänien geboren, und ihr Akzent mit den rollenden R's weist sie als „Neueinwanderin" aus: Erst sieben Jahre im Land. Sie hat ein klares, rundes Gesicht, von schwarzen Haaren umrahmt, das mütterliche Wärme ausstrahlt. Wenn sie lächelt, erscheinen Grübchen in ihren Wangen. Drei- oder viermal hat sie bei mir zu Hause angerufen, wegen Schwierigkeiten mit den Quellen, die sie bearbeitete, doch nachdem ich ihr geantwortet hatte, sagte sie: „Kann ich Ihnen bei irgend etwas helfen, Professor?"

Ich lachte. „Helfen?"

„Sie opfern mir so viel Zeit ... Ich fühle mich verpflichtet, auch etwas für Sie zu tun ..."

„Was könnten Sie für mich tun, zum Beispiel?"

155

„In der Bibliothek irgendwelches Material suchen, das Sie brauchen, Sachen kopieren ... Ich kann tippen."

Ihre Stimme ist weich, irgendwie zwitschernd. Ich bin ihr zu Dank verpflichtet.

Ich habe sie einmal zu mir nach Hause eingeladen. Sie brachte einen Strauß rote Nelken. Selbständig fand sie die Vase im Wohnzimmer, füllte sie in der Küche mit Wasser, stellte den Strauß hinein. Sie saß mir in meinem Arbeitszimmer gegenüber und hörte sich meinen Vortrag über die verschiedenen jüdischen Parteien im Ansiedlungsgebiet für Juden im zaristischen Rußland an. Beim Zuhören schob sie den Bleistift zwischen die Lippen, und ihre grünen Augen hingen mit dem Ausdruck von Zustimmung und Zuneigung an mir. Als ich aufhörte, sagte sie: „Meine Eltern, wissen Sie, sind in Kischinew geboren ..." Und sie erzählte, während des Kriegs seien ihre Eltern in Lagern in Transnistrien gewesen, und nach der Annexion der Region durch die Sowjetunion seien sie nach Rumänien gezogen; sie selbst sei in Bukarest geboren.

Wie es so oft passiert, wenn mir Leute von ihrer Vergangenheit oder der Vergangenheit ihrer Eltern während der Kriegsjahre in Europa erzählen, senkte sich vorübergehend eine Wolke über mich, als öffne sich vor mir ein enger, schmaler Korridor zu der Dunkelheit der damaligen Zeit.

Sie lachte. „Sie haben einen schrecklich melancholischen Blick." Und zwei Grübchen erschienen auf ihren Wangen.

Als sie aufstand, um zu gehen, verabschiedete sie sich mit einer leichten Berührung – wie zur Ermutigung – auf den Arm. Eine sehr ungewöhnliche Berührung von einer Studentin, die um so viele Jahre jünger ist als ihr Lehrer.

*A*ls ich noch einmal einige Dokumente durchblätterte, die ich für meine Arbeit „Der Streit und seine Lösung" brauchte – besonders Jakob Sasportas „Zizat Novel Zwi", Jakob Emdens „Sefat Emet u-Leschon sehorit" und „Wa-avo ha-Jom el ha-Ajin", eine Handschrift, die Jonathan Eibeschütz zugeschrieben wird und von der ich eine Kopie besitze –, bin ich wieder voller Erstaunen und Bewunderung über den Umfang und die Tiefe der „weltweiten" Einheit jüdischen Lebens in der Diaspora im 17. und 18. Jahrhundert.

Wie hat die Bewegung des Sabbatianismus und der darauf folgende Streit, der sich über einhundertfünfzig Jahre hinzog, die gesamte Diaspora wie ein Erdbeben erschüttert und aufgewühlt, von einem Ende bis zum anderen, von Izmir bis London, von Jerusalem bis Amsterdam, von Saloniki bis Hamburg, von Krakau bis Fez, von Schitomir bis Prag. Und das zu einer Zeit, als die Verbindung zwischen einzelnen Ländern und Städten noch sehr wenig entwickelt war, als es noch keine Eisenbahnen, keine Automobile, kein Telefon und keine Telegraphie gab; als es noch keine jüdischen Zeitungen gab, außer den beiden unregelmäßigen Nachrichtenblättern, die in Amsterdam erschienen, eines in Portugiesisch und eines in Jiddisch. Hätte es damals, um die Mitte des achtzehnten Jahrhunderts, ein weitverbreitetes Pressewesen gegeben, mit Agenturen und Korrespondenten in vielen Städten Europas, Afrikas und Asiens, so hätte der Streit Emden-Eibeschütz, der alle Voraussetzungen für einen großen Skandal mitbrachte, vermutlich sensationelle Schlagzeilen gemacht, wie: „Geheime sabbatianische Botschaften in Amuletten gefunden, die Rabbi Eibeschütz an unfruchtbare

Frauen verteilte", oder: „Emden beschuldigt Eibeschütz der Verbreitung sabbatianischer Propaganda an der Preßburger *Jeschiwa*", oder: „Eibeschütz' jüngster Sohn als geheimer Christ entlarvt", oder: „Eibeschütz nennt Emdens Anschuldigungen verlogen und unterschreibt Bann gegen die Sabbatianer", und so weiter. Das Erstaunliche ist, wie trotz fehlender Massenmedien Nachrichten und polemische Reden von Stadt zu Stadt, von Land zu Land übermittelt wurden – durch Boten, die mit Pferdewagen oder Postkutschen fuhren und Briefe und Bücher mit sich trugen, geschrieben in der Lingua franca der Rabbiner der Diaspora, einer Mischung aus Hebräisch, Aramäisch und Jiddisch – und die Judenschaft Hunderte von Kilometern weiter mit einem Streit in Aufregung versetzte, der zwischen zwei Rabbinern einer Gemeinde entstanden war, der Gemeinde Altona bei Hamburg. Die damalige Judenschaft war eine Einheit, ein Körper, dessen Glieder durch Nerven und Blutbahnen so fest miteinander verbunden waren, daß, wenn auch nur ein Finger verletzt wurde, der ganze Organismus gegen die Infektion ankämpfte. Wir sind hier Zeugen eines einzigartigen historischen Phänomens, einer Art „paraterritorialen Staates", der sich über drei Kontinente erstreckte; denn die Juden der Diaspora waren nicht nur durch Religion, Kult, Gebräuche und das gemeinsame Schicksal einer verfolgten Minderheit verbunden, sondern auch durch einen Überbau, der aus einer verzweigten Organisation der untereinander verbundenen Gemeinden bestand. Sogar eine kleine Gemeinde wie Zamosc, die damals ein paar hundert Familien zählte, wurde vom Streit der Rabbiner in Altona gespalten und von seinem donnernden Echo erschüttert. In ihr erhob sich ein energischer und eifriger Kämpfer gegen Eibeschütz, Rabbi Abraham Cohen, der seinen Standpunkt gegen die Mehrheit der polnischen Rabbiner verteidigte, die sich in dem Streit gegen Emden gestellt hatten.

Doch es handelte sich, wie ich in „Der Streit und seine Lösung" zu zeigen versuchte, bei dem sabbatianischen Streit – sowohl in den Tagen Sabbatai Zwis als auch nach seinem

Abfall und Tod – nicht nur um einen theologisch-intellektuellen Streit zwischen Rationalismus und den Illusionen der Mystik, zwischen den offiziellen Vertretern der *Halacha* und dem „antinomistischen Messianismus", sondern im tieferen und versteckten Sinn um einen Kampf um die Existenz der autonomen Strukturen der jüdischen Diaspora. Hätten die Sabbatianer gewonnen, die das Volk außerhalb der Grenzen der Diaspora stellen wollten, wären die Instrumente dieses autonomen Rahmens völlig zerstört worden. Es handelte sich hier also um den Kampf eines Staates gegen subversive Elemente. Deshalb wurde er auch so grausam und kompromißlos geführt, mit so radikalen Mitteln wie Bann und Ausstoßung, Vertreibung, Fälschungen und falschen Beschuldigungen. Man ging in diesem Streit sogar so weit, Einmischung von außen, von der christlichen Welt, anzufordern, indem man sich an Friedrich I. König von Dänemark wandte, den Erben des Herzogtums Holstein, mit der Bitte, er möge den Rabbiner Jonathan Eibeschütz von seinem Rabbinatsstuhl in Altona absetzen, als die Amulette mit den geheimen sabbatianischen Formeln entdeckt worden waren. Dieser König ernannte eine Art „Untersuchungskommission", die aus des Hebräischen mächtigen christlichen Theologen bestand – unter ihnen der protestantische Gelehrte Friedrich Megerlin –, um zu entscheiden, was an den Beschuldigungen gegen den jüdischen Rabbiner Wahrheit oder Lüge sei. Seitens der Diaspora ging es in diesem Verteidigungskampf um den Erhalt ihrer autonomen Organisationsstrukturen, darum also, als lebensfähiges Ganzes zu überleben, nicht als Provisorium, dessen Ende zu erwarten war.

(Zugleich war auch wieder das Phänomen zu beobachten, das die jüdische Geschichte während der ganzen Zeit der Diaspora begleitet hat: Kriege zwischen den Mächtigen und Wechsel in Regierungen hatten immer judenfeindliche Gesetze, Verfolgungen und Pogrome zur Folge. Als der Krieg zwischen Preußen unter Friedrich dem Großen – mit Frankreich als Verbündetem – und Österreich unter Maria Theresia ausbrach und die Österreicher Prag verloren, wurden die Juden,

an ihrer Spitze Rabbi Jonathan Eibeschütz, damals Rabbiner
der Gemeinde Metz, des „Verrats" und der geheimen Verbindung mit dem preußisch-französischen Feind beschuldigt,
und das wiederum löste Pogrome des Pöbels gegen die Juden
Böhmens und Mährens aus. Kaiserin Maria Theresia erließ
den Befehl, alle Juden aus diesen beiden Ländern zu vertreiben. Dieser Befehl wurde mit aller Grausamkeit ausgeführt;
der Besitz der Juden wurde geraubt, die anderen Gemeinden
hatten hohe Steuern und Abgaben zu zahlen usw., usw.)
Mehr als die Ereignisse zwischen den Gemeinden, mehr als
die Polemik zwischen den beiden Lagern innerhalb des damaligen Judentums, verkörpert die rätselhafte Persönlichkeit
des Rabbi Jonathan Eibeschütz – wie ich in meinem Buch
beweise – den Widerspruch der beiden verfeindeten Auffas-
sungen darüber, ob die Diaspora als ein vorübergehender
oder dauernder Zustand anzusehen sei. Die Gelehrten der
letzten Generationen spalteten sich bei der Frage, ob Eibeschütz
tatsächlich ein geheimer Sabbatianer gewesen sei, wie Emden
und die meisten deutschen Rabbiner behaupteten, oder ob er
zu den glaubenstreuen Kämpfern gegen den Sabbatianismus
gehörte, wie er durch Erklärungen und durch seine Unterschrift unter den Aufruf zum Bann in Prag bezeugte. Ohne
mich einem dieser beiden Lager anzuschließen, bin ich der
Meinung, daß sich der Konflikt zwischen der messianischen
Hoffnung und der konservativen Überlieferung tief in seiner
eigenen Seele abspielte, und das macht auch die Größe dieses
genialen Mannes aus. Einerseits weisen seine Exegesen über
den *Schulchan Aruch* und *Rambam* auf eine extrem konser-
vative Einstellung und auf ein genaues Festhalten an jedem
Buchstaben der *Halacha* hin (ausgerechnet sein größter Feind,
Rabbi Jakob Emden, zeigte eine weit größere Liberalität bei
seinen Urteilssprüchen, die sich vom Schulchan Aruch ablei-
ten, und in der Frage, ob das Studium fremder Sprachen und
Wissenschaften zu erlauben sei – charakteristisch für einen
Mann, der frei ist von moralischen Konflikten, die sein
Selbstbewußtsein erschüttern); andererseits offenbart sein
kabbalistisch-theologisches Werk „Schem Olam" über die

Gottheit und ihre Eigenschaften – von dem ich, im Gegensatz zu Graetz, Perlmutter und Scholem nicht glaube, daß er es selbst verfaßt hat, trotz seiner Nähe zum sabbatianischen „Wa-avo ha-Jom el ha-Ajin" – ein messianisches Konzept, das die Möglichkeit der Offenbarung einer dreieinigen Gottheit und ihre Inkarnation in einem menschlichen Erlöser bejaht (eine Auffassung, die dem Christentum nahesteht, und die daher auch zu entsprechenden Anschuldigungen gegen Eibeschütz führte). Ein solches Konzept negiert an sich schon die Existenz und Dauerhaftigkeit der Diaspora.

Wie dem auch sei, ausgerechnet dieser bittere und erbitterte Streit, der die Diaspora auch noch hundert Jahre nach dem Tod Sabbatai Zwis bis in die abgelegensten Gemeinden erschütterte, beweist trotz der Spaltungen, die er zur Folge hatte, mehr als alles andere die „weltweite" Einheit der Diaspora. Die Fälschungen der „Protokolle der Weisen von Zion" vom Anfang dieses Jahrhunderts, in denen die Juden einer geheimen Verschwörung zur Erlangung der Weltmacht bezichtigt werden, beruhten trotz allem auf gewissen historischen Grundlagen, auch wenn ihre Behauptungen falsch waren.

Nora sprach nicht mehr über die „grundsätzlichen Veränderungen" in der Wohnung.

Doch eines Tages wechselte sie, ohne sich vorher mit mir beraten zu haben, die Lampenschirme im Wohnzimmer aus. Ich sagte nichts dazu.

Ich machte mich daran, das Versprechen, das ich Fojglman bezüglich der Übersetzung seiner Gedichte gegeben hatte, einzulösen.

Ich hatte auf diesem Gebiet keinerlei Erfahrung und wandte mich daher an Professor L. Er empfahl mir vier Übersetzer. Ich setzte mich mit einem von ihnen, Schalom Hochman, in Verbindung. Von einem Dichter namens Fojglman hätte er noch nie gehört, sagte er am Telefon, aber wenn ich ihm das Buch schickte, würde er es lesen und entscheiden, ob ihm die Gedichte gefielen. Gedichte, die seiner Ansicht nach nicht einen gewissen Wert hätten, würde er nicht übersetzen.

Ich schickte ihm das Buch. Innerhalb von zwei Wochen rief er mich an, nein, es tue ihm leid, nein. Einige der Gedichte „hätten was", aber im großen und ganzen seien sie imitiert. Das Buch würde er mir zurückschicken.

Ich empfand eine so bittere Enttäuschung, als hätte ich die Gedichte selbst geschrieben.

Der zweite, an den ich mich wandte, ein Mann namens Jechiel Brozki, sagte genau wie der erste: Er werde das Buch lesen und dann entscheiden.

Zwei Wochen vergingen, dann drei, und jeden Tag schaute ich meine Post durch, ob ein Brief – oder, im schlimmsten Fall, das Buch selbst – dabei wäre. Nach einem Monat rief ich ihn an und fragte, was mit den Gedichten sei, die ich ihm

162

geschickt hätte. Anfangs wußte er nicht, um was es ging, dann sagte er: „Ach so, dieser Dichter aus Frankreich, ja, ich erinnere mich ... Um die Wahrheit zu sagen, ich stecke mitten in einer großen Übersetzung, ein Roman, und ich weiß nicht, wann ich fertig werde ... Jedenfalls nicht vor einem Jahr." Und er versprach, mir das Buch mit der Post zurückzuschicken.

Wieder vergingen mehr als zwei Wochen, und das Buch kam nicht. Wieder griff ich zum Telefon. „Was? Sie haben es nicht bekommen?" rief er sehr erstaunt. „Ich habe es längst geschickt. Noch am gleichen Tag, glaube ich. Wie kann das sein?" Für die Verzögerung gab er der schlecht funktionierenden israelischen Post die Schuld.

Am Tag darauf rief er mich an. Er entschuldigte sich, er habe sich geirrt und mir eine falsche Auskunft gegeben. Er habe zwar am gleichen Tag seine Frau gebeten, das Buch wegzuschicken, doch jetzt habe sich herausgestellt, daß sie es vergessen habe. Das Problem sei nur, er finde das Buch nicht. Er habe seine ganze Bibliothek abgesucht, es sei nicht da. Vermutlich habe es sich jemand ausgeliehen, um es zu lesen. Ich ärgerte mich sehr und sagte, das Buch sei mir sehr teuer, es enthalte eine persönliche Widmung des Autors, und ich verlange es zurück ...

„Es wird sich finden, ich zweifle nicht daran", stammelte er. Ich schimpfte, drohte ...

Nach zwei Tagen wurde mir das Buch durch einen Boten gebracht.

Der dritte Übersetzer auf der Liste war Menachem Zelniker. Einige Tage, nachdem er das Buch erhalten hatte, rief er mich an und sagte: „Gut, man kann darüber sprechen." Wir verabredeten uns in einem kleinen Café in der Arlosoroffstraße. Zelniker, der vor mir dort war, wartete, und Fojglmans Buch lag vor ihm auf dem Tisch. Er war ein Mann um die Fünfundfünfzig, Sechzig; seine schwarzen, von grauen Strähnen durchzogenen Haare waren in der Mitte gescheitelt, und dicke Augenbrauen hingen ihm über die Brille. Ich bestellte Tee für uns beide, und er streichelte über das Buch, sagte

„Schön, schön" und fragte mich aus, in welcher Beziehung ich zu dem Autor stünde. Dann klappte er das Buch auf, blätterte darin herum, und sein Blick wanderte über einzelne Gedichte. „Ein bißchen weinerlich, manchmal ... Aber ist das ein Wunder? Ein Mann, der Majdanek und Auschwitz überlebt hat ... Wenn ich solche Gedichte lese, wage ich nicht, sie nach literarischen Kriterien zu beurteilen. Sie sind jenseits davon, jenseits aller Kritik." Er hielt inne, legte den Finger auf den Titel des Gedichts „Gras" und sagte: „Stark, sehr stark." Er schlug das Buch zu, schob es zur Seite und legte seine Arme auf den Tisch wie ein Geschäftsmann. „Gut, gehen wir vom Heiligen zum Profanen über. Wie ich Ihnen am Telefon schon gesagt habe, bin ich bereit, die Übersetzung zu übernehmen." Dann fragte er, erstens, wieviel Zeit ihm zur Verfügung stünde, und zweitens, wer dafür bezahle und wie.

Ich hatte keinerlei Erfahrung darin. Mit der hebräischen Ausgabe meiner beiden Bücher „Der Streit und seine Lösung" und „Der große Verrat" hatte ich nicht viel zu tun. Ich hatte die Verträge unterschrieben, ohne mich groß um die einzelnen Paragraphen zu kümmern, und später die Korrekturen gelesen. Die Übersetzung von „Der große Verrat" ins Französische war vom Verlag betrieben worden, und ich hatte nichts damit zu tun. Auf Zelnikers erste Frage antwortete ich also, es sei nicht so eilig, und ich halte einen Zeitraum von einem halben Jahr für angemessen. Was die Bezahlung betraf, fragte ich, wieviel er verlange. Er nannte eine Summe, die das Doppelte meines Monatsgehalts ausmachte; ein Preis, der mir vernünftig erschien, den ich sogar für sehr bescheiden hielt.

„Was die Zahlungsmodalitäten betrifft", sagte Zelniker, „ist es üblich, ein Drittel zu Beginn der Arbeit zu zahlen, ein Drittel in der Mitte und ein Drittel nach Fertigstellung. Bezahlt der Autor selbst? Schickt er das Geld aus Frankreich?"

Ich staunte über mich selbst, daß ich nicht von vornherein an diese Dinge gedacht hatte. Und weil die ganze Sache mit der Übersetzung noch im Bereich des Wunsches war, als Fojglman

darüber sprach, hatte ich ihn nicht nach den damit zusam-
menhängenden geschäftlichen Details gefragt. Ich zögerte
einen Moment, dann entschied ich, daß ich die Vorauszah-
lung für den Übersetzer übernehmen würde, als eine Art
Darlehen an einen Freund, damit der Übersetzer mit der
Arbeit anfange.

„Gut", sagte Zelniker, „jetzt noch der Vertrag. Ein schriftli-
cher Vertrag ist erforderlich. Wie machen wir das? Zwischen
mir und ihm? Zwischen mir und Ihnen? Sind Sie sein Vertreter? Sein Bevollmächtigter?"

Auch daran hatte ich nicht gedacht.

Ich lachte und sagte: „Das habe ich mir nicht überlegt."

Auch Zelniker lachte. Er betrachtete mich als „Müßiggänger",
dem geschäftliche Angelegenheiten fremd waren.

Wir einigten uns schließlich darauf, ein schriftliches Protokoll zu verfassen, mit zwei, drei Paragraphen, und ich würde
im Namen des Autors unterschreiben. Zelniker war ein
angenehmer Mensch, mit einer tiefen und weichen Stimme
und freundlichen Augen. „Sie sind ein bekannter Mann,
Professor, ich glaube Ihnen", sagte er.

Ich zog sofort zwei Bögen Papier aus der Tasche, wir schrieben das Protokoll in zwei Ausfertigungen, unterschrieben es,
ich nahm mein Scheckheft, stellte ihm einen Scheck über ein
Drittel seines Honorars aus, dann schüttelten wir uns die
Hände.

Freude erfüllte mich, als ich auf die Straße trat. Ich fühlte
mich, als wäre ich selbst der Dichter, als wäre ich Fojglman,
und ich ging wie auf Wolken. Mir war, als fiele die ganze
Bürde meiner Gelehrsamkeit von mir ab, die Bürde der
Sklavenarbeit, an den Schreibtisch gefesselt, den Kopf in
Büchern vergraben. Ich fühlte mich froh und frei. Die Gedichte drangen sozusagen in mich ein, und sie machten mich
trunken. Verse aus fröhlichen jiddischen Liedern sangen in
mir. Ich war wie Dädalus, der seinem selbstgebauten Laby-
rinth mit Hilfe von Flügeln entkommt, die er sich an seinem
Körper befestigt hat.

Noch am gleichen Tag schrieb ich einen kurzen Brief an

Fojglman, in dem ich ihm von der beginnenden Verwirklichung seines Traums berichtete.

Nach einer Woche erhielt ich ein Telegramm von ihm:
„Tausend Dank. Küsse von Hinda und von mir."

Nora, die das Telegramm noch vor mir gesehen hatte – es kam
während meiner Abwesenheit –, fragte, für was er sich
bedanke. Ich erzählte ihr, wie ich nach einem Übersetzer
gesucht und schließlich einen gefunden hatte, der die Aufgabe
gerne übernommen habe.

Sie schwieg.

„Hast du irgend etwas dagegen einzuwenden?" fragte ich.

Sie schaute mich an. „Du bist also von einem zum anderen
gegangen und hast gebettelt ... du hast einfach gebettelt ..."

Dann stand sie auf und sagte, sie wolle zu Joav fahren.

Gegen Mitternacht kam sie zurück.

Du, Joav, hast, wenn du ehrlich bist, meine Arbeit nie geachtet.

„Warum beschäftigst du dich eigentlich immer mit diesen Rabbinern?" hast du manchmal beim Essen gefragt, zwischen einem Löffel Suppe und dem nächsten, als du noch Schüler am Gymnasium warst, und hast mir einen neugierigen, amüsierten Blick zugeworfen, um zu sehen, wie ich reagiere. Doch meine Antwort hat dich nicht wirklich interessiert. Du wolltest die Mahlzeit schnell hinter dich bringen und wieder hinausgehen.

„Rabbiner", sagtest du, denn damals befaßte ich mich mit dem Studium der sabbatianischen Bewegung, und wenn du in mein Zimmer kamst – in großer Eile, wie immer, auf der Suche nach einem Füller, Büroklammern oder Klebeband – und meinen Schreibtisch in Unordnung brachtest, sprangen dir von irgendwelchen Blättern die Namen dieser „Rabbiner" in die Augen.

Wenn dich jemand nach dem Beruf deines Vaters fragte, sagtest du: „Rabbinatsangelegenheiten". Sinn für Humor hattest du schon immer.

Ich versuchte, durch spannende, handlungsreiche Romane dein Interesse für die Geschichte der Juden zu wecken – ein Fach, das dir in der Schule verhaßt war, wie du immer erklärt hast. Ich brachte dir Bücher, die mich beeindruckt hatten, als ich in deinem Alter war – „Die Hexe von Kastilien", „Jud Süß", „Im Schatten des Galgenbaumes" –, aber du hast sie nur aufgeschlagen, die ersten Sätze überflogen, mir einen amüsierten Blick zugeworfen, als wolltest du sagen: Du machst dich wohl lustig über mich oder was?, und mir die

Bücher zurückgegeben, als hätte ich dir verdorbenes Essen angeboten.

Von meinem Zimmer aus hörte ich manchmal, wie deine Mutter dir eine Strafpredigt hielt. „Warum machst du Papa so traurig? Du siehst doch, daß ihm dein Benehmen Kummer macht!"

„Ich ihm Kummer machen? Sein Beruf macht ihm Kummer! Er hat sich einen ausgesucht, bei dem man nur weinen kann." Aber deine Mutter konnte dich gut verstehen, um die Wahrheit zu sagen. Auch ihr waren die Themen meiner Studien sehr fremd, obwohl sie meine Arbeit achtete und stolz auf meinen Erfolg war, sowohl in der Lehre als auch auf dem Gebiet der Veröffentlichungen. Ich nahm es ihr nicht übel. Auch ich interessierte mich nicht besonders für ihre biologischen Experimente. Ich fuhr sie immer zum Institut, hielt am Tor, küßte sie und fuhr nach Tel Aviv zurück, zur Universität. Oder es war umgekehrt, sie hatte das Auto und fuhr mich bis vor die Universität, küßte mich und fuhr zum Institut. Diese flüchtigen Küsse waren sozusagen die einzigen Berührungspunkte zwischen unseren beiden Berufen: Geschichte und Biologie.

Du hattest eine solche Abneigung gegen mein Forschungsgebiet, daß du es sogar soweit wie möglich vermieden hast, mein Zimmer zu betreten. Wenn du ein Nachschlagewerk brauchtest, holtest du den Band vom Regal und beeiltest dich, mit ihm das Zimmer zu verlassen, als fürchtetest du dich vor einer ansteckenden Krankheit. Als ich den Preis für „Der Streit und seine Lösung" erhielt, weigertest du dich, deine Mutter zu der Preisverleihung zu begleiten. Im Fernsehen wurde an jenem Abend das Basketballspiel zwischen Makkabi Tel Aviv und einer italienischen Mannschaft übertragen. Es ging um den Europapokal, wenn ich mich nicht irre.

Bis heute tut mir diese Erinnerung weh.

Immerhin, den „Großen Verrat" hast du gelesen. Du sagtest, das Buch habe dich interessiert. Aber damals warst du bereits Offizier bei der Armee, und es interessierte dich vermutlich, weil es den Lärm „militärischer Aktionen" enthält: Beschreibungen der Aktivitäten des Aufständischenheeres von Chmjelnitzki in Wolhin, Weißrußland und der Ukraine; Beschreibungen der Vorstöße der Horden der Hetmans und der Saporoger Kosaken; Bündnisse mit Königen, Baronen und Bischöfen, die geschlossen und gebrochen wurden. Die Namen der „Rabbiner" tauchten nur spärlich zwischen Namen von tatarischen Befehlshabern wie Morosenko, Genia, Hodki, oder Namen von Adligen und polnischen Königen wie Wischniowski, Potocki, Kasimir und Wladislaw und so weiter auf. Erst im letzten Teil des Buches, wenn das Blutbad beschrieben wird, bei welchem sechshunderttausend Juden abgeschlachtet und Hunderte von Gemeinden zerstört werden, häufen sich die Namen der „Rabbiner" und verdrängen die fremden Namen.

Aber auch da ...

Deine Feindseligkeit, die grundsätzliche, tiefe, von frühester Kindheit angelegte, konntest du nur schlecht verbergen. Inzwischen trägt sie den Deckmantel – oder sollte ich besser sagen, die Uniform? – einer respektablen, prinzipiellen, man könnte sagen ideologischen Gegensätzlichkeit – ein bißchen übertrieben, findest du nicht? – den Anschauungen gegenüber, die ich in diesem Buch entwickelt habe. „Was heißt das, es gab keine Alternative?" hast du voller Ärger gesagt – einem Ärger, der mich erstaunte, denn schließlich hattest du dich noch nie mit diesen Themen befaßt –, „es gab eine Alternative. Wer hat wen verraten? Die Polen die Juden? Die Juden haben sich selbst verraten! Das war der große Verrat."

So sprachst du – trotz all meiner Erklärungen über die Lage der Juden in jener Zeit, daß sie keine Wahl hatten ...

Ja, ich muß es noch einmal betonen: Sie hatten keine Wahl, als sich auf den Schutz der Herrschenden zu verlassen, denn sie hatten keine „territoriale Basis" für irgendeine Form von Unabhängigkeit, geschweige denn, um Waffen anzusammeln und eine Art Selbstverteidigung zu organisieren.

All meine Erklärungen hast du mit einer Handbewegung weggewischt und mit einer „Lageanalyse" im Stil der Offiziersausbildung begonnen: das Aufständischenheer Chmjelnitzkis war innerlich zersplittert, wie du meinem Buch entnommen hattest, bewaffnete jüdische Organisationen hätten Verbündete unter den Russen, den Preußen, den Schweden gefunden, die ja auch gegen die Kosaken kämpften ...

Die militärischen Slangausdrücke in deinen Sätzen, während du über Pogrome sprachst, ließen mir Schauer über den Rücken laufen. Als betrete ein Kesselflicker unbedeckten Hauptes die Synagoge mitten im Gebet zum *Jom Kippur*.

In deiner Offiziersuniform liefst du im Zimmer herum, immer hin und her, erregt, und deine Hände begleiteten nachdrücklich deine Argumentation. Als du merktest – vermutlich an meinem erstaunten Gesicht –, daß du mit deinem leidenschaftlichen Angriff auf mich und meine Anschauungen übertriebst, fandest du schließlich deinen Sinn für Humor wieder, und mit einem leutseligen Lächeln, als wärest du älter und erfahrener als ich, sagtest du: „Gut, Vater, glaub du, was du für richtig hältst. Ihr Akademiker habt eben erst mal eine Theorie, und um diese Theorie herum ordnet ihr die Fakten, kreisförmig, damit sie euch nicht entfliehen kann, und wenn die Fakten nicht genau zur Theorie passen, biegt ihr sie hier ein bißchen und da ein bißchen ... Was soll ich viel reden? Ich weiß, daß du dich keinen Zentimeter von deinem Standpunkt wegbewegst! Da kann ich mich auf den Kopf stellen!" Du lachtest und klopftest mir auf die Schulter.

Aber es gab auch eine andere Zeit, eine Zeit der Beruhigung, nachdem du geheiratet und eine Familie gegründet hattest. Ich erinnere mich an eure Hochzeitsfeier in Be'er Tuvja, und Tränen steigen mir in die Augen. Ein Zeichen, daß ich alt werde? Oder der Einsamkeit, in der ich lebe? Ich erinnere mich, wie dort deine ganze Härte gegen mich schmolz, als hätte es sie nie gegeben. Du nahmst meinen Arm und führtest mich herum. Zwischen den Bäumen waren Ketten von roten und grünen Lichtern gespannt; daneben, auf der Wiese, spielte jemand Gitarre, umgeben von einem großen Kreis junger Leute aus dem Dorf; sie sangen Volkslieder. Oleanderduft, gemischt mit dem Geruch von Kuhmist, erfüllte die Luft des Sommerabends. Du führtest mich von einem Men-

170

schen zum anderen, stelltest mich deinen Freunden von der Armee vor, deinen Vorgesetzten. Du warst stolz auf mich, hast in hohen Tönen von mir gesprochen und sogar die Titel meiner Bücher erwähnt, die beiden Preise, die ich bekommen hatte. „Er ist ein großer Mann, mein Vater", sagtest du wie zum Spaß, doch mit großer Zuneigung, als du mich, den Arm um meine Schulter gelegt, irgendeinem kahlköpfigen, kleinen Sergeant vorstelltest, der mich anlächelte und neugierig von oben bis unten musterte. „Ein Fachmann für alle militärischen Bewegungen während des Dreißigjährigen Krieges." Du schobst mich durch die dichtgedrängte Menge zur anderen Seite der Wiese, nur um mich einer Soldatin vorzustellen, die dir erzählt hatte, ihre Schwester sei eine Studentin von mir und schätze mich sehr ...

Ich erinnere mich auch an die wundervollen Tage nach der Hochzeit, als wir vier, deine Mutter, ich, Schula und du, überall in der Stadt und der Umgebung herumliefen und eine Wohnung für euch suchten. Wie wir von einer Adresse zur nächsten fuhren, viele Treppen hinauf- und hinuntergingen, Zimmer begutachteten, ausmaßen, Küchen und Badezimmer prüften, mit Hausbesitzern verhandelten, mit Maklern ... Und Schula, ausgerechnet Schula, ein Mädchen aus einem Moschaw, erwies sich als geschäftstüchtiger als wir drei, wußte, wie man handelt, entdeckte Mängel, bestand auf Details, die uns überhaupt nicht eingefallen wären ... Wie wir beide, du und ich, abends Schulter an Schulter saßen, nachdem wir bereits das Haus in Ramat Ef'al gefunden hatten und die Steuern und Belastungen ausrechneten, die Hypothek, die Zinsen, und du erstaunt feststelltest, daß dein Vater nicht immer nur in den Wolken jüdischer Geschichte schwebte, sondern auch etwas von den Dingen dieser Welt verstand ...

Ich erinnere mich an die vielen Abende, die wir bei euch als Babysitter verbrachten, nachdem Sarit geboren war – manchmal deine Mutter allein, manchmal ich –, und mit der Kleinen spielten, bis sie einschlief ...

Das war eine schöne Zeit. Unsere „Grenzstreitigkeiten" waren vorbei, wir wurden wieder eine „biologische Familie":

171

Besuche am Schabbatnachmittag, die Enkelin auf den Knien, Tee und Kuchen, Gespräche über Preissteigerungen und über Fragen der Politik und der Sicherheit ...

Du dachtest sogar an meinen Geburtstag – oder hat Schula dich daran erinnert, war es ihre Initiative? – und schicktest mir Blumen mit herzlichen Glückwünschen. Und es berührte mich sehr, daß du mich mitten im Libanonkrieg aus Sidon anriefst, den Lärm der Kommandantur im Hintergrund, um mir zum Geburtstag zu gratulieren.

Und dann war plötzlich alles anders, von dem Tag an, als du den Streit zwischen deiner Mutter und mir spürtest ...

Es ist mir unbegreiflich – auch heute noch! –, was dich, ohne daß du die Gründe für den Streit kanntest, zu der Entscheidung brachte, deine Mutter sei im Recht, und wieso du dich stillschweigend sofort auf ihre Seite schlugst!

Du kamst immer mit Schula und der Kleinen und demonstriertest mir deine Feindseligkeit. Du vermiedest es, mich anzuschauen, hast kaum meine Fragen beantwortet, absichtlich lange Gespräche mit deiner Mutter geführt, ihr witzig oder begeistert von irgendwelchen unbedeutenden Dingen erzählt. Und den Verbrecher ausgestoßen.

Was war mein Verbrechen, Joav?

Du hast den jiddischen Dichter nur einmal getroffen. Er sprach herzlich mit dir, bewunderte dich, und du schwiegst. Du wußtest nichts über die Art unserer Beziehung.

Und du wußtest nichts über das, was sich in den zehn Tagen ereignete, die ich mit ihm in unserer Wohnung verbrachte und Nora in Jerusalem war.

Deine Mutter war keine einfache Frau, Joav. Ich bezweifle, daß du sie verstanden hast.

Tief in ihrer Seele spielten sich seltsame Dinge ab. In der Dunkelheit.

Weißt du, daß sie nachts manchmal im Traum schrie, auf Deutsch?

Wofür bestrafst du mich, Joav?

Die drei Übersetzer, an die ich mich gewandt hatte – vielleicht war es auch nur Menachem Zelniker –, verbreiteten vermutlich unter den jiddischen Dichtern der Stadt die Nachricht, daß Professor Zwi Arbel von der Universität eine Art „reuiger Sünder" sei, der zu ihrem Anhänger geworden wäre und sich sogar als Patron der Autoren fühle, die in der benachteiligten Sprache schrieben. Kurz nachdem ich das Protokoll mit Zelniker unterschrieben hatte, landeten in meinem Briefkasten immer wieder alle möglichen Broschüren und Publikationen in Jiddisch, und von Zeit zu Zeit auch ein grüner Zettel, der bedeutete, daß ein Paket für mich auf der Post wartete: Bücher mit Widmungen der Autoren. Nora lachte immer über diesen Segen, der vom Himmel auf mich herabregnete. „Diese Missionare haben dich unter ihre Fittiche genommen! Hüte dich vor ihrer Bärenumarmung!"

Ich hatte keine Zeit, all das zu lesen. Die Broschüren überflog ich, dann warf ich sie in den Papierkorb. Die Bücher legte ich in ein Fach, in dem sich noch andere nutzlose Veröffentlichungen stapelten. Ich machte mir noch nicht einmal die Mühe, mich bei den Autoren zu bedanken.

Doch eines Tages fand ich im Briefkasten eine Einladung zu einem „Literarischen Abend", der zu Ehren des fünfundsiebzigsten Geburtstags des Dichters Herz Scharfstein im Saal des Museums stattfinden sollte. Ich war neugierig und beschloß hinzugehen.

Es wurde eine Offenbarung.

Der Saal war, zu meinem großen Erstaunen, bis auf den letzten Platz gefüllt. Mit Mühe fand ich einen Stuhl in einer der hintersten Reihen. Ich ließ meine Blicke über das Publikum schweifen, das aus einigen hundert zumeist älteren Männern und Frauen bestand, und entdeckte kein einziges bekanntes Gesicht. Festliches Stimmengewirr erfüllte den Saal, und die jiddischen Sätze, die einer dem anderen zuwarf, von Platz zu Platz, erregt, erfreut, verliehen dieser Versammlung die Atmosphäre eines Treffens von Menschen, die alle aus einer Stadt stammen und sich lange Zeit nicht gesehen haben. So groß ist also die Anhängerschaft der jiddischen Literatur in dieser Stadt, dachte ich erstaunt, als ich mich umsah, und ich habe es nicht gewußt!

Auf der Bühne, hinter einem langen Tisch mit einer grünen Decke, auf dem ein wunderbarer Strauß Gladiolen stand, saßen neun Ehrengäste, je vier auf beiden Seiten des Jubilars, eines breitschultrigen Mannes mit einem ernsten Gesicht, einer höckerartigen Beule auf der linken Seite seines kahlen Kopfes und schielenden Augen hinter einer Brille. Er saß in seinem blauen Anzug da wie in einer Zwangsjacke, den Kopf zwischen die Schultern gesunken, und betrachtete gleichgültig das Publikum. Neben ihm saß ein Mann mit einem länglichen Gesicht, dessen Kopf ununterbrochen zitterte. Auf einer Seite der Bühne stand ein Flügel.

Auf ein Zeichen hin wurde es still, und der Vorsitzende, ein großgewachsener, beeindruckender Mann, der mit seiner weißen Mähne und der hohen Stirn wie ein Philosoph aussah, ging zum Mikrofon und hielt zu Ehren des Jubilars eine kurze Ansprache, die er mit einer Rezitation eines seiner Gedichte beendete. Dann nahm er wieder Platz, und nun betrat unter Beifall des Publikums eine Sängerin die Bühne, in einem schwarzen Abendkleid, eine Perlenkette um den Hals. Ihr Gesicht sah nicht jung aus, aber ihre rabenschwarzen, nach hinten straffgezogenen Haare ließen sie um Jahre jünger erscheinen. In ihren Augen lag etwas von der jüdischen Trauer, als sie zur Begrüßung lächelte. Ein Akkord auf dem Klavier erklang, und dann erhob sich ihre Stimme langsam zu einem Lied von Sutzkever, *Unter dajne wajße schtern*. Die weichen, angenehmen Töne – Adagio, Dolce –, wurden lauter und erregter, senkten sich wie flehend, flogen wie Vögel mit

174

gebrochenen Flügeln und verzauberten das Publikum, das mit angehaltenem Atem lauschte. Viele hatten Tränen in den Augen.

Sie sang noch drei weitere Lieder, von zweien kannte auch ich die Melodie: *Ojfn weg schtejt a bojm* von Itzig Manger und *Rejsele* von Gebirtig. Man konnte das Zittern spüren, das beim Klang der Melodien und der Worte durch das Publikum lief, von einem Ende zum anderen, ein Zittern der Sehnsucht, der gemeinsamen Erinnerungen, der Brüderlichkeit einer großen Familie, deren Haus zerstört worden ist. Die angenehme, gefühlvolle, einschmeichelnde Stimme der Sängerin, schmachtend, voll unterdrückten Schmerzes, ließ für eine kurze Zeit eine Welt lebendig werden, die verlorengegangen war. Fast hätte ich gesagt – denn auch ich fühlte das Zittern, es jagte mir einen Schauer über den Rücken –, es sei „das historische Zittern des jüdischen Volkes", dessen Leiden unendlich ist.

Ein Mann in den Sechzigern, mit einem mageren, verquälten Gesicht, ging zum Mikrofon und las zwei Gedichte von Herz Scharfstein – „Bettelkönig" und „Auch jetzt, in diesen Tagen" – mit erregter, zitternder Stimme, doch mit einer hervorragenden Diktion, jedes Wort wie in Stein gehauen, jeder Reim mit der Betonung, die ihm zustand.

Fünf Redner priesen einer nach dem anderen den Jubilar und rühmten seine Leistung. Sie sprachen über „die große Breite" der Themen und Motive seiner Lyrik, die über ein halbes Jahrhundert umfasse; neben lyrisch-intimen Gedichten fände man episch-erzählende, symbolische und sogar politische Gedichte, Liebesgedichte und Gedichte der Trauer und der Schwermut. Einer der Redner sagte, Scharfsteins Gedichte seien Gedichte von *bentschn un krechzn*, sie seien einfach gekleidet, dem Volk vom Mund abgeschaut, doch in ihren Forderungen von tiefer Symbolik, aus dem Quader seines Herzens gehauen. Ein anderer Redner – er redete so lange, daß Zeichen von Ungeduld das Gesicht des Vorsitzenden verdüsterten und er dem Mann zu seiner Rechten einen Zettel zuschob – sprach von dem wichtigen Beitrag Scharfsteins zur jiddischen Kultur im allgemeinen und sagte, seine Gedichte, die das ganze Spektrum zwischen Epischem und Konkretem bis zum Symbolischen und Abstrakten umfaßten, seien ewige Werte für Generationen, denn sie seien Zeugnisse für jüdische Existenz sowohl in der Diaspora als auch in Israel, für jüdische Tradition und den neuen israelischen Geist. Und er äußerte seine Bitterkeit darüber, daß so wenige der Gedichte ins Hebräische übersetzt seien. Das Publikum hörte den Reden aufmerksam zu; niemand rutschte auf dem Stuhl herum, niemand hustete, niemand räusperte sich. Und ich, der ich die Gedichte des Jubilars nicht kannte, fragte mich, ob es sich bei diesen Lobpreisungen, wie ich ähnliche noch nie im Zusammenhang mit einem hebräischen Autor, Gelehrten oder Wissenschaftler gehört hatte, nicht um Übertreibungen handelte.

Scharfstein selbst ließ diese Lobreden mit vollkommener Gleichgültigkeit über sich ergehen. Kein Lächeln erschien auf seinem Gesicht, kein Funke der Freude oder Dankbarkeit erhellte es. Fast sah es aus, als höre er sie mit einer gewissen Feindseligkeit an. Nach den Reden, als er gebeten wurde, ein paar Worte zu sagen, stand er unter Beifall des Publikums auf und ging gemessenen Schrittes zum Mikrofon. In dem vergeblichen Versuch, es tiefer zu stellen, bewegte er es nach allen Seiten. Der Vorsitzende beeilte sich, ihm zu Hilfe zu kommen, jedoch ohne Erfolg; das Mikrofon fiel ihm aus der Hand. Ein behender Mann mit einem Schopf schwarzer Locken sprang aus einer der vorderen Reihen auf die Bühne, und einen Augenblick später war alles wieder in Ordnung.

Scharfstein bedankte sich mit zwei, drei Sätzen bei den Veranstaltern des Abends und für die Ehrungen und fügte hinzu, das Lob sei ihm „über den Kopf gewachsen", wie das Mikrofon, das vor ihm stehe, „und Sie haben ja gesehen, wie schwer es mir fällt, mit so viel Größe umzugehen". Das Publikum lachte. Danach sprach er eine halbe Stunde, doch nicht über sich und seine Gedichte, sondern über die Lage der jiddischen Sprache im allgemeinen, in der Welt und in Israel. Zu Beginn gab er einen Überblick über die „Geographie" dieser „Weltsprache" und zeigte, wie ihr Zentrum während der letzten Generationen von Stadt zu Stadt gewandert war: von Odessa nach Warschau, von Warschau nach Wilna, von Wilna nach New York, und – seit der Gründung des Staates Israel – von New York nach Tel Aviv. Doch gleichzeitig gebe es hektische Aktivitäten in den Provinzen, die sich von Melbourne bis Buenos Aires erstreckten. Dann betrauerte er den Untergang des Judentums in Europa und sagte – seine Stimme wurde rauh, klang erstickt, doch nach einigen Sekunden hatte er sich wieder in der Gewalt –, daß zusammen mit den sechs Millionen Juden auch ihre tausend Jahre alte Sprache ermordet worden sei; ihre Schätze seien zu Asche geworden, und ihr Herz habe aufgehört zu schlagen. Hat es wirklich aufgehört? fragte er und antwortete: Nein! Denn wie die Überlebenden der Konzentrationslager sei auch die Sprache langsam wieder zu Kräften gekommen und ins Leben zurückgekehrt, sei, wie sie, über die Wellen des tosenden Meeres gefahren und an den Küsten der Länder gelandet, wo Juden lebten, an den Küsten des Landes der Väter. Vom Land der Väter kam er auf den „bitteren, häßlichen Kampf" zu sprechen, den die jiddische Sprache hier, in Israel, führen mußte. Mit einem Ausdruck der Erbitterung und des Abscheus erinnerte er an den „Kampf der Sprachen" in den zwanziger und dreißiger Jahren, nannte namentlich viele, die „das Jiddische geschlagen haben, bis Blut floß", unter ihnen bekannte Persönlichkeiten, andererseits auch jene, die sich bemühten, die Sprache zu schützen: „Bialik, Agnon, Fichman, Uri Zwi Greenberg, denen wir Dank schulden."

An dieser Stelle, mitten in seinem Vortrag, ereignete sich ein kleiner Zwischenfall: Jemand aus dem Publikum schrie ihm zu: „Wir schulden ihnen keinen Dank!" Und aus einer anderen Ecke des Saales rief ein anderer: „Wo sind sie alle? Warum ist denn keiner hier?"

Scharfstein erschrak einen Moment, wurde rot, als habe man einen Stein auf ihn geworfen, doch sofort hatte er sich wieder in der Gewalt, nahm das Mikrofon und wandte sich an den unbekannten Rufer: „Fragen Sie das mich, mein Freund?"

Der Mann erhob sich von seinem Platz und sagte wütend: „Ich frage es die geehrten Herren, die auf der Bühne sitzen, den verehrten Vorsitzenden und die Organisatoren dieses Abends. Warum ist hier kein Vertreter des hebräischen Schriftstellerverbandes, um diesen wichtigen Dichter zu ehren? Warum niemand vom Kultusministerium? Wir werden hier in diesem Land boykottiert!"

Überall im Saal wurde Beifall geklatscht. Der Vorsitzende schlug ein paarmal mit seinem Hämmerchen auf den Tisch, stand dann auf und sagte ruhig – seine Stimme war ohne Mikrofon kaum zu verstehen –, daß alle erwähnten Personen eingeladen worden seien, und wenn sie nicht gekommen seien, so sei das nicht die Schuld der Veranstalter. Er bitte darum, den Jubilar zu respektieren und ihn seine Rede fortsetzen zu lassen.

Eine Frau rief von ihrem Platz: „Was für eine Schande! Nicht nur auf der Bühne, auch hier im Saal ist kein einziger Hebraist!"

Die Köpfe der Zuschauer bewegten sich nach rechts, nach links, nach hinten, auf der Suche nach einem Hebraisten, als trüge er ein Mal auf der Stirn, und bei dem Geflüster und Gemurmel schien es mir einen Moment, als seien alle Blicke auf mich gerichtet. Wieder schlug der Vorsitzende mit dem Hammer auf den Tisch und bat um Ruhe, und als sich die Aufregung gelegt hatte, setzte Scharfstein seine Rede fort.

Die Enttäuschung sei der größte Feind des Kranken, sagte er, und man solle doch nicht den Lichtschein am Horizont ignorieren. In den letzten drei Jahrzehnten habe in Israel eine merkliche Veränderung in der Haltung zur jiddischen Sprache stattgefunden, sie habe an Legitimation gewonnen, an Popularität, auch bei den Hebräischsprechenden. Beweis dafür sei ihre Verbreitung in Liedern und Musicals und auch die Tatsache, daß Jiddisch an vierzig hebräischen Schulen und vier Universitäten gelehrt werde. Überall könne man Beweise für ihr Comeback finden: einhundertvierzig jiddisch schreibende Schriftsteller, Journalisten und Publizisten lebten in Israel, es gebe ein Dutzend wichtige Zeitungen und

Zeitschriften, drei Verlage ... Er erhob seine Stimme zu einem dramatischen Ton: „*Ich werde nicht sterben, sondern leben!*" und beendete seine Rede mit dem Vers: „*Der Herr züchtigt mich schwer, aber er gibt mich dem Tode nicht preis!*"

Das Publikum erhob sich, und donnernder Beifall erfüllte den Saal.

Wieder kam die Sängerin auf die Bühne. Vollkommene Stille breitete sich aus, und in diese Stille hinein zitterten die Klänge von *ß'brent, brider, ß'brent* von Gebirtig, wie ein flatterndes Weinen, wie ein unterdrückter Schrei, und dann, mit dem Mut der Verzweiflung, erklang das „Lied der Partisanen" von Glick. Wieder ging ein Zittern durch das Publikum, ein Zittern, das alle miteinander verband, den Tränen nahe.

Von Beginn des Abends an, und noch stärker in seinem Verlauf, hatte ich das Gefühl – wie ich es von keiner anderen Versammlung kannte –, daß dieses Publikum aufgrund gemeinsamer Erinnerungen, Sprache, Schmerzen, Hoffnungen und bitterer Enttäuschungen durch ein Zittern verbunden war, durch einen gemeinsamen Herzschlag, daß es „das jüdische Volk" war, über das ich lese und schreibe und das ich seit Jahren so gut kenne. Noch bei keiner anderen Gruppe in Israel hatte ich eine solche Homogenität der Physiognomie, der Kleidung, der Art zu sprechen und sich zu bewegen gefunden, eine Homogenität, die typisch ist für die Angehörigen eines Volkes und die man beispielsweise in einer englischen, ungarischen, polnischen Gesellschaft findet. Und obwohl ich dem Anschein nach nicht zu dieser Gemeinschaft gehörte – ich war sozusagen zufällig, als ein ungebetener Gast, hineingestolpert, saß nur als Beobachter da; ihre Sprache war nicht meine Sprache, ihre Vergangenheit nicht meine Vergangenheit, ich hatte keinen Bekannten oder Verwandten unter ihnen –, dachte ich: Ich bin unter meinem Volk, und das Gefühl aus Traurigkeit, Sehnsucht und Schmerz strömte von den anderen auf mich über, und von mir wieder auf sie. Und obwohl ich genau wußte, während der ganzen Zeit, daß dies nur ein Teil unseres Volkes war – des Volkes, zu dem noch andere, große Stämme gehörten, alle Söhne und Erbauer der Heimat, in der ich lebe –, fühlte ich unter ihnen eine so verwandtschaftliche Wärme und Nähe, wie ich sie noch an keinem Ort gefühlt hatte. Und nicht nur das, ich empfand auch große Achtung und Wertschätzung für den Mut und die Sturheit dieser alten Menschen, die um ihr Überleben kämpften, die wie eine abgeschnittene Kompanie an der letzten Bastion ihrer Sprache und Kultur festhielten und entschlossen waren, sie bis zum letzten Atemzug nicht aufzugeben.

In völliger Stille verließen die Menschen den Saal, noch immer verzaubert von den traurigen, gefühlvollen Liedern, die sie gerade gehört hatten.

Als ich heimkam, fand ich Nora vor dem Fernseher. „Wie war's?" fragte sie, stand auf und machte den Fernseher aus. Ich sank in meinen Sessel, noch immer erregt, und sagte nichts.

Sie betrachtete mich besorgt. „Ist was passiert?" fragte sie.

Als ich ihr erzählte, wie die Versammlung verlaufen war, von den Gefühlen, die ich empfunden hatte, blieb sie still.

Einige Tage später kaufte ich eine Platte mit jiddischen Liedern.

Als ich sie mir im Wohnzimmer anhörte, stürmte Nora wütend aus der Küche, die Hände gegen die Ohren gepreßt, und schrie: „Hör auf mit diesem Gejaule! Es macht mich wahnsinnig!" Sie rannte zum Plattenspieler und hob den Tonarm ab.

Otto, Noras Vater, starb an einem Herzschlag, neun Jahre vor diesen Ereignissen, in einem Hotel in Köln, wohin er aus geschäftlichen Gründen gefahren war. Seine Leiche wurde nach Israel überführt und in Rechovot begraben.

In den Wochen danach litt Nora unter einer schweren Depression, und wenn ich nachts aufwachte, fand ich sie wach, mit offenen Augen. Als ich sie drängte, mir zu sagen, was ihr fehle, sprach sie von ihren Schuldgefühlen als Tochter. Ihr Vater habe sein ganzes Leben unter einem Mangel an Liebe gelitten. Seine Frau und seine drei Töchter hätten ihm die Liebe verweigert, ihm nie geholfen, ihn nie verwöhnt, er sei „ausgesetzt in der Dunkelheit" gewesen. Als ich sagte, er sei auch selbst ein harter, verschlossener Mann gewesen und unfähig, Liebe zu geben, stimmte sie dem zwar zu, litt deswegen aber noch mehr. „Er hat sich in eine Strafzelle eingesperrt. Weißt du, was das für Qualen sind? Man konnte seine Fäuste gegen die Wände schlagen hören." Das könne man niemandem vorwerfen, sagte ich, nicht ihm und erst recht nicht seiner Familie, das sei eine Sache des Charakters. Ja, des Charakters, des Leidens am eigenen Charakter, dem man nicht entkommen könne, das sei das schlimmste, sagte sie. „Zu denken, daß ein Mensch sein ganzes Leben lang in seiner eigenen Dunkelheit verbringen muß und kein Licht sieht!" Sie erinnerte sich an einzelne Vorfälle aus ihrer Kindheit, die ihn geschmerzt hatten; sie sagte, wenn sie sich so oder so verhalten hätte, wäre alles anders gekommen. Wenn sie ihn gebeten hätte, sie am Schabbatmorgen zum Meer zu fahren, wenn sie zusammen Schwimmen gegangen wären, im Sand gespielt hätten; wenn sie ihn einmal in seinem Büro besucht hätte, ein einziges Mal, als sie vierzehn oder fünfzehn war, ihn nach den Gebäuden gefragt hätte, die er plante, sie gelobt und ihm zu seinem Erfolg gratuliert hätte; wenn sie, ihre Schwestern und ihre Mutter nur einmal eine Überraschungsparty zu seinem Geburtstag vorbereitet hätten, der nie gefeiert wurde; wenn wir ihn damals zu unserem Ausflug zum See Genezaret mitgenommen hätten, oder nach Safed, nach unserer Hochzeit; wenn sie ihm nur etwas Wärme gegeben hätte, etwas Wärme ...

Er sei schon lange vor dem Anfall herzkrank gewesen, da sei sie ganz sicher, er habe es nur niemandem gesagt. Wem hätte er es auch sagen sollen? Und wozu? Freundlichkeit und Erbarmen hatte er nicht zu erwarten. Sein Herz war krank geworden, weil es nicht mehr fähig war, den Druck auszuhalten, der von Jahr zu Jahr gewachsen war, weil er ihn in sich verschlossen hielt. Bis sein Herz brach. „Mein Vater ist so einsam gestorben, wie er gelebt hat. Immer in einem fremden Land."

Der Verfall Susis, ihrer Mutter, hatte bereits zwei Jahre vor dem Tod ihres Vaters begonnen. Sie putzte sich so übertrieben heraus, daß sie das Mitleid ihrer Bekannten erweckte und den Spott von Fremden. Das Blau und das Grün um die Augen trug sie so dick auf, daß die Augen selbst aussahen, als seien sie in dunkle Höhlen versunken. Sie kleidete sich in durchsichtige schwarze, braune oder violette Musselinkleider, die seit Jahrzehnten schon aus der Mode waren. Abends saß sie stundenlang in einem kleinen Café in einer Nebenstraße, das von fragwürdigen Typen besucht wurde. Meist saß sie allein dort, rauchte, trank Kaffee, bis das Café geschlossen wurde. Es gab Gerüchte, daß sie an spirituellen Séancen teilnehme und die Seelen ihrer Verwandten heraufbeschwöre, deren Spuren sich in Europa verloren hatten. Ein anderes Gerücht – das Nora sich weigerte zu glauben – besagte, sie habe einen festen Liebhaber, einen Taxibesitzer, einen dicken, hartherzigen Mann. Nora war oft zu ihr gefahren, nach der Arbeit im Labor, hatte eine Weile bei ihr gesessen und war dann gereizt

nach Hause gekommen. „Sie macht mich kaputt", sagte sie
oft. „Sie macht sich selbst kaputt, und auch mich wird sie
kaputtmachen." An einem Schabbat, als wir zusammen zu
ihren Eltern fuhren und Susi allein antrafen, erschrak ich
darüber, wie mager ihr Gesicht geworden war, und die
übertriebene Röte auf den eingefallenen Wangen machte es
nur noch häßlicher. Die ganze Zeit, die wir bei ihr saßen,
sprach sie über die Jemeniten. „Prinzen", nannte sie sie
scherzhaft, „die illegitimen Sprößlinge der Königin von Saba
mit König Salomo". Bei den jemenitischen Männern finde
man eine Mischung aus Kraft und Zartheit, meinte sie,
Ritterlichkeit und Empfindsamkeit, Klugheit, List und den
Humor der Güte. Und was sie am meisten an ihnen liebe, sei
ihr „Sinn für das Mysterium". „Sie kennen Geheimnisse, von
denen wir nicht einmal eine Vorstellung haben", sagte sie,
deutete mit dem Finger auf uns und senkte die Lider zu einem
mystischen Blick. „Alte Geheimnisse, zu denen nur sie die
engen und gewundenen Wege kennen. Was wir mit unserem
Verstand zu begreifen suchen, erfassen sie mit dem Gefühl.
Sie flirten mit Lilith." Sie kicherte.
Als wir weggingen, sagte Nora: „Sie ist vollkommen daneben. Vollkommen."
Nach Ottos Tod begann Susi zu trinken. Alle Versuche
Noras, sie davon abzuhalten, schlugen fehl. Wenn wir sie
besuchten, roch sie nach Alkohol. Immer stand eine Flasche
Kognak oder Whisky bereit, und noch bevor wir uns setzten,
goß sie sich selbst und uns etwas ein. Nora riß ihr oft die
Flasche aus der Hand und schrie, der Alkohol werde sie
umbringen, und ihre Mutter, die schon vor unserer Ankunft
getrunken hatte, warf ihr dann einen haßerfüllten Blick zu:
„Sprich für dich. Trinke nichts, wenn du glaubst, daß es dich
umbringt, aber du hast kein Recht, Zwi einen Drink zu
verwehren." Damit hielt sie mir ein Glas hin. „Er ist ein
vernünftiger Mensch, er ist Historiker, und er weiß, daß ein
Gläschen Kognak noch keinen Menschen auf der ganzen
Welt umgebracht hat, im Gegenteil!" Ich stellte das Glas auf
den Tisch und versuchte, mit ihr zu sprechen, aber sie

wechselte sofort das Thema und hörte mir nicht zu. Sie beschwerte sich über den Gärtner, der die Sträucher nicht schnitt, über die Bewohner der Nachbarhäuser, die ihr das Leben schwer machten, indem sie ihre Radios und Fernsehapparate den ganzen Tag auf voller Lautstärke laufen ließen, sie habe schon Streit mit allen; über die Bank, von der sie seit Ottos Tod ständig betrogen würde. Sie ging zu einer Schublade, holte ein dickes Bündel Kontoauszüge heraus und legte sie vor mir auf den Tisch, deutete wütend auf die Zahlen und rief: „Was sind diese Fünfhundert hier! Was diese Achthundertfünfzig? Schecks, die ich ausgestellt habe? Ich habe nie solche Schecks hergegeben. Wem denn? Bei mir steht jedenfalls nichts. Sie sollen es beweisen! Ich wollte, daß sie es beweisen – aber sie haben keine Beweise! Sie glauben, ich wäre dumm und verstünde nichts von Rechnungen." Zorn stieg in ihr auf. Sie sei überzeugt, daß dort auf der Bank irgend jemand ihre Ersparnisse unterschlage, sagte sie, und sie wisse auch, wer. Sie habe sich wegen dieser Angelegenheit bereits an einen Rechtsanwalt gewandt. Wütend sammelte sie die Auszüge und legte sie zurück in die Schublade. Die ganze Zeit sprach sie nur mit mir und ignorierte ihre Tochter völlig.

Sie kämpften auch mehr als einmal miteinander, wenn Nora versuchte, ihrer Mutter die Flasche mit Gewalt aus der Hand zu reißen. Susi, die aussah, als fräße ihr der Alkohol den Körper auf, hatte trotzdem eine ungeheure Kraft in ihren dünnen Armen, und bei diesen Kämpfen ging sie meist als Siegerin hervor. Einmal, als sie miteinander rangen, fiel die Flasche zu Boden und zerbrach. Susi, mit Tränen in den Augen, schrie: „Geh weg, du Kapo! Ich will dich hier nicht mehr sehen!" Und leiser, auf Deutsch: „Du bringst mir den Tod."

Aus Sorge um sie fuhren wir immer wieder hin. Bei einem unserer Besuche, als sie nur Kaffee servierte, ihre glänzenden Augen aber ihre gehobene Stimmung verrieten, sagte sie: „Ich glaube, heute darf ich es euch gestehen: Otto war kein Jude."

„Du bist verrückt", flüsterte Nora.

„Ich weiß es." Sie hob die Stimme. „Du kannst es nicht

wissen. Er war nicht beschnitten! Er war unbeschnitten! Seine Mutter war keine Jüdin, und sein Vater hat sich taufen lassen. Und warum kam er hierher, nach Palästina? Weil er vom Architekturbüro Schutz und Erckhardt entlassen worden war. Zionismus? Er wußte noch nicht mal, was das Wort bedeutet."

„Warum lügst du?" fragte Nora ruhig.

„Ich lüge?" Susi lachte böse. „Das alles ist passiert, nachdem wir schon geheiratet hatten, standesamtlich natürlich. In München waren alle Nazis, noch bevor Hitler an die Macht kam, und sie wollten keinen Herrn Abrahamson in ihrem Büro, obwohl er seinen Papieren nach Christ war. Also haben sie ihn weggejagt: Raus! Ich erinnere mich noch genau an den Tag, als er heimkam, die Tasche auf das Sofa warf, in den Sessel sank, das Gesicht ganz grau, und schwieg. Als ich ihn fragte, was passiert sei, sagte er: Mein Vater war zu stolz, seinen jüdischen Namen abzulegen, und ich bezahle dafür. Ich sagte: Vielleicht bezahlst du für deine Frau. Ich bin doch deine Rassenschande. Er sagte nichts. Es war meine Idee, nach Palästina zu gehen, bis sechzehn war ich Mitglied im *Blauweiß* gewesen. Also fuhren wir los, mit einer dreijährigen Tochter. Und hier wurde er natürlich als Jude registriert. In der Zeit damals fragte man nicht, wer deine Mutter war, und man zog auch den Männern nicht die Hosen runter, um zu sehen, ob sie beschnitten waren. Wenn die Chewra Kaddischa die Wahrheit gewußt hätte, wäre er vermutlich außerhalb des Zauns begraben worden." Sie lachte auf.

Nach einem langen Schweigen sagte sie: „Und warum hat er den Hund vergiftet, bevor er nach Köln gefahren ist? Er hat ihn doch vergiftet."

„Glaubst du nicht, daß es reicht, Mutter?" sagte Nora beherrscht. „Du hast mir doch selbst gesagt, daß der Hund krank war."

„Er war krank, weil Otto ihm Gift ins Fressen getan hat. Und warum? Weil er nicht wollte, daß ich einen Freund im Haus habe." Tränen liefen ihr aus den Augen. „Der letzte Freund."

Als wir gingen, sagte Nora: „Selbst wenn das stimmt, na und?

Und wenn er wirklich nicht als Jude geboren wurde, na und? Sie hat gedacht, sie würde mir damit einen Schlag versetzen, daß ich nicht mehr aufstehe. Aber für mich hat sich nichts geändert. Ich habe schon längst aufgehört, mich über das aufzuregen, was sie sagt."

Einen Monat vor Susis Tod trafen wir eine ihrer Nachbarinnen vor dem Haus. Sie sagte: „Entschuldigen Sie, daß ich mich einmische, aber Sie müssen etwas mit ihrer Mutter unternehmen. Vielleicht sollten Sie sie in einer Entziehungsklinik anmelden, oder wenigstens dafür sorgen, daß jemand bei ihr ist." Dann erzählte sie, daß sie Susi schon zweimal bewußtlos auf dem Boden liegend gefunden hatte, am Hoftor, spät abends. Die Haustür war offen, und der Geldbeutel samt Inhalt war ihr aus der Hand gefallen. Sie und ihr Mann hätten sie ins Haus geschleppt und sie wieder zu sich gebracht. „Ein Glück, daß keine Einbrecher gekommen sind. Sie hätten das ganze Haus leerräumen können." Sie erzählte auch noch, daß Susi nachts alleine herumlaufe und man sie häufig singen höre, auf Deutsch. Nora bedankte sich bei der Frau und sagte: „Ich habe alles versucht. Ich habe sogar eine Frau angestellt, daß sie bei ihr wohnt und für sie sorgt, aber sie lehnt alles ab. Und zwingen kann man sie nicht." Die Nachbarin warf uns einen ungläubigen Blick zu und ging.

Eines Nachts wurden wir vom Klingeln des Telefons geweckt. Der Anruf kam vom Kaplan-Krankenhaus, man bat uns, sofort zu kommen. Wir zogen uns an und fuhren los.

Susi war schon nicht mehr am Leben. Als Todesursache nannte der Arzt Alkoholvergiftung.

Dieselbe Nachbarin hatte sie wieder gefunden, auf dem Rasen liegend, und den Krankenwagen gerufen.

Es war anderthalb Jahre nach Ottos Tod.

Susis Gesicht, auf dem Krankenhausbett, sah aus, als sei es vom Blitz getroffen. Wegen der dicken Lidschatten sahen ihre Augen wie blau unterlaufen aus. Ihr Mund war nach oben verzerrt, die Lider wie im Krampf erstarrt, ihre kupfernen Haare waren wirr und verklebt. Das ganze Drama ihres ruhelosen Lebens waren in dieses Gesicht gegraben.

Nur wenige gingen hinter ihrem Sarg. Eine Schwester von Nora, die die Beziehung zu ihrer Familie schon vor vielen Jahren abgebrochen hatte, kam aus Naharia, die zweite Schwester, die in New York lebte, teilte telefonisch mit, daß sie nicht kommen könne. Während der Beerdigung stand Nora aufrecht, die Hände aneinandergepreßt, die Augen auf die Grube geheftet, wie in Gedanken versunken. Ich sagte den „Kaddisch".

Schweigend hatten wir den Sarg zum Friedhof begleitet, und schweigend gingen wir nach Hause.

D as Aufschreiben dessen, was mir in den letzten drei Jahren passierte, hält mich von meiner Arbeit ab. Heute morgen fuhr ich zur Universität, um ein Buch zu suchen, das ich für meine Forschung brauche. Während ich in der Bibliothek suchte, entfiel mir der Name des Buches und der des Autors. Verärgert über mich selbst fuhr ich nach Hause zurück. Ich setzte mich an den Tisch und versuchte, anhand meiner Aufzeichnungen, die vor mir lagen, die Ereignisse des Massakers von Schitomir vom Januar 1916 zusammenzufassen, ein Massaker, ausgeführt von den Horden der Hetmans, nachdem sie die örtlichen Juden beschuldigt hatten, die Bolschewiken zu unterstützen. Ich brachte keine einzige Zeile zustande. Meine Gedanken flogen zu den zehn schicksalhaften Tagen im März vor zwei Jahren.

Und dennoch wachsen meine Zweifel an dem Sinn dieses Aufschreibens, am Sinn historischer Aufzeichnungen im allgemeinen.

Der Historiker E. H. Carr war überzeugt, daß eine „objektive Geschichtsschreibung" möglich sei, vorausgesetzt, dem Historiker gelänge es, sich von Vorurteilen zu befreien. Er verglich die historische Forschung mit der naturwissenschaftlichen; beide, so behauptete er, beruhten auf Tatsachen und Hypothesen sowie auf der ständigen Konfrontation zwischen beiden.

Ein großer Fehler. Jeder Vergleich zwischen Geschichtsforschung und exakten Wissenschaften – oder Naturwissenschaften – ist prinzipiell falsch, aus dem einfachen Grund, daß in der Geschichte jedes Ereignis einmalig ist, nicht wiederholbar, während im Reich der Naturerscheinungen, mit denen sich Physik, Chemie, Biologie und andere Disziplinen befassen, sich die Phänomene ständig wiederholen und daher ihre Gesetze erkennbar werden. Und nicht nur das. Beim Studium der Geschichte sind Experimente – selbst abstrakte –, wie sie in den Naturwissenschaften im Labor stattfinden, ausgeschlossen, denn in der Geschichtsforschung ist, anders als in anderen Wissenschaften, eine Trennung zwischen Objekt – dem Gegenstand der Forschung – und dem Subjekt, dem Forscher selbst, nicht möglich. Der Historiker, dessen Forschung sich auf Menschen und ihr Leben bezieht, ist selbst Teil der „Geschichte", Teil des Materials, das er erforscht, und daher unfähig, es unbeteiligt und „objektiv" zu betrachten.

Was ist die Geschichtsschreibung anderes als eine willkürliche Auswahl von Fakten und deren Anordnung nach einer Logik, die den Neigungen des Schreibers entspricht, um „Gesetze" zu entdecken, die zu seinen Zielen passen?

Vom Historiker zu verlangen, er solle sich bei der Geschichtsschreibung von „Vorurteilen" befreien, das ist, als würde man ihn auffordern, sich von jeder Beurteilung – intellektueller, emotionaler oder moralischer Art – den Geschehnissen der Vergangenheit gegenüber freizuhalten. Ist eine Geschichtsschreibung ohne eine derartige Einstellung überhaupt möglich?

Diese Position ist es doch genau, jedenfalls meiner Meinung nach, die eine Geschichtsschreibung motiviert. Sie ist ihre *raison d'être*.

Ich, ein Chronist, wähle also aus dem Chaos der vergangenen Ereignisse, von denen wir wissen – Ereignisse, denen keinerlei Ordnung innewohnt außer den unendlich vielen Ursachen und den Auswirkungen, soweit wir sie sehen –, genau diejenigen aus, die mich reizen, und verwende sie meinen Intentionen entsprechend. So war es, als ich den „Großen Verrat" schrieb, über die Pogrome von Chmjelnizki, so ist es bei meinen Forschungen über die Pogrome Petljuras, die ich, wie es aussieht, nicht beenden werde.

Die sowjetischen Geschichtsschreiber – wie die ukrainischen,

die ihnen vorausgingen – stellten Chmjelnizki als National-
helden dar, als Kämpfer ohne Furcht und Tadel, der versuchte, die unterdrückten Bauern von Grundbesitzern und Adel
zu befreien. Sie verdrehten nicht die Wahrheit, sie wählten
nur aus dem „Abfallhaufen der historischen Fakten" diejenigen
aus, die ihren Zielen am meisten entsprachen; die anderen
vernachlässigten sie oder ignorierten sie völlig. Die Ermor-
dung von sechshunderttausend Juden während der zwölf
Jahre, die der Aufstand dauerte, war in ihren Augen eine
Randerscheinung, die keine besondere Betonung verdiente.
Gras, das unter den Hufen der Pferde zertrampelt wurde, die
die Freiheitshelden auf ihrem Triumphzug trugen. Andererseits betonte Graetz – der jüdische Historiker, Anhänger der
Idee der „jüdischen Mission" – in den Kapiteln, in denen er
diese Pogrome beschrieb, den ausbeuterischen Charakter der
jüdischen Pächter, Zöllner, Wirtshausbesitzer und Händler,
die – seiner Meinung nach aus Treue zu den polnischen
Grundbesitzern – die Bauern erniedrigten und unterdrückten, so sehr, daß sich das Ganze wie eine Entschuldigung für
die Pogrome liest.
Aber auch ich wähle aus, betone, vernachlässige, hebe hervor. Und die Veränderungen in den Proportionen von Teilen
des Bildes, von Details, verändern das Bild als Ganzes!
Bei meiner Arbeit über die Pogrome Petljuras hätte ich, zum
Beispiel, die Rettungsaktionen, die Christen in fast jeder Stadt
unternahmen, betonen und in den Vordergrund des Bildes
rücken können. In Zamosc gab es, laut Berichten, einen
polnischen Faßbinder, der unter Gefährdung seines Lebens in
ein jüdisches Haus ging, während sich die Mörder auf den
Straßen herumtrieben, und die vier Juden herausholte, sie zu
sich nach Hause brachte, sie erst in der Schmiede auf seinem
Hof versteckte, später in einer Grube, die er in seinem Garten
gegraben hatte. In Dubova, in Krivoje-Usero, in Ribnica, in
Branova gab es Christen, die versuchten, mit den Kosaken
aus den Horden Petljuras zu diskutieren und sie zu überreden,
den Juden nichts zu tun; manche führten sie in die Irre, als sie
die jüdischen Wohngebiete suchten; andere schützten mit

ihrem Körper ihre Nachbarn oder versteckten sie in ihren eigenen Häusern. Man könnte behaupten, die Zahl dieser Handlungen sei minimal und unbedeutend; Ausnahmen, die nichts über die Regel aussagen und daher nicht relevant sind für den Geschichtsschreiber, der bei seinem Material bestimmte „Gesetzmäßigkeiten" sucht. Doch da stellt sich die grundsätzliche Frage, über die ich im Laufe meiner Arbeit immer wieder nachgedacht habe, sei es als Lehrer der Geschichte oder als ihr Chronist: Wenn Geschichte gelehrt und geschrieben wird, wie Burckhardt behauptete, „nicht nur, um die Vergangenheit im Licht der Gegenwart zu zeigen, sondern auch die Gegenwart im Licht der Vergangenheit", oder, wie ein lateinisches Sprichwort sagt, „historia vitae magistra", das heißt, die Geschichte sei die Lehrerin des Lebens, von der man zu lernen habe – warum sollte der Historiker dann von der Quantität der Fakten abhängig sein? Vielleicht sollte er überhaupt den Satz anwenden, „eine einzige Kerze kann die Dunkelheit erhellen, und es gibt keine Dunkelheit, die eine Kerze löschen kann". Sind es nicht die guten Taten – und seien es auch noch so wenige -, die man betonen muß, damit eine gewisse Hoffnung zur „Kerze" auf dem Weg der Menschheit wird?

Materialistische Historiker wie Montesquieu und Hyppolyte Taine, Positivisten wie Comte und Spencer, Idealisten wie Kant und Hegel, Theologen, Marxisten, alle glaubten, von verschiedenen Gesichtspunkten aus, „Gesetze" gefunden zu haben, denen zufolge die Menschheit auf ihrem Weg zu einer besseren Welt von Stufe zu Stufe aufsteige. Zu einer solchen Diagnose von Gesetzmäßigkeit kann man nur aufgrund einer rein rationalistischen Annäherung kommen, oder aufgrund des Glaubens an eine höhere Fügung, daß Gott alles zum Guten richte.

Doch der Historiker, der Hunderte von Dokumenten sichtet, die sich auf einen bestimmten Zeitraum beziehen, den er erforscht, und der nicht nur „Tatsachen" betrachtet, sondern auch das Leben der Menschen, die schließlich die Geschichte machen, lernt, wie groß – und unvorhersehbar – die Kraft der irrationalen Elemente ist, die die Ereignisse beeinflussen und die Richtung einer Epoche verändern, zum Beispiel Machthunger, Zerstörungswut, Rachegefühle, Bosheit, Größenwahn, Verfolgungswahn und ähnliches. Der Historiker ist gezwungen, Benedetto Croce zuzustimmen, daß historische Gesetze entweder nicht existieren oder nicht entdeckt werden können.

Hat denn einer dieser Historiker, die eine „Gesetzmäßigkeit" in der Geschichte entdeckt zu haben glaubten, die Raserei der Nazibarbaren in Europa vorhergesehen? Oder die Vernichtung von Millionen Menschen in Gaskammern?

Es war ein Gegner „historischer Gesetzmäßigkeiten", der englische Historiker H. A. L. Fisher, Autor des Buches „History of Europe", der behauptete, ein Historiker müsse die Realität des Zufälligen und Nichtvorhersehbaren menschlichen Tuns anerkennen, der, Jahre bevor die Nazis an die Macht kamen, schrieb, daß der „Fortschritt" kein Naturgesetz sei und die Gedanken und Gefühle der Menschen eine Richtung einschlagen könnten, die zur Barbarei führe.

Wenn ich das Material prüfe, das ich für meine Arbeit gesammelt habe – und ich mache das jetzt sehr zerstreut –, muß ich, um das Bild vom Leben einer bestimmten Epoche zu zeichnen, willkürlich Fakten auswählen, und eine Frage drängt sich mir auf: Ist diese Art der Geschichtsschreibung nicht Fiktion? Gleicht sie in dieser Hinsicht nicht der Arbeit eines belletristischen Autors, der seinen Stoff auch aus der Realität sammelt und eine gedachte Welt daraus formt?

Und wenn das so ist – ist diese Geschichtsschreibung dann geeignet, vitae magistra zu sein?

*T*en Days that Shook the World", das ist der Titel, den John Reed seinem Buch über die Russische Revolution gab.

Zehn Tage, die das Rad meines Lebens herumwarfen: Zwei Wochen nach jenem literarischen Abend zu Ehren des Dichters Scharfstein, um zehn Uhr abends, als ich am Schreibtisch saß, bekam ich einen Anruf aus Paris. Fojglman. Er würde in zwei Wochen nach Israel kommen, für zehn Tage. Da er diesmal natürlich die Absicht habe, Tag für Tag mit dem Übersetzer zusammenzusitzen und zu sehen, was dieser mit seinen Gedichten mache, wolle er nicht bei seinem Bruder in Ramle wohnen, sondern in Tel Aviv. Ob ich ihm nicht ein Zimmer in einem billigen Hotel bestellen könne?

Ich sagte: „Du kannst bei uns bleiben. Wir haben ein freies Zimmer, es steht zu deiner Verfügung."

Und im selben Moment wußte ich – mein Herz sank, und mein Magen verkrampfte sich –, daß das ein großer Fehler gewesen war. Ich hätte dieses Angebot nicht machen dürfen, ohne Nora gefragt zu haben.

„Aber nein! Warum denn? Warum sollte ich guten Bekannten unnötig zur Last fallen? Ich kann es mir leisten ... ein billigeres Hotel ..."

„Nein, nein. Wir freuen uns, dich bei uns zu haben", sagte ich mit schwacher Stimme, in den Ohren noch das Echo seiner und Hindas herzlicher Einladung, ihre Gäste in Paris zu sein, wann immer Nora und ich es wollten.

„Wenn du darauf bestehst ..."

Ich legte den Hörer auf, und eine tiefe Niedergeschlagenheit erfaßte mich.

Auch heute, nachdem ich die schicksalhaften Auswirkungen jenes Satzes kenne, der mir bei dem Telefongespräch damals voreilig entschlüpft war und der das Rad meines Schicksals herumwarf – auch heute frage ich mich noch, ob ich damals hätte anders handeln können.

Im Leben des einzelnen Menschen, wie im Leben der Völker, wird der Spielraum für Alternativen sehr oft von Umständen bestimmt, die außerhalb des Bewußtseins liegen.

Am nächsten Morgen sagte ich es Nora, bevor sie zur Arbeit ging. Sie wurde so weiß, als erfahre sie eine Katastrophe. Sie schaute mich kalt an, hart. In ihren Augen lag kaum zu bändigender Haß – ein Blick, den ich noch nie an ihr bemerkt hatte. Sie verkündete: „In diesen zehn Tagen werde ich nicht hier sein."

Ich versuchte, mich zu verteidigen, zu erklären, aber sie ging mit energischen Schritten ins Schlafzimmer, nahm ihre Tasche und verließ, laut die Tür hinter sich zuschlagend, das Haus, ohne sich von mir zu verabschieden.

Gegen Abend, als sie zurückkam, versuchte ich wieder, mit ihr zu sprechen, zu erklären, mich zu entschuldigen. Ich folgte ihr von Zimmer zu Zimmer, doch ich bekam keine Antwort. Plötzlich blieb sie im Wohnzimmer stehen und schrie weiß vor Wut: „Ich lebe in dieser Wohnung! Wie wagst du es, einen fremden Menschen einzuladen, daß er zehn Tage und Nächte hier herumläuft, das Badezimmer und die Toilette verdreckt, in der Küche herumfuhrwerkt, auf dem Balkon, auf den Sofas sitzt, auf dem Bett, und mir die Luft zum Atmen nimmt!" Und mit haßerstickter Stimme:„Du bringst mir das nicht ins Haus!"

„Das" hatte sie gesagt, nicht „ihn".

Stärker als ihr Geschrei erschreckte mich ihr Gesicht: es war gelb, die Haut gespannt, als würde sie gleich platzen.

„Du hast recht", sagte ich ruhig, „ich habe einen Fehler gemacht. Was rätst du mir jetzt?"

„Ich dir raten?" Sie funkelte mich an, und die Gespanntheit ihres Gesichts lockerte sich nicht. „Wenn ein Idiot einen Diamanten in einen Brunnen wirft, können ihn auch zehn Weise nicht mehr herausholen."

„Einen Diamanten", sagte sie, und mir war, als höre ich eine böse Prophezeiung.

Der Gedanke schoß mir durch den Kopf, ich könne irgendeine Ausrede finden: in Paris anrufen und sagen, Nora fühle sich nicht wohl, oder daß unsere Enkeltochter in dieser Zeit zu uns kommen solle. Doch im selben Moment wußte ich bereits, daß ich das nicht tun würde.

„Ich kann mein Angebot nicht mehr rückgängig machen", sagte ich.

Sie warf mir einen tödlichen Blick zu, dann sagte sie: „Ich bin nicht bereit, das Opfer deiner Komplexe zu werden. Ich habe genug eigene."

Damit verließ sie das Zimmer.

Am Abend vor Fojglmans Ankunft löste Nora ihr Versprechen ein. Trocken, diesmal ohne Zorn, teilte sie mir mit, sie habe Urlaub genommen und fahre nach Jerusalem. Nachdem sie ihren Koffer gepackt hatte, fragte ich, wo sie dort sein werde. „Ich weiß es nicht. Bei Ra'ja. Oder im Hotel." Außerdem teilte sie mir mit, daß sie das Auto nehme.

Ra'ja Luberski war ihre Freundin von der Universität. Sie war Angestellte beim Auswärtigen Amt, verheiratet mit einem Wasseringenieur und Mutter zweier Töchter und eines Sohnes. Zwei- oder dreimal im Jahr kam sie zu uns, und die beiden führten lange Gespräche, an denen ich nicht teilnahm.

„Ich wünsche dir eine schöne Zeit mit deinem Herzensfreund", sagte Nora mit einem gezwungenen Lächeln, als sie auf der Schwelle stand.

Sie sah so schön aus, so aufrecht und stolz, daß ich eifersüchtig wurde. Sie sah aus wie ein junges Mädchen, das sich zu einem Fest herausgeputzt hat. Und wenn ihr Vater ihr einschärft, nicht zu spät nach Hause zu kommen, reagiert sie mit einem geheimnisvollen Lächeln, das ihre Freiheit demonstriert.

Sie erlaubte mir nicht, ihren Koffer zu tragen.

Nachher sagte ich mir, daß es so vielleicht besser sei. Wäre sie geblieben, hätte eine unerträgliche Spannung im Haus geherrscht.

195

Am nächsten Tag, um neun Uhr abends, kam Fojglman an, keuchend, schwitzend, in der einen Hand einen großen Koffer, in der anderen eine prall gefüllte Reisetasche. Er stellte sein Gepäck ab, legte die Arme um meine Schultern und küßte mich. Als er die Wohnung betrat, schaute er sich suchend um und fragte: „Wo ist die Hausherrin?" Ich entschuldigte mich in ihrem Namen und sagte, sie habe Urlaub bekommen und brauche dringend Erholung, deshalb sei sie nach Jerusalem gefahren.

„Vielleicht habe ich sie vertrieben ..." Ein trauriger, enttäuschter Ausdruck erschien auf seinem Gesicht.

Ich klopfte ihm auf die Schulter. „Natürlich! Du bist ein wildes Tier!"

Dann zeigte ich ihm sein Zimmer, das früher Joavs Zimmer gewesen war, und er rief: „Hervorragend! Der Prinz von Wales hat kein solches Zimmer!" Und er versprach, mir nicht zur Last zu fallen. „Du machst deine Arbeit, als wäre ich nicht da. Ich werde auf Zehenspitzen gehen. Außerdem werde ich sowieso die meiste Zeit nicht hier sein ..."

Als er die zusammengefaltete Bettwäsche liegen sah, schob er sie zur Seite und sagte, er habe seine eigene mitgebracht. Er schlug leicht mit der Hand auf den kleinen Schreibtisch, der im Zimmer stand, wie ein sachkundiger Handwerker, der die Qualität prüft, und rief: „Gut, gut!" Und mit einem traurigen Blick zu mir: „Mir tut es sehr leid, daß Nora nicht da ist. Sehr, sehr leid! Hinda hat mir etwas für sie mitgegeben, und ich hätte es ihr gerne selbst überreicht."

Er ging zum Koffer und öffnete ihn.

Doch dann ging er zu der prallen Reisetasche und zog den Reißverschluß auf: „Erst muß ich die irdischen Freuden hier loswerden ..." Mit diesen Worten zog er eine Flasche Kognak heraus, eine Flasche Dubonnet, drei geräucherte Würste, ein großes Glas eingemachte Kirschen, eine Dose Pilze und drei Päckchen französischen Käse. „Die solltest du gleich in den Kühlschrank legen", sagte er und drückte mir den Käse in die Hand. Ich protestierte, sagte, er habe Essen gebracht wie in einen belagerten Bunker. „Aber wir sind in einem Bunker,

196

Reb Hirsch! Weißt du das nicht?" Seine Augen lächelten mich an. „Immer!"

Als ich aus der Küche zurückkam, öffnete er ein Schmuckkästchen, das er aus dem Koffer geholt hatte, und zog eine lange Kette aus rosafarbenen Perlen heraus und hielt sie mir hin. „Von Hinda, für deine Botticelli-Madonna."

Ich brachte kein Wort heraus.

Er warf mir einen Blick zu. „Wird sie ihr stehen? Was meinst du?"

Beschämt und verlegen stand ich vor ihm.

„Wie steht im Hohelied? *Und dein Hals mit den Perlenschnüren*. Und *dein Hals ist wie der Turm Davids*. Deine Schulamit hat einen Hals, der wie geschaffen ist für Perlen! Und diese da sind echte Margaritanas." Er drehte sie zwischen den Fingern. „Fühl mal."

Ich fand keine Worte, um ihm zu danken.

„Hinda hat sie von ihrer Mutter geerbt." Er legte die Kette auf den Tisch.

Ich fragte ihn, wie es Hinda gehe. „Nicht so gut, nein, nicht so gut." Sie habe keine Aufführungen in der letzten Zeit, einige Einladungen seien geplatzt, deshalb sei die Situation zur Zeit ein bißchen gespannt. „Aber es wird gut sein! Wer arm ist, ist so gut wie tot, sagt man, aber ich sage: Wer lebt, ist so gut wie reich. Das ist meine Drei-Groschen-Philosophie." Lachend fügte er hinzu: „Sofern ich drei Groschen in der Tasche habe."

Als wir im Wohnzimmer Platz genommen hatten, fragte er, wie es mit der Übersetzung seiner Gedichte vorangehe. Ich sagte, ich hätte keine Ahnung, ich verließe mich auf die Meinung von Professor L., der Zelniker empfohlen habe. Seine Übersetzungen würden sehr gelobt.

Fojglman schwieg. Ein Schatten von Sorge flog über sein Gesicht. Er schien einen Seufzer zu unterdrücken. Dann sagte er: „Zwi! Geh in dein Zimmer! Ich will dir nicht die Zeit stehlen, noch nicht mal eine Stunde."

Am nächsten Morgen stand er vor sechs Uhr auf, ging, um mich nicht aufzuwecken, „auf Zehenspitzen" herum, wie er versprochen hatte, obwohl ich, besorgt, wie ich war, längst wach lag. Er blieb sehr lange im Badezimmer, und als ich nach ihm hineinging, war der Raum feucht von Wasserdunst, und ein süßlicher Duft nach Seife und Rasierwasser hing in der Luft. Als ich in sein Zimmer spähte, sah ich, daß er sein Bett bereits gemacht hatte; zwei, drei Bücher lagen auf dem Tisch, der Koffer und die Reisetasche waren verstaut, vermutlich unter dem Bett, und der Fußboden war fleckenlos sauber.

Wir frühstückten zusammen, und dabei erzählte ich ihm von der Feier für Herz Scharfstein und den vielen Lobesreden, die ihm zu Ehren gehalten worden waren. Ob er wirklich so gut sei, fragte ich.

Ein verächtliches Lächeln erschien auf seinem Gesicht. „Willst du meine ehrliche Meinung hören? Nein, man sollte nicht schlecht über Kollegen reden!" Und nach einem kurzen Zögern: „Aber er ist ein fleißiger Dichter! Sehr fleißig! Die Zahl der Gedichte, die er geschrieben hat, erreicht sein Lebensalter mal zehn. Man kann wirklich sagen, daß er ein produktiver Dichter ist, sehr produktiv! Grund genug für die Ehre, die er bekommt." Lachend fügte er hinzu, man müsse nur bedenken, daß „Ehre" in Jiddisch nicht dasselbe bedeute wie in Hebräisch. Auch bei ihnen in Paris habe es eine Geburtstagsfeier gegeben, erzählte er, zu Ehren von Jankel Somer, der sechzig wurde. Aber es waren keine Hunderte gekommen, um ihn zu feiern, sondern nur ein paar Dutzend. Die Hauptrede hatte Mendel Weisbrod gehalten, den ich im Sélect getroffen hatte. Eben jener Mendel Weisbrod, der bei jedem Gespräch im Café über Somer herzog, der ihn beschuldigte, schamlos auf die Tränendrüsen zu drücken und ein armseliger Imitator von Mosche-Leib Halpern zu sein, der lobte und pries ihn nun auf dieser Feier, als wäre er Peretz oder Leivick. Und warum? Wenn es diesem Geschäftemacher Somer nicht gelänge, immer wieder Geld von einigen Kaufleuten aufzutreiben, hätte *Undser wort* schon längst aufgehört zu existieren. Es war nur gerecht, daß er ihn lobte, und es war ein Geschäft! „Du mußt wissen, Reb Hirsch, bei uns hört die Aufrichtigkeit da auf, wo das Geld anfängt."

Um meine Zeit nicht mit Gesprächen und der Sorge für meinen Gast zu vergeuden, entschied ich mich, in meinem Zimmer in der Universität zu arbeiten und die meiste Zeit des Tages dort zu verbringen. Ich gab ihm die Telefonnummer von Zelniker und den Hausschlüssel und sagte, ich würde gegen Abend wiederkommen, er solle sich in der Wohnung wie zu Hause fühlen.

Als ich nach Hause kam, war ich überrascht, ihn in der Küche zu finden. Er stand am Herd, eine Schürze von Nora umgebunden, und kochte und briet. Mit dem spitzbübischen Lächeln eines Jungen, der seine Eltern mit unerwarteter Findigkeit überrascht, sagte er: „Siehst du? Ich habe alles selbst entdeckt! Die Pfanne, die Töpfe, die Gewürze ... Sogar den nächsten Lebensmittelhändler." Er erzählte, daß er nachmittags, nachdem er von Zelniker zurückgekommen sei, in dem Laden Essen für einige Tage gekauft habe – ein Teil sei dort im Kühlschrank, ein Teil in der Speisekammer –, und jetzt sei er dabei, das Abendessen für uns beide zu machen. „Ich hoffe, du hast noch nicht zu Abend gegessen ..."

In der Pfanne brutzelte ein Omelett mit großen Scheiben Wurst und Zwiebelstückchen. Im Topf kochte Buchweizen. Auf dem Tisch stand eine Schüssel mit grünem Salat.

Ich lachte und sagte, ich hätte eigentlich vorgehabt, ihn ins Restaurant einzuladen. Er könne Restaurants nicht leiden, sagte er, immer ginge er hungrig wieder hinaus. Und das ganze Getue mit den Kellnern ... Auch zu Hause koche er die Mahlzeiten selbst, seit Hinda wie ein Satellit die Erde umkreise, Nachrichten auf Jiddisch aussende und nur alle paar Monate einmal auf dem Place de la Concorde lande. Ich hätte ja gesagt, er solle sich in der Wohnung wie zu Hause fühlen. Und überhaupt, warum sollte ich Geld für ihn verschwenden? Ich lachte. „Und Buchweizen! Wofür ist der Buchweizen?"

„Für morgen. Mittags esse ich nicht viel. Kasche mit Milch und ein bißchen Obst, das reicht mir."

Mit diesen Worten holte er Teller und Besteck und deckte den Tisch.

Ich war sein Gast.

Nach dem Essen bestand er hartnäckig darauf, das Geschirr zu spülen, dann setzten wir uns mit einem Kognak ins Wohnzimmer, und ich fragte, wie das Treffen mit Zelniker verlaufen sei.

Er seufzte. „Nicht gut, nein, nicht gut. Ich meine, er ist zwar genau, Wort um Wort, soweit ich es mit meinem Hebräisch verstanden habe. Aber die Melodie! Die Melodie! Ich gebe ihm Noten von Schubert, und er spielt Mahler!"

Dann sagte er: „Was macht man nur mit eurem Hebräisch! Eine überhebliche, hochgestochene Sprache ... Jedes Wort trägt Purpur und hat eine Krone auf dem Kopf ... Man kann sich vor ihm verbeugen – aber ihm um den Hals fallen? Manchmal habe ich Lust, ein hebräisches Wort am Kopf zu packen, es ein wenig runterzudrücken und zu ihm zu sagen: Ein bißchen Bescheidenheit, meine Kleine, bück dich ein bißchen auf unsere Größe, auf die Größe der einfachen Leute ... Recke doch den Hals nicht so, wie die Tochter eines reichen Mannes. Weißt du, wie man bei uns sagt? *Got sol ophitn fon gojischer tawe un fon jidischer gawe*. Nimm zum Beispiel ein Wiegenlied, ein simples Volkslied, das mit ganz einfachen Worten anfängt: *Amol is gewen a majße / di majße is gor nit frejlech / di majße hejbt sich on / mit a jidischn melech*. Ich habe bei Zelniker eine Übersetzung dieses Liedes gesehen, auf Hebräisch. ‚Es war einmal eine Geschichte / die Geschichte war keineswegs fröhlich / die Geschichte begann / mit einem bösen König'. *A majße* ist ‚eine Geschichte'? *Hejbt sich on* ist ‚beginnt'? *A jidischn melech* ist ‚ein böser König'? Und dann: *Ljulinke majn fejgele / Ljulinke majn kind* ist so übersetzt: ‚Lulinka, mein Küken, Lulinka, mein teures Kind'. *Fejgele* ist etwas Weiches, Zartes, Warmes, etwas zum Streicheln ... Und ein Küken? Das gehört auf den Hühnerhof! Und was heißt das, ‚teures Kind'? Ein Wort von Propheten! Jeremias! Wie kann man ein kleines, armes Kind in der Wiege mit einem Ausdruck der Propheten ansprechen? Ach, nimm zum Beispiel das wunderbare Gedicht von Sutzkever: *Unter dajne wajße schtern / schtrek zu mir dajn wajße hant*. Wie ist es übersetzt worden? ‚Unter der Weiße deines Gestirns / reiche

mir deine weiße Hand.' Was heißt das, ‚Weiße deines Gestirns'? Hat Sutzkever nicht einfach ‚weiße Sterne' gesagt?
‚Die Weiße' ist etwas Abstraktes, ist weit weg, fremd! Und
noch etwas: *Majße* ist eigentlich ein hebräisches Wort. Aber
das Jiddische hat dieses Wort in den Arm genommen, ihm
Wärme gegeben, man kann es überhaupt nicht mehr ins
Hebräische rückübersetzen! Paradox, nicht wahr? Aber das
ist es ja gerade, was ich behaupte: Dieses Hebräisch ist so
stolz, daß es einen seiner Sprößlinge, der das Haus verlassen
hatte, bei seiner Rückkehr so kalt empfängt, als wäre er ein
Fremder. Was soll man machen, Zwi? Ich kenne keine zwei
Sprachen, die einander so fern sind wie Jiddisch und Hebräisch.
Als gehörten sie zwei Völkern."
Ich sagte, soweit ich wüßte, wären bei jeder Übersetzung die
Wörter verkleidet, wenn sie die Bühne betreten. Shakespeare
in Hebräisch sei nicht Shakespeare in Englisch, und Jehuda
Halevi in Jiddisch sei nicht Jehuda Halevi in Hebräisch.
„Traduttori – traditori", wie die Italiener sagen.
„Ja, Wörter, Wörter." Fojglman nickte. „Aber in der Lyrik,
ist da nicht die Melodie das Wichtigste, und eine Melodie aus
dem Jiddischen ins Hebräische übersetzen ..."
Am nächsten Morgen, als ich aus meinem Zimmer kam, sah
ich, wie er auf dem Balkon stand und liebevoll die Blumen
goß, mit einem Krug, den er irgendwo gefunden hatte. Ich
sagte: „Was machst du da, Fojglman! Ich habe sie erst vor
zwei Tagen gegossen!"
Er drehte sich mit einem amüsierten Lächeln zu mir um und
sagte: „Ich bin ein erfahrener Gärtner, Zwi. Wußtest du das
nicht? Ich war Gärtner bei einem SS-Offizier. Spengler, neben
Majdanek. Besser gesagt, bei seiner Frau ..." Er stellte den
Krug ab, kam zu mir, schob sich mit der Hand eine Haar-
strähne zurück und legte eine Narbe hinter seinem Ohr frei.
„Siehst du das?" Die Frau des Offiziers habe Mitleid mit ihm
gehabt, erzählte er, doch einmal sei ganz überraschend ihr
Mann zum Gemüsegarten gekommen und habe ihn dabei
erwischt, wie er eine Karotte aß. Er habe ihn so heftig mit dem
Stock geschlagen, daß das Fleisch aufplatzte.

Am Nachmittag, als ich von der Universität zurückkam – früher als am Tag zuvor –, fand ich eine ganze Gesellschaft auf dem Balkon: Fojglman, seinen Zwillingsbruder, zwei Frauen und ein kleines Mädchen. Auf dem Tisch und auf der Kommode im Wohnzimmer standen Gläser mit Grapefruitsaft. Fojglman kam auf mich zu und rief: „Wir haben deine Burg besetzt. Aber sei nicht böse, es ist nur eine taktische Belagerung. Wir ziehen schon ab." Dann stellte er mir seine Gäste vor: „Malkele, die Frau meines Bruders, ihre Tochter Sehava, die Enkelin Jaffale, meinen Bruder kennst du ja schon, alles anständige Menschen." Katriel entschuldigte sich tausendmal, sie seien nur für ein paar Minuten gekommen, um den Bruder zu sehen, sie seien schon beim Gehen ... Ich bat sie zu bleiben, doch sie lehnten es ab, nichts läge ihnen ferner, als mich zu stören. Katriel sagte: „Das war eine Mizwah, daß Sie einen Übersetzer für meinen Bruder gefunden haben. Er ist ein Mensch, bei dem die Wörter immer vor dem Handeln erscheinen. Jetzt, da seine Wörter nach Israel kommen, wird er ihnen schon folgen." Seine Frau – eine kleine Frau mit einem kränklichen Gesicht und geschwollenen Beinen, sagte: „Schmuel ist unser Stolz. Wir lesen jedes Wort, das er schreibt, und jedes Wort, das über ihn geschrieben wird. Die ganzen Jahre habe ich zu ihm gesagt: Zwillingsbrüder – und das Meer liegt zwischen ihnen? Die Familie muß zusammen sein! Aber er hat Angst, er hat ..." Fojglman machte sich lustig. „*A foigl on fligl un an oreman a gawediker, schtarbn bajde far hunger*, das heißt, ein Vogel ohne Flügel und ein stolzer Bettler sterben beide an Hunger."

„An Hunger wirst du bei uns nicht sterben", versprach seine Schwägerin, „wir werden für dich sorgen." Ihre Tochter, jung und schön, mit einem warmen Gesicht und einem langen, schwarzen Zopf, der ihr über den Rücken hing, rannte hinter ihrer etwa zweijährigen Tochter her, die im Wohnzimmer herumtobte, und gab ihr einen Klaps auf die Hände, als sie etwas vom Tisch nahm.

Als sie gegangen waren, bat Fojglman, ich möge ihm doch ein paar Minuten meiner Zeit widmen. Er brachte eine Liste von

Wörtern und Ausdrücken, die seiner Meinung nach zweifelhaft übersetzt worden seien. Ob ich sie mit ihm durchgehen könnte? Wir setzten uns vor die Liste und überlegten gemeinsam, was zu ändern sei. Fojglman hatte geschrieben: *Majn geßl un majn tajchl*, und Zelniker hatte daraus „meine Straße und mein Fluß" gemacht. Im Original klängen die Wörter klein und liebevoll, meinte Fojglman. Bei ihm hieß es *ch'bin arojß fun majn hejm*, und Zelniker hatte es mit „ich verließ mein Zuhause" übersetzt. Warum nicht einfach „ich verließ mein Heim"? Fojglman hatte geschrieben: *Majne bagern kenen nischt flijen*, und übersetzt war es: „Mein Sehnen ist nichtig." Er hatte doch nur sagen wollen, daß seine Sehnsucht keine Flügel hätte. Und warum übersetzte Zelniker *wej* mit „Herzeleid", und ob *singt* wirklich „jubiliert" heißen müsse? Und *dajner schtilkajt* war zu „deine schweigende Stimme" geworden. Als sei er, Fojglman, ein Prophet, der Gottes Stimme in der Wüste höre. Und einfache Wörter wie *bet ich majn tfile* übersetzte Zelniker in eine Hochsprache, „preise ich den Herrn".

Ich versuchte, einige Worte mit Rhythmus und Reim zu erklären, für andere schlug ich Änderungen vor. Doch Fojglman war nicht zufrieden. Er saß da, bedrückt, enttäuscht.

„Ach, Zwi! Manchmal denke ich darüber nach, was hier mit den Menschen passiert ist, die aus Europa gekommen sind. Sie haben Jiddisch gegen Hebräisch eingetauscht, und mir kommt es vor, als hätten sie damit nicht nur ihre Sprache geändert, sondern ihre ganze Natur. Die Sprache hat sie von allem abgeschnitten, was warm und herzlich und einfach ist. Dieser Wechsel von einer Sprache zur anderen war nichts anderes als eine Operation, wie man sie heute zur Änderung des Geschlechts vornimmt ..."

Mit gesenktem Kopf ging er in sein Zimmer.

In jener Nacht wachte ich zweimal auf, und beide Male schlief Fojglman nicht. Um halb eins brannte noch Licht in seinem Zimmer, und Geräusche – Papiergeraschel, Stuhlrücken,

Füßescharren – waren zu hören. Um halb vier, als ich leise aus dem Bett stieg, sah ich ihn im Pyjama auf dem Balkon stehen; er hatte die Hände auf das Geländer gelegt und schaute hinunter auf die Straße. Ich legte mich wieder hin, und er stand immer noch dort. Ich hörte das Tappen seiner nackten Füße vom Balkon zu seinem Zimmer, dann wieder zum Balkon, und dort hörte das Tappen auf.

Auch in den Nächten danach brannte immer das Licht in seinem Zimmer, wenn ich aufwachte, und ich wachte oft auf, weil ich wegen meiner Sorgen um Nora unruhig schlief. Ab und zu hörte ich ihn auch seufzen. Ich fragte mich, ob er überhaupt jemals schlief.

Am Morgen fragte er mich mit einem sorgenvollen Gesicht, was wäre, wenn Zelniker seine Arbeit beendet hätte. „Glaubst du, daß ich einen Verleger suchen sollte, bevor ich nach Paris zurückfahre?" Ich sagte, daß meiner Erfahrung nach kein Verleger eine Veröffentlichung auch nur in Erwägung ziehen würde, bevor er nicht das ganze Manuskript gesehen habe, abgeschlossen und druckreif, und auch dann wäre es wohl nicht so einfach. Die Verlage hätten keine Lust, das Buch eines unbekannten Dichters zu veröffentlichen, geschweige denn in einer Übersetzung. Wenn die Übersetzung fertig wäre, versprach ich, würde ich sie einigen Verlagen vorlegen.

Die Sorge wich nicht aus seinem Gesicht. „Glaubst du, daß es sich lohnen könnte, die Bekanntschaft von einigen hebräischen Dichtern zu machen, die hier irgendwelchen Einfluß haben?" Ich hatte schon gelernt, daß er, wenn er eine Bitte äußern wollte, erst versuchte, sie als Frage nach meiner Meinung zu formulieren. „Glaubst du, daß es sich lohnen könnte ..."

Ich sagte, ich selbst hätte keine Verbindung zu Dichtern. Mir seien nur zwei bekannt, Dozenten von der Universität. Ich wolle versuchen, sie für einen Abend einzuladen.

„Ist dir das nicht zuviel Mühe? Man könnte sich in einem Café ..."

Ich sagte, ich würde es vorziehen, sie kämen hierher, wir könnten uns in Ruhe unterhalten und vielleicht auch ein paar

Gedichte lesen, die schon übersetzt waren. Er bedankte sich überschwenglich.

Gegen Abend, als ich allein war, kam Joav vorbei. Wie üblich „auf einen Sprung, um zu fragen, wie es geht“. Er erkundigte sich, wo seine Mutter sei. Ich bat ihn, sich zu setzen, und berichtete ihm, was zwischen uns vorgefallen war. „Das hat sie prima gemacht!“ sagte er. „Alle Achtung! Ich wäre unter keinen Umständen einverstanden, daß mir ein fremder Mensch, irgendein Jude aus Chelm, zehn Tage und Nächte lang auf die Nerven geht.“

Ich erzählte ein bißchen von Fojglman, was ihn hergetrieben hatte, und von seinem freundlichen Angebot, mich und Nora in seinem Haus zu empfangen, und auch von den Geschenken, die er mitgebracht hatte. „Papa, du lebst mit Schuldgefühlen. Dein ganzes Leben lang lebst du mit Schuldgefühlen. Das ist dein Problem. Geh doch mal zu einem Psychologen, er wird dir dasselbe sagen. Du scheinst immer für etwas büßen zu müssen. Was mußt du sühnen? Daß du nicht dort warst?“

Fojglman kam herein. Als ich ihm Joav vorstellte, stand er ehrfürchtig vor dessen Offiziersuniform, fragte, wo er diene, seit wieviel Jahren und ähnliches. Dann setzte er sich und erzählte, wann er zum erstenmal einen hebräischen Offizier gesehen habe, nämlich als die Amerikaner das Lager Gunskirchen befreiten. Er selbst war damals nur ein wandelndes Skelett, und man brachte ihn sofort in das in der Nähe gelegene Militärkrankenhaus, das zuvor von der deutschen Armee benutzt worden war. Eines Tages, er lag im Bett, hörte er draußen jemanden Hebräisch sprechen. Er ging zum Fenster und sah ein Militärfahrzeug, das im Hof parkte, daneben einige Soldaten und Leute aus dem Lager. Von weitem erkannte er den Davidsstern auf der Schulter des jungen Soldaten, der zu den anderen auf Hebräisch sprach. Er glaubte zu träumen. Ein Davidsstern war etwas auf einem gelben Tuch, ein Zeichen, daß man zum Tod bestimmt war. Und da war er plötzlich auf der Schulter eines jungen Soldaten, der Hebräisch sprach. Im Pyjama verließ er den Krankensaal, rannte auf den Hof, plötzlich voller Kraft, mischte sich unter die Menschen, die um die Soldaten herumstanden und zu ihm sagten: Das sind Soldaten von der Jüdischen Brigade! „Jüdische Brigade! Könnt ihr euch vorstellen, was das für mich bedeutete, diese beiden Wörter? Als hätte man Schofar geblasen: Der Messias kommt!" Er trat vor, zu dem Soldaten, und küßte ihm die Hand. „Das war das erstemal, daß ich einen jüdischen Soldaten gesehen habe."

Joav hörte gespannt zu. Als Fojglman schwieg, sagte auch Joav eine Weile nichts. Dann nahm er seine Autoschlüssel aus der Tasche und sagte: „Gut, ich muß los. Wenn Mama kommt, sag ihr, daß wir sie erwarten. Sie war schon zwei Wochen lang nicht bei uns."

Am Abend rief ich die beiden Dichter an, die ich von der Universität kenne, M. L., der mir immer jedes Buch, das von ihm erschien, schenkte, und den Essayisten G., einen Literaturwissenschaftler. Ich lud sie ein, am Sonntag zu uns zu kommen, um einen jiddischen Dichter aus Frankreich kennenzulernen, der mein Freund sei. Sie fragten, was er geschrieben habe, ob seine Gedichte gut seien, ob etwas von ihm ins Hebräische übersetzt sei, und dann versprachen sie zu kommen.

Am nächsten Abend passierte Fojglman ein kleiner Unfall. Ich war gerade von der Universität nach Hause gekommen und hielt mich im Schlafzimmer, da hörte ich einen erschreckten Ausruf aus der Küche: „Oh, Blut!" Ich rannte hinüber und fand Fojglman mitten in der Küche stehen, die Schürze umgebunden – es war unmöglich, ihn davon abzuhalten, unser Abendessen zu kochen –, und von seinem Finger tropfte Blut. Er hatte eine Konservendose aufgemacht und sich am Deckel verletzt. Eigentlich war es eine Kleinigkeit, doch offenbar nicht für ihn. Sein Gesicht war kalkweiß, die Augen aufgerissen vor Verzweiflung und Entsetzen, und er stammelte: „Was macht man, Zwi ..." Ich holte schnell etwas Watte, Jod, Verbandszeug. Er sank auf einen Stuhl, und während ich seine Wunde versorgte, hörte er nicht auf zu murmeln: „Warum mußte mir das passieren, jetzt, hier ..." Ich beruhigte ihn und sagte, er brauche sich nicht aufzuregen, in ein, zwei Tagen wäre es vorbei; so etwas passiere jedem mal. Er blieb noch eine ganze Weile, nachdem ich seine Wunde verbunden hatte, auf dem Stuhl sitzen, blaß, mit geschlossenen Augen. Als er sie aufmachte, schaute er mich entsetzt an und flüsterte: „Ein schlechtes Zeichen ..." Und dann, wie um sich Mut zu machen, lächelte er mit blutleeren Lippen und sagte: „Vielleicht ist das meine Brit-Mila, meine zweite ..."

Am Schabbat fuhr Fojglman zu seinem Bruder nach Ramle. Am Sonntag widmete er sich den Vorbereitungen für den Besuch der beiden Dichter. Er kam früher nach Hause als an den Tagen zuvor, duschte, kämmte seine „Dichtermähne", die ihm über die Schläfen und bis auf die Schultern hing, zog einen Anzug und seine rote Schleife an. Von Zelniker hatte er ein Bündel Übersetzungen mitgebracht, alle mit der Schreibmaschine getippt und vokalisiert. Wir wählten gemeinsam vier oder fünf Gedichte aus und einigten uns, daß wir Original gegen Übersetzung lesen würden, er das Original, ich die Übersetzung. Er stellte viele Fragen über die beiden, die er kennenlernen würde, und ich sagte, M. L. sei ein sehr sensibler, lyrischer Dichter, ein Dichter für Dichter, unsicher anderen Menschen gegenüber, doch sehr selbstsicher, wenn es um seine Dichtung gehe, sehr kritisch und fordernd, ein Dichter, der jedes Wort abwäge, und von den Kritikern hoch gelobt. Über G. sagte ich, er sei einer der bekanntesten Literaturkritiker, ein großer Fachmann für hebräische Literatur, ein energischer Mann mit einem brillanten Stil und sehr einflußreich auf literarischem Gebiet. Am Aufleuchten seiner Augen merkte ich, daß Fojglman meine Beschreibungen gefielen.

Gegen Abend verschwand er, ohne zu sagen, wohin er ging. Eine Stunde später kam er zurück, mit Plastiktüten beladen. Er brachte Snacks, Nüsse und Kekse, füllte sie in Schüsseln, die er auf den Tisch stellte, zusammen mit einer Flasche Wein. Ich hatte die Gäste für neun Uhr eingeladen. Um zehn nach neun klingelte das Telefon. Es war M. L. Stotternd vor Aufregung entschuldigte er sich, daß er nicht kommen könne.

Vor einer halben Stunde sei seine Mutter überraschend aus Haifa gekommen. Er könne sie nicht allein lassen. Es sei ihm wirklich sehr unangenehm, denn er hätte den jüdischen Dichter aus Frankreich gerne kennengelernt, bei dem ich ihn doch bitte entschuldigen möge. Ich berichtete Fojglman, was M. L. gesagt hatte. „Er hat richtig gehandelt", sagte er. „Die Mutter zu ehren steht höher, als einen Gast zu ehren." Und während wir auf G. warteten, erzählte er mir von seiner Mutter. Sie war eine begeisterte Bundistin, eine Art Narodnia Wolja. Sie organisierte Bildungsveranstaltungen für jüdische Fabrikarbeiter. An jedem Umzug zum ersten Mai ging sie an der Spitze des Zugs, trug die rote Fahne und sang den Schwur. Ich erzählte ihm von meiner Mutter, die in Rechovot geboren war, als Tochter eines Mannes, der Orangenplantagen und einen Weinberg besaß, und die sich als junges Mädchen gegen ihren Vater auflehnte, sich weigerte, in Frankreich zu studieren und lieber als Packerin arbeitete und nachts den Weinberg bewachte.

Als es zehn wurde und G. nicht gekommen war, kochte ich vor Zorn und Gekränktheit und begann, über ihn zu schimpfen. Man könne sich nicht auf ihn verlassen, er komme zu spät zu seinen Vorlesungen, es dauere Monate, bis er die Arbeiten der Studenten zurückgebe, er verspreche Sachen, die er nicht halte, und sei ein Lügner. Fojglman hörte mir mit einem traurigen Lächeln zu. „Zwi", sagte er, „du bist böse. Warum klagst du einen klugen Menschen an? In der Zeit, in der wir uns die Zeit mit Gesprächen über Mütter vertreiben, sitzt er vielleicht über den ‚Sprüchen der Väter', oder er schreibt einen tiefsinnigen Aufsatz über Ibn Gabirols ‚Keter Malchut' oder Becketts ‚Warten auf Godot'. Sollte er meinetwegen seine geheiligte Arbeit im Stich lassen? Eines Tages, wenn ich mit Pferd und Wagen komme, wird er mich sicher begrüßen." Als ich fragte, was er damit meine, goß er für uns beide Wein ein und erzählte mir die chassidische Geschichte über Reb Susja von Anipoli: Susja und sein Bruder Elimelech wanderten zu Fuß von Stadt zu Stadt, und als sie in Ludomir ankamen, übernachteten sie im Haus eines armen, aber gottesfürchtigen Mannes, denn der Reiche verachtete sie und wollte sie nicht in seinem Haus haben. Einmal kamen sie jedoch mit Pferd und Wagen in die Stadt, und da begrüßte sie der Reiche und lud sie untertänig in sein Haus ein. Da sagte Susja zu ihm: „Wenn du nur die Pferde und den Wagen ehrst, ist es besser, wenn wir bei unserem armen Gastgeber schlafen, wie immer ...“

Wieder goß uns Fojglman Wein ein. „Trink, Reb Hirsch! Die arme Flasche, wir dürfen sie nicht beschämen, sie fleht uns förmlich an, sie zu leeren, findest du nicht?“ Er nahm einen Schluck, stellte das Glas auf den Tisch und schaute mich lange von der Seite an. „Du machst dir Sorgen, sehe ich. Das ist nicht gut! Traurigkeit ist Sünde, Freude eine Mizwe, das habe ich von meinen Vorvätern gelernt. Trink! Trink! Der Alkohol vertreibt die Sorgen so gut wie Petroleum die Läuse.“

Ich prostete ihm zu. Die Falten auf seiner Stirn und in seinen Augenwinkeln sahen aus wie alte Schriftzeichen auf Pergament. Er wischte sich den Mund ab und sagte: „Weißt du, nach dem Krieg habe ich viel getrunken. Mindestens eine Flasche am Tag. Aber ich hatte Schwierigkeiten mit meinen Eingeweiden. Einmal, fünf oder sechs Jahre nach meiner Ankunft in Paris, ging es mir so schlecht, daß ich ins Krankenhaus kam. Als ich entlassen wurde, verordnete mir Hinda absolute Abstinenz. Ich hielt es nicht aus. Ich trank heimlich und aß Zwiebeln, um den Geruch nach Alkohol zu überdecken. Die ganzen Jahre wacht sie über mich, damit ich nicht mehr als ein oder zwei Gläser am Tag trinke. Aber jetzt sind wir Junggesellen, Hirsch!“ Er blähte die Brust. „Wir brauchen unsere Frauen nicht zu fürchten! Trink, trink!“ Er füllte mein Glas.

Ich bin es nicht gewöhnt zu trinken. Doch die Enttäuschung, die Kränkung, alles, was an diesem Abend geschehen war, auch die Sorge um Nora, die ständig in meinem Hinterkopf nagte ...

„Frauen sind seltsam.“ Ein bitterer Ausdruck erschien auf Fojglmans Gesicht. „Wirklich seltsam. Ich werde sie nie verstehen. Nie weißt du im voraus, was sie sagen, was sie tun.

Drei Tage sind sie ruhig wie ein klarer See, und am vierten plötzlich ein reißender Fluß. Steine regnen auf dich herab, und du weißt nicht, warum und weshalb. Meine eigene Frau, sie soll leben, bevor ich hierher fuhr, meine Koffer waren schon gepackt ... Ach, lassen wir das. Komm, gehen wir ein bißchen raus. Es ist ein warmer, schöner Abend, und wir beide sind Junggesellen. Hauen wir ein bißchen auf die Pauke, ja?"

Mir war schwindlig. Wir gingen hinunter auf die Straße. Es war vollkommen ruhig. Ein voller Mond hing am Himmel. Fojglman legte mir eine Hand auf die Schulter, mit der anderen deutete er nach oben. „Schau dir diesen Himmel an. Sogar der Mond begrüßt uns freundlich."

Dann begann er zu singen:

Ich wel a lewone dir kojfn,
a lewone fon silber-papir,
ich wel si bajnacht ojfhengen,
iber dajn klejner tir.

„Siehst du? Jetzt ist der Mond direkt über deiner Tür! Und schaut in die Zimmer! In die Zimmer? In die Seele schaut er. Sieht alles!"

Wir wanderten durch die kleinen Straßen, und Fojglman zog mich weiter zum „Boulevard Saint Germain". „Komm, gehen wir zu eurem Saint Germain." Er packte mich fest am Arm. „Gehen wir in euer ‚Deux Magots‘, und du stellst mich der gesamten literarischen Gruppe vor, die da sitzt. Du sagst, daß ich die flammende Fackel der jüdischen Dichtung bin. Du sagst ihnen, wenn sie nicht mit mir trinken, dann zünde ich ihnen die Häuser an."

Ich sagte ihm, daß das „Cassit" schon vor Jahren aufgehört hatte, als Treffpunkt der Schriftsteller zu fungieren, und um diese Uhrzeit säßen sicher nur zweifelhafte Typen dort. „Sehr gut", sagte er, hängte sich bei mir ein und zog mich weiter. „Und was bin ich? Bin ich kein zweifelhafter Typ? Hach, und wie zweifelhaft!"

210

An der Ecke Dizengoffstraße blieb er stehen und staunte über den dichten Verkehr, der um diese Zeit da herrschte, über die vielen Fußgänger und Autos, über das Licht, das aus den Cafés und Schaufenstern auf die Straße fiel. Er schwieg, als sei seine gute Stimmung plötzlich verschwunden. Zwei, drei Minuten später leuchteten seine Augen wieder fröhlich auf. „Weißt du, vielleicht sollte ich hier an der Ecke stehen und singen und um Almosen betteln. Oder noch besser, ich singe, und du gehst mit einem Hut herum und sammelst das Kleingeld – aber du hast ja leider keinen Hut ..."

Mit dem Rücken an eine Hauswand gelehnt, die feuchten Augen auf mich gerichtet, sang er leise Abraham Lejsins Lied von dem Händler, der in seinem kleinen Laden sitzt, zitternd vor Kälte, und auf die Kunden wartet, die nie kommen, und der davon träumt, einen jüdischen Staat zu bauen, einen Staat aus Genies und Königen.

Der kremerl sizt in sajn kreml
doß hunderte kreml in gaß,
er sizt un er wart ojf a kojne.
un drojßn is finzter un naß ...

Es wajsn sich seltn di kojnim,
er sizt un er schojdert far kelt,
un genezt un chelojmt chelojmeß,
un tracht sich mekojech der welt ...

A, wolt ich gehat nor dem kojech!
Di erd woltn ßojnim gekajt,
un take a meluche geschafn,
un take fon unsere lajt!

A jidische meluche, rabojßim!
Zi kent ir doß gruntik farschtejn?
Doß hejßt doch a meluche fon geojnim,
a meluche von mlochim allejn.

„A jidische meluche!" Er streckte die Hand aus und lachte. „Schau sie dir an! Jeder einzelne ein Genie, einer wie der andere! Alles Könige! Gehen wir rein und trinken ein Glas Kognak, Reb Hirsch? Du willst nicht? Auf keinen Fall? Ich lade dich ein! Gut, wenn das so ist, gehen wir eben nach Hause ..."

Wir gingen zurück. Fojglman hing an meiner Schulter, schwankte ein wenig und hörte nicht auf zu murmeln: „A jidische meluche ... a jidische meluche ... ß'tut mir wej ... Es tut mir weh, das Königreich der Juden, tut weh, Reb Hirsch ... " Er schluchzte.

Am letzten Tag vor seiner Abfahrt drängte ich, er solle kein Abendessen machen, da ich ihn ins Restaurant einladen wolle. Wenn es so entschieden sei, wolle er die Einladung annehmen, sagte er. Der Wunsch des Gastgebers sei ihm Befehl.

Wieder bereitete er sich für das Ereignis vor, blieb, wie üblich, sehr lange im Badezimmer, dann zog er sich festlich an.

Um acht, als ich ins Wohnzimmer kam, um mit ihm zum Essen zu gehen, saß er auf dem Sofa, zurückgelehnt, schlaff, die geöffneten Hände neben sich auf dem Stoff, mit einem seltsam ausgedörrten Gesicht.

„Gehen wir?" sagte ich.

Er starrte mich an und sagte flehend, als gehe es um sein Leben: „Bist du sehr böse, wenn ich nicht mit dir komme?"

„Ist was passiert?"

„Ich kann nicht. Ich ... Ich kann einfach nicht ..."

Ich setzte mich und fragte, was denn los sei, ob er sich schlecht fühle?

„Plötzlich, das alles ... Es ist zuviel, zuviel ..." Und nach einer Pause: „Entschuldige, Zwi, ich bin undankbar, ich weiß, und ich mach dich traurig, aber ... ich habe jetzt keine Kraft dafür ... Beim nächsten Mal, wenn ich komme, mache ich es wieder gut ..."

Er setzte sich gerade hin, nahm die Hände auf die Knie und sagte, er habe schon mit seinem Bruder geredet, damit ihm dieser eine kleine Wohnung in Tel Aviv suche. Die Hälfte des Kaufpreises habe ihm sein Bruder versprochen, die andere Hälfte würde er bekommen, wenn sie in Paris die Wohnung wechselten. Sie sei ohnehin zu groß für sie beide. Sie würden sie verkaufen und eine kleinere nehmen. Er würde seine Zeit zwischen den zwei Städten aufteilen. Ein paar Monate im Jahr dort, und ein paar hier. „Europa ganz verlassen, das kann ich nicht."

Ein Schatten lag auf seinem breiten Gesicht, das wie ein kahles, gepflügtes Feld aussah. Seine Augenbrauen hingen herab, seine dicke Unterlippe zitterte.

„Du mußt mich verstehen", sagte er mit einem flehenden Blick. „Ich ... dieses ganze Leben ... Was mache ich hier überhaupt? Ich lebe ein gestohlenes Leben. Ich habe den Todesengel betrogen. Du sagst dir jetzt sicher: Dieser Mann muß hierher kommen, seßhaft werden, aufhören, von Ort zu Ort zu wandern. Aber für mich ist die ganze Welt nicht so klar, verstehst du? Nicht so real, heißt das. Ich bin nicht ganz sicher, daß sie existiert. Eine Art Halluzination. Und manchmal denke ich, daß mein ganzes Leben jetzt, das heißt, mein zweites Leben, nur ein Symbol ist. Frag mich, was für ein Symbol, für was? Ich bin Atheist, Zwi, das weißt du, schon von zu Hause, aber wenn ich überlege, für was ich lebe, warum ich zurückgekommen bin, nachdem ich schon auf der anderen Seite war ... Mir fällt nichts anderes ein, als daß eine höhere Fügung – Gott? – entschieden hat, mich zu einer Allegorie zu machen: Da läuft ein Mensch, der ein Rätsel ist, und für dieses Rätsel gibt es keine Lösung. Das ist es vielleicht, was Gott uns sagen will: Ein Rätsel und keine Lösung. Sucht nicht ..."

Mit einem gequälten Lächeln schaute er mich an und sagte: „Geh zu deiner Arbeit, Zwi! Vergeude deine Zeit nicht. Schreibe die jüdische Geschichte!" Und nach einem Moment: „Vielleicht ist auch sie nur eine Allegorie."

*I*n diesen ganzen zehn Tagen nagte an mir die Sorge wegen Nora.

Am zweiten Tag nach ihrer Abfahrt, spät am Abend, als sich Fojglman in sein Zimmer zurückgezogen hatte, rief ich bei den Luberskis an und fragte, ob sie dort sei. Am Abend zuvor sei sie dagewesen, sagte Ra'ja, und habe einige Stunden mit ihnen verbracht. „Wir haben uns sehr angenehm unterhalten". Sie hätten sie eingeladen, bei ihnen zu bleiben, aber Nora habe aus irgendwelchen Gründen entschieden, im Hotel zu wohnen. „Ich habe mich deshalb fast mit ihr gestritten", sagte Ra'ja. Nora habe versprochen anzurufen, das aber bisher nicht getan, und so wisse sie nicht, in welchem Hotel sie sei. Ob sie ihr etwas ausrichten solle, wenn sie anrufe? „Nein", sagte ich, „sie wird sich sicher bei mir melden." Dieses Gespräch hatte mich beunruhigt. Warum weigerte sie sich, bei ihrer besten Freundin zu wohnen? Und warum hatte sie nicht angerufen, weder bei ihr noch bei mir?

Wie ein Spinnengewebe hing die Sorge über meinem Kopf. Manchmal, in meinem Zimmer in der Universität oder nachts, fiel mir, wie der Stich eines Skorpions, der einen aufweckt, der Blick ein, den sie mir zugeworfen hatte, als ich ihr von meiner Einladung an Fojglman erzählt hatte. Ein Blick voller Feindschaft, als beschuldige sie mich des Betrugs. Ein Blick ohne Gnade.

Ich erinnerte mich plötzlich, daß sie mich schon einmal so angeschaut hatte, ein einziges Mal.

Wir waren in London. Ich nahm an einem Historikerkongreß der London School of Economics teil. Wir waren damals zehn Jahre verheiratet.

Wir hatten vor, abends ins Theater zu gehen. Um drei ging ich zu einem Empfang, der im alten Rathaus in der City für die Teilnehmer des Kongresses gegeben wurde, und Nora blieb im Hotel. Ich sagte, ich käme um fünf zurück. Der Empfang dauerte jedoch länger, als ich erwartet hatte. Es wurden reichlich Getränke serviert, und ich war ein bißchen angesäuselt. Als ich ins Hotel zurückkam, war es schon halb acht.

Sie saß auf dem Sessel, im Abendkleid, die Handtasche auf dem Schoß. Und ihr Blick war wie diesmal – anklagend, verurteilend, ohne Erbarmen. Ich hatte sie betrogen. Keine Erklärungen, keine Entschuldigungen konnten den Schuldspruch mildern. Und nach einem strafenden Schweigen verkündete sie das Urteil: Morgen früh fahre ich nach Hause.

Auch damals – selbst nach der Versöhnung am Ende der Nacht – konnte ich es nicht verstehen: Woher stammte diese Feindschaft, aus welchen dunklen Winkeln ihres Inneren? Es war, als bedrohe ich ihr Leben.

Ich wartete auf ihren Anruf. Ich wartete ununterbrochen.

Am Mittwoch abend um neun, als mich die Sorge schon fast zerriß, rief ich ein zweitesmal bei Luberskis an. Ra'ja antwortete: „Ja, sie hat angerufen. Sie ist im Schottischen Hospiz."

„Im Schottischen Hospiz?" stieß ich hervor. Ich weiß nicht, warum.

Auch Ra'ja fragte mich, warum ich so erschrocken sei. „Es ist ein schöner Platz, ruhig, nicht teuer ... Soll ich dir die Telefonnummer geben?"

Ich rief im Schottischen Hospiz an. Niemand ging ans Telefon.

Als ich wieder anrief, am nächsten Morgen, bat mich eine Frau zu warten, sie würde hinaufgehen und nachschauen, ob sie in ihrem Zimmer sei. Sie kam zurück und sagte, Frau Arbel sei vermutlich schon ausgegangen. Ob sie ihr etwas ausrichten solle. Ich bat sie, Nora zu sagen, ihr Mann habe angerufen.

Aber Nora rief mich nicht an. Kein einziges Mal.

Wie ein dumpfer Schmerz saß mir die Sorge im Kopf.

Noch zwei, drei Male war ich drauf und dran, im Hospiz anzurufen, wählte bereits die ersten Zahlen und legte dann wieder auf.

Wenn sie nicht anruft, sagte ich mir, ist das ein Zeichen, daß sie noch immer böse mit mir ist. Ein fremder Mann ist hier und hat sie aus ihrem Haus vertrieben. Und ich – ich stecke mit ihm unter einer Decke.

Es ist vielleicht besser, wenn man die Angelegenheit ein bißchen ruhen läßt, damit sich die Wogen glätten, dachte ich. Nie kam mir der Gedanke, ihr Schweigen könnte einen anderen Grund haben.

Gestern fuhr ich zu meiner Mutter, in das Sanatorium in Gedera, nachdem ich sie über einen Monat lang nicht besucht hatte.

Ich fand sie in dem gleichen Zustand wie bei meinem vorigen Besuch, nichts hatte sich geändert: Sie lag auf dem Rücken, den Kopf von zwei Kissen gestützt, die weißen Haare sorgfältig zurückgekämmt, das Gesicht von vielen Falten durchzogen, die Augen durch die dicken Brillengläser monströs vergrößert.

Ihre erste Frage war: „Warum kommt Joav nicht?"

Ich mußte sie daran erinnern, daß Joav und seine Familie ins Ausland gefahren waren, nach Südamerika, bereits vor mehreren Monaten.

„Nach Südamerika? Was hat er in Südamerika zu tun?"

Wie viele alte Menschen, die an Verkalkung leiden, neigt sie dazu, Dinge zu vergessen, die erst kürzlich passiert sind, erinnert sich aber an viele Details lange zurückliegender Ereignisse. Etwa drei Monate nachdem sie von Noras Tod erfahren hatte, fragte sie mich plötzlich, wie es ihr gehe.

Manchmal bringe ich ihr Bücher zum Lesen, aber sie legt sie zur Seite und liest immer wieder die, die sie von zu Hause mitgebracht hat: „Affären" von Dvora Baron, „Familie der Erde" von Smilansky, „Auferstehung" von Tolstoj, einen Band Briefe von Berl Katznelson ... Gestern fand ich auf ihrem Nachttisch neben dem Bett Menachem Posnanskis „Begleitende Vergleiche".

„Du solltest das lesen", empfahl sie mir, als sie sah, daß ich das Buch aufschlug und darin blätterte. Er erinnere sie an Tschechow, er berühre sie mehr als Gnessin, denn er sei

217

„bescheidener". Sie war erstaunt, daß man ihn nicht in der Schule lernt und nur wenige seinen Namen kennen. „Er hat so eine leise Musik, daß man sie kaum hört."

Kleine Fältchen bilden sich um ihren Mund, wenn sie spricht, und ihre Lippen ziehen sich unwillkürlich zusammen.

„Und seine Briefe an Brenner! ‚Mein lieber Mann', schreibt er, ‚mein lieber Freund'. Aber über seine Frau Chaja schreibt er kein Wort! Sie hat mehr gelitten als er! Warum hat sie ihn verlassen und ist mit dem Kind nach Europa gefahren? Weil sie nicht mit ihm leben konnte. Alle wußten das. Sie hat schrecklich unter ihm gelitten."

Ich fragte sie, ob sie wolle, daß ich sie im Rollstuhl auf die Terrasse fahre, es sei so ein schöner Tag. Nein, wenn sie dort sitze, müsse sie weinen, sagte sie. Und schon stiegen ihr Tränen in die Augen, die sie mit Grimassen zurückzuhalten versuchte. Von der Terrasse aus, sagte sie, könne sie in der Ferne die bläulichen Berge von Judäa sehen, die Orangenplantagen in der Ebene, die wilden Blumen mit dem Klatschmohn, die Chrysanthemen, die Disteln, die Artischocken, die Kaktushecken; der betörende Duft der Zitrusblüten wehe ihr ins Gesicht, der Geruch nach Spreu und Dornengestrüpp – alle Erinnerung aus ihrer Kindheit und Jugend fielen über sie her und drückten ihr Herz, und dann müsse sie weinen. Sie wollte hier liegen, zwischen den weißen Wänden. „Das Weiß beruhigt mich. Wenn ich das Weiß um mich herum sehe, resigniere ich. Ja, ich resigniere." Sie preßte die Lippen zusammen, und in ihre Augen trat ein bitterer, zorniger Ausdruck.

Dann sprach sie, wie bei jedem meiner Besuche, über meinen Vater, der vor neunzehn Jahren während einer Ausgrabung in der Nähe von Arad an einer Gehirnblutung gestorben war. „Hat er mit fünfundsechzig die Welt verlassen müssen?" sagte sie, ein Satz, den ich schon unzählige Male von ihr gehört hatte. „Immer habe ich zu ihm gesagt: Nachum, die Sonne wird dich umbringen! Sie brennt dir auf den Kopf, und das Ende wird sein, daß sie dir das Gehirn verbrennt! Von jedem Ausgrabungstag kam er mit Kopfschmerzen nach

Hause. Aber er war ein Dickkopf, was für ein Dickkopf! Als wir heirateten, habe ich zu ihm gesagt: Warum willst du dich mit Sachen abgeben, die unter der Erde liegen, kümmere dich um das, was auf der Erde ist. Mein Vater gibt uns zwanzig Dunam Orangenplantagen und fünf Dunam Weinberge, alle tragen Frucht. Sei doch ein Bauer, habe ich gesagt. Hier auf dieser Erde, wie Rachel geschrieben hat. Die Archäologie ist Vergangenheit, habe ich gesagt, die Landwirtschaft die Zukunft! Er wollte nicht hören. Nie habe ich verstanden, was er dort gesucht hat, in den Eingeweiden der Erde. Wenn er wenigstens Wasser gesucht hätte oder Öl oder Kupferadern ... Aber er hat den gestrigen Tag gesucht, die Vergangenheit. Als ob es für unser Leben eine Rolle spielte, ob vor dreitausend Jahren die Hethiter oder die Amoriter oder Phönizier dieses Land bewohnt haben. Alles steht doch in der Bibel. Er hat nichts Neues gefunden. Und was für eine Aufregung, als er irgendeine bröckelige Figur von Astarte entdeckt hat. Du treibst Götzendienst, habe ich zu ihm gesagt. Abraham hat die Götter weggeworfen, und du klebst ihre Scherben wieder zusammen und betest sie an! Was verstehst du schon davon, sagte er dann, und fuhr ans Ende des Landes, im Winter und im Sommer, bei Hitze und Hagel, und ließ mich tage- und nächtelang allein, auch als du ein Baby warst und ich die ganze Hausarbeit selbst machen mußte, und als ich Kindergärtnerin war; du warst ein oder zwei Jahre alt damals, und ich mußte dich mit in den Kindergarten nehmen und mir die Seele aus dem Leib schuften. Und warum das alles? Weil er die Gebeine von Jerubaals Konkubine in der Nähe von Nablus ausgrub. Ich habe ihn gewarnt: Du wirst vorzeitig sterben, wenn du so weitermachst, wie die Leute, die die Gräber der Pharaonen geöffnet haben. Alle sind früh gestorben! Der Himmel bestraft den Götzendienst. Er hat nicht hören wollen."

Etwa zehn Jahre nach dem Tod meines Vaters ging es mit ihrer Gesundheit bergab. Es fing an mit Rheumatismus, der ihr Schmerzen in Hals und Schultern verursachte. Der Rheumatismus wurde zu einer Gelenkentzündung. Die Hände taten ihr weh, die Knie, die Hüften, und sie konnte schlecht gehen. Dann schwollen ihre Beine an. Trotzdem setzte sie ihre Arbeit im Kindergarten fort und beklagte sich nicht. Wenn wir sie besuchten und drängten, sie solle den Kindergarten schließen und aufhören zu arbeiten – sie war schon über siebzig –, sagte sie immer: „Das wäre mein Ende." Eines Tages, als sie allein zu Hause war, traf sie plötzlich ein Schmerz in der Wirbelsäule; sie fiel zu Boden und konnte nicht mehr aufstehen. Eine der Nachbarinnen hörte sie rufen und half ihr ins Bett. Die Medikamente, die man ihr verschrieb, halfen nicht viel. Es stellte sich heraus, daß sie einen Beckenknochen gebrochen hatte. Sie wurde operiert, doch auch nach der Operation konnte sie nicht laufen, wegen der Schmerzen in der Wirbelsäule. Vor fünf Jahren, als schon klar wurde, daß sie nie mehr würde stehen können, verkauften wir das Haus in Rechovot und brachten sie in diesem Sanatorium in Gedera unter.

Die ganze Weichheit ihres Gesichts ist verschwunden. Das Leiden – und die vielen Falten um Mund und Augen, zusammen mit den vergrößerten Pupillen hinter den dicken Gläsern – verleiht ihrem Gesicht einen bösen Ausdruck. Doch sie spricht nie von ihren Schmerzen.

Plötzlich erinnerte sie sich an Nachbarn, an alte Einwohner der Stadt, an längst vergangene Angelegenheiten. „Erinnerst du dich an Altschuler? Kein ehrlicher Mann. Ich habe bei ihm auf Pump gekauft, und am Ende des Monats hat er mich immer betrogen. Grieß hat er aufgeschrieben; nie habe ich bei ihm Grieß gekauft." Sie lachte kurz. Und nach einem kurzen Schweigen fügte sie hinzu: „Bis heute verstehe ich nicht, warum Menucha Libai ihren Sohn mit einer Kiste Avocados zu mir geschickt hat. Hat sie gedacht, sie könnte mich damit bestechen? Ich hätte ihre Tochter nicht genommen, nicht für alles Gold der Welt. Sie hatte Läuse. Bei denen hat man sich überhaupt nicht gewaschen ..."

Nie fragt sie, was ich tue oder wie es mir gehe.

Als ich zu ihr kam, drei Wochen nach Noras Tod, und ich es ihr sagte, betrachtete sie mich lange und fragte: „Von was?"

„Das Herz", sagte ich. Wieder schwieg sie.

„War sie herzkrank?"

„Nein, es kam ganz plötzlich."

„Du wirst es jetzt schwer haben." Mehr sagte sie nicht, obwohl sie Nora gern gehabt hatte. Wenn wir am Schabbat zu ihr kamen, als sie noch zu Hause war, ging sie immer mit Nora spazieren, und wenn sie zurückkamen, hatten sie beide die Hände voller Feldblumen. Sie interessierte sich auch sehr für Noras Arbeit im Institut.

Ungefähr drei Monate nach Noras Tod fragte sie mich, wie es ihr gehe. „Mutter!" Ich starrte sie an. Und dann, ohne mit der Wimper zu zucken, sagte sie: „Ja, du hast es mir erzählt." Seither hat sie Nora nicht mehr erwähnt.

Gestern, bevor ich wegging, sagte sie: „Richte Sarit aus, daß ich sie gern sehen möchte."

*I*ch bin mit heftigen Kopfschmerzen aus Gedera zurückgekommen. Ich habe zwei Tabletten genommen, und nach einer Stunde ließen die Schmerzen nach. Ich setzte mich hin und wollte schreiben, aber der Stift gehorchte mir nicht.

Ich zweifle, ob ich die Kraft haben werde, das aufzuschreiben, was mir nach Noras Rückkehr aus Jerusalem bis zu ihrem letzten Morgen passierte. Alles wirkt so trivial, und zugleich groß und bedrohlich.

Es ist Abend, und das Meer im Westen der Stadt verschlingt das Schweigen. Das Leben, das hier in diesen Zimmern geherrscht hatte – ruhige Gespräche, helles Lachen, sehnsüchtige Erregung –, hat aufgehört; es ist ruhig geworden. Ziemlich oft sage ich laut ihren Namen.

Ich gehe im Zimmer auf und ab, lasse den Blick suchend über die Hunderte von Büchern um mich herum schweifen, als könnten sie mir helfen. Ich frage mich, was mir diese gesammelte Klugheit bringt. In einigen Monaten werde ich zweiundsechzig sein.

Teiresias war blind und sah mehr als jeder andere. Ich – ich bin sehend.

Ich hebe die Augen, und mein Blick bleibt an dem braunen Paket hängen, das auf dem obersten Brett liegt, seit Fojglmans Tod. Das Paket, das mir seine Tochter gegeben hat; ich habe es nicht geöffnet.

Ich hole es herunter und löse die Schnur, mit der es zugebunden ist. Fünf Hefte.

Ich öffne das erste Heft. Kurze Notizen, lange Notizen, getrennt durch Sternchen. Ich beginne zu lesen.

Ich schreibe hier einige Passagen ab, übersetzt aus dem Jiddischen.

*

Als Katriel und ich von Warschau nach Lodz fuhren, nachdem wir keinen einzigen von unserer Familie in Zamosc wiedergefunden hatten, hörten wir im Zug einen jungen Polen sagen: „Sie kommen schon wieder heraus wie Küchenschaben. Du bringst sie mit Spritzmittel oder mit Gas um und glaubst, es wäre keiner übrig, und plötzlich kommt einer hinter dem Ofen hervor, ihm folgt ein anderer, dann taucht einer hinter dem Spülbecken auf, und wieder einer kommt durch eine Ritze in der Wand ... Die Deutschen, sagt man, seien ein gründliches Volk, aber in dieser Hinsicht haben sie keine besonders gründliche Arbeit geleistet, würde ich mal sagen ..."

In diesem Moment traf mich die Erkenntnis, mehr als in den Jahren des Krieges, daß wir die Aussätzigen der Welt sind, vom Anfang bis in alle Ewigkeit, und diese Erkenntnis brannte sich in mein Fleisch wie ein Brandmal.

Denn in Majdanek war es der Satan. Und der Satan ist etwas, das außerhalb des Menschlichen liegt. Hier, im Zug, saßen Menschen. Einfache, normale Menschen, eng zusammengedrückt, ziemlich bedauernswerte Menschen, die unter dem Krieg sehr gelitten hatten. Bauersfrauen mit Schals und Kopftüchern und weiten, langen Röcken, und zwischen ihren Füßen standen Körbe mit Tüchern, mit Kohlköpfen, mit Eiern auf Stroh; Arbeiter in dreckigem, zerlumptem Arbeitszeug, mit Ölflecken oder Kohlenstaub. Der junge Mann, zu dessen Füßen eine Flasche Wodka stand, aus der er von Zeit zu Zeit ein Glas füllte, das dann von einem zum anderen ging, war ein „netter" Dorfjunge: blonde Strähnen fielen ihm über die Stirn, blaue, fröhliche Augen. Er hatte auch nicht böse gesprochen, sondern eher heiter, und seine Zuhörer nickten zustimmend mit dem Kopf. Und um seine Aussagen zu bestätigen, erzählte eine der Bäuerinnen fröhlich: „Bei uns ist einer von ihnen aus dem Wald gekommen, nackt, Haare wie ein Affe, hat seinen Dings-

bums mit den Händen zugehalten, und Augen hatte er wie ein Uhu. Unser Schmied, der einen Wagen auf dem Feld reparierte und ihn sah, dachte, er wäre der Teufel. Er fiel mit einem Beil über ihn her, und ..." Mit einer Hand-bewegung zeigte sie, wie er ihm den Kopf abgeschlagen hatte.

Die Männer schauten uns manchmal von der Seite an. Sicher hatten sie den Verdacht, wir könnten welche „von ihnen" sein, und sie erzählten die Geschichten absichtlich, um uns zu provozieren.

In Lodz schloß sich Katriel den religiösen „Ha-poel ha-mizrachi" an. Ich sagte: „Nach allem, was dir passiert ist, fängst du jetzt an, an Gott zu glauben?" Und er antwortete: „An wen könnte ich denn sonst glauben?" Ich: „Wenn es einen Gott gibt, warum hat der dann die Welt dem Satan überlassen?" Er: „Um die Welt zu lehren, was die Hölle ist." Ich: „Mit unserem Fleisch? Warum mit unserem Fleisch?" Er: „Weil er der Welt alles durch uns zeigt, also auch das. Dafür sind wir wohl da, nehme ich an."

Das ist seine „optimistische" Philosophie. Ein paradoxer Optimismus.

Das Wunder, das mir passierte, ist nicht, daß ich am Leben geblieben bin, sondern daß ich nicht verrückt wurde. Jeden Tag frage ich mich aufs neue, wie es geschah, daß ich nicht den Verstand verloren habe und auch heute fast zurechnungs-fähig bin.

*

Die Wörter, die ich sagte und sagen werde, die Wörter, die ich schrieb und schreiben werde, besitzen nicht einen Bruchteil der Wahrheit, die ich kenne. Sie sind schlüpfrig, hinterhältig, heuchlerisch, verlogen. Ich schreibe „Wand", und das ist keine Wand, ich schreibe „Loch", und das ist kein Loch, ich schreibe „Brot", und das ist kein Brot. Auch wenn ich „Sonne", „Licht", „Tag" oder „Kornblume" schreibe, so haben diese Worte nichts von dem, was meine Augen im Krieg und danach gesehen haben. Als ich im Wagen von Lublin nach Zamosc fuhr, nach der Befreiung, sah ich auf beiden Seiten des Weges grüne Getreidefelder mit blauen Kornblumen dazwischen, und für mich sah es aus, als wüchsen sie aus Blut. Nichts, was es danach gab, war so wie davor, aber die Wörter blieben dieselben, mit denselben Buchstaben, denselben Betonungen; das versteht keiner, der nicht dort war.

In Majdanek mußten wir uns eines Nachmittags auf dem Appellplatz aufstellen, um einer öffentlichen Bestrafung zuzuschauen. Mitten auf dem Platz stand ein Jude von ungefähr sechzig Jahren, mit einem länglichen Gesicht, einer hohen Stirn und einer Glatze. Er gehörte zu unserem Block, ein Arzt aus Bratislava, ein ruhiger Mann. Wir achteten ihn sehr. Kommandant Kugel stand vor ihm, den Stock unter dem Arm, und schrie: „Hast du gestohlen oder nicht?" Der Mann antwortete mit einer Stimme, die sich anhörte, als käme sie aus einer Grube: „Nein." Der Doktor wurde beschuldigt, ein Päckchen Margarine aus der Lagerküche gestohlen zu haben. Kugel machte dem SS-Mann, der mit einer Peitsche in der Hand neben dem Doktor stand, ein Zeichen, und dieser schlug dem Arzt mit der Peitsche zehnmal über den Rücken. Wieder erhob Kugel die Stimme: „Hast du gestohlen oder nicht?" Der Arzt, der sich nur mit Mühe auf den Beinen halten konnte, versuchte sich aufzurichten und schüttelte den Kopf. Nein. Als er zum dritten Mal geschlagen wurde, fünfundzwanzig Hiebe, lag er schon auf der Erde wie ein Haufen Lumpen, doch er gab noch immer nicht nach. Der Kommandant richtete sich auf, drückte die Brust heraus und wandte sich an uns. „Seht ihr, was das ist, ein dreckiger Jude? Er stiehlt nicht nur, sondern ist dann auch noch feige und lügt." Und dann befahl er dem SS-Mann, ihn aufzuhängen. Er und sein Helfer legten eine Schlinge um den Hals des alten Doktors und zerrten ihn, wie einen leeren Sack, zu dem Galgen. Doch als sie an dem Seil zogen, hob der Arzt plötzlich den Kopf, in einer Art Verbitterung, oder Stolz, machte den Mund auf, als verfluche er die Welt. Doch seine Stimme war nicht zu hören.

Wir standen da, mit den Gesichtern nach Westen, und die

Sonne, die gerade unterging, war hinter dem Gehenkten. Groß, rot, gleichgültig.

Einen Augenblick sah es so aus, als versinke der Kopf des Doktors aus Bratislava in der roten Kugel und verschmelze darin.

Den Anblick dieser Sonne werde ich nie vergessen, bis zum Tag meines Todes. Aber heute schreibe ich „Sonne" in einem Gedicht, als wäre sie nichts anderes als das große Licht vom vierten Tag der Schöpfung.

*

Wir sind die Aussätzigen der Welt.

Raus! – aus der menschlichen Rasse.

Von Generation zu Generation.

Das klingt hysterisch? Paranoid?

Die historischen Fakten bestätigen es.

Und auch die Mythen.

Mythen sagen die Wahrheit, nicht anders als die Fakten, nur daß sie in einer anderen Schrift geschrieben sind. Mit dem Griffel der Engel auf fliegende Tafeln.

Pharao befahl: Alle Söhne, die geboren werden, werft in den Nil.

Der Mann mit dem gesunden Menschenverstand fragt: Warum tötete er die Männer? Er hätte sie doch als Sklaven verwenden können, damit sie ihm Städte bauen, wie Pithom und Ramses.

Dieser Mann sucht nach einer Logik ...

Er versteht es nicht:

Raus! aus der menschlichen Rasse.

Der Mann mit dem gesunden Menschenverstand fragte in den Jahren der Hölle: Warum hat Hitler die Juden in die Gaskammern geschickt? Er hätte doch ihre Arbeitskraft für seine kriegerischen Aktionen benutzen können.

Er suchte nach einer Logik ...

Wir, die wenigen, die am Leben geblieben und in Arbeitslager geschickt worden sind, fragten uns jeden Tag, jede Sekunde: Warum läßt er uns verhungern, verprügeln, vernichten, bis wir nicht mehr auf den Beinen stehen und unsere Hände nicht

mehr bewegen, nicht mehr atmen können – wenn er uns doch
mit einem Laib Brot am Tag und zwei Tellern Suppe ernähren
und Nutzen von uns haben könnte!
Logik, Logik ...
Raus! aus der menschlichen Rasse.
Aussätzige, Aussätzige.

*A*ls Nora aus Jerusalem zurückkam, hatte sie ein anderes Gesicht bekommen. Es zeigte keine Spur mehr von Ärger oder Verbitterung, nur Traurigkeit und Erschöpfung. Doch die Veränderung machte mir Sorgen.

Sie kam um zehn Uhr morgens, am Tag nach Fojglmans Abfahrt. Sie sank auf einen Sessel im Wohnzimmer, schaute sich um, als wolle sie sehen, ob sich etwas verändert habe, und fragte müde, fast so, als erwarte sie keine Antwort: „Wie war's?"

„Ganz in Ordnung", sagte ich und berichtete ihr kurz von den zehn Tagen mit meinem Gast und von seinen Schrulligkeiten. Als ich ihr erzählte, wie er selbst die Mahlzeiten gekocht und sich dazu ihre Schürze umgebunden hatte, lächelte sie. „Wirklich?" Doch es war ihr anzumerken, daß ihre Gedanken woanders waren.

Auch ich fragte: „Wie war's?"

Sie schaute mich einen Moment an, als überlege sie, was sie antworten könne, dann sagte sie: „Am Auto ist was nicht in Ordnung. Wenn man bremst, quietscht es ganz seltsam. Ich bin unterwegs zu einer Tankstelle gefahren und habe gefragt, was es ist. Sie haben gesagt, es müßte möglichst bald repariert werden."

Wir schwiegen, dann sagte sie: „Ein ziemlich trauriger Platz, dieses Schottische Hospiz. Aber ruhig, und vom Zimmer hatte ich einen schönen Blick über die Altstadt und das Tal von Hinnom." Ich fragte, warum sie nicht angerufen habe.

„Ich habe gedacht, du bist bestimmt böse auf mich. Ich hatte auch nichts Besonderes zu erzählen."

„Hast du dich amüsiert?"

228

„Na ja. Jerusalem war faszinierend, wie immer." Dann
erzählte sie, daß sie einen Abend in Ein Kerem gewesen sei, in
einem Café, das zugleich eine Galerie sei und einem holländischen Maler gehöre. Eine junge Amerikanerin war dort und
sang Spirituals zur Gitarre. Es war schon nach Mitternacht,
als sie zum Hospiz zurückkam, und sie mußte an das Tor
klopfen und die Leiterin aufwecken, eine fromme und strenge
Schottin.

„Hat es dir gefallen, alles in allem?"

Wieder schaute sie mich an, zögerte. „Ich bin nicht mehr jung,
Zwi. Ich bin über fünfzig." Sie lächelte erschöpft wie jemand,
der die ganze Nacht nicht geschlafen hat. Nach einer Pause,
als teile sie etwas Wichtiges mit, fügte sie hinzu: „Ich habe
Professor Schlesinger in der Altstadt getroffen. Ich soll dich
von ihm grüßen."

Ich stand auf, ging in mein Zimmer, nahm die Perlenkette aus
dem Kästchen und brachte sie ihr. „Ein Geschenk für dich,
von Fojglmans Frau." Ich legte sie ihr auf den Schoß. Nora
hielt sie in der Hand und betrachtete sie, als wisse sie nicht,
was sie mit ihr anfangen solle. „Das verdiene ich nicht." Ich
legte ihr die Perlenschnur um den Hals. „Sie steht dir sehr
gut." Sie nahm sie wieder ab und legte sie auf den Tisch. Dann
gähnte sie, bedeckte das Gesicht mit den Händen und beugte
den Kopf zu den Knien.

„Du bist müde", sagte ich.

Sie blieb einen Moment so sitzen, den Kopf auf den Knien,
dann richtete sie sich auf. „Gut, ich muß den Koffer auspak-
ken und mich ein bißchen zurechtmachen."

Nachts, als ich mich ihr näherte, sagte sie: „Nicht jetzt,
Zwi. Ich bin schrecklich müde." Sie drehte mir den Rücken
zu.

Am nächsten Tag kam sie von der Arbeit zurück, und es war
alles wieder wie vorher. Sie beschäftigte sich damit, die
Wohnung sauberzumachen, vielleicht etwas länger als sonst,
kochte das Abendessen, telefonierte mit Joav, sprach mit
Schula und mit Sarit, und beim Abendessen erzählte sie von
einer Diskussion im Institut über Gehaltsangelegenheiten.

Jerusalem erwähnte sie nicht mehr, und ich erwähnte Fojglman nicht.

Doch später, als ich wieder versuchte, mich ihr zu nähern, sagte sie: „Ich kann nicht, Zwi, es tut mir leid."

Es klang gequält. Und da schlich sich ein Verdacht in mein Herz.

In den ganzen dreiunddreißig Jahren unserer Ehe ...

Nora war eine Frau, die auf Männer wirkte. Das war mir nicht verborgen geblieben. Wenn sie auf der Straße ging, zog sie Blicke auf sich, und auf Festen – bei Freunden oder bei öffentlichen Festlichkeiten – suchten Männer ihre Nähe. Sie unterhielten sich leise mit ihr, intim sozusagen, versuchten, sie zum Lachen zu bringen, berührten ihre Arme, ihre Schultern, ihre Haare. Und wenn getanzt wurde, blieb sie keine Sekunde allein. Doch nie im Leben hatte ich an ihrer Treue gezweifelt, vor allem deshalb, weil sie nie etwas vor mir verbarg. Heiter erzählte sie mir von den Anträgen des einen oder anderen, über deren Versuche, mit ihr „etwas anzufangen".

Einmal, am Unabhängigkeitstag, im Garten eines Bekannten, war ich Zeuge, wie ein Kollege von mir, ein junger, begabter Dozent, offensichtlich angesäuselt, versuchte, sie im Schutz der Dunkelheit unter den Bäumen zu umarmen und zu küssen. Sie schob ihn lachend und freundlich zurück und ließ ihn stehen.

Ein anderes Mal belauschte ich zufällig auf dem Fest eines bekannten Malers, der eine Vernissage feierte und in dessen Haus sich die Gäste drängten, wie eben dieser Maler zu ihr sagte, seit er sie zum erstenmal gesehen habe, träume er davon, sie nackt zu malen, ähnlich wie Goyas „Nackte Maja", und er pries die Schönheit ihrer Glieder. Sie lachte ihn aus. „Wer so viel Phantasie hat wie Sie, braucht doch kein Modell."

Solche Werbungen schmeichelten ihr natürlich, und in bestimmter Hinsicht schmeichelten sie auch mir, doch ich wußte immer, daß ein tiefes Gefühl von Selbstachtung und Stolz und auch das stillschweigende Abkommen zwischen uns, einander immer die Wahrheit zu sagen, sie davon abhalten würde, die Grenze zu überschreiten.

„Ist was passiert?" fragte ich.

„Ich will schlafen, Zwi." Sie wickelte sich, am Rand des Bettes, in ihre Decke.

Aber sie schlief nicht ein. Noch lange danach drehte sie sich von einer Seite auf die andere, und ihre unregelmäßigen Atemzüge klangen manchmal wie Seufzer.

Zwei oder drei Nächte später gab sie mir nach. Doch es hatte etwas Leidendes, fast wie eine Vergewaltigung. Dabei war sie sonst immer leidenschaftlicher als ich.

Wir lagen beide wach. Sie auf dem Rücken, die Arme unter dem Kopf, mit offenen Augen.

Ohne daß ich gefragt hatte, sagte sie: „Hab Geduld mit mir. Es wird vorbeigehen." Und dann: „Eine kleine Verwirrung, das ist alles. Ich werde sie überwinden."

Ich wartete, daß sie weiter spräche, und als sie schwieg, sagte ich: „Ist in Jerusalem etwas geschehen?"

„Nichts Wichtiges. Es lohnt sich nicht mal, darüber zu sprechen."

„Erzähl es mir trotzdem."

Sie schwieg.

Mein Verdacht verlor jeden Zweifel, stand nackt und häßlich vor mir.

Ich fragte nicht weiter, ich war betäubt. Alles war plötzlich zerstört. Das Vertrauen, die tiefe Freundschaft, die auf Ehrlichkeit beruhte. Die Burg, von der ich überzeugt gewesen war, daß kein Sturm sie zerstören könne.

Nun verstand ich, warum sie sich mir verweigert hatte: Sie fühlte sich schuldig.

Ich überlegte, welche Menschen wir beide in Jerusalem kannten, wen sie kannte, noch aus der Studienzeit. Nein, ich konnte mir nicht vorstellen, daß sie mit einem von ihnen geschlafen hatte. Ihr Stolz hätte das verhindert. Ihr Körper hätte sich geweigert.

Ich erinnerte mich an die Bemerkung, die sie am Morgen ihrer Rückkehr aus Jerusalem gemacht hatte, ein Satz, der ziemlich überflüssig war, unpassend und keine Antwort auf meine Frage, ob sie sich in Jerusalem amüsiert habe. „Ich bin nicht mehr jung. Ich bin über fünfzig."

Doch sie war eine Frau auf der Höhe ihrer Reife. Begehrenswert. Und sie wußte das. Hatte sie das gesagt, um jeden Verdacht von sich abzulenken? Um ihre Spuren zu verwischen?

Besaß sie eine Eigenschaft, die sie in den ganzen Jahren unserer Ehe vor mir verborgen hatte? Hinterlist? Die Fähigkeit zur Lüge?

Ich machte kein Auge zu. Und sie schlief erst gegen Morgen ein.

Einige Tage lang sprachen wir nicht darüber, kein einziges Wort. Ich versuchte so zu tun, als sei nichts geschehen. Es war, als dächten wir beide: Wenn wir nicht darüber sprechen, ist es, als wäre es nicht geschehen. Doch mich quälte die Frage: Wenn es eine unbedeutende Sache war, ein Flirt, dem sie sich leichtsinnig hingegeben hatte – wem? wem? –, warum weigert sie sich dann, mir davon zu erzählen? Weiß sie denn nicht, daß ich ihr, auch wenn es mich natürlich verletzte, verzeihen würde?

Nein, keine Bagatelle, dachte ich. Denn in den Nächten, wenn ich mich von ihr zurückzog, lag sie stundenlang wach, drehte sich von einer Seite auf die andere, bis sie gegen Morgen endlich mit einem Seufzer einschlief.

Und diese schicksalhafte, geheimnisvolle Sache, die sie so beunruhigt und die unser ganzes Leben verändert, dachte ich ironisch, ist passiert, während ich mir hier mit Fojglman den Kopf zerbrach, wie man am besten jiddische Wörter übersetzt, Wörter wie *nebich*, *techterlech*, *arajngesogt*, oder *proßt un poschet*.

232

Gestern um acht klingelte es wieder: Eljakim Sasson. Wie üblich hatte er sich nicht angemeldet. Ein kurzes, schnelles Klingeln an der Tür. Ich machte auf, und er flüsterte sehr leise, als fürchte er, Schlafende zu wecken: „Du bist mitten in deiner geheiligten Arbeit, nicht wahr?" Ich hatte keine Geduld, Gäste zu bewirten; mein Kopf war voll mit den bitteren Erinnerungen an das, was zwischen mir und Nora nach ihrer Rückkehr aus Jerusalem passiert war, aber ich konnte ihn nicht abweisen. Er kam herein, duckte sich und spähte nach allen Seiten, machte ein paar leise Schritte und flüsterte wieder geheimnisvoll: „Gibt es hier ein Bett für einen müden Wanderer, der von fernher kommt? Für eine Nacht?" Ich lud ihn also ein, hier zu übernachten. Er legte sich als Zeichen des Dankes die Hand aufs Herz und flüsterte: „Und nun kehre zurück in deine geheiligten Räume. Ich komme schon allein zurecht dort im Zimmer. Ein wertloser und verächtlicher Mensch wie ich darf den Hohepriester nicht bei seiner Arbeit stören."

Erst nach vielem Drängen setzte er sich mit mir ins Wohnzimmer. Nein, er wolle nichts trinken heute abend. Er betrachtete mich, versuchte, meine Stimmung zu ergründen und strich sich mit dem Finger über seinen dicken Schnurrbart. „Ich sehe, ich habe den falschen Zeitpunkt erwischt. Weh mir armem, glücklosem Mann." Und als er sah, daß ich nicht lächelte, fügte er hinzu: „Du siehst bedrückt aus. Mehr als sonst. Ist was passiert?"

Ich lächelte. „Nein, ich bin müde, das ist alles."

Er schaute mich mit seinen schwarzen, fröhlich funkelnden Augen an und sagte gespielt böse: „Ich ziehe dich nicht zur

Rechenschaft, Zwi, aber du hast mich dreimal betrogen. Ich sage es dir noch einmal, und höre gut zu: Wenn du auch nur für eine Woche zu uns gekommen wärst, hättest du dich nicht nur aus deiner gebückten Haltung aufgerichtet, sondern dein ganzes Weltbild hätte sich geändert."

Ich entschuldigte mich, ich sei in Arbeit versunken gewesen. Noch nicht mal für einen Tag hätte ich die Stadt verlassen können.

Er lächelte mich an, als wollte er sagen: Und du nimmst wirklich an, daß ich dir das glaube?

Das Schweigen war ihm nicht angenehm. War uns beiden nicht angenehm. „Geh zu deiner Arbeit", befahl er mir. Ich aber machte keine Anstalten aufzustehen.

Ich schaute ihn an und dachte an den Abgrund, der sich zwischen mir und Nora in jenen zehn Tagen aufgetan hatte und den ich, in meiner Blindheit, nicht vorausgesehen hatte. Ich dachte an die beiden entgegengesetzten Welten, in denen wir gelebt hatten, zwei Pole, gleich weit entfernt vom Äquator. Während ich mit Fojglman hier in diesem Zimmer saß, in einem Jammertal, und jüdische Seufzer ausstieß, gehüllt in Wörter voller Leid, atmete sie die Luft des Paradieses und aß von den Früchten Aphrodites, trank aus süßen, verbotenen Quellen ...

Ein düsterer Ausdruck erschien auf seinem Gesicht. „Und ich? Glaubst du, ich hätte keine schlechte Zeit? Furchtbare Depressionen? Alles hoffnungslos, sage ich dir. Am liebsten würde ich sterben! Und wie komme ich da raus, denkst du? Ich schaue mich um! Ich betrachte die Welt, das jüdische Volk, Israel! Und ich sehe, daß es schlecht steht um die Welt, sehr schlecht, und in der Welt ist die Lage des jüdischen Volkes hoffnungslos, und im jüdischen Volk ist die Situation Israels erschreckend, und in Israel ist die Lage des Kibbuz enttäuschend, und im Kibbuz ist die Lage der Rosenzucht hoffnungslos, völlig darnieder, und dann sage ich mir: Verglichen mit dem allem, wer bist du und was bist du – ein Stückchen Dreck, eine Knoblauchschale, daß du über dein Schicksal weinst? Mit welchem Recht? Was für eine Frechheit ist das! Und ich bücke mich und gehe ins Gewächshaus und schneide die Triebe meiner Grandiflora ‚Krone der Prinzessin‘.“

„Und das ist der Trost für die Lage der Welt, des jüdischen Volkes und so weiter?“

„Ich werde dir sagen, worin der Trost liegt. Wenn wir so weit unten sind, daß man tiefer nicht mehr fallen kann, dann gibt es ab da nur noch eine Möglichkeit: bergauf. Wie Nathan Alterman gesagt hat: Leben auf des Messers Schneide, heilsam und stark. Auf des Messers Schneide werden wir nie alt.“ Er hob den Finger und schaute mich mit brennenden Augen an.

Dann lehrte er mich einen Abschnitt aus dem Buch des Lebens: „Höre, Zwi, was dein Freund dir sagt, und mißachte seine Lehre nicht: Wir, die kleinen Leute – und auch du, der du Ruhm erlangt hast, alle Achtung, bist ein kleiner Mann, der den Staub vom Rad der Geschichte wischt –, wir haben nur eine Waffe gegen das Böse in der Welt: Lachen. Lachen! Lache, Zwi! Ohne Humor bist du verloren. Ich sage dir das, weil du mir wie ein Bruder bist und ich mir Sorgen um dich mache. Lache!“

Plötzlich beugte er sich zu mir und fragte leise: „Sag mal, hast du irgendein Buch mit jiddischen Gedichten herausgegeben?“

„Ich?“

„Ich habe so was gehört. Stimmt es nicht?“

Ich lachte. Noch nie hätte ich ein Gedicht geschrieben, sagte ich, erst recht nicht in Jiddisch.

Ein Lächeln trat in seine Augen, forschend, nachdenklich, dann sagte er: „Ich kann vielleicht zehn jiddische Wörter, und die sind unanständig. Aber Jiddisch ist eine gute Sprache, biegsam, formbar. Hebräisch ist schwer zu formen. Ich habe mal etwas Schönes gehört, von einem polnischen Freund: Hebräisch ist eine Sprache der Zeit, Jiddisch eine Sprache des Ortes. Ich habe es nicht genau verstanden, aber es klingt gut. Es hat was.“ Damit stand er auf und verkündete, daß er seine müden Knochen ausstrecken wolle, denn morgen früh müsse er schon um fünf Uhr raus. „Erhebt euch, Arbeiter", sagte er und schlug mir auf die Schulter.

Als ich morgens aufwachte, erinnerte ich mich an meinen Traum.

Ich bin in einer fremden Stadt – vielleicht Paris –, viele Menschen sind auf der Straße, denn heute ist anscheinend ein Feiertag. In der Menge sehe ich Fojglman, einen Clownshut auf dem Kopf, mit dem Gesicht eines Vogels, wie auf den Illustrationen von der „Haggada der Vögel". Er bewegt sich tanzend vorwärts, macht seltsame Bewegungen mit den Händen, eine Art Harlekin, der das Publikum amüsiert. Ich rufe ihn von weitem beim Namen, winke ihm, und als er den Kopf zu mir dreht, stelle ich fest, daß ich mich geirrt habe. Es ist nicht Fojglman, es ist Eljakim Sasson. Ich staune: Was sucht er hier in dieser Stadt, die vermutlich Paris ist? Er winkt mir, ich solle zu ihm kommen, aber ich werde immer weiter zurückgedrängt, der Abstand zwischen uns ist groß, ich weiß, daß ich ihn nicht mehr erreichen werde, und eine große Enttäuschung packt mich. Ich schreie: Nora! – und wache auf.

Nora war nicht in der Lage, etwas lange vor mir geheimzuhalten. Nicht so sehr aus schlechtem Gewissen heraus, sondern weil sie unfähig war, die Last eines Geheimnisses zu ertragen.

Eines Abends – es war in der dritten Woche nach ihrer Rückkehr aus Jerusalem – ging sie abends weg und kam erst nach Mitternacht wieder heim.

Ich saß in meinem Arbeitszimmer und las, hörte sie hereinkommen und direkt zum Schlafzimmer gehen.

Als ich dort eintrat, etwa eine halbe Stunde später, schlief sie schon oder stellte sich schlafend.

Am nächsten Morgen stellte sie beim Kaffeetrinken die Tasse hin, und während sie sie festhielt, warf sie mir einen Blick zu, zugleich amüsiert und schmerzlich. „Warum fragst du nicht, wo ich gestern abend war?"

Ich sagte, daß ich seit ihrer Rückkehr viele Fragen nicht gestellt hätte.

Das Lächeln in ihrem Gesicht verschwand. „Ich habe mich mit dem Mann getroffen, den ich in Jerusalem kennengelernt habe."

Das Blut stieg mir in den Kopf.

Ich fragte, wer der Mann sei.

Ihre Lider flatterten.

„Schau, es bringt nichts, es vor dir zu verbergen." Sie hob die Hand schützend an ihren Hals. „Als ich dort war ..." Sie schwieg, als suche sie nach Worten.

„Du hast mit ihm geschlafen."

Sie starrte mich mit aufgerissenen Augen an.

„Ja."

Ich hörte, wie mein Herz sank, als fiele es zu Boden. Und für einen Moment wurde mir schwarz vor den Augen.

„Hat es dir Spaß gemacht?"

Sie gab keine Antwort. Und ihre aufgerissenen Augen füllten sich langsam mit Tränen.

„Ich verstehe das so, daß zwischen uns alles aus ist", sagte ich, und meine Lippen zitterten.

Nach einer Pause sagte sie: „Wenn du sagst, daß ich gehen soll, bist du im Recht. Für mich wäre es das Ende."

Sie bedeckte sich das Gesicht mit den Händen. Dann wischte sie sich die Tränen ab, stand auf, holte ihre Tasche aus dem Zimmer und fuhr zur Arbeit.

Ich hatte einen schweren Tag.

Ich konnte einfach nicht glauben, daß mir so etwas geschah, nach dreißig Jahren Ehe, die wir harmonisch miteinander gelebt hatten, in denen wir beide glücklich gewesen waren; auch Nora, die eine „Begabung zum Glück" hatte, wie ich es ausdrückte, hatte das oft genug bestätigt.

Als wir beide schon über fünfzig waren.

Ich verließ das Haus und ging den langen Weg zur Universität zu Fuß. Dort schloß ich mich in meinem Zimmer ein, versuchte zu lesen, Arbeiten zu korrigieren: Immer hatte ich die Bilder vor Augen, Nora, die mit einem anderen Mann schlief. Mit wem? Wo? Im Hospiz? In einem Wald bei Jerusalem? Im Tal des Kreuzes? Im Tal von Hinnom? In der Pflanzung neben Yad Vashem? In derselben Zeit, als ich mit Fojglman zusammensaß und die Gedichte aussuchte, die wir den beiden hebräischen Dichtern vorlesen wollten – die dann nicht kamen –, er auf Jiddisch und ich auf Hebräisch: „Sie zupft die Federn aus dem Huhn, dem geschächteten, auf einem Stuhl gegenüber der Knabe. Ein Zittern erfaßt seinen Leib, beim Anblick des Todes, so häßlich und glanzlos."

Mit welchem Zynismus spielt das Schicksal mit den Beziehungen zwischen Mann und Frau, dachte ich.

Was für einen Sinn hat es, daß ich die Arbeit eines Studenten prüfe, der über „Der Chassidismus und seine Beziehung zur Chibbat-Zion-Bewegung" geschrieben hat?

238

Was war, konnte nicht ungeschehen gemacht werden. Und selbst wenn wir uns nicht trennten, das wußte ich, würde nie mehr etwas so sein wie vorher.

Gleichzeitig sagte ich mir, daß das, was sie getan hatte, vollkommen banal war; etwas, was häufig in Beziehungen und in Ehen passierte, täglich, so oft, daß man es nicht zählen konnte.

Doch das konnte meinen Schmerz nicht lindern.

Als ich gegen Abend nach Hause kam, war Nora nicht da. Ich rief im Institut an, und eine Putzfrau sagte, alle seien schon weg. Schon lange.

Wohin war sie gegangen? Zu dem „Mann aus Jerusalem"? Ich ging hinunter, die Straße entlang und wieder zurück, von einem Ende zum anderen. Ja, sagte ich mir, das gemeinsame Leben ist zu Ende. Sogar wenn sie ihre Beziehung mit dem Fremden abbricht – wer ist er? Verheiratet, Junggeselle? Jünger als ich? Wodurch hat er sie gewonnen? –, so ist das Rad nicht mehr zurückzudrehen. Was für einen Sinn hätte ein solches Leben?

Es wurde schon dunkel. Als ich wieder am Haus vorbeiging, sah ich ein Auto, das in eine Parklücke einfuhr. Nora stieg aus, und als sie mich sah, erschrak sie: „Du ... hier?" Ich sagte, ich wolle ein bißchen frische Luft schnappen. Sie zögerte einen Moment. (Ich erschrak. Wie konnte ein warmer, freundlicher Blick so kalt werden innerhalb von einigen Tagen?) Dann sagte sie: „Hast du Lust auf einen kleinen Spaziergang?"

Wir gingen von Straße zu Straße, schweigend, wie zwei Fremde. Als hätten wir keinen Sohn, keine Schwiegertochter, keine Enkelin. Ihre Absätze klapperten auf dem Gehsteig, eins-zwei, eins-zwei, eins-zwei.

Erst als wir den Yarkon erreichten und das Ufergehölz entlanggingen, fing sie an zu sprechen. Sie sagte einige Sätze und hörte auf. Wieder ein paar Sätze, wieder Schweigen. Ich fragte nichts, ich sagte nichts.

Es war schon elf, als wir nach Hause zurückkamen.

Hier folgt, was geschehen war. Sie ersparte mir keine Einzelheit.

Als sie in Jerusalem ankam, ging sie zu den Luberskis. Dort traf sie einen jungen Mann, fünfunddreißig, der bei der Naturschutzbehörde arbeitete und spannende Geschichten über die Tiger in der Judäischen Wüste erzählte, in der Gegend von Ein Gedi. Wie man sie verfolgte und fing, um ihnen kleine Sender unter die Haut zu pflanzen, wie man ihnen nachschlich und ihre Jungen vor den Angriffen anderer Tiere schützte. Als sie Ra'jas Einladung, bei ihr zu bleiben, ablehnte – sie wollte allein sein –, schlug er ihr vor, sie solle ins Schottische Hospiz gehen, und brachte sie hin. Am nächsten Morgen, sehr früh, rief er sie an und fragte, ob sie Lust habe, mit ihm zu den Bergen am Toten Meer zu fahren. Sie nahm diese Einladung gerne an, denn sie wußte ohnehin nicht, was sie tun sollte.

In seinem Jeep fuhren sie nach Jericho, von dort aus weiter nach Ein Feschcha, wo sie eine Pause machten und sich die Beine vertraten. Sie aßen, was er mitgebracht hatte, und fuhren dann nach Mizpeh Schalem. Von dort gingen sie zu Fuß einen schmalen, gewundenen Weg bergab zur Schlucht des Wadi Chazaza. Sie besichtigten eine große, tiefe, dunkle Höhle und beobachteten die Vögel, die dort nisteten, Uhus, Falken, Käuze, Ziegenmelker. (Bei den Naturbeschreibungen sprach Nora fließend, lebhaft, sogar begeistert, als hätten sie keinerlei Beziehung zu dem eigentlichen Thema.) Als sie wieder herauskamen, sahen sie einen ungewöhnlich großen Bussard, der über dem Wadi kreiste. „Er ist ein Naturmensch", sagte sie, „er kennt jede Pflanze beim Namen, jeden Vogel. Ein Experte für Vögel." Sie kehrten zurück nach Mizpeh Schalem, aßen dort und setzten ihren Weg fort nach Ein Gedi, wo er etwas Berufliches zu erledigen hatte. Dann gingen sie zum Nachal Arugot, und er wollte ihr eine der Tigerhöhlen zeigen, aber sie war zu müde, deshalb kehrten sie, nachdem sie ein Stück gewandert waren, zurück zum Jeep. Abends brachte er sie dann zum Hospiz.

Am nächsten Tag rief er wieder an.

(An dieser Stelle schwieg Nora lange. Die Scheinwerfer eines Autos trafen ihr Gesicht, das für einen Moment von einer tiefen Trauer und geisterhaften Blässe überzogen wurde, als wäre es plötzlich gealtert.)

Er fragte, wie es ihr gehe und ob sie für den Abend schon etwas vorhätte. Sie hatte nichts vor und nahm seine Einladung in ein Café in Ein Kerem an, in dem eine Sängerin mit amerikanischen Volksliedern auftrat. Er selbst wohnte dort in der Gegend.

Dort, bei Kerzenlicht, das über die Tische tanzte, bei dieser intimen Beleuchtung und bei einem Glas Wein, erzählte er ihr von sich selbst: Er wurde in Nahalal geboren, in der Natur. Schon als Kind liebte er es, alleine durch die Gegend zu streifen, sammelte Versteinerungen, seltene Pflanzen, beobachtete Vögel. Nach dem Gymnasium und dem Militärdienst studierte er Botanik und Zoologie am Seminar der Kibbuzim in Kiriat Tivon. Dann ging er zurück nach Nahalal, heiratete ein Mädchen aus dem Moschaw, bekam ein Haus und ein Stück Erde in Tamrat und begann, eine Farm aufzubauen.

(Was für eine Qual, dachte ich, während ich neben ihr ging. Manchmal fuhren Autos vorbei, die Schatten der Bäume fielen über Noras Gesicht, und ich hörte mir die Details des Curriculum Vitae dieses Mannes an, dieses „Naturmenschen". Sie häufte Massen von Stroh aufeinander, um darunter Sprengköpfe zu begraben.)

Schon bald merkte er, daß er für ein seßhaftes Leben nicht geeignet war. Er verließ die Farm und wurde zum Inspektor der Wälder von Galiläa. So konnte er von Ort zu Ort fahren und mitten in der reichen Fauna und Flora der nördlichen Region des Landes leben. Seiner jungen Frau gefiel das Wanderleben nicht, und nach drei Jahren wurden sie geschieden. Er sei ohnehin nicht geeignet für eine Familie, sagte er ihr. Als die Naturschutzbehörde gegründet wurde, bewarb er sich und wurde genommen, und in den letzten sechs Jahren trieb er sich zwischen Jerusalem und Sodom, zwischen der Judäischen Wüste und dem Toten Meer herum, kannte jeden Pfad und jeden Wadi in dieser großen Wüste. Michael Luberski hatte er bei einer Auseinandersetzung zwischen Naturschutz und Wasseramt über die Bewässerung mit Hilfe von Quellen kennengelernt. Seither besuchte er die Luberskis ziemlich oft. Nach dem Café lud er sie ein, mit ihm zu kommen und zu sehen, wie er wohne.

(Ab da war alles wie erwartet; jedes Detail fand seinen angemessenen Platz in meiner glühenden Phantasie. Wir gingen unter der Yarkon-Brücke hindurch, und der Wald auf der anderen Straßenseite war in der Dunkelheit versunken. Es war vorhersehbar und unvermeidlich. Was tat ich in jener Nacht? Saß ich über der Beschreibung der Pogrome Petljuras? Diskutierte ich mit Fojglman über die beiden Sprachen? Nora schwieg, und ich preßte die Lippen aufeinander, um den Schlag zu schlucken, ohne vor Schmerz aufzuschreien.)

Er lebt in einem Steinhaus, das allein auf einem Hügel steht, östlich von Ein Kerem, unter Feigen- und Olivenbäumen. Und innen ...

Eine Dekoration, die Ehebruch geradezu herausfordert: beduinische Teppiche, damaszenische Kupfergeräte, ein geschnitzter Tisch aus Nußbaum mit Elfenbeinmosaik, Tonkrüge mit Wüstenpflanzen, Steine in Türkis, Violett, Rosa ... Ein Bett mit Baldachin?

„Ich habe nicht die Wahrheit gesagt, als ich sagte, ich sei nach Mitternacht ins Hospiz zurückgekommen. Ich bin über Nacht dort geblieben."

(Die Worte, die wie Lanzen in mein Herz stießen, stachen die Wahrheit endgültig hinein, nicht wegzuwischen, und zerstörten meine verschwommene Illusion, daß ich mir das, was sie vor ein paar Tagen gesagt hatte, nur eingebildet hätte.)

An den folgenden beiden Tagen blieb sie allein. Der „Naturmensch" fuhr nach Eilat, um an irgendeiner Sitzung teilzunehmen. Als er zurückkam, am Montagabend, besuchte er sie im Hospiz.

Er blieb die Nacht über bei ihr.

Und gestand ihr, daß er sich in sie verliebt hatte.

„Er ist ein Junge. Ein großer Junge und eigentlich sehr unschuldig."

(Ein langes Schweigen, die ganze Straße entlang, vom Waldrand bis zurück zur Brücke.)

Am letzten Tag besuchten sie die Altstadt. Er zeigte ihr Plätze, die ihr vollkommen unbekannt waren, obwohl sie vier Jahre in der Stadt gelebt hatte. Im armenischen Viertel trafen sie Professor Schlesinger, der sie bat, mir einen Gruß auszurichten. Er glaubte, der junge Mann, der sie begleitete, sei ihr Sohn.

Im Basar kaufte er ihr eine Kette aus Bernstein.

„Als du mir die Perlenkette gezeigt hast, die dein Dichter mitgebracht hat, hätte ich am liebsten gelacht. Oder geweint. Jetzt habe ich zwei Ketten, und keine von beiden werde ich tragen."

Abends aßen sie bei Khan, und dann ...

„Es ist schlimm, ich weiß, und du hast das Recht, alles zu tun, was du willst. Ich habe nichts zu meiner Verteidigung vorzubringen."

Er rief sie jeden Tag im Institut an. Zweimal war er in Tel Aviv, und sie trafen sich in einem Café in Jaffa.

„Ein trauriger Witz, die ganze Sache. Er ist fast zwanzig Jahre jünger als ich."

Und dann:

„Eine Verwirrung. Die Illusion einer wiedergewonnenen Jugend. Es wird vorbeigehen. Ich werde wieder zur Vernunft kommen."

Als wir fast zu Hause waren, dachte ich: Hätte sie diese schäbige Geschichte nicht vor mir verbergen können? Gar nichts sagen? Ich hätte nicht gefragt.

Ich wußte nicht, ob ich ihr dankbar sein sollte oder nicht ... Nein, kein Mensch kann einem anderen dankbar sein, der ihm das Herz entzweischlägt.

Und ihre Beichte diente nur dazu, mich zu entwaffnen.

In der Nacht, im Bett – Nora, am anderen Rand des Bettes, war eingeschlafen wie wie nach einer langen, erschöpfenden Wanderung –, schwirrten mir die Ereignisse durch den Kopf, und vor meinen Augen zogen Tiger vorbei, dunkle Höhlen, tiefe Schluchten, Quellen, Baldachinbetten, delikate Umarmungen, ekstatische Liebesszenen, wilde Begierden – und plötzlich fiel mir ein, daß ich einmal eine Broschüre der Naturschutzbehörde gesehen hatte, mit einem Emblem darauf: ein Hirsch mit einem scharfen Horn auf dem Kopf. Ein Teufel kicherte in mir.

Ich fragte Nora nicht nach dem Namen ihres jungen Liebhabers. Für mich nannte ich ihn „Einhorn".

*I*n Fojglmans viertem Heft, in dem die Einträge nicht durch Sterne getrennt sind, sondern durch winzige Vögelchen, ähnlich wie die, die er über seinen Namen malte, fand ich beim Blättern folgenden Eintrag:

◆

Sobald ich das Haus betrat, fühlte ich es: ich war kein willkommener Gast. Ja, er empfing mich entgegenkommend und äußerst freundlich, aber in seinen Augen war keine Freude, als wären seine Brillengläser beschlagen. Und als ich sah, daß seine Frau nicht da war – auf meine Frage, wo sie wäre, antwortete er, sie sei im Urlaub –, verstand ich sofort, daß sie meinetwegen weggefahren war. Denn wie könnte man es sonst erklären, daß sie ausgerechnet einen Tag vor meiner Ankunft plötzlich unter der „Müdigkeit", die sie schon das ganze Jahr quälte, zusammengebrochen war und Urlaub nehmen mußte? Die ganzen zehn Tage erwähnte er sie überhaupt nicht, und wenn ich nicht irre, telefonierten sie auch nicht miteinander. Ich verstand: Sie hatten sich gestritten, und natürlich wegen mir.

Eigentlich hatte ich schon bei meinem ersten Besuch ihre Reserviertheit mir gegenüber gefühlt. Eine schöne Frau, schlank wie eine Palme – die Beine etwas zu lang für meinen Geschmack, das Kinn etwas zu rund –, die etwas Fremdes, etwas Nichtjüdisches umgibt: die Arroganz der Herrenrasse sozusagen. Als ich erzählte, was ich während des Kriegs erlebt hatte, und sie mir mit zur Seite geneigtem Kopf zuhörte und ihre glatten graublonden Haare ein Drittel ihres Gesichts verdeckten, erinnerte ich mich an die Schauspielerin Antonia Devreux, die ich vor ein paar Jahren kennengelernt hatte.

245

Hinda, die sie von ihrer Zeit am Theater kannte, stellte mich ihr im Foyer des Odeon vor. „Henriette hat mir erzählt, daß Sie während der Kriegszeit viel durchgemacht haben", sagte sie mit schräg geneigtem Kopf, und ihre blonden Haare fielen über ihre linke Wange. „Ja, ein wenig", sagte ich.

„Sie waren in Auschwitz."

„Nur zwei Wochen. Die meiste Zeit in Majdanek."

Sie hatte noch nie von Majdanek gehört, und ich mußte ihr erklären, daß das ein Konzentrationslager in Polen war, in der Nähe von Lublin.

„Es war schlimm, nicht wahr?"

„Viele Läuse", sagte ich.

„Läuse!" rief sie und schlug sich auf die rechte Wange. „Erinnerst du dich, Henriette, wie ich Läuse in meiner Perücke entdeckt habe? Stellen Sie sich vor, Läuse in einer Perücke, die ich als Marianne im ‚Tartuffe' getragen habe. Es endete damit, daß wir sie verbrannt haben."

Auch Z.'s Frau hatte angeblich Mitleid mit mir. Der arme Jude hat „gelitten". Er verdient Zuneigung, Mitleid, vielleicht auch Hilfe. Aber alles in Maßen. Nur nicht übertreiben ...

Z. selbst? Z. ist ein anständiger, sensibler Mann. Doch ich habe es nicht geschafft, zu einer tieferen Beziehung mit ihm zu kommen. Einerseits zeigt er große Sympathie mir gegenüber. Und mein ganzes Leben lang werde ich ihm dankbar für das sein, was er für mich tut. Ohne ihn wären meine Gedichte nicht übersetzt worden, und wenn er sein Versprechen hält, wird dank seiner Hilfe das Buch auch veröffentlicht werden. Kein jiddischer Dichter in Israel – geschweige denn einer der hebräischen – hätte sich meinetwegen so viel Mühe gemacht. Doch andrerseits ist da keine Wärme zwischen uns. Er wahrt Distanz. Er begleitet mich höflich überall hin, zeigt mir die Bushaltestelle, verschiedene Geschäfte, verschiedene Ämter. Und ich möchte ihn am liebsten an der Schulter packen und sagen: „Reb Hirsch, sei nicht so höflich zu mir! Sei warm! Warm! Wir sind doch jüdische Brüder!"

Als er in die Küche kam und sah, daß ich das Essen für uns beide kochte, merkte ich, daß er erschrak. Das hatte er nicht erwartet! Wie konnte ich nur? Ich war in den innersten Kreis der Familie eingedrungen, als ich ihn buchstäblich beim Wort genommen hatte. „Fühl dich wie zu Hause." Ich habe reagiert: „Kennst du das Sprichwort: Bringt ein Gast Fisch und Fleisch, erwärmt er des Gastgebers Herz." Er schaute mich lächelnd an. „Bei uns ist es so, daß noch nicht mal meine Schwiegertochter die Küche betritt."

Ein trauriges Lächeln mit einem Hauch von Spott hinter seiner Brille. Auf was bezog sich der Spott?

Vielleicht auf die Umstände unseres Lebens auf dieser Welt. Jetzt weiß ich, daß ich einen großen Fehler gemacht habe, als ich die Einladung annahm. Ich spürte schon in Paris, als wir telefonierten, an seiner Stimme, daß ihm die Einladung nicht aus dem Herzen kam. Doch aus Bequemlichkeit betrog ich mich selbst.

Zehn Tage lang muß ich ihm eine Last sein.

„Erster Tag – ein willkommener Gast; zweiter Tag – ein Stein um den Hals; dritter Tag – stinkt schon; vierter Tag – nimm deine Beine und fliehe!"

◆

Z. hat zwei hebräische Dichter eingeladen, mir zu Ehren. Beide sind nicht gekommen. Einer hat irgendeine Ausrede benutzt, der zweite hat sich noch nicht mal diese Mühe gemacht.

Soweit es mich betrifft, ist das egal, ich habe schon Schlimmeres mitgemacht. Aber für ihn tat es mir sehr leid. Er hatte sich solche Mühe gegeben, und was war der Erfolg? Nur Kummer. Wozu, dachte ich, braucht er das ganze Theater, das ihm nur Ärger und Demütigung bringt? Was verbindet uns letztlich?

Vielleicht bin ich für ihn ein „historisches Dokument" ...

◆

In dem Laden, in dem ich die Nahrungsmittel einkaufe, steht hinter der Theke eine kleine, breite Frau mit einem lahmen Bein. Die Anstrengung des Hinkens hat ihrem Gesicht einen schmerzlichen Ausdruck verliehen, wie ein unterdrückter

Aufschrei. Jedesmal wenn sie etwas von einem hohen Regal-
fach braucht – eine Schachtel Hefe, ein Glas Marmelade –,
bittet sie einen ihrer Kunden, ihr das Gewünschte zu holen.
Als ich das zweite Mal zu ihr kam und auf Hebräisch einen
Salzhering und sauere Gurken verlangte, erschien ein
zerknittertes Lächeln auf ihrem Gesicht, und sie sagte auf
Jiddisch: „Reb Jid, warum zerbrecht Ihr Euch die Zunge, mit
mir könnt Ihr Mameloschn sprechen." Als polnische Juden
erkundigten wir uns natürlich sofort nach unseren Heimator-
ten und so weiter. Es stellte sich heraus, daß sie aus Krasnostaw
stammt.
„Krasnostaw? Ich war öfter dort! Mein Onkel hat Mehl nach
Krasnostaw gebracht!"
„Wie hieß er?"
„Fojglman."
„Fojglman, der Müller?"
„Ja, Fojglman, der Müller."
Nun, auch sie war öfter in Zamosc. In ihrer Jugend war sie
Mitglied bei der Jugendgruppe des „Bund", und an jedem
ersten Mai kam ihre Gruppe und beteiligte sich an unserem
Umzug. Sie erinnerte sich an die Promenade, den See mit der
Insel in der Mitte, an das alte Gefängnis, an die Volksschule,
die Statue von Valerian Lukaschinsky ... „Im Fluß, erinnere
ich mich, schwebten Körbe voller Fische, die die Händler
kühlten, für Schabbat ..."
Andere Kunden kamen herein, und ich trat zur Seite. „Wenn
Ihr es nicht eilig habt, wartet ein bißchen", sagte sie. Ich
wartete. Ich lächelte, und als wir wieder allein waren, fragte
sie, ob ich wisse, was aus Doktor Lerner geworden wäre. Ich
sagte, soweit mir bekannt sei, starb er bei der Typhus-
epidemie, die 1941 im Ghetto ausbrach. „So", sie nickte,
„so." Und erzählte mir, daß er alle zwei Wochen zu ihnen ins
Jugendheim gekommen war und ihnen einen Vortrag über
Marx gehalten hatte, über Adler, über Otto Bauer. Er sprach
über sehr schwierige Themen, aber trotzdem kamen alle und
hörten ihm gespannt zu, so gut konnte er sprechen und
erklären. „So, bei einer Epidemie ..." Wieder nickte sie. Ich

*fragte sie, wo sie damals gewesen sei. „Fragt besser nicht",
sagte sie, preßte die Lippen zusammen und warf mir einen
verbitterten Blick zu.*

*Hier, in dem Laden, habe ich mich zu Hause gefühlt, dort, bei
ihm, fühlte ich mich wie ein Fremder.*

◆

*Nachts finde ich keine Ruhe, ich stehe auf, ich lege mich hin,
ich stehe auf, ich laufe herum und achte darauf, meinen
Gastgeber nicht zu wecken.*

*Auf der Straße ist es still, Sterne blinken über den Bäumen.
Das Land Israel.*

Ich fühle meinen Körper: lebendig, warm.

*Ich erinnere mich an die Nacht, als ich in den Schnee fiel, die
Reihen ziehen vorbei, und plötzlich auf meinem Rücken, wie
feurige Peitschen ...*

◆

*Das Scholem-Alejchem-Haus ist blind und stumm. Niemand
kommt oder geht.*

*Im Peretz-Haus gibt es viele Räume, viele Bücher, aber kein
Publikum.*

*Jemand sagte mir, es gebe einen Club des „Bund" in der Stadt.
Ich ging hin. Eine Seitenstraße im alten Viertel von Tel Aviv,
voller Geschäfte und Büros. Nur mit Mühe fand ich das
Schild, in Jiddisch und Hebräisch, auf der Hintertür des
Hauses. Ich klopfte an die Tür – keine Antwort. Und die
Rolläden waren geschlossen.*

Zweimal besuchte ich das Leivick-Haus.

Wie eine verlassene Synagoge.

*In den Schränken stehen Bücher, und auf einem langen Regal
liegen Zeitungen. Eine Sekretärin gibt es, eine nette, fleißige
Frau; sie tippt auf der Schreibmaschine, telefoniert, notiert,
frankiert Umschläge, heftet ab, verkauft Karten für die
Sänger und Schauspieler, die einmal in der Woche eine
Veranstaltung im Saal machen.*

*Ein Mann kommt herein, auf einen Stock gestützt, geht zu
dem Regal, wählt sich eine Zeitung, setzt sich an einen Tisch
und liest.*

Nach einer Viertelstunde kommt noch ein Mann herein, ein Taschentuch an die Nase gedrückt, niest, putzt sich die Nase, geht zu dem Regal, wühlt in den Zeitungen und findet die nicht, die er sucht. Entdeckt, daß ihm ein anderer zuvorgekommen ist. Geht zu ihm, bedeutet ihm, daß er schnell fertig lesen solle. Inzwischen setzt er sich an einen anderen Tisch und schaut aus dem Fenster, beide Hände an seinem Spazierstock.

Ich ging zur Sekretärin und stellte mich vor. Sie kannte meinen Namen nicht. Ich fragte sie, ob sie mal von der Schauspielerin Henriette Vogel gehört habe, das sei meine Frau. Sie hatte nichts gehört. Ich erzählte ihr mit wenigen Worten von ihren Aufführungen in der ganzen Welt und fragte, ob es eine Möglichkeit gebe, daß sie auch hier irgendwann einmal auftreten könne. Die Sekretärin sagte: Es gibt hier ein mehr oder weniger festes Publikum von ungefähr hundertfünfzig Leuten. Um dieses Publikum werben etwa zwanzig Schauspieler. Manchmal kommen auch Künstler aus dem Ausland, von Theatern in Rumänien, Warschau, den Vereinigten Staaten oder Argentinien. Doch die werden immer von irgendeiner Organisation eingeladen und bezahlt. Wenn ich irgendeine landsmanschaft kennen würde ... Oder eine Behörde oder ein Regierungsinstitut, die bereit wären, meine Frau zu unterstützen, könnte man an zwei, drei Auftritte denken ...

Jeden Freitagvormittag – so sagte die Sekretärin – treffen sich hier ungefähr ein Dutzend Schriftsteller, sitzen an dem großen Tisch, trinken Tee und diskutieren über Organisatorisches und über Literatur und Theater. Wenn ich zwischen elf und eins käme, könnte ich mich auch mit ihnen beraten. Aber am Freitag mußte ich nach Ramle fahren.

◆

Ich gehe in dieser Mittelmeerstadt spazieren und vergesse manchmal, in welchem Land ich mich befinde.

Kräftige, junge Männer gehen an mir vorbei, in sehr kurzen Hosen, mit nackter, braungebrannter Brust, die in der Sonne glänzt, ein Handtuch über der Schulter, ein Transistorradio

*in der Hand – vermutlich kommen sie vom Strand –, salzige
Trägheit in den Augen ...*

*Barfüßige junge Mädchen gehen an mir vorbei, in zerrissenen
Kleidern, die über den Gehsteig schleifen, oder in durchsichtigen T-Shirts, durch die man ihre harten Brustwarzen sieht,
und meist steht was in Englisch auf ihrer Brust: „Love me",
„I'm free", „Only on sunday" oder so ähnlich, und sie werfen
lustlose Blicke nach allen Seiten ...*

*Auf dem Gehsteig sehe ich – in aller Öffentlichkeit – ein Paar,
in innige Umarmung versunken, er in weißen engen Hosen,
sitzt auf dem Geländer, die Beine gespreizt, und zwischen
seinen Beinen ein nacktschultriges Mädchen, das Gesicht zu
seinem geneigt, ihre Hände um seinen Hals, ihr Mund auf
seinem Mund, völlig versunken ...*

*Um die Mittagszeit sitzen in den Cafés, die sich bis über den
Gehsteig erstrecken, Dutzende von jungen Leuten, trinken
Bier, schlürfen Kaffee, schlecken Eis, vertilgen Pizzas, starren
gleichgültig die Vorübergehenden an oder verfolgen mit
gierigen Augen die stolzen, blonden Schönen, die lockend an
ihnen vorbeigehen, oder die blitzenden Mercedes-Wagen, am
Steuer Gigolos in italienischen Hemden, die ihre Hupen-
klänge über die Straße jagen ...*

*Und abends, an den Kinokassen, sammeln sich Gruppen
geräuschvoller, wilder Rowdies, grölen und albern herum,
und hinter ihnen kichernde junge Mädchen mit offenen
Haaren und kurzen Kleidchen ...*

*Was habe ich mir eigentlich erhofft? Dachte ich, hier Synago-
gen zu finden, aus denen die Stimmen von Thoraschülern zu
hören sind? Oder Pioniere, die mit chassidischem Eifer Hora
tanzen?*

*Doch warum ist alles so verworren? So extravertiert? Woher
kommt diese hohlköpfige Eitelkeit? Wo ist die Ernsthaftig-
keit geblieben, der jüdische Schmerz von Generation zu
Generation, die Nachdenklichkeit? Der nach innen gewende-
te Blick?*

Das war gestern ...

Und morgen?

*L*etzte Nacht träumte ich von meinem Vater, er möge in Frieden ruhen:

Wir gingen nebeneinander, er und ich, zwischen zwei Reihen hoher, alter Krüge. Jeder Krug, an dem ich vorbeiging, bekam einen Sprung, krachte und zerbrach in Stücke. Er schimpfte: Zwi, warum paßt du nicht auf? Sie werden für ein Getreidelager gebraucht! Ich rief mit erstickter Stimme: Ich berühre sie nicht! Ich berühre sie gar nicht!

Ich denke oft an ihn in der letzten Zeit.

Unser Haus war für ihn ein Hotel, eine Pension, in der er übernachtete, ein Hafen, von dem aus er zu seinen Fahrten aufbrach und zu dem er zurückkam, um sich von den Strapazen der Reise auszuruhen. Wenn er mit uns sprach, handelte es sich meist um Geschichten, die er von seinen Expeditionen mitbrachte: eine Höhle, in der er ein brüchiges Pergament gefunden hatte; eine kleine Quelle, die er zufällig zwischen dem Herodion und Nevei Mussa entdeckt hatte und die auf keiner Karte verzeichnet war; ein Treffen mit einem griechischen Mönch im Wadi Kelt; ein Schlachtopfer in den Zelten der Asasma; ein Festessen im Haus von Mussa Alami in Jericho; seine Rettung aus den Händen einer Bande arabischer Schläger, die sein Auto mit Steinen bewarfen, als er durch Jenin fuhr; eine heftige Auseinandersetzung mit einem britischen Polizeioffizier in Tul-Karm; eine Herde von Bergziegen, die er auf den Felsen über Ein Avdat gesehen hatte ...

Aber er hat nie etwas von seinen archäologischen Funden nach Hause gebracht. Weder in unserem Haus noch auf unserem Hof standen Tonkrüge; es gab keine kleinen Götzenfiguren, keine Säulen, keine Reste eines Mosaiks. Ein Fremder, der in unser Haus kam, hätte sich nicht vorgestellt, daß hier ein Archäologe wohnt, bis er die Bücher in seinem Arbeitszimmer gesehen hätte, historische, archäologische und andere wissenschaftliche Werke in Hebräisch, Englisch, Deutsch und Russisch.

Unser Haus in Rechovot war klein und alt, drei Zimmer und eine Terrasse. Nichts Besonderes. Der orangefarbene Verputz war schon verblaßt vom Alter, von der Sonne und vom Regen. Das Spülbecken in der Küche war schwarz gesprenkelt und seit einer Ewigkeit nicht erneuert. Die Fensterrahmen hatten Risse. Mein Vater kümmerte sich nicht darum, und meine Mutter hatte keine Zeit, irgend etwas zu reparieren, zu renovieren oder zu erneuern. Mittags um zwei kam sie von ihrer Arbeit im Kindergarten zurück, und den ganzen Nachmittag verbrachte sie mit Putzen, Kochen und Waschen, mit der Sorge für mich und meinen Vater.

Wenn mein Vater gezwungen war, ein paar Tage zu Hause zu bleiben, zwischen einer Ausgrabung und der nächsten, oder weil es längere Zeit regnete, vertiefte er sich in seine Fachbücher. Er war ein Autodidakt. Seine ganze Ausbildung bestand aus dem Gymnasium und drei Jahren Studium der Alten Geschichte und alter Sprachen in Riga. Ein Diplom hatte er nicht. Dennoch unternahm er mehr Ausgrabungen und fand und entzifferte mehr als die meisten seiner Kollegen. Diese schätzten ihn sehr und baten oft um seinen Rat. Doch er weigerte sich, etwas zu schreiben: in seinen Augen war das Zeitvergeudung. Die Leute von der Universität baten ihn, flehten ihn an, die Ergebnisse seiner Arbeit schriftlich zu fixieren, Berichte zu schreiben und zu veröffentlichen, doch er lehnte es ab. „Ich bin ein Analphabet. Wenn ihr einen Bericht wollt, schickt mir einen Studenten, der schreiben kann, ich werde ihm alles erzählen, und er soll es aufschreiben." Und so war es. In den ganzen Jahren veröffentlichte er nicht mehr als zwölf Aufsätze unter seinem Namen, und selbst diese waren von seinen Assistenten geschrieben.

Alles, was mit dem Haushalt und mit den Finanzen zusammenhing, lag in den Händen meiner Mutter. Er gab ihr sein Gehalt, und sie entschied allein, was mit dem Geld geschah, das sie beide verdienten. Sie bezahlte die Rechnungen, und jeden Monat legte sie eine bestimmte Summe beiseite. Sie hatte ein kleines Notizheft, in das sie die Summen eintrug, die sie zur Sparkasse brachte. Und nie bezahlte sie mit einer Zahlungsanweisung, sondern immer in bar. Sie hatte immer etwas Kleingeld in ihrem Portemonnaie, das andere hatte sie in der Speisekammer versteckt. Meine Eltern stritten sehr selten, und wenn mein Vater einmal wütend auf meine Mutter wurde, dann war es wegen ihrer Vorwürfe, er mache sich „für Götzendienst" kaputt.

Er starb, wie er es sich vermutlich gewünscht hätte: auf dem Ausgrabungsfeld. Wie ein Schauspieler, der sich wünscht, auf der Bühne zu sterben, oder ein Ritter beim Kampf. Es war ein plötzlicher Tod. Er fiel bewußtlos zu Boden. Als der Krankenwagen von Arad kam, war es zu spät, um ihn zu reanimieren. Zu seiner Beerdigung kamen viele Menschen aus allen Teilen des Landes; Archäologen der drei Universitäten, Studenten und Freiwillige, die mit ihm gearbeitet hatten, Leute aus Kibbuzim, die er bei Ausgrabungen in der Nähe kennengelernt hatte, Angestellte archäologischer Institute und Behörden, viele Menschen aus unserem Ort, Freunde von ihm und von meiner Mutter. Sie kamen nicht nur aus Pflichtgefühl, sondern weil sie ihn geliebt und geschätzt hatten. „Es ist alles aus Staub geworden und wird wieder zu Staub", sagten seine Freunde, die Archäologen, in ihren Grabreden. „Du bist versammelt zu deinen Vätern, deren Andenken du aus der Erde gegraben hast, die du so sehr liebtest."

Während der Schiwa ordnete ich seine Papiere. Zwischen seinen Notizen, hingekritzelt in seiner zerstreuten, wilden Schrift, fand ich Dutzende kleiner, zusammengefalteter Zettel, auf denen Ortsnamen standen, Wörter in Aramäisch, Sumerisch, Phönizisch, Inschriften in Quadratschrift, Stücke biblischer Verse, Zeichen, die nur er verstand. Auf einem von ihnen stand: „Das Wort lebt von Generation zu Generation." Als wir, meine Mutter und ich, durch den Garten gingen, deutete sie auf die Obstbäume, Pflaumen, Guavas und Zitronen, und sagte: „Es steht geschrieben, der Mensch gleiche dem Baum auf dem Feld. Aber das stimmt nicht. Wir gehen tiefer und tiefer in die Erde, und die Bäume wachsen höher und höher in den Himmel."

*I*n den Tagen, in denen Fojglman hier war, erkundigte er sich kein einziges Mal nach dem Honorar für die Übersetzung. Ich fragte mich, was er wohl dachte: Konnte er so naiv sein zu glauben, der Übersetzer arbeite für die Ehre? Für den Lohn Gottes? Oder hatte er beschlossen, das Problem der Bezahlung erst dann mit mir zu regeln, wenn die Arbeit beendet war?

Aus verschiedenen Gründen brachte auch ich das Thema nicht zur Sprache. Erstens ist es nicht angenehm, einen Gast daran zu erinnern, daß er einem etwas schuldet. Zweitens hatte er gleich nach seiner Ankunft erwähnt, daß sie in einer etwas gespannten Situation wären, weil seine Frau weniger Auftritte hatte. Und drittens sagte ich mir, wie könnte ich von ihm Geld für die Übersetzung verlangen, wenn die Perlenkette, die er für Nora gebracht hatte, vermutlich viel mehr wert war als die Summe, die ich Zelniker bezahlt hatte?

Etwa einen Monat nach seiner Abreise – ein langer Monat, mit vielen Tagen, an denen ich meinen Schmerz versteckte und versuchte, meinen Alltag zu bewältigen und mich nicht von meinem Kummer auffressen zu lassen – rief Zelniker an und teilte mir freudig mit, daß er die Arbeit beendet habe und bereit sei, „die Ware zu liefern".

Wir trafen uns im selben Café wie damals, und er legte einen Stapel Papiere vor mich hin, ordentlich numeriert, vokalisiert, sauber getippt, mit einem schönen Schriftbild, und fertig zum Druck.

Ich blätterte, überflog flüchtig die Gedichte, deren Übersetzung ich schon kannte, und las die neu übersetzten. Zelniker schaute mich ununterbrochen an, als warte er auf Lob, und sagte: „Um die Wahrheit zu sagen, als Sie mir das Buch gaben und ich es zum ersten Mal las, gefiel es mir gar nicht so besonders, aber je länger ich daran arbeitete, um so mehr merkte ich, daß diese Gedichte viel mehr enthalten als das, was man auf den ersten Blick sieht. Mir kamen sie erst zu sentimental vor, zu weinerlich. Aber nein! Sie zeigen das ganze Weltbild eines Mannes, der täglich dem Tod gegenübersteht, mit ihm kämpft und ihn besiegt. Es gibt immer wiederkehrende Bilder, die aus persönlichen Alpträumen stammen, aus tiefen Abgründen. Nehmen Sie zum Beispiel *In der Wüste* ...“

Er blätterte in dem Stapel, wie ein Bankangestellter Geldscheine zählt, fand das Blatt schnell und las:

Ein versteckter Schatten fällt
auf meine Schritte im Sand,
und feurige Räder
dörren den Himmel aus.

Ich hebe die Augen:
Wo bist du, Elijahu?
Am Saum deines Mantels hänge ich
und du, du fährst in der Kutsche zum Himmel!

Ein Geier kreist in den Wolken,
wirft mit breiten Schwingen Schatten auf die Erde.
Ist es mein Kadaver, Geier, den du suchst?
Die geschlossenen Augäpfel meines Lebens?

Ich senke den Blick
in der gelben Mittagshitze.
Hinter mir sehe ich
einen Schatten auf meinen Schatten fallen.

„Tiefe Schichten“, sagte Zelniker und klopfte mit zitternder Hand auf das Blatt. „Das Gedicht eines Mannes, der nach Erlösung schreit, der Gott sucht und keine Antwort bekommt! Das Bild des Schattens taucht in vielen Gedichten auf. Der Schatten der Erinnerung, Schatten des Schreckens, der biblische Schatten des Todes, und das Bild wird zum Symbol. Wenn ich schreiben könnte, würde ich eine Abhandlung schreiben, ‚Der Schatten in den Gedichten Schmuel Fojglmans‘.“

„Schreiben Sie doch! Es wird die erste Kritik seiner Arbeit sein, nachdem das Buch erscheint.“

„Ich?“ Er kicherte. „Ich werde im Leben keine Abhandlung schreiben. Außerdem ist es mir als Übersetzer auch nicht erlaubt. Ich habe einen Anteil daran ... Es war nicht leicht, wirklich nicht leicht. An dem Gedicht *In der Wüste* habe ich drei Tage gearbeitet. Ich mußte viel ändern, mich vom Original entfernen, Alliterationen finden, die dem Jiddischen entsprechen. Aber alles in allem habe ich die Arbeit genossen. Ich war so in sie versunken, daß ich sogar vergessen habe, Sie anzurufen, als ich halb fertig war, damit Sie mir das zweite Drittel bezahlen ...“

Ich fragte ihn, ob er mit Fojglman wegen der Bezahlung gesprochen habe.

„Mit Fojglman? Warum? Die Abmachung besteht doch zwischen Ihnen und mir. Und Sie haben doch sicher einen Vertrag mit ihm wegen der Rückzahlung des ausgelegten Geldes, nicht wahr?“

„Ja, natürlich“, sagte ich, holte mein Scheckheft aus der Tasche und stellte einen Scheck auf die Summe aus, die ihm noch zustand.

Er betrachtete den Scheck, faltete ihn zusammen und steckte ihn in die Tasche. Ich fragte ihn, ob er mir raten könne, an welchen Verlag ich mich mit diesen Gedichten wenden könnte.

„Ich sage Ihnen, was ich schon zu Fojglman gesagt habe: Es wird nicht leicht sein. Die staatlichen Verlage veröffentlichen nur bekannte hebräische Autoren, die kommerziellen Verlage nur Populäres, wer bleibt da noch? Die kleinen Verlage, die privaten, die jedes Buch herausbringen, wenn man die Kosten dafür übernimmt ...“

Nach einer Pause fügte er hinzu: „Gegen eine Gebühr machen es die anderen Verlage auch ...“

„Um was für eine Summe würde es sich bei einem Buch wie diesem handeln?“ Ich hob den Stapel Blätter und wog ihn in der Hand.

„Ein Buch wie dieses ... hundertzehn Seiten ...“ überlegte Zelniker. „Ich schätze ... dreimal soviel wie die Übersetzung.“

Ich stieß einen Pfiff aus.

„Hat Fojglman Geld?“ fragte Zelniker leise.

„Ich weiß es nicht. Ich werde ihm schreiben müssen.“

„Aber nachdem er schon in die Übersetzung investiert hat, kann er das Buch doch nicht einfach zur Seite legen.“ Zelnikers Gesicht nahm einen besorgten Ausdruck an. „Und ich? Für was habe ich mich abgeplagt? Nur für das Geld?“

Ich sagte, vielleicht habe er ja gehofft, daß die Gedichte für sich selbst sprächen und einem Verleger gefielen ...

Zelniker seufzte. „Ja, so ist es bei uns. Der Ruf eines Autors geht ihm voraus, nicht sein Werk. Der Himmel schütze uns vor den Verlagen. Von Literatur verstehen sie nicht viel, um so mehr davon, die Dichter bis aufs Blut zu peinigen ... Das können sie wirklich phantastisch.“

Dann nannte er mir drei Verlage, deren Lektoren, wie er wußte, „eine Beziehung zur Lyrik“ haben; „vielleicht geben sie Ihnen einen Rabatt auf die Kosten“.

Als wir uns an der Tür des Cafés verabschiedeten, hob er den Finger und sagte: „Eines Tages wird man Fojglman entdecken; ein ausgezeichneter Dichter.“

Ein paar Monate zuvor hatte ich einen Übersetzer gesucht, nun suchte ich einen Verleger.

Und wieder erlebte ich eine Enttäuschung nach der anderen. Ich brachte das Bündel Gedichte zu einem Verlag, dessen Lektor vor einigen Jahren Dozent für Sozialwissenschaften an der Universität gewesen war. Eine Woche später rief er mich an und sagte mit kollegialer Freundlichkeit, daß es nichts würde. Auch wenn er seinen ganzen Einfluß geltend mache, würden die Gedichte nicht genommen. Sie hätten schon solche Manuskripte gehabt, von Überlebenden des Holocaust, und alle seien zurückgewiesen worden. Der zweite, Lektor eines staatlichen Verlags, der mir als „energischer Mann" empfohlen worden war, immer darauf aus, „neue Leute" zu entdecken, antwortete mir, nachdem er das Manuskript gelesen hatte, es sei „sehr interessant", und „es hat was", doch ein solches Buch passe nicht in ihr Programm. Er schlug mir zwei Verleger vor, die sich auf das Thema „Judenvernichtung" spezialisiert hätten. Als ich den dritten Lektor anrief, einen Professor für Literatur an einer unserer Universitäten, und ihn nach dem Schicksal des Manuskripts fragte, das er seit drei Wochen in den Händen halte, teilte er mir in drei scharfen Worten seine Entscheidung mit: „Nichts für uns." Als ich ihn um eine Erklärung bat, sagte er: „Ich habe nichts zu erklären. Sie beschäftigen sich mit Geschichte, ich beschäftige mich mit Literatur. Sie würden meine Erklärung nicht verstehen."

Wenn ich jetzt an all diese Betteleien zurückdenke und mich frage, was mich dazu getrieben hat, mich so für die Veröffentlichung eines Buches einzusetzen, das ich nicht selbst geschrieben hatte, und – noch dazu ohne Einbeziehung des Autors – soviel Zeit und Geld zu investieren, glaube ich mehr und mehr, daß es nicht nur aus persönlicher Zuneigung zum Autor oder zu seinen Gedichten geschah. Es war vielmehr ein Versuch, mich von der unglücklichen Stimmung abzulenken, die wie ein böser Geist unsere Wohnung erfüllte; mich abzulenken durch Aktivitäten außerhalb der Routine, Aktivitäten, die meine Energie, meinen Verstand und meine Fähigkeiten in Anspruch nahmen und mich von bitteren und vergifteten Gedanken abhielten; gleichzeitig – ja, ich muß es zugeben – entsprangen meine Bemühungen auch dem törichten Wunsch, mich an Nora zu rächen, eine Art „Vergeltung" zu üben: Sie hatte die Grenzen unseres gemeinsamen Besitzes überschritten, ich würde auch die Grenzen überschreiten und ihr Schaden zufügen, indem ich nämlich unsere gemeinsamen Ersparnisse ausgab, für einen Fremden.

Der vierte Verleger, an den ich mich wandte, war ein bekannter Dichter und Leiter eines Verlags. Zwei Tage, nachdem er das Manuskript erhalten hatte, rief er mich an und bat mich, ihn in seinem Büro aufzusuchen.

Die Blätter lagen vor ihm auf dem Tisch. „Ist der Autor ein Freund von Ihnen?"

„Ja, ein Freund." Ich erklärte ihm, daß Fojglman in Paris lebe und mich gebeten habe, für ihn die Veröffentlichung zu betreiben.

„Sie sind also sozusagen sein Agent hier." Der Verleger, ein Mann mit einem runden Gesicht und einer Brille, vielleicht zehn Jahre jünger als ich, lächelte.

„Ja, so ungefähr."

Er legte seine Hand auf den Stapel, betrachtete ihn, als überlege er hin und her, dann hob er den Blick und schaute mich an. „Hören Sie, unsere Bedingungen sind folgendermaßen: Der Dichter beteiligt sich mit zwei Dritteln an den Kosten. Die erste Hälfte der Summe ist bei Vertragsabschluß fällig, die zweite bei Erscheinen des Buches. Die erste Auflage – in diesem Fall fünfhundert Exemplare, schätze ich mal – deckt, wenn sie ganz verkauft wird, unsere Produktionskosten und den Vertrieb, ohne daß wir etwas verdienen. Selbstverständlich verdient auch der Autor nichts. Wenn es zu einer zweiten Auflage kommt, erhält er die normalen zehn Prozent vom Verkaufspreis." Nachdem ich ihn eine Weile wortlos angeschaut hatte, fragte er: „Sind Sie damit einverstanden?"

„Wenn das so üblich ist", sagte ich und fragte, wie lange es dauere, bis das Buch erscheine.

„Von uns aus", sagte er, „können wir morgen mit dem Satz beginnen. Wenn nichts dazwischen kommt, ist es in drei Monaten fertig."

Ich hoffte auf irgendeine Äußerung zu den Gedichten selbst, doch er sagte nur: „Sollen wir den Vertrag vorbereiten?"

Ich bat ihn, den Vertrag zwischen dem Verlag und Fojglman auszustellen, und ich würde als Bevollmächtigter unterschreiben. Im Anhang des Vertrags solle stehen, daß ich für die Bezahlung verantwortlich sei.

Eine Woche später unterschrieb ich den Vertrag und bezahlte die erste Rate, die ungefähr dem entsprach, was ich in zwei Monaten verdiente.

Ich berichtete Fojglman davon und legte meinem Brief eine Kopie des Vertrags bei.

Seine Antwort war voller Dank und Zuneigung, und in dem großen Umschlag befand sich auch eine Zeichnung für den Umschlag seines Buches, die sein Freund, der Maler Jakov Kremer, gemacht hatte. Ein gebogener Zweig im Herbst, und auf ihm ein kleiner, frierender Vogel.

Am Schluß des Briefes stand: „Übrigens ist es ganz klar: Wenn ich nach Israel komme, noch bevor das Buch erscheint, werde ich dir das ganze Geld wiedergeben, bis auf den letzten Pfennig. Betrachte es bitte, als habest du mir ein Darlehen für drei Monate gegeben, und auch dafür, wie für alles, werde ich dir mein Leben lang unendlich dankbar sein."

Ich werde dir unendlich dankbar sein, hatte Fojglman geschrieben, und er wußte nicht, wie dankbar ich ihm war, als ich den Vertrag unterschrieben hatte. Wie damals, bei der Übersetzung, fühlte ich mich, als würde ich schweben. Ich erinnere mich an den Moment, als ich vom Büro des Verlegers auf die Straße trat – ich blinzelte ins Licht und fühlte mich leicht und frei und um Jahre jünger. Ich hatte mich von der bedrückenden Atmosphäre befreit, die bei uns zu Hause herrschte, und war in eine Sphäre eingetreten, wo die Musen schwebten. Am liebsten hätte ich allen Vorübergehenden zugerufen: Gedichte werden erscheinen. Bald werden sie vor euren Augen flattern. Und Fojglman sah ich tanzen, fröhlich wie einen Spaßmacher auf einer jüdischen Hochzeit.

Im zweiten Heft Fojglmans fand ich folgenden Eintrag:

Ich saß in der Sorbonne und hörte mir acht Vorträge von Professoren an, die aus zwölf Ländern zu einer Konferenz über „Die Erforschung des Holocaust" nach Paris gekommen waren. Ein belgischer Professor, ein beeindruckender Mann, groß, elegant, in einem makellosen Anzug, referierte über eine Stunde über die Haltung des Roten Kreuzes zu den jüdischen Flüchtlingen und den Häftlingen der Vernichtungslager. Ein zweiter, aus Kanada, ein kleiner, bebrillter Mann mit einer etwas schrillen Stimme, las die Zusammenfassung eines Aufsatzes, den er geschrieben hatte – als lese er Paragraphen eines Vertrags –, über die Kontakte der Horthy-Regierung in Ungarn und der deutschen Besatzungsmacht 1944 in bezug auf die Lösung der Judenfrage. Ein dritter, ein jüdischer Professor aus Philadelphia, ein fröhlicher Mann mit einem dicken Bauch, dessen Wangen wie Zuckersäcke an beiden Seiten seines Gesichts herunterhingen, mit kurzen Beinen und einem watschelnden Gang, sprach flüssig und brillant über die verschiedenen Angaben von der Zahl der Menschen, die in den Krematorien jedes einzelnen Vernichtungslagers umgebracht wurden. Ein deutscher Professor, vielleicht fünfunddreißig Jahre alt, mit knabenhaftem Gesicht, sprach mit großer Erregung, rote Flecken auf den Wangen, über den Einfluß des Holocaust auf die deutsche Sprache und ihre Syntax. Eine kleine Frau aus Israel, ungefähr fünfundfünfzig oder sechzig, mit einem strengen Blick in den Augen und einem scharfen, energischen Ton in der Stimme, berichtete in gutem Französisch von der Arbeit von

Yad Vashem beim Sammeln und Archivieren von schriftlichen oder mündlichen Zeugenaussagen. Ein österreichischer Professor, ein dünner, langer Mann mit einem randlosen Zwicker und einem viereckigen Schnurrbart, bewies mit Hilfe vieler Zitate, daß die Wehrmacht in den von den Deutschen besetzten Gebieten von den Vernichtungsaktionen wußte und sogar an ihnen teilnahm.

Alle Vortragenden lasen ihre Aufsätze und zitierten ausgiebig aus den Büchern oder Aufsätzen der anderen, überhäuften ihre Vorredner mit Lob und verteilten Vorschußlorbeeren für diejenigen, die nach ihnen kamen.

Ich saß im Saal und hörte mir die langen und gelehrten Vorträge an – mit Hilfe von Kopfhörern –, und die ganze Zeit, während sie sprachen, fragte ich mich, um was es eigentlich ging. Sprachen sie auch über mich? Zitate von Zeugenaussagen, Dokumente, Bücher, Studien, Beweise, Statistiken, Statistiken ...

„Doch der Mensch ist nicht vorhanden", wie Tschechow sagt.

Das heißt: Das Leben. Der Tod.

Mitten im Vortrag eines Professors der Universität Helsinki über die Vernichtung der Zigeuner spitzte ich plötzlich die Ohren, als der Name „Gunskirchen" fiel.

Fast hätte ich laut gerufen: Ich war dort!

Doch sofort wurden diesem Namen noch fünf weitere hinzugefügt, von anderen Lagern, ohne daß eines von ihnen beschrieben worden wäre, und der Vortragende ratterte lange Zahlenreihen und Zitate herunter.

In einer der Pausen saß ich in der Cafeteria an einem Tisch mit zwei der Vortragenden. Ich stellte eine naive Frage: „Wenn alle Vorträge schriftlich vorliegen, wozu dann dieser Kongreß? Man kann alle zusammenfassen, binden und in die ganze Welt verschicken."

Einer, ein junger Professor von der Universität Lyon, sagte: „Es ist ein Unterschied! Wenn wir zusammentreffen, können wir unsere Meinungen austauschen, unser Wissen; wir diskutieren, knüpfen Verbindungen ..." Der zweite, ein Dicker mit einem dichten gelben Bart um ein pausbäckiges Gesicht mit schmalen, lustigen, tiefliegenden Augen und einer breiten Brust, über die sich ein T-Shirt mit der Aufschrift „University of Los Angeles" spannte, lachte und sagte: „Glauben Sie ihm nicht. Für uns, die Amerikaner, ist das einfach eine gute Gelegenheit, ein paar Tage in Paris zu verbringen. Im nächsten Jahr laden wir alle zu uns ein, nach Los Angeles, in zwei Jahren sind wir in Helsinki, in drei Jahren in Budapest ... dieselben Vorträge, nur in umgekehrter Reihenfolge. Habe ich recht?" Er schlug seinem Kollegen auf die Schulter und brach in Gelächter aus. Dann wandte er sich an mich: „Und von wo sind Sie?"

„Ich bin von hier", sagte ich. „Aus Paris."

„Von der Sorbonne?"

„Nein." Ich schaute ihn an. „Von einer anderen Universität, deren Namen Sie bestimmt noch nicht gehört haben."

Er schaute mich durchdringend mit seinen lachenden Augen an, als wolle er sagen: Mich legst du nicht rein. „Ir sent a jid?" fragte er.

„Sie haben die Augen eines Gelehrten", antwortete ich, ebenfalls auf Jiddisch.

Er beugte sich zu mir. „Sie wissen doch, wie das bei uns ist. Wir beschnüffeln uns, wie die Hunde." Und wieder brach er in ein Gelächter aus, daß sein Bauch zitterte.

Eine Industrie von Gelehrten bearbeitet die Asche der Ermordeten. Eine blühende Industrie mit hohen Erträgen. Auf diesem Kongreß habe ich gehört, daß es allein in den Vereinigten Staaten schon zweiundzwanzig Fakultäten für das Studienfach „Holocaust" gibt, mit etwa fünfzig Professoren. Hunderte von Büchern und Aufsätzen werden darüber geschrieben, und die Dissertationen gehen in die Tausende. An Themen fehlt es nicht: Die Beziehung der Dobermänner zu den Insassen der Arbeitslager; Ratten als Überträger von Typhus in Buchenwald; die Bürstenproduktion in Deutschland und das Haar der holländischen Jüdinnen; der Einfluß der Maden auf die Eingeweide der Häftlinge von Majdanek ...

Jemand hier hat gesagt, bei einem der Vorträge, Geschichte sei „das kollektive Gedächtnis der Menschheit“. Ich habe nur ein privates Gedächtnis, deshalb bin ich ein vollkommener Ignorant, wenn es um Geschichte geht.

Seit Noras Geständnis bohrte sich die Eifersucht wie ein Wurm durch meinen Körper. Sie nagte an mir, fraß mich innerlich auf. Ich konnte sie nicht loswerden.

Sie und ihr bösartiger Sohn, der ihr überallhin folgt, der Argwohn.

Ich sprach nicht mehr über die Sache. Kein einziges Wort. Das Thema war tabu.

Aber es war unausgesprochen immer da.

Und der Fremde war im Haus, Tag und Nacht, anwesend bei jedem Schweigen und jedem Gespräch zwischen uns. Er begleitete mich, wenn ich wegging und wenn ich nach Hause kam. Er nahm verschiedene Gestalten an und legte sie wieder ab. Mal war er ein hochgewachsener junger Mann, scharfäugig, sonnengebräunt, mit einer braunen Tolle, die ihm in die Stirn hing, eine Art junger biblischer Hirte; ein andermal war er ein kräftiger, breitschultriger Mann mit einer dunklen Stimme, ein Held der legendären Spähtrupps, manchmal auch ein listiger Scharlatan, ein Hochstapler, der mit seinem Talent zu lügen und zu amüsieren die Frauen verführte. Aus irgendeinem Grund trug er immer kurze Hosen und hatte stark behaarte Oberschenkel.

Ab und zu kam Nora erst spät von der Arbeit zurück. Um sechs, um sieben, manchmal noch später. Ich hatte mir auferlegt, nichts zu fragen.

Doch meine Vorstellungen, befallen vom Aussatz der Eifersucht und des Verdachts, wanderten in den Kneipen von Jaffa herum, den Strand entlang, im Dunkel des Waldes, drangen wie ein Dieb durch die Fenster von Hotelzimmern.

Wir wahrten den Schein. Wir blieben das angesehene intellektuelle Ehepaar. Übermäßige Eifersucht ist ein Gefühl, für das man sich schämen muß, das man versteckt oder dessen Existenz man verleugnet. Wir achteten sorgfältig darauf, die Routinen unseres Lebens aufrechtzuerhalten. Wie immer fuhr ich zu meiner Arbeit an der Universität, kam nach Hause zurück – so spät wie möglich, damit ich nicht eher zu Hause war als sie, damit ich ihre Abwesenheit, die die Hunde des Verdachts aufscheuchte, nicht wahrnehmen mußte. Abends zog ich mich in mein Zimmer zurück, saß vor den Blättern und Büchern; die Zeugenaussagen über die Pogrome Petljuras führten einen vergeblichen Kampf gegen den Geist des Fremden, des „Naturmenschen", der mir vor Augen stand. Nora erledigte wie üblich ihre Pflichten im Haushalt, noch eifriger als sonst ...

Leise, sehr leise, wie um die schlafenden Hunde nicht zu wecken, ging sie durch die Wohnung. Leise brachte sie das Abendessen auf den Tisch. „Möchtest du den Kaffee jetzt gleich?"

Und wenn ich sie anschaute, sah ich ihre schöne, hohe Stirn unter dem geraden Haaransatz, diese blonden Haare mit den wenigen grauen Strähnen; sah ihre traurige Blässe, eine Art unwirkliche Blässe, als habe der Engel der Liebe sie berührt. Manchmal, wenn ich abends mein Zimmer verließ und einen verstohlenen Blick ins Wohnzimmer warf, sah ich sie im Sessel sitzen, ein offenes Buch auf den Knien, die Hand auf den Mund gelegt, den Blick geradeaus gerichtet, als sei sie in ein inneres Problem versunken; ein Anblick, bei dem sich mir das Herz zusammenzog: Sie sieht ihn vor sich. Sie leidet. Sie leidet Qualen wie Tantalus, dessen Mund die verbotene Frucht nicht erreichte.

Oder ich hörte, wie sie auf der anderen Seite der Wand den Fernseher anmachte, irgendein englisches Boulevardstück, nach einigen Minuten wieder aufstand, ihn ausmachte und mit langsamen, schweren Schritten zum Schlafzimmer ging. Jeder Satz, der aus ihrem Mund kam, war ein Stein, der in den Brunnen fällt.

An einem Abend, als wir in einem Philharmoniekonzert

waren (sie spielten die „Symphonie fantastique" von Berlioz), sah ich von der Seite, daß sich beim Adagio, wenn die Flöten Gedanken an pastorale Ruhe, Blätterrauschen im Wind und Liebe wecken, ihre Augen mit Tränen füllten und sich ihr Hals bei dem Versuch straffte, das Weinen zu unterdrücken. Wie früher fuhr ich sie morgens zum Institut oder sie mich zur Universität, doch die flüchtigen Abschiedsküsse hatten aufgehört.

Nur wenn Joav, Schula und Sarit zu Besuch kamen, brach die familiäre Wärme in ihr auf, und sie war wieder lebendig, lachte, fragte und antwortete herzlich, nahm die Kleine in die Arme, küßte sie, sprach mit ihr, sang ihr vor.

Nachts dagegen ...

Wir zogen uns nicht voreinander zurück. Mit einer Lust wie seit Jahren nicht mehr umarmten wir uns. Doch es war sexuelle Lust, kein Akt der Liebe, sondern der Wut, mit der wir übereinander herfielen, die schweigende Wut, die wir den ganzen Tag unterdrückten, Wut auf uns selbst und auf den anderen. Vereint nur noch im Rausch, Komplizen ...

Und wenn wir uns voneinander gelöst hatten, lagen wir stundenlang wach, sie auf ihrer Seite, ich auf meiner, ohne daß wir ein Wort miteinander sprachen.

Der Fremde, der zwischen uns stand, der Unsichtbare, lachte hinter dem Fenster, das „Einhorn".

Die Luft war geladen; nur ein Funke schien nötig, und das Haus würde in Flammen aufgehen.

Und es ging in Flammen auf.

Wie in vielen Familien entzündete sich der Streit zwischen Nora und mir am Geld.

Eines Tages, gegen Abend, stürmte Nora in die Wohnung, blaß, mit glühenden Augen, und sagte, sie sei auf der Bank gewesen, um etwas Geld abzuholen, und der Angestellte habe ihr mitgeteilt, daß unser Konto um mehr als zwei Millionen Schekel im Minus stünde. Sie erschrak und behauptete, es müsse sich wohl um einen Irrtum handeln. Doch er zog eine Abrechnung heraus und zeigte sie ihr, schwarz auf weiß: Am 13. April waren eine Million siebenhunderttausend abgebucht worden. „Was ist passiert?" fragte sie erregt. „Hast du etwas gekauft, von dem ich nichts weiß?"

Ich bat sie, sich zu setzen. Dann sagte ich ganz ruhig: „Ich habe Fojglman diese Summe geliehen. Damit sein Buch gedruckt werden kann."

Sie schrie auf. „Was?" Sie spießte mich förmlich mit den Augen auf, ihre Augen blitzten. „Was? Du hast eine solche Summe von unserem gemeinsamen Konto genommen, ohne mich zu fragen?"

Ich sagte – wobei ich den anderen, bitteren Zorn unterdrückte, der seit Wochen zum Ausbruch drängte –, daß Fojglman mein Freund sei, daß ich ihm vertraue und es mein Recht sei, mit meinem Geld zu machen, was ich für richtig halte. Das stachelte sie nur noch mehr an, sie schrie – die Wut schnürte ihr den Hals zu, sie platzte fast –, es sei nicht nur mein Geld, schließlich gingen unsere beiden Gehälter auf das Konto; ich hätte sie betrogen, reingelegt, hätte hinterhältig und feige gehandelt ...

Damit fingen die fürchterlichen Streitereien an, wie eine Glutwelle, die jeden Keim von Grün verbrennt.

Wir hörten auf, uns um gutes Benehmen und Kultiviertheit zu bemühen; Verhaltensweisen, die einem gebildeten Paar wie uns sonst einen gewissen Schutz verleihen. In einer vulgären, groben Sprache schrien wir uns an, provozierten und beschimpften uns.

Am nächsten Tag, als sie von der Arbeit zurückkam, brauste sie in mein Zimmer, warf ein Bündel Bankauszüge vor mir auf den Tisch, deutete mit dem Finger auf die drei großen, rot umringelten Summen, die ich vom Konto abgehoben hatte – die Raten für den Übersetzer und den Verleger –, und ihre Augen sprühten Blitze. „Das war nicht das erste Mal, daß du mich betrogen hast! Das geht seit Monaten so! Alles, um dich bei deinem geliebten Jiddischisten einzuschmeicheln! Du legst ihm alles zu Füßen, dein Herz, deine Seele und sogar unsere Ersparnisse! Mit einem großen Verlust! Du warst so sicher, daß ich es nicht entdecken würde!"

Ich sagte, wenn ich den Wunsch gehabt hätte, es vor ihr

geheimzuhalten, hätte ich einen anderen Weg gefunden, um für meinen Freund Geld aufzutreiben – „für meinen Freund", betonte ich –, nicht einfach über ein Bankkonto, auf dem jede Bewegung registriert wird.

Der wachsende Ärger, der Streit, das Bedürfnis, verbal über den anderen zu triumphieren, brachten uns zum Äußersten. Unsere Sprache wurde schärfer, giftiger, wir stritten wie Krämer auf dem Markt und überschritten jedes vernünftige Maß. Nora sagte, sie würde mich wegen Betrug bei Gericht anzeigen; ich lachte und antwortete, das Recht sei auf meiner Seite, denn jeder einzelne könnte mit einem Gemeinschaftskonto machen, was er wolle – abheben, transferieren, unterzeichnen, auflösen. Daraufhin wollte sie, daß wir die Konten trennen und ich ihr zurückzahle, was ihr gehöre; und ich verkündete, wenn sie das wolle, müßten wir auch den Besitz teilen ...

Ich schloß die Fenster, damit man uns draußen nicht schreien hörte.

Wenn ich mich daran erinnere, wie tief wir bei unserem Streit sanken – wir stritten um gemeinsamen Besitz, über die Höhe unserer Einkommen, über das Erbe, das wir von ihren Eltern erhalten hatten, über das Geld, das wir für unsere persönlichen Bedürfnisse ausgaben, sie für Kleider und Schmuck, ich für Bücher und Reisen –, dann werde ich jetzt noch rot vor Scham. Doch ich erinnere mich, daß ich mir bereits damals, auf der Höhe unserer Streitereien, sagte: Das sind nicht wir, sondern unsere Doubles, die so schreien. Das ist nicht meine Stimme, sondern ein anderer spricht aus mir. Es ist auch nicht ihre Stimme. Wir verstellen uns; wir spielen ein Theaterstück, das wir uns nicht ausgesucht haben.

Noch nie hatte sich Nora für finanzielle Angelegenheiten interessiert, noch nie Bankauszüge kontrolliert. Das war ihr fremd. Und manchmal, mitten im Streit, hatte ich Lust abzubrechen, als höre ich in mir ein altes Gebet: „Gedenke des Bundes und zügle deine bösen Neigungen", und zu sagen: Nora, warum machen wir einen Narren aus uns, wir wissen doch beide, daß du jetzt nicht du bist und ich nicht ich bin, wir sollten uns umarmen und einer an der Schulter des anderen weinen.

Doch immer trat mir der Fremde vor die Augen, stand wie ein Teufel zwischen uns und erneuerte den bitteren Groll, der mir nicht erlaubte zu vergeben.

Bei einer dieser Auseinandersetzungen, als wir abends laut wurden, nahm ich mein Bettzeug aus dem gemeinsamen Bett und trug es zum Sofa in meinem Arbeitszimmer.

Für einige Tage herrschte Stille zwischen uns; feindselig, mit zusammengepreßten Lippen, blieben wir in unseren Ecken, sie in ihrer, ich in meiner. Sie ging morgens in die Küche, wobei sie mir sorgfältig auswich, trank schnell ihren Kaffee und fuhr zur Arbeit. Abends kam sie zurück – wo war sie die ganzen Stunden gewesen? –, und wie ich mich in meinem Zimmer einschloß, schloß sie sich im Schlafzimmer ein oder machte die Tür des Wohnzimmers hinter sich zu. Sie hinterließ mir mit dem Bleistift hastig hingekritzelte Zettel auf dem Eßtisch, auf meinem Schreibtisch oder neben dem Telefon: „Ich nehme das Auto, du mußt ohne auskommen"; „Der Versicherungsmensch hat angerufen, du sollst dich bitte bei ihm melden"; „Der Klempner kommt um drei, jemand muß zu Hause sein"; „Die Brombergs haben uns für Schabbat eingeladen, du kannst alleine gehen"; „Man muß Gas bestellen"; „Irgendeine Studentin hat angerufen, ich habe den Namen nicht verstanden"; „Ich bitte sehr, Joav und Schula nicht in diese beschämende Angelegenheit hineinzuziehen!!!".

Ich starrte diese Wörter an, suchte in ihnen einen Hinweis auf Versöhnung, suchte in der bekannten Handschrift die Weichheit und Zartheit, die verlorengegangen war.

Bei einem Waldbrand, der tagelang nicht gelöscht wird, läßt das Feuer nach, schwelt, einige Flammen lecken noch aus der Asche hoch – und plötzlich kommt ein Windstoß, das Feuer bricht wieder auf, die Flammen schlagen hoch, erfassen die Äste und verbrennen alles, was sich in Reichweite befindet. Plötzlich, ohne Vorwarnung, nach zwei oder drei Tagen, in denen wir kein Wort gewechselt hatten, um zehn oder elf Uhr abends, als ich in meinem Zimmer saß und Prüfungsarbeiten

korrigierte, riß Nora die Tür auf, und von der Schwelle aus rief sie mir zu: „Du warst bereit, unser Leben zu zerstören für diesen Jid!" Die Tür ging zu, ohne daß sie eine Antwort abwartete. An einem anderen Tag, bevor sie zur Arbeit ging, blieb sie an der Tür stehen und erklärte: „Du bist egozentrisch. Vollkommen unempfindlich gegenüber den Gefühlen deiner Mitmenschen. Du kannst zuschauen, wie sich jemand vor deinen Füßen windet, vor Qualen stöhnt, und du bringst ihm noch nicht mal ein Glas Wasser!" Damit war sie draußen. Und ein anderes Mal, als ich auf der Leiter stand und irgendein Buch aus einem oberen Fach suchte, sagte sie mit erstickter Stimme: „Mehr als dreißig Jahre hast du mit mir gelebt. Hast du dich einmal, ein einziges Mal, gefragt, wer ich bin? Was sich in mir abspielt? Was mir weh tut? Du siehst alles, was vor hundert oder zweihundert Jahren geschehen ist, sogar viele Kilometer weit weg von dir, aber was sich unter deinen Augen abspielt, hier, neben dir ..."
Ich machte mich stark. Ich gab keine Antwort.
Und eines Abends, als ich im Wohnzimmer saß und die Nachrichten anschaute, kam sie herein, ging mit schnellen Schritten zum Fernsehapparat, machte ihn aus und verlangte nachdrücklich zu wissen, was mit dem Geld wäre, das ich „diesem jämmerlichen Dichter" gegeben hätte, und wann er es zurückzugeben gedenke.
Ich war überrascht von diesem plötzlichen Angriff, und nach einem Moment antwortete ich ruhig:
„Er wird es zurückgeben, wenn er nach Israel kommt."
„Und wann kommt er?"
„Wenn das Buch erscheint, bald."
„Warum schickt er das Geld nicht von dort? Jetzt?"
„Jetzt hat er keins."
„Und woher weißt du, daß er es dann hat?" Schon war in ihrer Stimme wieder die unterdrückte Wut zu hören, die auszubrechen drohte.
„Er hat es versprochen. Ich glaube ihm."
„Ohne Garantien? Für eine solche Summe?"
Ich schwieg einen Moment. Dann sagte ich, daß ein Mann

wie er, der mir gegenüber eine solche Großzügigkeit gezeigt habe, etwas Freundlichkeit meinerseits verdiene.

„Was für eine Großzügigkeit dir gegenüber hat er denn gezeigt?" Ihr Gesicht wurde weiß vor Ärger. Ihre Haut spannte sich so sehr, daß es einer Totenmaske glich.

Ich sagte, die Perlenkette, die er für sie mitgebracht habe, sei mehr wert als das Darlehen, das ich ihm gegeben hätte.

Sie schaute mich scharf an, ging hinaus und kam einen Moment später mit der Perlenkette in der Hand zurück. Mit dem Ausruf „Hier, gib sie ihm zurück!" warf sie sie mir vor die Füße und ging.

Die Schnur zerriß, und die Perlen rollten über den Boden.

Ich kniete mich hin und begann, sie aufzusammeln, eine nach der anderen.

Danach, wie nach einem Sturm, der sich plötzlich legt, wurde es für einige Tage still im Haus.

Mein erstes Fortbildungsjahr verbrachten wir in Boston. Im Mai war Nora schon im vierten Monat schwanger, und aus jenem Frühjahr und Sommer von vor über dreißig Jahren erinnere ich mich am lebhaftesten an die vielen Spaziergänge und die Fahrten mit dem Auto.

Samstags und sonntags fuhren wir mit dem kleinen Auto los, das wir nach unserer Ankunft in Boston gekauft hatten, erst zu den Parks am Stadtrand, dann zu den Städten in der Nähe, Concord, Amherst, Salem, Lexington und Cape Code.

Viele Stunden verbrachten wir in dem riesigen Franklin Park südlich der Stadt, wanderten durch die dichten Wälder, an kleinen Flüßchen und Seen entlang, auf denen Enten und Schwäne zwischen riesigen Wasserpflanzen schwammen. Nora lernte damals die Namen der Bäume und Sträucher von Nordamerika, die so anders waren als unsere, und von Zeit zu Zeit blieb sie stehen und strahlte über das ganze Gesicht, weil sie einen erkannte: Ulme, Hickory, Ahorn, Linde, Tanne, Walnußbaum. Sie war glücklich. „Seltsam", sagte sie einmal bei einem dieser Spaziergänge, „ich müßte doch eigentlich jeden Tag schwerer werden, aber mir kommt es vor, als würde ich leichter, als würde ich nach oben gezogen." Tatsächlich schien sie in diesem grünen, sprießenden Tempel zu schweben, in dem das Licht durch das Gewirr der Blätter auf ihr Gesicht fiel. Sie war sich des werdenden Lebens in ihrem Körper und des Wachsens um sie herum bewußt, als wären diese Prozesse miteinander verbunden.

In den ersten beiden Monaten nach unserer Ankunft – es war noch Winter – ging sie jeden Tag zum Institut des M.I.T.; sie hatte sich mit einer älteren Forscherin angefreundet, einer

Frau polnischer Abstammung. Doch als der Frühling kam, wurde sie von einer trägen, sanften Müdigkeit erfaßt, und sie hörte auf, in das Institut zu gehen. Wenn ich mich in der Bibliothek der Harvard University aufhielt, bummelte sie im alten Teil der Stadt herum, in Beacon Hill, den Charles River entlang, besuchte Museen und Galerien, und die Abende verbrachte sie mit Lesen.

Sie begeisterte sich für die amerikanische Literatur des neunzehnten Jahrhunderts, nachdem wir die Städte besucht hatten, in denen die Erinnerung an jene Autoren gepflegt wurde. Nach einem Besuch im Haus Emily Dickinsons in Amherst holte sie sich aus der Bibliothek deren Gedichtbände und ihre Biographie, und für einige Wochen war sie versunken in das Leben dieser Dichterin, teilte mit ihr die Einsamkeit, die Krankheit, die Liebe und den Glauben. Nachdem wir zwei ruhige Tage in Salem verbracht hatten, versank sie in der Lektüre von Hawthornes Romanen „The Scarlet Letter" und „The House of the Seven Gables". Sie lebte so sehr in der Welt dieser Bücher, daß sie mich von Kapitel zu Kapitel in das wundersame Schicksal der Helden hineinzog.

Danach las sie Melville, Louisa May Alcott, Edgar Allen Poe, Longfellow. Manchmal ging sie morgens, nachdem sie die halbe Nacht gelesen hatte, wie im Traum durch das Haus, mit langsamen Bewegungen; sie war nicht da, sondern im Zollhaus in Salem, in den indianischen Zelten in Hiawatha, auf Billy Budds Schiff. Immer wieder wollte sie die historischen Plätze in den kleinen Städten von Massachusetts besichtigen, in denen noch die alten Holzhäuser der Siedler zu sehen waren, mit den schweren Möbeln, dem Haus- und Ackergerät jener Tage.

Doch am meisten von allem faszinierte sie die Philosophie Henry David Thoreaus. In Concord lebte Professor Mac-Gregor, einer der bekanntesten Fachleute auf dem Gebiet der europäischen Geschichte des 17. und 18. Jahrhunderts, mit dem ich mich anfreundete. Wir waren ein paarmal bei ihm zum Mittagessen in sein Haus eingeladen, das auf einem grünen Hügel stand und einen wunderbaren Blick auf Wälder und Wiesen bot. Zusammen mit ihm und seiner Frau spazierten wir durch die Straßen der Stadt, der „Wiege der amerikanischen Revolution", in der die meisten Häuser noch aussahen wie vor zweihundert Jahren, liefen den Fluß entlang, der die Stadt teilte, und auf dessen einer Brücke das britische Heer seine erste Niederlage durch die Aufständischen im Jahr 1775 erlebte, und gingen bis nach Walden Pond. Nachdem wir Emersons und Thoreaus Haus besichtigt und MacGregors Vortrag über ihre transzendentale Philosophie gehört hatten, beschloß Nora, ihre Bücher zu lesen.

Thoreaus „Walden, or Life in the Woods" war für sie wie eine religiöse Offenbarung. Als sie das Buch las, war sie schon im siebten Monat ihrer Schwangerschaft. Mit vor Erregung rotem Gesicht ließ sie manchmal das Buch sinken und sagte: „Das ist meine Weltanschauung", oder „So würde ich gerne leben wollen", das hieß, am Busen der Natur, in völliger Einsamkeit, in Übereinstimmung mit den philosophischen Grundsätzen Thoreaus, die vollkommene Harmonie zwischen Mensch und Natur anstrebten, zwischen den Gesetzen der Moral und den Gesetzen der Natur, zwischen Schönheit der Seele und Schönheit der Natur; sie sehnte sich nach einem nach innen gerichteten Leben in Übereinstimmung mit der Natur. „Wenn wir nur einen einsamen Platz in den Bergen von Jerusalem finden würde, zum Beispiel über Scha'ar Hagai, oder auf diesem bewaldeten Hügel, wo wir unsere erste Nacht zusammen verbracht haben ..."

Nur einmal in jener Zeit, in der Nora von einer Art „himmlischem Frieden" beseelt war, konzentriert auf das Leben, das in ihr wuchs, und wie träumend die Natur um sie herum betrachtete, wurde sie von einer Wut gepackt, die ich überhaupt nicht verstand, die mir übertrieben erschien und dem Grund, der sie hervorgerufen hatte, vollkommen unangemessen.

Ungefähr einen Monat bevor wir nach Israel zurückfuhren, bekam sie einen Brief von Ra'ja Luberski, mit der sie in der Zeit, die wir in Boston verbrachten, regelmäßig korrespondierte. In diesem Brief berichtete Ra'ja, daß sich ein Paar aus ihrem gemeinsamen Freundeskreis nach zweijähriger Ehe hatte scheiden lassen, aufgrund der Untreue der Frau, die heimlich ein langes Verhältnis mit einem jungen Arzt unterhalten hatte, der ebenfalls zu ihren Bekannten gehörte.

„Wie hat sie ihm das antun können! Betrügen! In Lüge leben! Ehebruch hinter seinem Rücken begehen ... Ein Doppelleben führen ... Sich selbst beschmutzen ...“ schrie Nora mit einer entsetzten, lauten Stimme – einer Stimme, die sie in den Monaten davor nie mehr gehabt hatte. Ihr Gesicht, das während der Schwangerschaft oberhalb der Wangen, an den Schläfen, gelbe Flecken bekommen hatte, wurde von einer Röte überzogen, die sich über ihren Hals bis zum Brustansatz ausdehnte; sie fand keine Worte für ihre Empörung. Nie würde sie verstehen – sie erhob sich mit ihrem schweren, breiten Körper und streckte die Hände aus –, wie eine Frau, die ihren Jugendfreund geheiratet hatte, eine Ehe aus Liebe geschlossen hatte, so etwas tun konnte. „Wir waren doch alle Zeugen! Und Zachi vertraute ihr vollkommen, bewunderte sie ... Wie konnte sie nur ...“ Ihre Stimme erstickte vor Erregung. Lange konnte sie sich nicht beruhigen.

Ich beobachtete sie, erstaunt und besorgt, und ich verstand nicht, warum sie so heftig reagierte: Die Sache betraf sie nicht, betraf nicht unser Leben ...

Dann setzte sie sich wieder. Sie hätte auch in „The Scarlet Letter“ den Ehebruch der Protagonistin Hester mit dem Priester nicht verstanden, erzählte sie; Hester sei ihr wie eine Verkörperung des Teufels vorgekommen, als sie den scharlachroten Brief zerriß und dem Priester, der sich weigerte, ihr zu folgen, vor die Füße warf.

Einige Tage später, als wir im Park spazierengingen, sagte sie: „Ich weiß nicht, was mich so getroffen hat, als ich diesen Brief bekam. Ich habe mich doch die ganzen Monate davor gehütet, mich so aufzuregen ...“

Wie viele Frauen, die zum erstenmal schwanger sind, glaubte auch sie, daß Seelenfrieden und die Betrachtung der Schönheit der Natur einen Einfluß auf das Ungeborene haben.

Mit Banden der Freundschaft und des Schmerzes wurde mein Schicksal mit dem Fojglmans verbunden. Zehn Tage vor Erscheinen des Buchs „Der gebogene Zweig" kam Fojglman nach Israel. Er rief mich an und teilte mir zu meiner großen Überraschung mit, daß er aus seiner eigenen Wohnung in Tel Aviv telefoniere. Mir war klar, daß ich ihn nicht mehr zu uns nach Hause einladen konnte, deshalb bot ich an, ihn noch am selben Abend zu besuchen.

Sein Bruder Katriel machte mir die Tür auf, und sein Gesicht strahlte vor Befriedigung, als habe er gerade einen schwierigen Auftrag erfüllt. Fojglman umarmte mich mit großer Wärme, brachte sofort eine Flasche Kognak und drei Gläser aus der Küche, und wir tranken auf das Haus und auf das Buch, das bald erscheinen würde. Beide führten mir die kleine Wohnung vor, anderthalb Zimmer; die Bücher lagen noch auf den Stühlen und auf dem Fußboden, und in den Ecken standen Kartons. Sie zeigten mir die Küche, die Toilette, den Balkon; Katriel war sehr stolz darauf, daß es ihm gelungen war, diese Wohnung erheblich unter dem Marktpreis zu bekommen, weil die früheren Besitzer übereilt das Land verlassen hatten; er war auch stolz darauf, die Wohnung für seinen Bruder mit allen notwendigen Gegenständen eingerichtet zu haben. Er öffnete die Schranktür in der Küche. „Sogar einen Dampfkochtopf habe ich ihm gekauft, damit er nicht zuviel Zeit mit Kochen verliert."

„Wie geht es deiner tüchtigen Frau?" fragte Fojglman auf Hebräisch.

Ich sagte, sie fühle sich nicht besonders wohl in der letzten Zeit.

Er betrachtete mich besorgt. „Weißt du, wie man bei uns sagt? *A froj is a zeiger*, empfindlich wie eine Uhr und genauso reparaturbedürftig." Dann, als wir im Zimmer saßen, erzählte er mir, daß er in den beiden Tagen seit seiner Ankunft schon in der Druckerei gewesen sei und den Druck kontrolliert habe, daß alles gut laufe und daß auch der dreifarbige Umschlag gelungen sei. „Das Faß ist gut, was man über den Wein sagen wird, der darin ist, wird man sehen …"

Erst auf dem Heimweg fiel mir ein, daß bei Fojglmans Frage, wie es der „tüchtigen Frau" gehe, ein spöttischer Unterton in seiner Stimme gewesen war, den er vielleicht selbst nicht gemerkt hatte, denn der ganze Vers heißt ja: „Wem eine tüchtige Frau beschert ist, die ist viel edler als die köstlichsten Perlen." Und Nora hatte sich für die Perlen nicht einmal bedankt.

An dem Tag, an dem das Buch aus der Druckerei kam, rief er mich zum zweiten Mal an und verkündete mir aufgeregt, daß ihm ein gesunder Sohn geboren sei und das erste Exemplar natürlich mir gebühre. Wieder sagte ich schnell, ich würde zu ihm kommen, um das Buch in Empfang zu nehmen. Ich verließ auf der Stelle das Haus, kaufte in einem nahen Blumenladen einen Strauß Rosen und fuhr zu ihm.

Er begrüßte mich mit einer heftigen Umarmung, und nachdem er die Blumen in einer Vase auf den Tisch mitten im Zimmer gestellt hatte, brachte er das Buch und reichte es mir mit einer königlichen Gebärde.

Ich drehte es in den Händen, öffnete es, blätterte darin herum und las die gereimte Widmung, voller Dank und Lob, und sprach meine Bewunderung aus.

Fojglman war aufgeregt, er hatte Tränen in den Augen. Er sagte, das sei der größte Tag seines Lebens, der Tag, an dem sein Buch in Hebräisch erschienen sei, im Land Israel, und er es in seine eigene Wohnung gebracht habe …

Er zog ein Taschentuch heraus und wischte sich die Tränen ab. „Verzeih mir, man sollte nicht sentimental werden. Aber … wie steht es in den Psalmen? Der Vogel hat ein Haus gefunden …"

Er packte mich am Arm, schob mich zum Tisch, setzte sich mir gegenüber, kam mit seinem Gesicht ganz nahe zu meinem und flüsterte: „Wieviel hast du von mir zu bekommen?"

Ich sagte, er müsse sich nicht beeilen mit der Rückzahlung des Darlehens. Er habe mit der neuen Wohnung sicher gerade erst große Ausgaben gehabt, ich könne noch ein paar Wochen warten.

„Nein, nein, ich bin sehr reich! Heute bin ich sehr reich!"

Er sagte, er habe schon ein Konto bei der Bank in der Nachbarstraße eröffnet, wie ein ordentlicher Bürger, und von dem Verkauf der Wohnung in Paris sei etwas übriggeblieben. Außerdem habe ihm ja auch sein Bruder sehr geholfen.

Dann gab er mir ein Blatt und einen Bleistift, stützte beide Arme auf den Tisch, wie ein Händler, und befahl: „Los, die Rechnung."

Ich schrieb die Summe auf, die ich im voraus für das Buch bezahlt hatte. Die Rechnung des Verlags solle er direkt bezahlen, sagte ich.

Das Geld für die Übersetzung erwähnte ich nicht. Die Perlenkette, für die Nora sich nicht bedankt hatte, sei mehr wert als das, sagte ich mir. Und sogar wenn es nicht so wäre, dann sollte das meine Unterstützung für einen jüdischen Dichter sein, der nach Israel gekommen war.

Er riß die Augen auf. „Ist das alles?"

„Das ist alles."

„Billig." Er holte ein neues Scheckheft aus der Tasche. Als er mir den Scheck hinhielt, sagte er: „Das ist, glaube ich, weniger, als unser Vorvater Abraham an Ephron, den Hethiter, für einen Grabplatz bezahlt hat ..."

Ich fragte, wie es Hinda gehe, seiner Frau.

Sein Gesicht bewölkte sich. „Frag lieber nicht! Ich bin im Streit aus dem Haus gegangen."

Hinda, so erzählte er, war von Anfang an gegen die „Operation Wohnungstausch" in Paris und den Kauf der Wohnung in Tel Aviv gewesen, und es war zu heftigen Auseinandersetzungen gekommen. Sie behauptete, daß es ihm weder Ehre noch Geld bringe, wenn er sich in Israel niederlasse, sondern nur Enttäuschung. Er argumentierte, da die Wohnung in Paris für sie ohnehin kein Zuhause sei, wenn sie das ganze Jahr zwischen drei Kontinenten hin und her fliege, sei es sein gutes Recht, sich für einige Monate im Jahr ein Heim im jüdischen Staat zu schaffen. Schließlich gab sie nach. Doch als sie in die neue Wohnung dort umzogen, wurde sie von Schwermut gepackt und hörte fast auf, mit ihm zu sprechen. Sie brachte ihn noch nicht einmal zum Flughafen. „Ärger, Ärger. Eine Frau hat neunundneunzig Seelen, wie man bei uns sagt."

Als ich nach Hause kam, teilte ich Nora mit, daß Fojglman, entgegen ihren Verdächtigungen, seine Schulden bezahlt habe. Sie gab keine Antwort.

Während all dieser Tage hüllte sie sich in Schweigen.

Acht Tage nach Erscheinen des Buches, an einem Schabbatvormittag, lud Fojglman zu einem Fest in seine Wohnung ein. „Eine doppelte Feier", verkündete er den Gästen. „Die Beschneidung des Buches und eine Einzugsfeier."

Die kleine Wohnung füllte sich mit vielen Gästen. Die ganze Familie seines Bruders war da, die drei Töchter mit ihren Ehemännern und Kindern; Menachem Zelniker und seine Frau; Professor L. von der Universität, der Lektor und der Geschäftsführer des Verlags, zwei Drucker und ein Korrektor; vier oder fünf jiddische Autoren, und einige hatten ihre Frauen mitgebracht.

Ich kam allein. Fojglman fragte nicht nach Nora. Er schien verstanden zu haben ...

Eigentlich muß er alles verstanden haben.

Der Tisch war reich gedeckt: Flaschen mit Wein, Kognak und Saft, Kuchen und Pasteten, kaltes Fleisch und *gefilte fisch*, Oliven und eingelegte Gurken. Die Gäste luden sich ihre Pappteller so voll wie möglich, gingen auf den Balkon oder lehnten an den Wänden und unterhielten sich miteinander. Fojglman zog seine Schwägerin zu mir, legte den Arm um ihre Schulter und sagte: „Sie hat alles gemacht! Sie hat die Kuchen und die Pasteten gebacken, sie hat die belegten Brote vorbereitet und sogar das Geschirr von zu Hause mitgebracht."

Und nachdem er mir ein Glas Kognak in die Hand gedrückt hatte, sagte er: „Reb Hirsch, es ist an dir, den Kiddusch über den Wein zu sprechen!" Ich war verlegen, wollte mich entziehen, doch während ich stotterte, schlug er mit einer Gabel an das Glas und verkündete: „Der Kiddusch! Der Kiddusch!"

Ich bin nicht daran gewöhnt, Reden zu halten. Ich hob das Glas und sagte nur ein paar Worte über den jüdischen Dichter, der in seine Heimat gekommen war, und wünschte ihm, er möge sich leicht eingewöhnen, und daß „Der gebogene Zweig" sich erhebe, ausschlage und Früchte trage.

Fojglman, ich sah es aus den Augenwinkeln, war enttäuscht. Er hatte weit mehr erwartet. Etwas Warmes, Persönliches. Ich ging zu Professor L., der an der Wand lehnte und in dem Gedichtband blätterte, und fragte ihn leise, ob er nicht ein paar Worte zu dem Buch sagen könne. Er schaute mich lächelnd an. „Wie denn? Ich habe es noch nicht gelesen!" Ich ging zu Menachem Zelniker und stellte ihm die gleiche Frage. „Wenn ich reden könnte", antwortete er und lächelte auch, „dann würde ich große Worte finden. Es gibt im Land keinen jiddischen Dichter wie ihn."

Nach einigen Minuten – während die Gäste noch aßen und tranken und sich unterhielten, schlug Fojglman wieder mit der Gabel an das Glas, erhob sich von seinem Platz am Kopf des Tisches und hielt eine Rede auf Jiddisch.

Er begann, indem er sich bei dem Übersetzer bedankte, der seinen Worten die abgenutzten, geflickten Kleider ausgezogen und sie in die Pracht der Psalmen gekleidet habe; er dankte dem Verleger, dem Korrektor, den Druckern, und schließlich mir, der ich mich der Arbeit voller Hingabe angenommen hätte ...

Ich betrachtete die Menschen, die auf dem Balkon standen – Papierteller in der Hand, Essen im Mund – und es vermieden zu kauen, um den Sprecher nicht zu stören, den Blick zu ihm hoben und ihn wieder auf ihre Teller senkten; ich starrte auf den gedeckten Tisch, auf die Mengen Fleisch und Fisch, auf das Gebäck, auf die Flaschen, die in der Sonne glänzten, und fühlte mich verloren. Ich gehöre nicht hierher, sagte ich mir, es ist ein Irrtum. Ich bin hier fremd, und dieses Schabbatessen ist mir fremd, mir ist diese große Familie fremd, mir sind diese Leute fremd ...

Und plötzlich fühlte ich einen scharfen Schmerz bei dem Gedanken an Nora. Ich sah sie wie ein Schatten durch die Zimmer gehen, ruhelos, gequält von einem Schmerz, den sie vor mir geheimhielt und dem sie nicht entfliehen konnte. Furcht packte mich, eine Art Panik, ein Gefühl, ich müsse hier weggehen, zu ihr.

„Man sagt, die Heimat eines Dichters sei seine Sprache", hörte ich Fojglman sagen. „Und nie war dieser Satz zutreffender als bei jiddischen Dichtern ... Da Jiddisch nicht an ein bestimmtes Land gebunden ist, schwebt es über der Erde, wandert von Land zu Land, ist allgegenwärtig, wie der Heilige, gesegnet sei Sein Name, allgegenwärtig ist. Und nun bin ich hier, in der Heimat ... Mein ganzes Leben lang war ich eine ordinäre Schwalbe, doch nun hat mich der Übersetzer ins Hebräische zu einem Wiedehopf mit einer Federkrone gemacht, wie in der Geschichte des Königs Salomo..."

Das Schreien eines Kindes unterbrach seine Rede. Wir erschraken und schauten uns um, was passiert war. Katriels zweijährige Enkelin schrie. Sie war herumgerannt, hatte eine Flasche Wein vom Tisch gestoßen, war hingefallen und hatte sich an den Scherben verletzt. Fojglman hob sie hoch, und sofort kam auch die Mutter der Kleinen, nahm sie auf den Arm und versuchte, sie zu beruhigen. Fojglman hielt ihre Hand. „Tut es weh?" fragte er. „Tut es dir sehr weh?" In seinen Augen lag Panik, als er das Blut sah, das von ihrem Knie floß.

„Das ist nichts, Schmuel, wirklich nichts." Die Mutter wischte das Blut mit ihrem Taschentuch ab und trug das Kind, dessen Schluchzen die Wohnung erfüllte, hinüber ins Badezimmer.

Katriel und seine beiden älteren Töchter sammelten die Scherben vom Boden und wischten den verschütteten Wein auf, doch Fojglman, blaß und erregt, lehnte sich an die Wand,

wischte sich den Schweiß von der Stirn und murmelte: „So
etwas ... so etwas ...“
Seine Schwägerin ging zu ihm. „Es ist kein Unglück passiert,
Schmuel. Nur eine kleine Wunde. Fühlst du dich nicht gut?“
„So etwas ... so etwas ...“ flüsterte Fojglman weiter.
Langsam setzten sich die Gäste in Bewegung, bedankten sich
beim Gastgeber und wünschten ihm alles Gute.
Ich war der letzte. „Eine voreilige Freude, das darf man nicht
tun!“ Fojglman lächelte mich traurig an, als ich mich verabschiedete. Ich umarmte und küßte ihn. Tränen schnürten mir
die Kehle zu.

Am 16. Oktober 1973, um fünf Uhr nachmittags, als Joavs Einheit in Refidim stationiert war, bekamen sie die Order, zur „chinesischen Farm" vorzustoßen, um Fallschirmjägern zu helfen, die unter Beschuß der zweiten ägyptischen Armee geraten waren und schon große Verluste erlitten hatten. Joav fuhr einen der Panzer, die sich westwärts in Gang setzten, um ihren Auftrag auszuführen. Doch der Vorstoß wurde aufgehalten; die enge Straße war verstopft von einer langen Reihe von Fahrzeugen aller Art, unter ihnen die Amphibienfahrzeuge zur Überquerung des Kanals. Erst nach Mitternacht erreichten sie das Kampfgebiet, wo sich ihnen im Licht des Vollmonds ein furchtbarer Anblick bot. Im Sand lagen Tote, Verwundete krochen über die Erde oder wurden von ihren Kameraden auf dem Rücken geschleppt, und ihre Schreie füllten die kurzen Pausen im Artilleriefeuer. Als sie in das Kampfgebiet einfuhren, wurden sofort drei Tanks getroffen. Ein Tank direkt neben dem von Joav fing Feuer; ein Soldat mit blutüberströmtem Gesicht versuchte sich zu retten und stürzte in den Sand. Joav hielt seinen Panzer an, und unter Raketenbeschuß rannte er zu dem Soldaten, um ihn zu retten. Er nahm ihn auf die Schulter – er war im Gesicht verletzt, und sein Arm war zerfetzt –, und schleppte ihn zu dem Panzer. Sobald er wieder auf seinem Platz saß und losfuhr, traf ein Geschoß den Turm des Panzers und zerstörte ihn samt dem Geschütz. Der Verbindungsmann forderte Hilfe an, bekam aber keine Antwort. Erst später erfuhren sie, daß auch der Kommandopanzer getroffen und die ganze Besatzung umgekommen war. Joav fuhr weiter, versuchte einen Rückzug, doch unter dem zunehmenden Feuer fiel der

Motor aus und sie mußten den Tank verlassen. Er und sein Kamerad legten den Verwundeten auf eine Trage und rannten los, auf der Suche nach einem geschützten Platz. Sie wurden von allen Seiten beschossen, da eine israelische Artillerieeinheit, die nichts von ihrer Anwesenheit wußte, ebenfalls diesen Abschnitt unter Beschuß hielt. Sie warfen sich hin, standen auf, fielen, standen auf, und schrien aus Leibeskräften, sie seien Juden, Israelis, Soldaten des Zahal, Brüder. Doch ihre Stimmen gingen im Lärm der Geschosse und Explosionen unter. Schließlich erreichten sie einen flachen Graben, der ihnen etwas Schutz bot. Der Verwundete stöhnte vor Schmerzen. Joav zerriß sein Hemd und stillte mit den Fetzen das Blut. Eine Granate landete in dem Graben, nicht weit von ihnen, und ihre Splitter verwundeten seinen Kameraden. Unter dem Feuer, das nicht aufhörte, mußte Joav auch ihn verbinden. Inzwischen wurde es Morgen. Flugzeuge der Luftwaffe kamen aus dem Osten, bombardierten die feindlichen Linien und brachten Ruhe. Dutzende Tote lagen im Sand verstreut.

Wir saßen bei Joav und lauschten zitternd seiner Geschichte, und Nora hörte nicht auf, ihn zu streicheln, seinen Arme, seine Brust, sein Gesicht, als sei er ihr zum zweitenmal geboren.

G estern nachmittag. Gita Jakobowitz.
Wie üblich kam sie nicht mit leeren Händen. Diesmal brachte sie ein Holzkästchen mit Havannazigarren. Ich lachte: „Ich rauche nicht! Wie kamen Sie auf die Idee, mir ein solches Geschenk zu bringen?"

„Sie können sie doch Gästen anbieten."

„Sie brauchen mir nichts mitzubringen, wenn Sie zu mir kommen."

„Ich wußte ohnehin nicht, was ich mit den Zigarren anfangen sollte."

Es stellte sich heraus, daß ihre Eltern sie am Flughafen in Amsterdam gekauft hatten, auf ihrem Rückflug von einer Reise.

Sie komme an einer Stelle ihrer Arbeit über den „Bund" und seine Beziehung zum Zionismus nicht weiter, sagte sie, als sie mir in meinem Arbeitszimmer gegenübersaß, eine frische Röte auf den Wangen, wie von der Kälte des Winters; auf Hebräisch gebe es nur wenig Material. Es sei verstreut, ein bißchen hier, ein bißchen da, in Hunderten von Aufsätzen, die meisten zufällig erwähnt in irgendwelchen Reden, die von zionistischen Arbeiterführern überliefert seien. Und auch nachdem sie alle Krümel gesammelt habe, ergebe sich nur ein sehr einseitiges Bild, das lediglich die Gegenseite darstelle. Ein großer Teil des Materials, einschließlich Satzungen, Protokolle und Beschlüsse des „Bundes", sei auf Jiddisch geschrieben, und Jiddisch könne sie nicht. Ihre Eltern hätten zu Hause Rumänisch gesprochen. Was sollte sie tun?

„Lernen Sie Jiddisch", sagte ich.

„*In di gaßn, zu di maßn*", deklamierte sie mit einem fürchterlichen Akzent die Parole des „Bundes". „Jiddisch lernen, das kostet mich mindestens zwei Jahre!"

„Dann suchen Sie sich jemanden, der Ihnen hilft. Jemanden, der die Sprache spricht und Ihnen das Material übersetzt oder zusammenfaßt."

„Ich habe keine solchen Freunde."

Ich sagte, aus der Verneinung könne man die Bejahung erfahren. Die polemischen Schriften Borochovs und Syrkins, zum Beispiel, gäben uns einen Einblick in die Auseinandersetzungen, die zu einer solch bitteren Spaltung in der jüdischen Arbeiterschaft geführt hätten. Ich riet ihr, das Standardwerk Tartakovers über die Geschichte der jüdischen Arbeiterbewegung zu lesen.

„Ja, aber ich will Neues entdecken, nicht nur referieren."

Ich lobte sie für diesen Wunsch und sagte, Neues entdecke ein Historiker, wenn er einen bestimmten, entschiedenen Standpunkt seinem Material gegenüber einnehme. Wenn er eine einmalige, persönliche Sichtweise entwickle, werde er immer Dinge entdecken, die vor ihm niemand gesehen habe.

Sie warf mir einen klaren, nachdenklichen Blick zu, dann sagte sie: „Wissen Sie, was mich am meisten überrascht hat, als ich mich in das Material vertieft habe? Die Erkenntnis, daß der ,Bund' zwischen den Weltkriegen stärker war als die zionistischen Parteien, wenigstens in Polen. Ich hatte immer das Gegenteil angenommen."

„Stärker als die zionistischen Arbeiterparteien", korrigierte ich sie, „besonders in den großen Zentren jüdischer Arbeiter, zum Beispiel in Warschau, Lodz, Wilna ..."

Ich erklärte ihr, warum das so war, und hielt einen Vortrag über das Leben des jüdischen Proletariats in den großen Städten, und wie der „Bund" – als Ergebnis seiner Auffassung, daß das Exil als permanente Lebensform, nicht als eine vorübergehende zu betrachten sei – versucht hatte, dem jüdischen Proletariat Stolz und Klassenbewußtsein zu vermitteln, indem er für dessen Rechte kämpfte und sich, mit- tels eines Netzes von Schulen, Clubs, Volkshochschulen, Theatern, Verlagen und Zeitungen, bemühte, die

Bildung und das kulturelle Bewußtsein des Volkes zu fördern.

Sie hörte mir zu, gespannt, die Hände auf den Knien und mit weit offenen Augen, als sähe sie die Bilder vor sich.

„Was ich mir wünsche", sagte sie und hob die Hände an die Brust wie zum Gebet, „ist, nicht nur einen trockenen Aufsatz zu schreiben, sondern so etwas wie ... wie eine historische Novelle, die das Leben selbst beschreibt. Nicht nur die Fakten, sondern das Leben!"

Ich sagte, dafür sei sehr viel mehr nötig als nur das Wissen, dafür brauche es Vorstellungskraft.

Sie lächelte, und auf ihren Wangen erschienen Grübchen. „Die habe ich", sagte sie.

„Und Menschenkenntnis", fügte ich hinzu. „Es gibt keinen historischen Roman ohne lebendige Charaktere."

„Wladimir Medem!" Ihre Augen glänzten vor Begeisterung. „Einen Roman über Wladimir Medem!"

Von dem wenigen, das sie über ihn gelesen habe, scheine er eine faszinierende Persönlichkeit gewesen zu sein, sagte sie. Absolut faszinierend!

Aufgeregt umriß sie „ihren" ganzen Roman. Medem als Kind, getauft, im Haus seiner wohlhabenden Eltern in Minsk; der Vater ein Sanitätsoffizier in der zaristischen Armee, die von ihm geliebte Mutter, die sich nach dem jüdischen Ursprung sehnte und mit ihrer Mutter jiddisch sprach ... Medem, der christliche Knabe, der hingebungsvoll in der orthodoxen Kirche betete und Priester werden wollte ... Medem als Gymnasiast, ein ausgezeichneter Schüler, bei allen Religionslehrern beliebt, und dann als Student der Rechte an der Universität Kiew, angezogen vom Judentum und von revolutionären Ideen, beeinflußt von seinen sozialistischen jüdischen Freunden und der warmen Atmosphäre im „Jüdischen Restaurant" ... Medem, der von der Universität verwiesen wird, nachdem er unter den Studenten Streiks gegen die zaristische Regierung organisiert hat ...

Ich mußte lachen, als ich ihr zuhörte. Ein naiver, schülerhafter Idealismus – so selten unter den Studenten, mit denen ich zu tun habe – lag in ihrer begeisterten Beschreibung einer historischen Figur, die uns in bezug auf Zeit, Ort und Lebensauffassung so fern war. Eine tiefe Zuneigung zu ihr stieg in mir auf.

„Und wo ist die Beziehung zu Ihrer Arbeit, Gita?"

„Das ist doch ganz klar! Medem flieht nach der Zeit im Gefängnis in die Schweiz und wird dort einer der Führer der exilierten Bundisten. Ich könnte seine Treffen mit Chaim Weizmann beschreiben, der von Bern nach Genf gekommen ist, und mit Doktor Hisin, der damals auf dem Weg nach Palästina war, seine Diskussionen mit ihnen über Zionismus, Territorialismus, kulturelle Autonomie. Später könnte ich seine Eindrücke über den sechsten und siebten zionistischen Kongreß in Basel beschreiben, an denen er als Beobachter teilnahm, als Zeuge des historischen Disputs über Uganda ..."

„Ich merke, Sie kennen sich in der Thematik aus", sagte ich, und wenn es nicht peinlich gewesen wäre, sowohl für sie als auch für mich, hätte ich ihr rundes, von glatten schwarzen Haaren umrahmtes Gesicht, das vor Wißbegier strahlte, in beide Hände genommen und sie für ihren begeisterten Eifer geküßt.

„Nein, ich setze nur das zu einem Bild zusammen, was ich da und dort gelesen habe. Er hatte so ein bewegtes Leben! Erst zweiundzwanzig, dreiundzwanzig, und schon ein anerkannter Führer, ein bekannter Demagoge, der durch ganz Europa reist, von einem Gefängnis ins andere gerät, sich versteckt, heimlich über Grenzen geht ... Übrigens, mir ist ein interessantes Phänomen aufgefallen: Herzl auf der einen Seite und Medem auf der anderen, die Führer der beiden größten jüdischen Strömungen der damaligen Zeit – beide kamen aus assimilierten Familien, die sich vom Judentum gelöst hatten."

Ich lächelte, und für einen Moment trafen sich unsere Augen, Lehrer und Schülerin, in einem Verständnis, das keiner Worte bedarf.

Später lenkte ich ihre Aufmerksamkeit auf die Ansicht des englischen Historikers Thomas Macaulay über die Geschichtsschreibung: Der wirklich große Historiker, so schrieb er, benutze und transformiere dasselbe Material, das ein Romanschreiber benutzt. Wenn er den Geist der Zeit und die handelnden Charaktere beschreibt, so vermittelt er nicht nur Wissen, sondern bereichert auch, wie ein Schriftsteller, die Seele und den Verstand.

„Ja", sagte sie nachdenklich und warf mir einen herzlichen Blick zu. „Und Sie? Sie haben nie einen historischen Roman schreiben wollen?"

„Nein", sagte ich. „Romane enthalten ein gewisses Maß an Fiktion und Erfindung bei beidem, Handlung und Charakter, und ich kann keine Sachen erfinden."

Sie lachte. „Bei mir ist es das Gegenteil. Ich lese historische Fakten, und die ganze Zeit fülle ich die Zwischenräume mit meinen Erfindungen."

„Dann schreiben Sie einen Roman", sagte ich.

Die Streitereien zwischen mir und Nora hörten auf, aber ihr Schweigen beunruhigte mich. Eine stumme Trauer hatte sie ergriffen. Sie war ruhelos und zerstreut. Es schien, als wisse sie nicht, was sie mit ihrer freien Zeit anfangen solle. Wenn sie von der Arbeit zurückkam, beschäftigte sie sich eine Weile mit dem Haushalt, sogar wenn es keinen Grund dazu gab. So nahm sie plötzlich einen Lappen und staubte alle Möbel und alle Gegenstände in den vier Zimmern ab. Ich fragte sie dann: „Warum tust du das? Du hast doch erst vor zwei Tagen saubergemacht."

„Der Schmutz dringt von draußen herein und verdreckt alles", behauptete sie. Oder sie verbrachte Stunden mit den Topfpflanzen, goß sie, zupfte Blätter, schnitt Triebe ab, lockerte die Erde. Einmal sah ich, wie sie vor dem offenen Kleiderschrank stand und lange hineinschaute, als überlege sie, welches Kleid sie anziehen könne – dabei hatte sie nicht vor, das Haus zu verlassen –, bis sie die Schranktür dann wieder zumachte und sich gedankenverloren auf das Bett setzte.

Einmal las sie in der Zeitung die Ankündigung einer Sammlung für Bedürftige. „Ich hoffe, sie kommen auch hierher", sagte sie. „Ich habe eine Menge Sachen, die ich nicht brauche." Doch ihre Stimme klang gleichgültig.

An den Samstagen blieb sie – was sie in den letzten Jahren nie getan hatte – bis mittags im Bett liegen. Dann stand sie auf, verstört, zog irgend etwas an, wusch sich schnell und beeilte sich, für uns beide einen Imbiß herzurichten. Dann ging sie in der Wohnung herum, suchte, ob sie etwas zu tun fand, bevor sie sich wieder ins Bett zurückzog.

Sie hörte auch auf zu lesen, was sie immer gern getan hatte. Und wenn sie abends vor dem Fernseher saß, sah es aus, als drängen die Bilder nicht zu ihr durch. Nach einigen Minuten stand sie auf, machte das Gerät aus und ging in die Küche, um sich einen Tee zu machen, oder ins Schlafzimmer, um sich einzuschließen.

Eines Morgens, als wir am Tisch saßen, bemerkte ich erstaunt, wie sie drei gehäufte Löffel Nescafé in ihre Tasse füllte. „Drei?" fragte ich. „Ist das nicht ein bißchen viel?"

„Ich habe ihn gerne stark", sagte sie und lachte. Dann, als sie vom Tisch aufstand, lächelte sie mich an. „Du bist ein Mensch mit guten Absichten." Damit machte sie sich auf den Weg zum Institut.

Einmal, als wir beide die Nachrichten im Fernsehen ansahen, wandte sie sich an mich, ein leichtes Lächeln auf den Lippen: „Triffst du dich noch mit dieser Bibliothekarin?"

Ein altes Mißtrauen, von vor fünf Jahren.

Ich wollte etwas sagen, aber sie hatte den Kopf schon wieder zum Bildschirm gedreht, als erwarte sie keine Antwort.

An einem Morgen, etwa drei Wochen nach der Feier in Fojglmans Wohnung, saßen wir beide am Tisch und ich las die Zeitung, als sie plötzlich fragte: „Und wie geht es diesem Dichter aus Frankreich?"

Ich schaute sie erstaunt an. „Gut", sagte ich dann. „Sein Buch ist erschienen. Es ist gedruckt."

„Ja", sagte sie, „ich hab's gesehen."

„Hast du es gelesen?"

Sie gab keine Antwort. Sie betrachtete mich, dann fragte sie: „Wie hat er überlebt?"

Ich zuckte zusammen. „Du hast seine Geschichte doch auch gehört."

„Ich habe sie vergessen."

Ich zögerte, fragte mich, was in ihrem Kopf vor sich ging, dann sagte ich, er sei in einem Arbeitslager gewesen und habe es geschafft, bis zur Befreiung durchzuhalten.

Sie zog die Augenbrauen hoch, als denke sie intensiv nach, dann glättete sich ihre Stirn, und ihr Gesicht wurde blaß.

„Glaubt er an eine Wiederauferstehung nach dem Tod?" fragte sie mit einem leichten Lächeln.

Ein Schauer lief mir über den Rücken. Ich betrachtete sie und wußte nicht, was ich sagen sollte.

Zweimal hörte ich am Telefon die Stimme eines fremden Mannes. Beim ersten Mal war es um fünf Uhr abends, kurz nachdem Nora von der Arbeit gekommen war.

„Kann ich mit Nurit sprechen?"

„Falsch verbunden", sagte ich. „Hier gibt es keine Nurit."

„Ist dort nicht Arbel?"

Und plötzlich wurde mir bewußt, wer da sprach. Eine Welle von Wut, Gekränktheit und Bitterkeit, von deren Größe ich keine Ahnung gehabt hatte, schlug über mir zusammen. Nurit, das war der intime Name ihrer Zusammenkünfte, der Name, den er ihr im Bett zuflüsterte. Der Name, den ihr meine Mutter gegeben hatte! Ich legte den Hörer hin, ging in ihr Zimmer und sagte: „Nurit wird am Telefon verlangt."

Sie wurde erst rot, dann blaß, schwieg. „Sag ihm, ich bin nicht zu Hause", sagte sie dann fast unhörbar.

„Er wartet." Ich blieb an der Tür stehen, innerlich kochend. „Ich habe ihm gesagt, daß ich dich rufe."

Sie bedeckte das Gesicht mit beiden Händen, und als sie sie herunternahm, sagte sie noch einmal: „Sag ihm, ich bin nicht zu Hause."

Ich ging zurück zum Telefon, legte den Hörer auf und sank auf einen Stuhl. Mein Herz krampfte sich zusammen, als wolle es zerspringen. So weit waren die Dinge zwischen ihnen also gekommen, dachte ich, und dunkle Feindschaft stieg in mir auf, weil sie den Namen ihrer Kindheit gewählt hatten. Einen geheimen Namen zwischen ihm und ihr. Um ihn von mir zu unterscheiden! Alles hätte ich ihr verziehen, sagte ich mir, alles, nur das nicht!

Ich konnte sie nicht ansehen. Ihr Anblick weckte Abscheu in mir. Einige Tage lang sprachen wir kein Wort miteinander. Ich vermied es, sie zu treffen, im Wohnzimmer, in der Küche, wenn sie wegging oder nach Hause kam; ich dachte, ich könnte sie nie mehr beim Namen nennen.

Das zweite Mal war es um zehn Uhr abends. Ich erkannte ihn an der Stimme, der typischen Stimme eines Zabars, etwas rauh, vom Rauchen oder vom Wüstenwind, und sehr selbstsicher. „Kann ich bitte mit Frau Arbel sprechen?" fragte er diesmal. Ich kochte. Was für eine Frechheit, ohne Scham, ohne Skrupel oder Hemmungen, mit dem Mann zu sprechen, mit dessen Frau er Ehebruch begangen hatte, dessen Frau er verführt hatte, und ihn zu bitten, sie zu rufen. Glaubte er etwa, sie habe mir verschwiegen, was zwischen ihnen war? Vielleicht dachte er, ich wäre einer der Männer, denen das nichts ausmacht? „Der Mann, der dich Nurit nennt, will mit dir sprechen", fauchte ich Nora an, die im Wohnzimmer vor dem Fernsehapparat saß. Sie schaute mich einen Moment lang an, dann stand sie auf, ging zum Telefon, hob den Hörer hoch, sagte: „Sie ist nicht da", legte auf und ging zu ihrem Platz im Wohnzimmer zurück.

Am nächsten Morgen, bevor sie zur Arbeit ging, stand sie auf der Schwelle, die Hand am Türknauf. Ich war auf dem Weg von der Küche zu meinem Zimmer, als sie laut rief: „Ich bitte für alles um Verzeihung!" Und schon war sie weg.

Einige Tage gingen vorbei, in denen sie wie eine Kranke im Haus herumlief, willenlos, schweigend, und mein Zorn und meine Gekränktheit legten sich. Sie tat mir leid.

An einem Schabbat, gegen Abend, sah ich sie am Fenster stehen und hinunter auf die Straße schauen. Einige Minuten vergingen, ohne daß sie sich bewegte. Mitleid überkam mich. Ich ging zu ihr, legte ihr den Arm um die Schulter und sagte: „Kann ich dir irgendwie helfen, Nora?"

Sie drehte den Kopf und schaute mich an; nie hatte ich solche Trauer in ihren Augen gesehen. Dann hob sie die Hand und streichelte mir langsam, ganz langsam über die Wange. Tränen stiegen mir in die Augen.

Eines Tages, als ich allein zu Hause war, kam Schula, setzte sich auf das Sofa und sagte, sie wolle mit mir sprechen. Es ging um Nora. Sie machte ihr Sorgen. Als sie zu ihnen kam und Sarit sich auf sie stürzte und mit ihr spielen wollte, schaute Nora sie an, als sehe sie sie überhaupt nicht. Sie strich ihr lustlos über den Kopf, ein apathisches Lächeln im Gesicht, und stand nicht auf. Auch mit Joav und ihr sprach Nora kaum. Sie boten ihr Tee und Kuchen an. Nora trank ein paar Schlucke, hörte plötzlich auf und bedeckte das Gesicht mit den Händen. Dann entschuldigte sie sich, sie sei sehr müde. Schula brachte sie zum Auto und fragte, ob sie sich schlecht fühle, doch Nora gab keine Antwort auf diese Frage, sondern sagte: „Joav sollte aufhören mit der Armee. Er hat genug gegeben. Er kommt erst abends heim, und selbst das nicht jeden Tag. Du und das Kind, ihr leidet. Ich sehe doch, daß ihr leidet." Dann gab sie Schula einen Kuß.

Schula schwieg; ich schwieg auch. Später hob Schula den Kopf, und ihre Augen hinter den Brillengläsern musterten mich forschend. „Du mußt mit ihr sprechen, Zwi", sagte sie. „Du sprichst nicht genug mit ihr."

Nach einem Konzert, als wir das Mann-Auditorium verließen, sagte Nora: „Wollen wir vielleicht noch etwas trinken?" Wir fuhren zu einem Café am Strand und bestellten Kaffee und Kuchen. Nach einem langen Schweigen sagte sie: „Willst du dich von mir scheiden lassen?" Ich lachte und legte meine Hand auf ihre. „Du hast Mitleid mit mir."

Ich sagte, in den ganzen Jahren unserer Ehe habe es keinen Tag gegeben, an dem ich sie nicht geliebt hätte. Auch in den Tagen, an denen wir uns so heftig stritten.

„Du mußt dich von mir scheiden lassen."

„Willst du das?"

„Ich muß bestraft werden", sagte sie mit verschlossenem Gesicht. Ich sagte, kein Mensch verdiene Strafe wegen seiner Gefühle. Das, was war, könne ich nur bedauern, aber nicht bestrafen.

Sie schaute mich ernst an, fast grollend. „Warum schlägst du mich nicht? Wenigstens einmal. Fest! Bis ich blute!" Ich drückte ihre Hand, die sie mir hinhielt. Ihr Blick wurde nicht weicher. „Es lohnt sich nicht, mit einem zerbrochenen Menschen zu leben, Zwi. Komm, gehen wir." Sie zog ihre Hand aus meiner und stand auf.

*I*ch denke an mein Gespräch mit Gita Jakobowitz, die davon träumt, einen „Roman" statt einer Forschungsarbeit zu schreiben.

Ich erinnere mich an die Romane, die ich gelesen hatte, bevor ich mich vollkommen in meine Forschung vertiefte, und ich glaube, daß die Schriftsteller besser als die Historiker die Zukunft sahen und kommende Ereignisse voraussagten. Orwell in „1984", Huxley in „Brave New World", Karl Kraus in „Die letzten Tage der Menschheit", oder Grimmelshausen, Sohn des siebzehnten Jahrhunderts, in seinem „Simplicissimus". Aber nicht nur in diesen Werken, die als Allegorien angelegt sind, sondern in jedem großen Roman, der die Gegenwart in ihrer Fülle beschreibt, sind bereits Dinge verborgen, die kommen werden; zum Beispiel in „Michael Kohlhaas" von Kleist, in „Die Brüder Karamasow" von Dostojewski, in „Der Prozeß" von Kafka, in „Die Pest" von Camus, in „Herr der Fliegen" von Golding und in vielen anderen großen Werken der Literatur.

Eigentlich sollte man annehmen, das Gegenteil wäre richtig; von uns, den Historikern, die sich mit der Vergangenheit beschäftigen, müßte man erwarten können, daß sie die Mechanismen entdecken, die den Lauf der Geschichte bestimmen, eine Kombination von Ursachen und Faktoren, sozialen, ökonomischen und politischen. Wir sollten eher als alle anderen in der Lage sein, mittels Analogien oder vergleichenden Betrachtungen voraussagen zu können, was morgen und übermorgen passieren wird. Doch, wie gesagt, die großen Schriftsteller, die Schreiber von Romanen, sehen weiter und tiefer als wir. Der Grund dafür ist, daß sie, im Gegensatz zu uns, nicht die Tatsachen im Auge haben, sondern die Menschen; sie tauchen tiefer in ihre Seelen ein. Und die Zukunft, die Zukunft der Menschheit, hängt von den Wechselfällen der Menschenseelen ab.

Ich habe mein Leben lang Detail um Detail von Ereignissen geprüft, aber habe ich den Schrei von Noras Seele gehört?

*E*in Monat war seit dem Erscheinen von Fojglmans Buch vergangen, fünf Wochen, dann sechs, und keine Zeile erschien über den „Gebogenen Zweig" in den Zeitungen.

Ab der dritten Woche kaufte ich jeden Freitag drei oder vier Zeitungen, schlug die Literaturbeilage auf, suchte die Spalten ab und legte sie enttäuscht zur Seite. Ich hatte das Gefühl, es sei nicht nur mein persönlicher Mißerfolg, sondern auch meine Schuld.

Fojglman tat so, als sei alles in Ordnung. Wenn ich zu ihm kam, empfing er mich freudig, stellte sofort eine Flasche Kognak auf den Tisch und sprach einen Toast auf mich aus, auf Tel Aviv oder auf Israel. Er erwähnte das Buch überhaupt nicht.

Er erzählte, welchen Eindruck die Menschen auf ihn gemacht hatten, die er getroffen hatte, von Straßenszenen, die er beobachtet hatte, und manchmal sprach er über Politik. Er berichtete von „seinem" marokkanischen Gemüsehändler, den er auf Hebräisch ansprach und der versuchte, auf Jiddisch zu antworten; von dem arabischen Arbeiter, der den Rolladen reparierte und mit dem er ein langes Gespräch über die jüdisch-arabischen Beziehungen geführt und von dem er viel über das Leben in seinem Dorf erfahren hatte; von dem wunderbaren Zufall, als er entdeckte, daß ein Mann, mit dem er in der Schlange vor dem Postschalter wartete, in Zamosc geboren war, und sie herausfanden, daß einer die Familie des anderen kannte ...

Einmal, als wir über die israelische Presse sprachen, rutschte mir heraus, wie erstaunt ich sei, daß sie noch nichts über sein

Buch geschrieben hätten. „Sie werden schreiben", beruhigte er mich, als handle es sich um mein Werk. „Auch in Paris ist das so. Ein Kritiker bekommt zehn Gedichtbände und schreibt natürlich zuerst über die Dichter, die er kennt oder die seine Freunde sind, die anderen können warten ... Ich habe Geduld!"

Doch als zwei Monate vergangen waren und außer ein paar kurzen Zeilen in einer Zeitung nichts erschienen war, rief ich den Verleger an und bat um eine Erklärung. Ob man den Zeitungen keine Exemplare geschickt hätte? Er habe an jede ein Exemplar geschickt, versicherte er mir, und mehr als das, er habe die für die Literatur verantwortlichen Redakteure angerufen und sie gebeten, sie sollten diesem Buch doch ihre besondere Aufmerksamkeit schenken; es handle sich um einen wichtigen Autor aus Frankreich, der sich in Israel niedergelassen habe. Man hatte ihm gesagt, das Buch sei an die Kritiker weitergegeben worden, und diese würden üblicherweise nicht gedrängt. „Man muß warten", sagte er. Ich rief Zelniker an, und auch er äußerte sich besorgt wegen der fehlenden Reaktion. Er habe schon mit zwei, drei Schriftstellern gesprochen, und sie hätten ihm zugesagt, über das Buch zu schreiben, doch von einem Versprechen bis zur Verwirklichung sei ein weiter Weg.

Ich ging zum Leivick-Haus, um zwei Vertreter des jiddischen Schriftstellerverbands zu treffen. Ich sagte: „Schauen Sie, da ist einer von Ihnen ins Land gekommen, den Sie doch bestimmt ehren wollen. Das ist sein erstes Buch, das in Israel veröffentlicht wurde. Warum veranstalten Sie nicht ihm zu Ehren einen Empfang, ein literarisches Bankett, und machen so ein bißchen Reklame für das Buch?" Sie sagten, Menachem Zelniker sei wegen dieser Angelegenheit schon bei ihnen gewesen, und noch jemand, den Fojglman geschickt und der sich für ihn eingesetzt habe. Sie könnten mir nur sagen, was sie bereits zu den beiden anderen gesagt hätten: Wenn es sich um ein jiddisches Buch gehandelt hätte, hätten sie gerne einen Abend für den Dichter ausgerichtet, doch da es sich um ein hebräisches Buch handle, das aus dem Jiddischen übersetzt sei, läge es außerhalb ihres Tätigkeitsfeldes. Sie schlugen mir vor, mich an den hebräischen Schriftstellerverband zu wenden.

Ich unterdrückte meinen Stolz und ging zu Professor L. Ich wollte versuchen, ihn dazu zu überreden, eine Rezension über das Buch zu schreiben. Nachdem er mich angehört hatte, sagte er: „Schauen Sie, ich bin als Dozent verpflichtet, der jiddischen Literatur in Israel gegenüber eine vollkommen neutrale Position einzunehmen. Aus Gründen, die Sie sicher verstehen, herrscht unter diesen Autoren Neid und Rivalität, und sie haben einen Haufen ungelöster Probleme miteinander. Wenn ich nun über Fojglman schreibe, werde ich sofort mit Forderungen und Wünschen überhäuft, über diesen und jenen zu schreiben. Und wenn ich mich weigere, werden sie solche Ressentiments aufbauen, daß ich mit keinem von ihnen jemals noch ein Wort reden kann. Bei allem guten Willen ... Sie, als Kollege, müssen das verstehen.“

Als ich wieder zu Fojglman kam, sah sein Gesicht bereits eingefallen aus. Er stellte zwar eine Flasche Kognak auf den Tisch, füllte auch zwei Gläser, nippte aber nur an seinem Glas, als sei der Inhalt vergiftet. Seine Augen waren trüb wie nach einer schlaflosen Nacht, und als er sich setzte, sagte er: „Was wird aus unserem Land, Zwi?“ Ich schaute ihn prüfend an. Er starrte in sein Glas, drehte es zwischen seinen Fingern, dann hob er den Blick und sagte: „M'harget jidn! Auch hier.“ Er wartete auf meine Reaktion, und als ich nichts sagte, hob er seine Stimme und rief: „Sie töten Juden! In Galiläa, in Jerusalem, in Hebron! Es gibt keine Sicherheit, keine!“

Ich sagte ein paar Worte über den arabischen Terrorismus und die Art, wie er bekämpft wurde. Sein Blick wurde matt, die Falten in seinem Gesicht tiefer, und seine Stimme brach fast, als er sagte: „Vor dem Krieg, in Zamosc, gab es Straßen in der Altstadt, die für uns verboten waren. Wir wußten, daß es gefährlich war, sie zu betreten. Besonders sonntags und an ihren Feiertagen. Immer wurde man von irgendwelchen Raufbolden überfallen, mit Keulen, mit Messern, und nur durch ein Wunder entkam man ihnen lebend. Alle paar

Monate wurde jemand getötet. Jetzt ist es hier dasselbe ... Man kann nicht frei herumlaufen ... Ein Soldat, der per Anhalter fahren will, wird entführt und an einem einsamen Ort in den Bergen ermordet ... Ein Kind wird entführt und brutal mißhandelt ... Eine Bombe explodiert auf einem Marktplatz ... Ich schaue mir die Beerdigungen im Fernsehen an, jeden Tag Beerdigungen. Des Gerechten Gerechtigkeit soll über ihm sein ... Gott voll der Gnaden ... Das Herz tut mir weh. Sehr weh ...“

„Israel und Zamosc?“ sagte ich.

Er schaute mich prüfend an. Seine Lippen zitterten, als suche er nach Worten und finde sie nicht.

„*Ich ziter*“, murmelte er, und dann, mit Furcht in den Augen: „Ich zittere vor dem, was hier passieren könnte.“

Ich versuchte, ihn zu beruhigen, sprach über unsere Stärke. Sein Gesicht verlor nicht den gequälten Ausdruck. Tränen stiegen ihm in die Augen, während er mir zuhörte.

Später, als ich mich verabschiedete, sagte er: „Du hast irgendwann geschrieben, daß die Juden keine Alternative hatten. Doch hier gibt es eine Alternative, bestimmt.“ In seiner Stimme lag ein geheimnisvoller Optimismus. Ich fragte, welche Alternative es gebe.

„Wir werden noch mal darüber sprechen, es gibt eine!“

Drei weitere Wochen gingen vorbei, dann vier – und noch immer erschien kein Wort über den „Gebogenen Zweig“. Aus Scham, aus einem Gefühl von Schuld, da ich ihn dazu ermutigt hatte, das Buch herauszubringen, und damit falsche Hoffnungen geweckt hatte und somit auch die Verantwortung trug, hörte ich auf, ihn zu besuchen. Wenn ich mich an seine Begeisterung und seinen warmen Optimismus erinnerte, an seine beiden vorangegangenen Besuche in Israel, an unser Zusammentreffen in Paris, an unsere Gespräche, an seine Briefe und die Diskussionen kurz nach der Veröffentlichung seines Buches, fand ich nicht den Mut, seinem Schmerz von Angesicht zu Angesicht gegenüberzutreten.

Auch er hörte auf, mich anzurufen.

Ich versuchte, ihn aus meinem Gedächtnis zu streichen. Ihn

und sein Buch. Wann immer sein Name in meinen Gedanken auftauchte – während ich las oder schrieb, wenn mein Blick auf eine jiddische Zeile fiel, wenn ich einem seiner Freunde begegnete –, verdrängte ich die Erinnerung an ihn aus meinem Herzen.

An einem Abend, ich erinnere mich jetzt nur mit Schaudern daran, stand ich am Fenster und sah einen Mann, der am Haus vorbeiging und wieder zurückkam, mit gesenktem Kopf, die Hände auf dem Rücken. Unter der Straßenlaterne erkannte ich ihn; es war Fojglman. Ich erschrak. Ich glaubte, er würde gleich heraufkommen und klingeln, und Nora war zu Hause. Doch er ging mit großen Schritten weiter, als messe er die Länge des Gehsteigs. Als er fast an der Straßenecke war, drehte er sich um und ging wieder – ohne anzuhalten – am Haus vorbei. Die Haare standen ihm wild um den Kopf, die Schultern hatte er vorgeschoben, sein Rücken war leicht gekrümmt, als hätte er einen Höcker. Als er wieder am Haus vorbei kam, hätte ich ihn fast gerufen, wäre fast hinuntergelaufen, hätte ihn geschüttelt und gefragt, was ihm fehle. Oder ihn umarmt wie einen Bruder. Doch in mir zog sich etwas zusammen und hielt mich unbeweglich an meinem Platz. Noch drei- oder viermal ging er vor und zurück, ohne stehenzubleiben, ohne den Kopf zu heben, dann verschwand er um die Ecke.

Einige Tage lang wurde ich diesen Anblick nicht los. Mir kam es vor, als habe er um Hilfe bitten wollen, um sein Leben, habe aber den Mut nicht aufgebracht, es wirklich zu tun.

War er zu Noras Beerdigung gekommen? War er unter der Menge, die sich vor der Leichenhalle versammelt hatte und dann nach Rechovot fuhr, hinter dem Sarg herging, am offenen Grab stand? Ich weiß es nicht.

Am zweiten Tag der Schiwa, als Joav, Schula und vier, fünf Freunde mit mir zusammensaßen, kam er herein, schüttelte mir schweigend die Hand und setzte sich. Seine Augen brannten – war es Wut oder Schrecken? Ein seltsames Feuer flackerte in ihnen. Lange saß er so. Die Menschen sprachen miteinander über dieses und jenes, um mich abzulenken, doch er sagte kein Wort. Er schaute mal den einen, mal den anderen an und gab keinen Ton von sich. Schließlich stand er auf. Auch ich erhob mich und brachte ihn zur Tür. Wieder drückte er mir wortlos die Hand.

Als Katriel vier Monate später bei mir anrief und sagte, sein Bruder sei sehr krank und liege im Krankenhaus, fragte ich, was mit ihm sei, und Katriel sagte, irgend etwas mit den Därmen. Fojglman lag schon zwei Wochen in der Klinik, und Katriel nahm an – er sagte das in seiner üblichen, zögernden Art, bedacht darauf, nicht zu stören –, sein Bruder würde sich sicher sehr freuen, wenn ich ihn besuchte. „Selbstverständlich", sagte ich. „Selbstverständlich."

Ich verschob diesen Besuch von einem Tag auf den anderen, bis ich von seinem Tod erfuhr.

*E*rst jetzt, als ich das letzte der Hefte las, die Fojglman mir hinterlassen hat – und ich bin nicht sicher, ob er sie mir hinterlassen hat, weil er mir vertraute, oder als quälende Erinnerung, als ironische moralische Strafe –, erfuhr ich, welche Gedanken während der Monate, die ich ihn mied, in seinem Kopf herumgingen, und wie ihn diese Gedanken zu absurden Vorstellungen brachten, die fast an Wahnsinn grenzten.

Auf den ersten Seiten des Heftes finden sich folgende Passagen, die durch Zeichnungen von mageren, federlosen Vögeln voneinander getrennt sind.

◆

Schaja, Alter Rabinovitz, Avremele Kruk – kennt ihr mich schon nicht mehr? Seid ihr nicht, als ihr zum erstenmal nach Paris kamt, sofort zu mir gekommen? Wie ihr mir geschmeichelt habt! Von euren Lippen troff Honig. Und ich – ich fütterte euch, ich nahm euch als Gäste in mein Haus, ich stellte euch allen Leuten vor, ich habe für euch sogar Geld gewechselt! Und du, Avremele, als du in Paris Aufenthalt hattest, auf deinem Weg nach New York, um einen Literaturpreis von irgendeinem Bonzen in Empfang zu nehmen, habe ich nicht ein Fest für dich gemacht? Ich habe eine Rede für dich gehalten! Ich habe Dinge gesagt, die ich nicht glaubte, nur damit du glücklich warst! Jetzt kennt ihr mich nicht mehr. Ihr grüßt mich nur mit Mühe und Not, wenn ihr mich trefft.

◆

Mitten in der Nacht wachte ich schreiend auf. Ein schlimmer Traum: Jankele Perlmutter, der mit mir auf einer Pritsche in

Gunskirchen lag – wir lausten uns gegenseitig die Haare, wir hielten uns gegenseitig warm –, trifft mich in der Allenbystraße in Tel Aviv, in einem abgerissenen Anzug, und starrt mich mit glühenden Augen an. Ich sage zu ihm: „Jankele, was ist los? Bist du böse auf mich?"

„Ich werde es dir nie im Leben verzeihen", sagt er mit brennenden Augen. „Du hast mir das letzte Stück Brot gestohlen, das ich unter der Matratze versteckt hatte."

„Jankele, so etwas traust du mir zu?" rufe ich mit erstickter Stimme. Doch er ist plötzlich verschwunden, als habe ihn die Erde verschluckt.

Ich schreie und wache auf. Und mit einem schweren Seufzer erinnere ich mich, daß Jankele Perlmutter nicht mehr am Leben ist. Auf dem Weg zum Bergwerk brach er vor Erschöpfung zusammen und stand nicht mehr auf.

◆

Als wir in unserem Land lebten, regierte ein strenges Gesetz, als wir von unserem Land vertrieben wurden, galt das Gesetz des Erbarmens. Deshalb sind die meisten Reden der Propheten zornig und strafend, der Midrasch und die Haggadot voller Freundlichkeit und Liebe. Nun, da wir wieder einen eigenen Staat haben, ist die Gnade verschwunden. Bruder haßt Bruder, und alle zusammen hassen das Land, das sie aufgebaut haben.

◆

Zwei hohe, gerade Zypressen wachsen rechts und links neben dem Tor zu meinem Hof. Ich stehe auf dem Balkon, betrachte sie und denke: Sie sind meine Ehrenwache, wie die beiden Wachen vor dem Tor des Königspalastes. In der Krone des einen Baums hat ein Vogel, dessen Namen ich nicht weiß, ein Nest gebaut. Morgens sehe ich ihn wegfliegen und mit einem Halm im Schnabel zurückkommen. Er steht lange da, wendet den Kopf von einer Seite zur anderen, läßt ein Zwitschern hören, schaut sich um und fliegt wieder weg. Manchmal dreht er den Kopf zu mir und scheint mich zu erkennen. Ich lächle dem Vogel zu, und er blinzelt. Ein Anblick, der dem Herzen wohltut.

Aber nachts, wenn ich nach Hause zurückkomme und zwischen den beiden Zypressen hindurchgehe, sage ich mir: Schau doch, du Bettelkönig! Das sind zwei Zypressen, die an beiden Seiten deines Grabsteins auf dem Friedhof stehen!

Und mitten im Heft findet sich eine lange Passage, von der ich nicht weiß, ob es sich um die Abschrift eines Briefes handelt oder ob er das nur für sich selbst geschrieben hat.

Hindale, meine Teure, meine Geliebte! Als ich von Polen nach Paris kam, mit zerbrochener Seele und ohne alles, hatte ich nur eine Sehnsucht: nach einem warmen Zuhause. Seit ich dreizehn war, hatte ich kein Heim mehr gehabt. Fünf Jahre lang wurde ich von einem Höllenfeuer zum nächsten getrieben, und als ich herauskam, zog ich noch zwei Jahre von einer Wohnung zur anderen, von Bett zu Bett, und meine Knochen fanden nirgends Ruhe. Bei euch, bei deinen Eltern, fand ich zum erstenmal seit dem Krieg ein Heim. Nie werde ich die wunderbare Hühnersuppe vergessen, die mir deine Mutter am ersten Tag, als ich an eurem Tisch aß, vorsetzte; sie hatte den Geschmack des Paradieses. Ich vergesse auch nie die weißen, sauberen Laken des Bettes in dem kleinen Zimmer, das sie für mich hergerichtet hatte – und das drei Monate später unser Liebeslager wurde, und wieder sieben Monate später unser Hochzeitsbett.
Siebzehn Jahre, vom Tag unseres Umzugs in die Wohnung am Boulevard Sebastopol, bis die Kinder aufgewachsen waren, hatten wir ein Heim. Du hast im Theater gearbeitet und warst eine zärtliche Mutter und eine liebevolle Ehefrau. Und ich, der ich ein Blatt gewesen war, vom Wind herbeigeweht, hing an dir, an deiner Sicherheit, an deiner Kraft, an der Familie und an meinem Schreibtisch. Ich fing an, dünne Wurzeln zu schlagen, wie ein Reis, das vom Baum abgerissen und in die Erde gesetzt worden war. Später ... Später, ganz langsam, zerbrach auch dieses Haus. Reuben verließ uns und ging seiner Wege, weit weg von uns, und wurde zu Irving. Rochale machte sich auf ihren Leidensweg, und du fingst an,

308

in der Welt herumzufliegen wie unsere Sprache, die Sprache der Welt. „Die Vögel des Baumes wurden zerstreut im Wind", wie Manger schrieb. Einen Monat warst du hier, zwei Wochen dort, ein südostwestlicher Vogel, und ich begleitete dich in Gedanken bis ans Ende der Welt, sah dich auf den Bühnen, betete für dich, segnete dich ...

Doch in der ganzen Zeit sehnte ich mich nach einem Heim, Hindale, nach einem Heim!

Und dann, wenn ich allein in dem Haus saß, das kein Heim mehr war, das dunkel war, weil dein Gesicht es nicht erhellte, dachte ich: Habe ich nicht eine große Familie, voller Leben, voller Aktivität und Freude? Ich habe viele Brüder unter der Sonne, in dem heißen Land! Und ich fragte mich, warum ich ihnen so fern war. Wenn du weg warst, was hielt mich hier? Dann sagte ich zu mir, in meiner gespaltenen Seele: Ich werde zwei Heime haben! Eines mit dir und eines mit meiner großen Familie! Du hast gesagt: Du bist wie ein kleiner Junge, dessen Mutter weggegangen ist und ihn allein gelassen hat. Er fürchtet sich davor, allein zu sein, und geht zur Tante. Wieso glaubst du, daß die Tante dich bei sich haben will? Zwei Häuser, hast du gesagt, sind kein Heim.

Ja, Hindale: Die Tante will mich nicht. Meine Gewohnheiten, mein Benehmen, mein Gesicht – alles gefällt ihr nicht. Und ihre kalten Augen fragen mich die ganze Zeit, wann ich endlich ihr Haus verlasse.

Wohin kann ich jetzt gehen, Hindale? Meine Seele ist in Stücke zerrissen, und ich sehe sie in alle Richtungen davonfliegen, genau wie damals, als ich aus der Hölle kam.

Der zweite Teil des Heftes ist voll „jüdischen Schreckens". Als sei ein heiliger Wahn in ihn gefahren. Es fängt ganz vernünftig an, ausgewogen, fast akademisch, als habe er vor, eine ideologische Polemik gegen die zionistische Annahme zu schreiben, daß ein jüdischer Staat zum Verschwinden des Antisemitismus auf der Welt führe. Doch nach anderthalb Seiten werden die Sätze wild und zerrissen. Da bricht der Zorn auf, bahnt sich einen Weg; durchgestrichene oder dick unterstrichene Wörter, so heftig, daß das Papier fast zerriß, Wörter, die sich gegenseitig vorwärtstreiben.

Diese Dummköpfe, die zu den Kongressen kamen, in Frack und Zylinder ... Herzl, Weizmann, Jabotinsky ... idiotisch! Sie haben die Geschichte nicht lesen können! Sie haben ihren Code nicht verstanden. Eine Minderheit? Ist es das, warum wir ermordet wurden, weil wir eine Minderheit waren? Es war Bileam, der die Zukunft richtig voraussah, als er sagte: Siehe, das Volk wird abgesondert wohnen und sich nicht zu den Heiden rechnen. Man sucht eine Logik? Es gibt keine Logik! Es gibt Teufel, nur Teufel, die die Geister des Zorns hervorrufen, in jeder Generation, ja, in jeder Generation ... Und wenn es schließlich einen Staat gibt? Die Welt haßt den Staat, egal, ob er oben oder unten ist! Sie verzeihen ihm noch nicht einmal seinen Sieg über seine Feinde! Die Peitsche saust weiter, sie saust ... Huljet, huljet, bejse wint ...

Apokalyptische Bilder erschrecken sein Herz. Die islamischen Staaten, die sich über zwei Kontinente erstrecken, mit Hunderten von Millionen Einwohnern und grenzenlosem Reichtum, die stärker und stärker werden – niemand kann ihr Wachstum aufhalten –, sammeln sich an den Grenzen Israels; wenn nicht in fünf Jahren, dann in zehn, fünfzehn, greifen sie von allen Seiten an, zu Land, zu Wasser und aus der Luft. Und Israels angebliche Verbündete, wenn sie sehen, daß es keine Chance gibt, den mächtigen Feind zu besiegen, ziehen ihre Hände von dem Land, schauen zu, wie sie zuschauten, als die Deutschen die europäischen Juden vernichteten. Die Eindringlinge veranstalten ein schreckliches Massaker unter den Juden Israels und schonen kein einziges Leben. „Und Gott schaut von oben zu und schweigt, wie Er damals schwieg."
Aus diesem dunklen Herzen, ohne jeden Lichtstrahl, stammen die wahnsinnigen Rettungsphantasien auf den letzten Seiten von Fojglmans Heft:

Gegen alle Kräfte des Bösen in der Welt – was bleibt uns zu tun? Wie können wir standhalten? Wir haben nur eine einzige Kraft: Die Kraft des jüdischen Gehirns! In den Protokollen der Weisen von Zion haben uns die Gojim fälschlich beschuldigt, wir schmiedeten ein Komplott zur Weltherrschaft. Lassen wir diese Beschuldigung doch wahr werden! Errichten wir einen geheimen Weltbund des jüdischen Geistes! Dieser Geist, der über hundert Länder verteilt ist, aus dem alle großen Erfindungen geboren sind – in der Medizin, in der Technik, in der Waffenindustrie, in den wirtschaftlichen und politischen Systemen –, soll sich vereinen und das jüdische Volk retten!

Und nachdem er die Namen einiger Dutzend jüdischer Wissenschaftler aufgezählt hat, Nobelpreisträger für Physik, Chemie, Biologie, Medizin und so weiter, Namen, die er aus einer Enzyklopädie abgeschrieben haben muß, führt er an, daß zwanzig Prozent aller Nobelpreisträger Juden waren. Und wenn die Preisrichter nicht gefürchtet hätten, als Philosemiten verschrien zu werden, hätte der Anteil bestimmt bei sechzig oder siebzig Prozent gelegen. Dann schrieb er in großen Buchstaben eine Parole in die Mitte des Blattes, eine Parole von der Art, wie sie auf den Bannern jüdischer Parteien in Polen stand:
Es lebe die Internationale des jüdischen Geistes!
Darunter führt er in allen Einzelheiten die Ziele und die Vorgehensweisen dieser „Internationalen" an: Nach der Errichtung des Geheimbunds, wenn die Hauptquartiere ihre Herrschaft über alle Mitglieder in der Welt etabliert haben – wobei eine strikte Disziplin erforderlich ist –, können sie jede Entwicklung oder Herstellung von Waffensystemen, die Israels Existenz bedrohen, stoppen. Sie können Sanktionen über feindliche Länder verhängen, indem sie ihre wissenschaftlichen Institute stören oder lahmlegen; andererseits können sie eine Geheimwaffe erfinden und entwickeln, die Israel bei seiner Verteidigung hilft.
Die Geheimwaffe, die allen anderen Waffensystemen der

311

Welt überlegen ist, wird der „Todesstrahl" sein. Keine Atom-
bomben – denn diese sind bereits in den Händen von Ost und
West und werden bald auch in den Händen der arabischen
Länder sein, und eine von ihnen reicht, ganz Israel zu zerstören und seine Bewohner auszurotten –, sondern der „Todesstrahl", der innerhalb von Sekunden große und mächtige
Armeen vernichten kann. Und wenn sich feindliche Truppen
an den Grenzen sammeln und den Krieg erklären, werden sie
mit dem „Todesstrahl" vernichtet werden, und Israel wird
gerettet sein.

Das also war die Alternative, die Fojglman erwähnte, als ich
mich von ihm verabschiedete, um ihn nie wiederzusehen.

Auf den letzten beiden Seiten seines Heftes entwickelt er
seinen eigenen Arbeitsplan zur Verwirklichung seiner Idee:
Er werde nichts anderes mehr tun und sich nur noch dieser
Sache widmen. Dichtung ist Luxus, und sich dem Luxus
hingeben, wenn einem das Schwert an den Hals gedrückt
wird, ist ein Verbrechen! Er wird in der Welt herumfliegen,
nach Frankreich, England, den Vereinigten Staaten, Kanada,
und er wird einen Weg finden, seine Botschaft hinter den
Eisernen Vorhang zu bringen. Er wird einige der größten
jüdischen Wissenschaftler sprechen, sie von der drohenden
Vernichtung Israels überzeugen und davon, daß dies das
Ende des jüdischen Volkes bedeuten würde. Er wird ihnen
klarmachen, daß es absolut lebenswichtig ist, diesen internationalen Bund sofort zu errichten ...

„Nie wieder werde ich ein singender Vogel sein. Ich werde ein
schwarzer Rabe werden, der herumfliegt und ruft: Vernichtet
den Satan, vernichtet den Satan, wie es im Gebet heißt."

Doch bevor er losfliegen konnte, war er selbst vom „Todesstrahl" getroffen worden.

*I*ch hätte mich nicht darauf einlassen sollen, die ganze Geschichte aufzuschreiben. So viele Monate lang.

Fojglmans Geist hat mich überwältigt. Ich habe keine Ruhe vor ihm.

Wenn ich auf der Straße gehe, ist er wie ein Schatten bei mir; auch wenn ich nach ihm trete, um ihn zu vertreiben, bleibt der Schatten da.

In der Hitze des Tages, die Sonne in den Augen, sehe ich ihn mir entgegenfliegen wie ein großer Vogel, und seine Arme schlagen wie Flügel.

Zeilen seines Gedichts „Nicht wie Ikarus" gehen mir durch den Kopf, wieder und wieder, beim Lesen, mitten in der Vorlesung, bei Gesprächen mit Studenten, mit einem Kollegen:

> Meine Flügel sind müde vom Fliegen,
> nein, nicht wie Ikarus
> werde ich in der Sonne schmelzen.
> Ich werde hinunterstürzen
> und im Feuer der Erde verbrennen.

Aber wie Phönix erhebt er sich aus der Asche und lebt. Er ist nicht verbrannt. Er geht in meiner Wohnung herum, sitzt auf dem Sofa, steht in der Küche. Ich höre seine dunkle, warme Stimme, wie er meine Traurigkeit verspottet, sehe die Ironie in seinen gescheiten Augen, wenn er lachend über die Hölle spricht.

Er weigert sich, aus mir herauszukommen.

Wenn ich liege, wenn ich aufstehe, wenn ich mich auf den Weg mache.

Nachts träume ich von ihm. Manchmal erscheint er an meiner Tür, tritt ein, in einem abgewetzten Anzug, mit kalkweißem Gesicht, breitet die Arme aus und fragt: Warum? Ich bitte ihn herein, doch er ruft nur vorwurfsvoll meinen Namen.

Ein andermal ist er verkleidet, trägt er eine Clownsmütze, hüpft links von mir, hüpft rechts von mir, dreht sich, lacht laut, krächzend, spöttisch.

Ich sitze abends am Tisch, im Haus ist es dunkel, und von irgendwo, weit weg, dringen Töne eines Klaviers und eines Cellos zu mir, Liszts „Lugubre Gondola", und ein Schauer läuft mir über den Rücken. Ich sehe ihn in Charons Boot sitzen, den großen Kopf zwischen die breiten Schultern gezogen, sehe seine schweren Augenlider. Er schaukelt auf dem Fluß, entfernt sich, verschwindet hinter dem hohen Ufer. Hunde bellen in der Stadt.

Einen Monat nach Noras Tod fuhr ich zum Institut, in dem sie gearbeitet hatte. Jahrelang hatte ich sie hingebracht, mich vor dem Tor von ihr verabschiedet und war dann zurückgefahren in die Stadt. Nie war ich mit ihr hineingegangen und hatte mir das Labor angeschaut, in dem sie so viele Stunden des Tages verbrachte – ihr halbes Leben, könnte man sagen –, mit einer Arbeit, für die sie sich mit all ihren Gedanken, ihrer Phantasie und ihrer Kreativität einsetzte.

Ihre Kollegin Leah P. – eine junge, ernste Frau in einem weißen Kittel und mit flachen Schuhen – führte mich vom Tor zu dem Gebäude, in dem sich das Labor befindet.

Auf zwei langen, schmalen Tischen standen Teströhrchen, Flaschen, Becher und Gläser mit bunten Lösungen. Kleine Phiolen mit durchsichtigen Deckeln enthielten irgendwelche Körper, die wie Fasern oder Keime aussahen. Zwei Mikroskope. Eine Waage. Dünne Schläuche, Drähte und Pinzetten. Auf den Regalen über den Tischen lagen Säckchen mit Aufschriften wie „Weizen, Ruhama", „Baumwolle, Revadim" und ähnliches.

Leah P. – sie hatte große, schwarze, erschrockene Augen – erklärte mir die Aufgabe und die Verwendung eines jeden Gegenstands, und dann erzählte sie mir, mit was sich der kleine Stab des Labors, der Nora unterstand, im letzten Jahr beschäftigt hatte: mit der Suche nach irgendwelchen Pilzsporen, die zur Schädlingsbekämpfung eingesetzt werden könnten.

Bestimmte Pilzsporen, erklärte sie, „hängen" sich an Insekten wie Fliegen, Blattläuse, Käfer, die dem Wachstum von

315

Feldfrüchten schaden. Die Sporen fressen sich nun in Teile der Insektenkörper, wachsen und gedeihen und bringen sie dadurch um. Die Pilze werden im Labor gezüchtet und einem Insekt eingepflanzt, das als „Wirt" dient. Ihr Wachstum wird genau beobachtet, um festzustellen, wie schädlich sie für das Insekt sind. Wenn sie es tatsächlich töten, dann werden große Mengen der betreffenden Pilze in Containern mit wässriger Lösung gezüchtet und an Firmen verkauft, die sich auf kommerzieller Basis mit dem Pflanzenschutz befassen.

Ich fragte, wo sie denn die Pilze für ihre Versuche fänden.

„In Pflanzungen und auf Feldern", sagte sie. „Wer jahrelang mit Pilzen arbeitet, entdeckt sie mit Leichtigkeit. Man sieht ein Insekt auf dem Blatt eines infizierten Baums oder an einem Grashalm, in einer ungewöhnlichen Stellung, oder mit einer veränderten Farbe, und man weiß, daß es von Pilzen umgebracht worden ist. Man bringt das Insekt ins Labor, isoliert den Pilz, identifiziert ihn, nimmt ein Muster auf diese kleinen Schalen dort, die man Petri-Schalen nennt, und dann ..."

Nora, sagte sie, habe solche Expeditionen geliebt, dieses Suchen in der Natur. „Sie war wie ein Kind, das von der Schule wegläuft und Schmetterlinge auf dem Feld fangen will. Eine Art Naturkind ..."

Dann fügte sie hinzu: „Doch das haben wir nicht oft gemacht. Die meiste Zeit, viele Stunden jeden Tag, waren wir hier, im Labor, in diesem Raum und in den anderen, mit den Sterilisatoren, den Mikroskopen, den Computern ... Möchten sie die anderen Räume auch noch sehen?"

Ich sagte, ich würde lieber noch in dem Raum bleiben, in dem Nora die meisten Stunden des Tages verbracht habe. Dann fragte ich, welche insektenvernichtenden Pilze sie denn entdeckt hätten.

„Es gibt über hundertfünfzig verschiedene Arten", sagte sie. „Einige Monate lang verfolgten wir einen Fungus, der Getreiderost zerstört, der ebenfalls ein Pilz ist. Nora nannte ihn zum Spaß immer ‚Rostschutzmittel'."

Rostschutzmittel. Mir gab es einen Stich, und die Erinnerung an Noras Schweigen in den letzten Tagen ihres Lebens senkte sich wie eine schwere, quälende Last auf mich. Ich hob die Augen zur Wand. Vergrößerungen von Pflanzenschnitten und Mikroskopaufnahmen von Pilzen hingen da; Galaxien aus Kugeln, Nebel aus komplizierten Geflechten.

„Rostschutzmittel", sagte ich.

„Nun ja, das Experiment ist mißlungen. Das heißt, es ist in vitro gelungen, aber nicht in vivo. Es stellte sich heraus, daß die Kultivierung dieses Pilzes so arbeitsaufwendig ist, daß chemische Schädlingsbekämpfungsmittel billiger und effektiver sind."

Die Luft im Zimmer war heiß und stickig, wie in einem Treibhaus, und es roch nach Essig und Fäulnis.

In den letzten Monaten, sagte Leah P., und ihr ernstes Gesicht bekam einen besorgten Ausdruck, als habe sie Angst vor mir, hätten sie Versuche zur Bekämpfung der mediterranen Fruchtfliege durchgeführt. Sie nahm eine Petri-Schale vom Tisch, auf deren Boden eine winzige Faser lag, und sagte, das seien die Sporen des betreffenden Pilzes. Dann holte sie aus einer Schublade eine kleine Glasplatte, auf der ein bunter Fleck war, und sagte, das sei ein Muster, das zeige, wie der Pilz die Fliege angreift. Ob ich es im Mikroskop sehen wolle?

Ich setzte mich auf den Stuhl, auf dem Nora jeden Tag gesessen hatte, viele Jahre hindurch, und schaute durch das Mikroskop. Auf der Tafel konnte ich deutlich das Muster des durchsichtigen goldfarbenen Flügels der Fliege erkennen, und mitten darin, wie gefangen in einem Netz, zwei oder drei winzige, bläuliche Zweige.

„Sehen Sie diese blauen Körper, die aussehen wie Kaulquappen? Das sind die Sporen des Pilzes, der die Fliege tötet."

Lange Zeit konnte ich mein Auge nicht von der Linse nehmen.

„Eine schweigende Welt." Diese schweigende Welt, in der, wie Nora einmal sagte, harte Kämpfe stattfanden. Ein Netz aus feinen Fäden, und darin ein blaues Körperchen, wollig, unschuldig aussehend, aber es zerstört den Flügel langsam, in vollkommener Stille.

Ich richtete mich auf und fragte, ob es ihnen gelänge, die mediterrane Obstfliege durch diesen Pilz zu bekämpfen.

„Das ist alles noch im Versuchsstadium." Sie setzte sich auf den Stuhl neben mir und erzählte, wie Nora sich freute, wenn sie einen neuen Pilz entdeckt hatte, und wie sie mit ihrer Freude alle anderen angesteckt hatte. „Sie fiel uns um den Hals, und ihr warmes Lachen schuf eine so angenehme Atmosphäre", sagte sie, und ein Lächeln glitt über ihr blasses Gesicht.

Dann erzählte sie, Nora sei manchmal richtig ausgelassen gewesen und habe die Doktoranden gefoppt. Sie habe zum Beispiel einen Krümel Essen oder eine Faser von einem schmutzigen Lappen auf eine Glasplatte unter das Mikroskop gelegt und einen Doktoranden aufgefordert, er solle den Pilz bestimmen. Der habe sich den Kopf zerbrochen und mehrere Vorschläge gemacht, während die Leute um ihn herum das Lachen kaum zurückhalten konnten.

Ich fragte, ob sich Nora an ihrem letzten Tag irgendwie auffällig verhalten habe.

„Nein, sie war ganz normal. Sie war ruhig, sehr ruhig, und erledigte alle routinemäßigen Aufgaben. Um zwei sagte sie, sie müsse gehen, und gab uns Anweisungen, was wir nachmittags tun sollten."

„Um zwei!" rief ich aus und kämpfte gegen die Panik, die in mir aufstieg.

„Ja. Bevor sie ging, fragte ich sie noch, ob ich für den nächsten Tag Wasser destillieren solle. Sie schaute mich an und sagte: ‚Ja, tu das.' Sie blieb noch einem Moment stehen, betrachtete die Geräte auf dem Tisch und sagte mit einem Lächeln: ‚Alles sollte gründlich sauber sein, natürlich.' Das waren ihre letzten Worte."

An diesem letzten Tag hatte ich Nora nicht gesehen. Morgens, bevor ich zur Arbeit ging, sah ich, wie sie die Pflanzen auf dem Balkon goß. Ich sagte: „Sie sind erst gestern vom Regen gegossen worden." Doch sie machte weiter und gab mir keine Antwort. Später wandte sie sich zu mir und fragte weich, mit einem flehenden Ausdruck in den Augen: „Soll ich dich fahren?" Ich antwortete, das sei nicht nötig, ich würde mit dem Autobus zur Universität fahren. „Gut, dann also

Schalom", sagte sie mit einem leichten, unendlich traurigen Lächeln, das in meiner Erinnerung lebt wie die vergängliche Schönheit des untergehenden Mondes.
Ich bedankte mich bei Leah P. und ging.
„Alles sollte gründlich sauber sein, natürlich." Das Echo dieser Worte hallte in mir nach.
Ich fuhr zum Friedhof. Unterwegs machte ich einen Umweg und fuhr am früheren Haus meiner Eltern vorbei. Das Haus war verschwunden. Auch der Garten mit seinen Büschen und Bäumen war verschwunden. Dort stand nun ein großes, vierstöckiges Wohnhaus mit langen Reihen geschlossener Balkons. Die ganze Straße hatte sich so verändert, daß sie nicht wiederzuerkennen war. Wohnblocks, ein Gemüseladen, ein Frisör, ein Geschäft für Elektrobedarf, ein kleiner Platz ohne Grün, auf dem viele Autos parkten.
Dann ging ich die langen Reihen der Grabsteine entlang und las die eingehauenen Namen, von denen ich viele kannte. Am Grab meines Vaters blieb ich stehen. Neben ihm war ein Platz freigelassen worden; meine Mutter hatte ihn gekauft, um nach ihrem Tod an seiner Seite zu liegen. Viele Jahre hatte ich das Grab nicht besucht, und jetzt, als ich vor ihm stand und seinen Namen auf dem Grabstein sah, kam es mir vor, als spreche er zu mir, auf seine freundliche, gutgelaunte Art: „Wo hast du dich vor mir versteckt, Zwi? Du siehst ein bißchen geknickt aus ..."
Es war ein Frühlingstag, und der Duft von Orangenblüten erfüllte die Luft. Bienen summten zwischen den wilden Blumen.
Einige Reihen weiter unten standen die beiden Grabsteine von Otto und Susi Abrahamson. „Begrabt mich neben meinem Vater und meiner Mutter" hatte auf dem Zettel gestanden, den Nora zurückgelassen hatte. Doch neben ihnen war kein Platz mehr gewesen; jetzt trennten fünf Grabsteine das Grab ihrer Eltern von ihrem, das durch einen Erdhügel und ein Holzschild gekennzeichnet war. Viele Kränze von der Beerdigung lagen noch auf dem Grab, mit verwelkten Blumen.

Dreiunddreißig Jahre haben wir zusammen gelebt, seit jener Nacht in den Bergen von Judäa. Ihre Lebensfreude, ihre „Begabung zum Glück", die vielen Gefühle, die sie bewegten, ihre Aufrichtigkeit, die sie getötet hatte. Nichts hatte sie zurückgelassen, nur einen Pilz, der die mediterrane Obstfliege bekämpft, und die Erinnerung an sie in meinem Herzen.

Ihr Körper löst sich auf, in dieser Erde, dachte ich, und so wird Geschichte zu Natur.

Glossar

Adon Olam (hebr.): Herr der Welt.

Alef, Taw: Erster und letzter Buchstabe des hebräischen Alphabets.

Alz drajt sich arum brojt und tojt (jidd.): Alles dreht sich um Brot und Tod.

Apion: Geschichtsschreiber, lebte im 1. Jhd. n. Chr. in Alexandria, einer der ersten antisemitischen Autoren.

Arbajter-ring: Arbeiterring.

Aschera-El: Astarte-Gott.

Bar Kochba: Führer des letzten großen Aufstands der Juden gegen die Römer (132-134 n. Chr.)Er eroberte Jerusalem zurück, wurde dann aber von Hadrians Feldherrn Severus in Bethar (Beitar) eingeschlossen und fiel mit der Besatzung.

Batir: Arabisches Dorf neben dem biblischen Beitar.

Beit Hatfuzot: Museum der Diaspora in Tel Aviv.

bentschn un krechzn (jidd.): Segnen und seufzen.

Betar (Kurzw.): Zionistische nationalistische Jugendorganisation.

Blauweiß: Autonomer zionistischer Jugendbund in Deutschland, Österreich und der Tschechoslowakei, 1912 gegr.

Brit-Mila (hebr.): Beschneidung.

Bundist: Anhänger des „Bund": Allgemeiner jüdischer Arbeiterbund für Litauen, Rußland und Polen. Älteste jüdische Arbeiterpartei, gegründet 1897 in Wilna; antizionistisch; für politische, nationale und soziale Gleichberechtigung der Juden in den Ländern; Vorkämpfer der jiddischen Sprache.

Choljastre (jidd.: die Bande): Avantgardistischer jiddischer Warschauer Schriftstellerverband zwischen dem 1. und 2. Weltkrieg; einer der wichtigsten Autoren war Uri Zwi Grinberg.

Chasan (hebr.): Vorsänger.

Chewra Kaddischa (hebr.: Heilige Gemeinschaft): In jeder Gemeinde bestehende, meist ehrenamtliche Vereinigung zur Hilfe, besonders bei Bestattungen (Beerdigungsbrüderschaft).

Chibbat-Zion-Bewegung (hebr.): Liebe zu Zion, vorzionistische Bewegung.

Chmjelnizki, Bogdan (ca. 1595-1657): Kosakenhetman, wurde bei seiner Erhebung gegen den polnischen Adel (1648) Urheber der blutigsten Judenverfolgungen der ostjüdischen Geschichte. Blutbad zu Nemirow, das zugleich den Niedergang der polnischen Juden auslöste.

chojsek (jidd.): Lächerlich, albern. Klanggleich mit (hebr.) chosek.

chosek (hebr.): Stärke, stark.

Eibe(n)schütz, Jonathan (ca. 1690-1764): Talmudist und Kabbalist aus Polen, Oberrabbiner der Dreiergemeinde (Altona, Hamburg, Wandsbeck); wurde beschuldigt, ein heimlicher Anhänger Sabbatai Zwis zu sein.

Eines Toren Fabel nur, voll Schall und Wahn, jedweden Sinnes bar: Aus Shakespeares „Macbeth"; im Original nicht als Zitat ausgewiesen.

El male rachamim (hebr.): Gott voll Erbarmen.

Emden, R. Jakob (1697-1776): Fanatischer Kämpfer gegen die Sabbatianer.

Frankisten: Antitalmudische, sabbatianisch-christianisierende Sekte des Pseudomessias Jakob Frank, um 1726-91; orgiastische Exzesse und rabbinischer Bann.

gewald (jidd.): Hilferuf.

Goj, pl. *Gojim* (von hebr. Ger, Volk): In der biblischen Sprache jedes Volk, später vor allem Bezeichnung für Angehörige eines fremden, nichtjüdischen Volkes.

Got sol ophitn fon gojischer tawe un fon jidischer gawe (jidd.): Gott behüte uns vor gojischer Lust und vor jüdischem Hochmut.

Hagana (hebr.: Schutz, Verteidigung): Selbstschutzorganisation der jüdischen Siedler in Erez Israel.

Haggada (hebr.: Geschichte, Erzählung): Volkstümliche Erzählung vom Auszug der Juden aus Ägypten, die an Pessach gelesen wird.

hajnt (jidd.): Heute.

Halacha: Normative Teile der „mündl. Lehre", Hauptbestandteil des Talmud.

Hirsch: Jidd. Form von Zwi (Hirsch).

Huljet, huljet, bejse wint ... (jidd.): Tobt, tobt, böse Winde.

Ikuf Almanach: Jidd. Verlag.

In di gaßn, zu di maßn (jidd.): Auf die Straßen, zu den Massen.

Ir sent a jid? (jidd.): Sie sind ein Jude?

Itaba el-jahud (arab.): Bringt die Juden um.

Jeschiwa: Talmud. Hochschule.

Jewsekzia: Jüdische Sektion der Kommunistischen Partei der Sowjetunion nach 1917.

Jom Kippur: Versöhnungstag; höchster jüdischer Feiertag, der mit Fasten und Beten verbracht wird.

Kaddisch (aram.: Heiliger): Waisengebet der Söhne bei der Beerdigung der Eltern, wird das ganze Trauerjahr hindurch gesprochen, danach am Jahrzeit-Tag.

Kibbuz gadol (hebr.: die große Sammlung): Die Sammlung der über die Welt verstreuten Juden in Palästina.

Kronot Hamisbeach (hebr.: Hörner des Altars): Gemeint sind die Ausbuchtungen an den Ecken des Altars; in frühen Zeiten durfte einem Mann, der sich an eines der „Hörner" klammerte, nichts angetan werden.

law-dawke (jidd.): Nicht nötig, überflüssig.

Lechajim (hebr.: zum Leben): Trinkspruch.

Lewone (jidd., von hebr. lewana): Mond.

Litani: Fluß im Libanon.

M'harget jidn (jidd.): Man tötet Juden.

Ma'ariv (hebr.): Abendgebet.

Makom (hebr.): Ort, Platz, Raum; zugleich auch einer der Namen Gottes. Die Formulierung „nicht mehr am Makom" bedeutet hier etwa „nicht mehr zeitgemäß".

Mameloschn (jidd.): Muttersprache, Jiddisch.

Mendele Mojcher Sforim (Mendele der Wanderbuchhändler): Eigtl. Schalom Jakob Abramowicz (1835-1917), jiddischer Schriftsteller.

Mincha (hebr.): Nachmittagsgebet.

Mizwah (hebr.): Rituelles Gebot, gute Tat.

Moschaw: Kooperative landwirtschaftliche Siedlung.

Nichum Awelim (hebr.): Tröstung der Trauernden; ein religiöses Gebot, die Trauernden während der sieben strengen Trauertage in ihrem Haus aufzusuchen.

Noar oved (hebr.): Arbeiterjugend, Jugendgruppe der sozialistischen Partei.

Ojfn weg schtet a bojm (jidd.): Auf dem Weg steht ein Baum.

Palmach: Paramilitärische Verbände vor der Gründung des Staates Israel.

Petljura, Simon Wassiljewitsch (1879-1926): 1918 oberster Hetman des ukrainischen Heeres, veranstaltete während der Bürgerkriege 1918/20 Pogrome, die zu den größten der modernen jüdischen Geschichte gehören (etwa 30.000 Tote in 372 Orten), vom Sohn eines Opfers, dem Uhrmacher Schwarzbard, 1926 in Paris erschossen.

pintele jid (jidd.): Ein bißchen Jude; auch: ein bißchen Jot (Buchstabe).

Po'alei Zion (hebr.: Arbeiter Zions): Arbeiterpartei innerhalb der zionist. Bewegung, entstand Anfang d. 20. Jhd. in Rußland.

Rambam (Maimonides) (1135-1204): Bedeutendster jüdischer Philosoph des Mittelalters.

Reb (jidd., von hebr. Rav, Herr): Ehrende Anrede.

Rejserle: Weibl. Vorname.

Sabbatai Zwi (1626-1676): Pseudomessias, starb nach Übertritt zum islamischen Glauben in türk. Kerker; Not der Juden, mißverstandene Kabbala und bewußte Propaganda ehrgeiziger Jünger (Nathan aus Gaza, 1644-80) verbreiteten die Bewegung auch nach seinem Abfall und Tod.

Sabbatianer: Anhänger von Sabbatai Zwi.

Sasportas, Jakob (1610-1698): Rabbiner, Gegner der Sabbatianer.

Schabab (arab.): Jugendliche.

Schabbat hagadol (hebr.: der große Schabbat): Schabbat vor Pessach.

Schickse (jidd.): Bezeichnung, oft abfällig, für eine Nichtjüdin; Diminutiv: Schicksele.

Schiwa (hebr.: sieben): Sieben strenge Trauertage nach der Bestattung, wobei die Trauernden unbeschuht auf niedrigen Schemeln sitzen.

Schofar (hebr.): Widderhorn, das an Rosch-ha-Schana (Neujahr) und beim Ausgang vom Jom Kippur (Versöhnungstag) geblasen wird; in der Bibel: die Mauern von Jericho fallen beim Blasen des Schofar.

schojn (jidd.): Schon, also, basta.

Scholem alejchem (jidd., von hebr. schalom alechem): Friede sei mit euch, Segensgruß zur Begrüßung und zum Abschied.

Schtedl (jidd.): Jüd. Stadtviertel oder Dorf in Osteuropa

Schulchan Aruch (hebr.): Kompendium der jüdischen Ritualgesetze und des Rechts in systematischer Anordnung, von Josef Karo in Safed verfaßt (Erstausgabe: Venedig 1564/65).

Sephardim, sephardisch (hebr.: Spanier): Orientalische Juden.

Siddur (von hebr. Seder, Anordnung): Gebetbuch.

Tateloschn (jidd.): Vatersprache (dieses Wort existiert im Jiddischen ebensowenig wie im Deutschen).

Tel: künstlicher Erdhügel, oft auf den Überresten früher Siedlungen.

Tel-Haschomer: Bekanntes Krankenhaus (auch Militärkrankenhaus) in der Nähe von Tel Aviv.

Tschernichowsky, Saul (1875-1943): Hebräischer Lyriker.

Unter dajne wajße schtern (jidd.): Unter deinen weißen Sternen.

Vierländersynode (hebr.: Wa'ad Arba Arzot): Vertretung der jüdischen Gemeinden Polens im 16.-18. Jhd., nach den vier Provinzen Groß- und Kleinpolen, Reußen und Litauen benannt.

vokalisiert: Im Hebräischen werden im allgemeinen lediglich Konsonanten geschrieben; die Vokale, durch Punkte angegeben, werden nur in Kinderbüchern und bei Gedichten angebracht.

Zabar (hebr.): Feigenkaktus, auch Beiname für in Israel Geborene (Sabre).

Zaddik (hebr.): Der Gerechte, Titel eines chassidischen Erleuchteten.

Zwi (hebr.: Hirsch, Gazelle; Zierde, Herrlichkeit): Auch als männl. Vorname gebraucht (jidd. Form: Hirsch); in alten Liedern oft schwärmerische Bezeichnung für den Geliebten, den Schönen.

.

Zeitzeugenberichte bei Bleicher:

Alice Schwarz-Gardos
Von Wien nach Tel Aviv
Lebensweg einer Journalistin
240 Seiten. Gebunden, mit Schutzumschlag
ISBN 3-88350-717-2

Seit einigen Jahren wächst das Interesse für die in
den dreißiger Jahren nach Palästina eingewanderten
deutschsprachigen Juden. Heute sind sie eine fast
schon legendär gewordene, allmählich aussterbende
Bevölkerungsgruppe in Israel, die (noch) ihre
eigenen gesellschaftlichen Vereinigungen sowie ihre
deutschsprachige Tageszeitung besitzt,
die *Israel Nachrichten*.
Alice Schwarz-Gardos, leitende Redakteurin
dieser Zeitung, gibt in ihrer Autobiographie eine
authentische Darstellung der Lebensverhältnisse
dieser „Jekkes". Ihr Lebensweg führt von der Geburt
in einem gutbürgerlichen Haus in Wien zunächst
nach Preßburg und dann, nach einer abenteuerlichen
Flucht vor den Judenverfolgungen Hitlers, in ein
noch relativ rückständiges Palästina.
Nach schwierigen Jahren des Existenzkampfes
konnte sie ihren Traum verwirklichen und Journalistin werden. Sie schrieb und schreibt in ihrer deutschen Muttersprache. In ihren Lebenserinnerungen
schildert sie u. a. Begegnungen mit Arnold Zweig,
Max Brod und M. Y. Ben-Gavriel und zeichnet das
Bild einer langsam verschwindenden Kultur.

Bleicher
7016 Gerlingen **Verlag**

Zeitzeugenberichte bei Bleicher:

Ruth Klinger
Die Frau im Kaftan
Lebensbericht einer Schauspielerin
368 Seiten. 40 s/w-Abbildungen
Gebunden, mit Schutzumschlag
ISBN 3-88350-719-9

Ruth Klingers Lebensbericht dokumentiert die
Spuren einer mehrfach gebrochenen Existenz:
Hitlers Machtergreifung macht der hoff-
nungsvollen Karriere der jüdischen Schauspielerin ein Ende, und sie muß in Palästina
mühsam von vorne anfangen. Als Frau kämpft
sie um ihre Selbstfindung in einer schwierigen
Künstlerehe, die schließlich zerbricht.
Ihre Memoiren sind zugleich ein lesenswertes
Zeitzeugnis: sie berichtet u.a. über Kultur
und Alltagsleben im Palästina der 30er und
40er Jahre und über ihre Beziehung zu
Arnold Zweig und Max Brod.

Bleicher
7016 Gerlingen **Verlag**